DE ANDERE WAARHEID

W0339351

EERDER VERSCHENEN VAN MOHLIN & NYSTRÖM

Het laatste leven

PETER MOHLIN & PETER NYSTRÖM

DE ANDERE WAARHEID

Vertaling Corry van Bree

HarperCollins

MIX
Paper from responsible sources
FSC® C021394

Voor het papieren boek is papier gebruikt dat onafhankelijk is gecertificeerd door FSC®
om verantwoord bosbeheer te waarborgen.
Kijk voor meer informatie op www.harpercollins.co.uk/green.

HarperCollins is een imprint van Uitgeverij HarperCollins Holland, Amsterdam.

Copyright © 2021 Peter Mohlin & Peter Nyström
Oorspronkelijke titel: *Den andra systern*
Copyright Nederlandse vertaling: © 2022 HarperCollins Holland
Vertaling: Corry van Bree
Omslagontwerp: Studio Jan de Boer
Omslagbeeld: © Hartmann + Beese / Plainpicture
Foto auteurs: © Magnus Liam Karlsson
Zetwerk: Mat-Zet B.V., Huizen
Druk: ScandBook UAB, Lithuania, met gebruik van 100% groene stroom

ISBN 978 94 027 0894 3
ISBN 978 94 027 6296 9 (e-book)
NUR 305
Eerste druk januari 2022

Voor het eerst verschenen bij Norstedts, Zweden.
Published by arrangement with Nordin Agency AB, Sweden.

HarperCollins Holland is een divisie van Harlequin Enterprises ULC.
® en ™ zijn handelsmerken die eigendom zijn van en gebruikt worden door de eigenaar van het handelsmerk en/of de licentienemer. Handelsmerken met ® zijn geregistreerd bij het United States Patent & Trademark Office en/of in andere landen.

www.harpercollins.nl

Niets uit deze uitgave mag openbaar worden gemaakt door middel van druk, fotokopie, internet of op welke andere wijze dan ook zonder voorafgaande schriftelijke toestemming van de uitgever. Het e-book is beveiligd met zichtbare en onzichtbare watermerken en mag niet worden gekopieerd en/of verspreid.

Alle in dit verhaal voorkomende personen zijn ontleend aan de fantasie van de schrijver. Elke gelijkenis met bestaande personen berust op toeval.

DEEL 1

WOENSDAG

1

Het lukte de meisjes eindelijk om dezelfde snelheid aan te houden. Ze hielden elkaars hand vast en schaterlachten terwijl de schommels in het ijzeren frame steeds hoger zwaaiden. Hun moeder miste het tafereel omdat ze op haar telefoon keek, maar vanaf de bank die een meter of twintig verderop stond zag Alicia de blijdschap op hun vrolijke gezichten. Twee zusjes in een perfecte pendelbeweging, synchroon met elkaar en met de wereld.

Het was koud, een paar graden onder nul. Haar benen waren inmiddels bijna verdoofd. Toch verraste ze zichzelf door te blijven zitten terwijl het absoluut niets voor haar was om naar spelende kinderen in een park te kijken.

Normaal gesproken nam Alicia een taxi vanaf haar werk naar huis, die luxe gunde ze zich zodat ze aan de blikken in de bus kon ontsnappen. Maar vandaag had ze besloten om de drie kilometer vanaf het kantoor van Raw in het centrum van Karlstad naar haar woning in Norrstrand te wandelen.

De middagzon was zo heerlijk warm geweest dat ze onderweg op een bank was gaan zitten. Ze had met haar voeten figuurtjes in de sneeuw getekend en had bedacht dat deze dag uiteindelijk toch heel prettig was geworden. En als deze prettig was, dan kon de volgende dag dat ook zijn. En de dag daarna ook.

Alicia Bjelke glimlachte en schudde haar hoofd omdat ze als een zelfhulpboek klonk.

'Ik moet plassen,' zei het jongste meisje. De moeder keek op van haar telefoon.

Alicia had geen kinderen, maar kon zich voorstellen dat het tijd kostte om de overall van beaver-nylon uit te trekken. Om een ongelukje te voorkomen sleepte de moeder het meisje mee naar het witte houten gebouw dat naast de speeltuin lag. Het oudste zusje bleef achter met de waarschuwing dat ze nergens naartoe mocht gaan. Ze zette weer af met haar benen, maar zonder echt haar best te doen. Alleen schommelen was veel minder leuk.

Alicia dacht aan het gesprek dat ze ruim een maand geleden met haar eigen zus had gehad. Dat was tijdens de derde adventzondag geweest, voordat de eerste sneeuw was gevallen. Ze had haar kaarten op tafel gelegd en had Stella uitgelegd waarom de lancering van Raw in Duitsland uitgesteld moest worden. De datingsite die Alicia en Stella samen waren begonnen was geen studentenkamerhobby meer. Als technisch directeur moest Alicia een redelijke kans hebben om haar werk te kunnen doen en de situatie was onhoudbaar geworden. Ze werkte veertien uur per dag en droomde 's nachts over codereeksen. Stella had haar arm om haar heen geslagen en had geluisterd. Daar was haar zus goed in, ze wist altijd wanneer ze moest praten en wanneer ze haar mond moest houden. Ze had beloofd om de lancering zes maanden uit te stellen. Haar gezondheid ging voor.

Alicia herinnerde zich haar opluchting na het gesprek. Voor het eerst in lange tijd had ze een hele nacht geslapen. Kerstmis was gekomen en voorbijgegaan. Ze had er bijna niets van gemerkt omdat ze niet onder haar dekbed vandaan was gekomen.

Ze keek naar het eenzame meisje op de schommel. Ze had nu meer snelheid. De rubberband waarop ze zat schommelde steeds diagonaler en botste uiteindelijk tegen het ijzeren frame. Haar tengere lichaam maakte een buiteling die in de sneeuw eindigde. Alicia rende naar haar toe, ging op haar hurken zitten en tilde het meisje voorzichtig op haar benen. 'Heb je ergens pijn?' vroeg ze.

Het meisje met het blozende gezicht vocht tegen haar tranen.

Tegelijkertijd hoorde Alicia voetstappen achter zich. Toen ze zich omdraaide, stond de moeder van het meisje achter haar. Ze had blijkbaar gezien wat er was gebeurd en was haastig teruggekomen. Hun blikken ontmoetten elkaar en Alicia zag de vrouw naar achteren deinzen.

'Kom, we gaan,' zei ze tegen haar dochtertje.

'Ze heeft een flinke duikeling gemaakt, maar het was gelukkig een zachte landing. Ik denk dat ze voornamelijk geschrokken is,' zei Alicia en ze kwam overeind.

De vrouw gaf geen antwoord en bleef naar haar staren. 'We moeten gaan,' zei ze uiteindelijk.

'Ik wilde haar alleen maar helpen.'

'Bedankt, maar we redden het verder zelf wel.'

De moeder staarde nog steeds. Alicia herkende de reactie. Een combinatie van fascinatie en walging. Normaal gesproken kon ze dat verdragen. Het was tenslotte niet de eerste keer dat er iemand naar haar gezicht staarde, maar dit wijf ging gewoon te ver. Alicia had haar dochter getroost en nu werd ze als een paria behandeld.

'Als je naar het gedrocht wilt blijven kijken, moet je ervoor betalen,' zei ze terwijl ze haar hand uitstak.

2

De kaarsvlam flakkerde in de tocht die de serveerster veroorzaakte. John keek haar na terwijl ze haastig tussen de tafeltjes door naar de drie mannen en een vrouw liep, die kantoorkleding droegen en achter in het restaurant aan een tafel zaten. Hij had het gevoel dat ze hier na het werk iets kwamen eten, maar helemaal zeker kon hij daar niet van zijn. Dat was het probleem ook. Hij kon helemaal nergens meer zeker van zijn.

Uit de luidsprekers stroomde vrolijke salsamuziek, dezelfde afspeellijst als altijd. De muziek van eetcafé Rederiet was net zo voorspelbaar als het menu: Spaanse tapas en wijn uit Rioja. John voelde zich thuis tussen de rustieke houten tafels en de kroonluchters aan het plafond. Het restaurant lag op een steenworp afstand van zijn appartement en hij was er de afgelopen week al meerdere keren geweest. Vanavond wist hij echter dat hij niet mocht ontspannen. De situatie kon elk moment veranderen en dan moest hij er klaar voor zijn.

'Jezus, wat is het hier warm. Ik dacht dat het die Finnen waren die zo van sauna's hielden.'

Het gelach tegenover hem overstemde de muziek. De luidruchtige, hikkende lach was Trevors meest karakteristieke eigenschap. John zou Trevor geblinddoekt in een zee van lachende mensen kunnen aanwijzen.

Zijn vriend trok de ritssluiting van zijn donzen jack naar beneden. Toen zijn hand achter de gevoerde stof verdween, pakte John het wapen dat hij onder hun tafel verborg steviger vast en hij bewoog zijn wijsvinger langzaam naar de trekker. Het schot, als dat zou afgaan, zou het onderste deel van Trevors buik raken.

'Maar wat weet ik ervan? Sauna's zijn in Zweden misschien net zo populair,' ging Trevor verder.

Hij trok zijn jas uit en hing hem over de rugleuning van zijn stoel. Zijn handen waren weer zichtbaar en John haalde opgelucht adem. Tot gisteravond was hij ervan overtuigd geweest dat zijn vriend dood was en het was een bijzonder onwerkelijk gevoel om nu tegenover hem in Rederiet te zitten.

John humde iets bij wijze van antwoord en bleef naar onbekende vijanden in de zaal zoeken. De eigenaar wist dat hij een politieagent was en had hem zonder vragen te stellen de reserveringen laten bekijken voordat het restaurant openging. Het stel bij het raam en het gezinnetje met de kinderwagen hadden hun reserveringen een tijd geleden al gemaakt, dus die kon hij uitsluiten. De breedgeschouderde man aan het tafeltje links van de ingang moest hij daarentegen in de gaten houden. Hij had eerder vandaag gereserveerd en dat gold ook voor de groep collega's die op dit moment door de serveerster werd bediend.

John richtte zijn blik op de bar. Daar stonden twee stamgasten die hij altijd begroette, maar ook een gezicht dat hij niet kende. Of liever gezegd een nek. De man met het zilverkleurige haar dat in een knot zat stond met zijn rug naar hem toe en dronk bier uit een flesje.

'Man, het is zo fijn om je weer te zien. Je hebt geen idee hoeveel dit voor me betekent,' zei Trevor. Hij zag er oprecht dankbaar uit.

John dwong zichzelf te glimlachen en probeerde te bepalen of zijn vriend gewicht had verloren. Het colbert hing waarschijnlijk iets losser over zijn schouders en het overhemd zat minder strak rond zijn borstkas. Trevor was afgevallen of zijn kleren waren bewust een maat te groot om die indruk te wekken.

Zijn vriend veegde het zweet met een servet van zijn voorhoofd en zette in dezelfde beweging zijn gebreide muts af. John schrok toen hij de kale schedel zag. Vier maanden geleden, toen ze elkaar voor het laatst hadden gezien, was zijn schedel bedekt geweest met dik, krullend haar.

'Kijk niet zo verbaasd,' zei Trevor. 'Wat had je verwacht?'

John keek naar de tafel. 'Ik weet het eigenlijk niet,' mompelde hij.

Het gedrag van zijn vriend was zowel vertrouwd als vreemd. De basstem, de lach en de overdreven gebaren herkende hij. Tegelijkertijd gedroeg Trevor zich enigszins geforceerd. De manier waarop hij zijn muts had afgezet was theatraal. Alsof zijn kale hoofd zoveel mogelijk effect moest sorteren.

John bedacht dat het enige wat nodig was om bijwerkingen van een kankerbehandeling te faken een beetje scheerschuim en een scheermes was. Hij moest zich blijven gedragen alsof Trevor het lokaas was en het weerzien een val. Als de achtervolgers zich in het restaurant bevonden, had hij in elk geval het voordeel dat het een thuiswedstrijd voor hem was. De zwaaideur naar de keuken was maar een paar stappen bij hem vandaan en in het domein van de kok was een uitgang naar de straat achter het pand. Daar stond Johns auto geparkeerd met alles wat hij nodig had om te vluchten.

'Hoe is het met je?' vroeg Trevor. Zijn vriend glimlachte boven de brandende kaars naar hem.

John gaf geen antwoord.

'Vooruit,' ging hij verder. 'Vertel me wat er aan de hand is. En als je onder de tafel een pistool vasthoudt, kun je het wegleggen.'

3

Alicia wilde nog een drankje bestellen en keek om zich heen in pizzeria Palermo, waar ze na haar uitbarsting in het park naartoe was gegaan. Ze hield van deze plek, die zich vlak bij haar woning bevond en op een veilige afstand van Raws overdreven designkantoor in het centrum lag.

De inrichting was ronduit lelijk en miste elke vorm van kitscherige ironie. Aan de witgeschilderde bakstenen muren hingen filmposters uit de jaren tachtig en negentig. Op de zwartgelakte tafels waren glazen platen vastgeschroefd waaronder menukaarten waren geschoven.

Ratko stond zoals altijd achter de bar en kneedde stukken deeg. Toen hij opkeek van de werkbank, hief Alicia haar lege glas en wees ernaar. Hij knikte naar haar om de bestelling te bevestigen.

De eigenaar van Palermo viel bijna net zo uit de toon in het restaurant als zijzelf. Hij bezat de populaire nachtclub Safir en meerdere trendy koffiebars in de stad, waar de gasten frappuccino's en soja lattes dronken in plaats van de verbrande filterkoffie die hier werd geschonken. Maar Palermo was zijn eerste restaurant en Ratko bleef koppig meerdere avonden per week pizza's bakken en de gasten bedienen, hoewel de tent niet bijzonder veel bijdroeg aan zijn groeiende imperium.

'Wil je nog steeds niet vertellen waarom je zo boos bent?' vroeg hij terwijl hij een glas bier op haar tafeltje neerzette.

Het was al het vierde.

Alicia dacht weer aan de vrouw in het park en hoe die op dit moment met een glas rode wijn voor de televisie zat en haar man over het onaangename incident vertelde. Niet dat haar oudste dochtertje van de schommel was gevallen, maar over het gedrocht dat het meisje uit de sneeuw had getild en haar doodsbang had gemaakt.

'Stop met zeuren,' zei Alicia. 'Je ziet toch hoe kalm ik inmiddels ben? Ik ben net een boeddhistische monnik.'

Ze sloot haar ogen en deed alsof ze mediteerde. Eigenlijk wilde ze ook nog een glas wodka, maar dat zei ze niet. Ze kon Ratko's ongeruste gezichtsuitdrukking als hij de sterkedrank voor haar inschonk niet verdragen.

Ze hadden een paar jaar geleden een korte relatie gehad en waren het meest onwaarschijnlijke stel van Karlstad geweest. Hij was een tweedegeneratie-immigrant uit Joegoslavië, droeg altijd de duurste overhemden en de laatste spijkerbroeken, en deed zijn uiterste best om te worden geaccepteerd door degenen die belangrijk waren. Zij was de outsider, het gedrocht met het misvormde gezicht. Het meisje dat met computers overweg kon en altijd een zwarte spijkerbroek met een even donkere capuchontrui droeg.

Ratko had natuurlijk zijn best gedaan om hun relatie geheim te houden. Als hij zich openlijk met haar liet zien, zou hij meerdere treden dalen op de sociale ladder die hij met zoveel bezetenheid probeerde te beklimmen. Zelfs de stamgasten van Palermo hadden niet geweten dat ze met elkaar naar bed gingen.

Alicia wilde het glas bier net naar haar mond brengen toen er aan het andere eind van het restaurant gelach klonk. De voetbalfanaten zaten zoals gewoonlijk aan de lange tafel die voor de flatscreentelevisie stond. Ze vormden een subgroep in Palermo en voegden zich zelden bij de kring vaste gasten, die eerlijk gezegd niet groot was. Eigenlijk alleen een paar verloren zielen zoals zijzelf en de gokverslaafde zombies die achter in het lokaal bij de Jack Vegas-machines rondhingen.

‘Stoppen ze nooit met kijken? De wedstrijd is afgelopen,’ zei ze.

‘Jawel, maar het is woensdag. Quizavond.’

Alicia legde haar hand op haar voorhoofd. ‘De strijd der intellectuele reuzen. Dat was ik vergeten.’

‘Probeer een beetje vriendelijk te doen. Het is goed voor de zaken als ze nog even blijven,’ zei Ratko. Hij liep naar de bar terug terwijl een van de mannen zijn stem verhief. ‘Van wanneer tot wanneer was Fredrik Reinfeldt premier van Zweden?’

De teamleden aan de lange tafel begonnen met elkaar te fluisteren.

‘Van 2006 tot 2014!’ riep Alicia, waarna ze een flinke slok bier nam.

De voetbalfanaten draaiden hun hoofd om en keken geïrriteerd naar haar. Het was niet de eerste keer dat ze onuitgenodigd aan de quiz meedeed.

De man die de vraag had gesteld stond op en liep naar haar tafeltje toe. Hij was tenger gebouwd, had dunne armen en smalle schouders, maar een dikke buik onder zijn rode voetbalshirt. Alicia had gehoord dat de anderen hem ‘Professor’ noemden. Toen ze Ratko had gevraagd of dat echt zo was, had hij zo hard gelachen dat de tranen over zijn wangen liepen. De man was docent maatschappijleer voor de bovenbouw en dat was blijkbaar voldoende om die bijnaam te verdienen.

‘Ik weet dat je de antwoorden weet op alle vragen die ik voor vanavond opgeschreven heb,’ zei hij terwijl hij met een vel papier zwaaide. ‘Maar het is nogal saai voor de mannen als je het de hele tijd voorzegt.’

Zijn stem had een vriendelijke klank en Alicia verloor haar belangstelling om hem te pesten. ‘Ik houd mijn mond als je een shotje Smirnoff voor me koopt,’ zei ze.

Hij lachte en stak zijn hand naar haar uit. ‘Dat is afgesproken.’

De man passeerde de bar terwijl hij naar de lange tafel terugliep, betaalde voor de wodka en knikte in haar richting. Zoals Alicia al had verwacht was Ratko niet enthousiast, maar wie was hij om een mening over haar alcoholgebruik te hebben? Ze hadden geen seks meer met elkaar en zagen elkaar buiten Palermo nooit.

Ze pakte haar telefoon en scrolde langs de binnengekomen mails zonder er een te openen. Het was een slecht idee om mails te lezen en te beantwoorden als je aangeschoten was, dat wist ze uit ervaring. Ze legde haar telefoon op het tafeltje en dacht aan Stella. De opnames van het televisie-interview in Stockholm zouden nu klaar moeten zijn. Het programma heette *På Djupet* en zou morgen al uitgezonden worden.

Alicia had de hoogdravende ondertitel belachelijk gemaakt: *Ontmoetingen met mensen die een stempel op onze tijd hebben gedrukt.* Tegelijkertijd moest ze toegeven dat de beschrijving klopte. De datingsite die Stella en zij hadden opgezet was op veel manieren baanbrekend en veranderde de manier waarop mensen elkaar via internet ontmoetten.

Voor zover Alicia haar zus kende, zou ze na het interview in de hoofdstad blijven en zich in de bars rond het Stureplan laten trakteren. In tegenstelling tot Alicia hoefde Stella niet te smeken om een drankje.

Ratko zei niets toen hij de wodka serveerde. Hij zette het glas op haar tafeltje en ging naar de bar terug.

'Doe normaal, het is maar een shotje,' riep ze tegen zijn rug.

Hij draaide zich om om iets te zeggen, maar verstomde omdat er op dat moment twee mannen in zwarte leren jacks binnenkwamen. Alicia dacht dat ze een van de twee herkende. Hij had een grijze baard en had niet alleen tatoeages op zijn gezicht, maar ook op zijn geschoren schedel. Met zijn lengte en postuur leek hij een reus naast zijn metgezel. De geborduurde tekst PRESIDENT op zijn jack was overbodig. Iedereen in het lokaal besefte wie de bevelen gaf en wie die opvolgde.

Ratko kreeg een onzekere blik in zijn ogen. Hij frunnikte aan zijn gouden ketting, die zichtbaar was op de plek waar zijn witte overhemd opengeknoopt was. De President zei een paar woorden tegen zijn handlanger, die bij het tafeltje in de hoek vlak bij de gokautomaten ging zitten. Daarna verdween de forse man samen met Ratko de keuken in.

Alicia wist niet waarom ze moest lachen, maar toen ze eenmaal was begonnen, kon ze niet meer ophouden. Het was de schuld van de alcohol. En dat wijf in de speeltuin die de rebel in haar had gewekt. Niet dat die ooit diep sliep, maar toch.

Serieus, ging het er nog steeds zo aan toe? Motorbendeleden die restauranthouders doodsbang maakten en met hun handen in hun dagopbrengsten graaiden?

Alicia dronk het glas wodka leeg en liep naar de bar om nog een keer in te schenken. De docent maatschappijleer las de volgende vraag op terwijl ze zich over de toonbank boog om de fles te pakken. De handlanger in de hoek staarde naar haar, maar bleef toch zitten terwijl ze haar glas volschonk en het bij wijze van toost naar hem hief.

Alicia was aan haar derde glas bezig toen Ratko en de President uit de keuken terugkwamen. Haar hoofd tolde en ze moest zich aan de bar vasthouden om niet van de hoge kruk te vallen waarop ze was gaan zitten. 'Hoeveel betaalt hij?' vroeg ze.

De man in het leren jack keek haar verbaasd aan. 'Wat?'

'Wat kost het om ervoor te zorgen dat zijn restaurant niet kort en klein geslagen wordt?'

Ratko pakte haar arm vast. 'Kun je ons alsjeblieft met rust laten?'

Alicia trok zich los, haar glas viel om en de wodka liep over het gelakte donkere hout. 'Oké, oké, ik zal de vraag anders formuleren,' zei ze. 'Ratko betaalt cash, of niet soms?'

'Wie ben jij in vredesnaam?' zei de President.

'Beschouw me maar als onafhankelijk financieel adviseur. En eigenlijk hoef je geen antwoord te geven, want ik weet vrij zeker dat hij contant betaalt. Wat belachelijk is. Snappen jullie hoeveel werk het zou schelen als jullie daarmee stoppen?' Alicia merkte dat ze met een dubbele tong praatte.

De man keek met zijn half dichtgeknepen felblauwe ogen naar haar en probeerde haar te begrijpen. 'Wat bedoel je?' vroeg hij.

'Ik bedoel dat cash in criminele kringen een verdomd achterhaalde valuta is,' articuleerde ze zo duidelijk mogelijk.

'Verdomme, Alicia, stop daarmee. Dit is geen...'

Ratko zweeg abrupt toen de man in het leren jack zijn hand hief en haar vroeg om verder te gaan.

'Hoeveel uur zijn jullie elke maand kwijt aan het witwassen van jullie geld?' vroeg ze. 'Dat is nogal onnodig als je het mij vraagt. Jullie moeten met je tijd meegaan en digitaal gaan werken.'

'Digitaal, hoezo?' zei de President.

'Cryptovaluta natuurlijk. Dat is ervoor gemaakt om niet opgespoord te kunnen worden, maar misschien is dat te hoog gegrepen voor jullie?'

Alicia zag dat Ratko schrok door de belediging. Hij keek ongerust naar haar, alsof hij haar met zijn blik wilde vertellen dat ze moest gaan.

'Heb je het over bitcoin?' vroeg de President. Hij glimlachte zelfs een beetje.

Alicia lachte. 'Nee, natuurlijk niet. Jullie moeten de anderen een stap voor zijn. Er zijn geen serieuze gangsters die nog met bitcoin werken. Ik zou Monero, Ethereum of misschien Zcash voorstellen.'

'Oké, en wat zijn dat?'

'Andere, slimmere cryptovaluta. Ik denk eigenlijk dat Monero het beste voor jullie zou zijn. Als je het adres van de ontvanger in de blockchain codeert en de afzender een vals adres geeft, dan is de betaling bijna onmogelijk op te sporen.'

De President keek met grote ogen naar haar en vervolgens naar Ratko. 'Wie is dit in vredesnaam?'

'Het spijt me,' antwoordde Ratko.

'Dat hoeft niet. Ik mag haar wel.' Hij liep om de bar heen en ging op de barkruk naast Alicia zitten. 'Geef ons een Jägermeister,' zei hij. Hij zette het omgevallen glas rechtop.

'Ik drink Smirnoff.'

'Oké, twee Smirnoff dan.' De President hield Alicia een pakje Marlboro voor. 'Rook je?'

Ze schudde haar hoofd. 'Ik dacht dat dat niet meer mocht in restaurants.'

'Dat is ook zo,' zei hij en hij stak een sigaret op. 'Wat is er met je gezicht gebeurd? Het ziet er verschrikkelijk uit.'

Alicia maakte haar gebruikelijke grapje om de sfeer te verbeteren: dat haar gezicht aan een kebabpizza deed denken en dat ze soms honger kreeg als ze zichzelf in de spiegel zag. De President lachte en gaf haar het eerste compliment over haar uiterlijk dat ze op volwassen leeftijd ooit had gekregen, en dat terwijl ze inmiddels negenentwintig was.

'Je tieten zijn in elk geval fantastisch. Siliconen?'

'Nope. Puur natuur.'

Ratko schonk de shotglaasjes vol en deed zijn best om te doen alsof hij niet naar het gesprek luisterde. Dat deed hij echter wel. Alicia wist dat hij elk woord hoorde.

Palermo begon langzamerhand weer tot leven te komen. De voetbalfanaten gingen verder met hun quiz en de gokkers kwamen aarzelend naar de bar om geld te wisselen. De President hief zijn glas en toostte met Alicia. Ze knikte naar zijn handlanger aan het tafeltje in de hoek. 'Denk je niet dat je persoonlijke assistent misschien ook iets wil drinken?'

De President lachte. 'Maak je over hem maar geen zorgen, hij wordt ervoor betaald om daar te zitten.'

'Met Monero heb je die kosten ook niet,' zei Alicia. 'Je hoeft hier niet eens naartoe te komen. Zolang Ratko betaalt, natuurlijk.'

‘Als jij het zegt,’ zei hij, en hij klakte met zijn tong.

Alicia voelde een hand op haar dijbeen en een lichte huivering in haar onderlichaam die de aanraking veroorzaakte. Ze bleef roerloos zitten terwijl hij haar een zachte kus in haar hals gaf.

‘Ik ben zo terug,’ zei hij terwijl hij van de kruk opstond.

Zodra hij naar het toilet was verdwenen, kwam Ratko naar haar toe. ‘Waar ben je verdomme mee bezig?’

‘Hoezo?’

‘Weet je wie die vent is?’

Alicia deed haar ogen dicht. Door de haastige hoofdbeweging waarmee ze zich naar Ratko had omgedraaid begon het hele restaurant te tollen.

‘Hij is verdomd knap. Dat is het enige wat ik op dit moment hoef te weten.’

‘Luister naar me, hij is de leider van een motorbende die onderdeel van de Bandidos probeert te worden.’

‘Spannend,’ zei ze. ‘Ik ben nog nooit met een president naar bed geweest. Morgen mag je me first lady noemen als je wilt.’

Ratko streek met zijn hand door zijn haar, dat met wax in model was gebracht. ‘Je bent straalbezopen, Alicia. Ik wil gewoon niet dat je iets doet waar je –’

‘En wat dan nog? Hij schaamt zich in elk geval niet voor me.’ Ze wees naar de President, die weer naar de bar toe kwam.

‘Laten we naar een rustigere plek gaan om een laatste borrel te drinken,’ zei hij en hij sloeg zijn arm om haar heen.

Alicia stond op van de hoge barkruk en hij hielp haar met haar jas. Onderweg naar de voordeur wankelde ze en stootte tegen een tafel met bestek, servethouders en glazen, die op de vloer vielen. De President verplaatste zijn hand naar haar taille en ze genoot ervan om zijn stevige greep om haar lichaam te voelen.

Ratko stond achter de bar en volgde haar allesbehalve elegante vertrek, maar ze was niet van plan om naar hem te kijken. Ze deed verdomme wat ze zelf wilde. Het was zijn taak om drankjes in te schenken en zijn kop te houden.

De ventilator aan het plafond draaide op volle snelheid. Door het brommende geluid keek Alicia naar boven. De ruimte draaide om haar heen alsof ze zich in een caleidoscoop bevond. De docent maatschappijleer wilde op hetzelfde moment de hoofdstad van Colombia weten.

Alicia hield haar handen rond haar mond. 'Bogotá!' riep ze.

Daarna verliet ze pizzeria Palermo en liep de winterkou in.

4

John schudde zijn hoofd discreet, zodat de serveerster niet naar hun tafeltje zou komen. Het gesprek was niet geschikt voor toehoorders en ze mocht niet zien dat hij zijn dienstwapen in de schouderholster onder zijn colbert stopte.

'Waarom vertrouw je me niet?' vroeg Trevor terwijl hij in Johns ogen bleef kijken.

'Zou jij dat in mijn plaats doen?'

'Misschien niet,' gaf hij toe. 'Het is verschrikkelijk om last te hebben van paranoia.'

John wist dat zijn vriend uit ervaring sprak. Een jaar geleden hadden ze beiden voor de FBI gewerkt en hadden ze in een Nigeriaans drugsnetwerk in Baltimore geïnfiltreerd. Elke dag was een gevecht tegen de angst om te worden ontmaskerd. Toch was het Trevor gelukt om zijn rol zo goed te spelen dat hij de rechterhand van de leider was geworden. Dat zei iets over zijn unieke talent om te doen alsof en het vertrouwen van anderen te winnen.

'Ben je hier alleen?' vroeg John.

'Ja, natuurlijk ben ik dat. Wat maak je jezelf eigenlijk wijs? Dat Ganiru me gestuurd heeft?'

Ganiru Okeke was de leider van het drugsnetwerk. Hij was tot zeven jaar gevangenis veroordeeld, gebaseerd op de getuigenverklaringen van John en Trevor tijdens de rechtszaak van afgelopen herfst.

'Het is geen onwaarschijnlijke gedachte dat hij jou zou gebruiken om mij te vinden, of wel soms?' zei John.

Zijn vriend zuchtte berustend. ‘Mag ik iets te drinken bestellen of denk je dat de serveerster je dan met een kurkentrekker in je nek steekt?’

‘Jazeker, bestel maar iets,’ zei John. Hij was zich er volledig van bewust dat dit precies de manier was waarop hij de bedenkingen van de ander zou hebben weerlegd. De ongerustheid verminderen door die belachelijk te maken. Het spook uitkleden en Ganiru’s huurmoordenaars monsters onder het bed noemen.

Trevor gebaarde naar de serveerster en zei haar dat ze nog even wachtten met eten bestellen, maar dat hij graag een biertje wilde. Toen ze naar het volgende tafeltje was gelopen, boog hij zich over de tafel. ‘Oké,’ zei hij. ‘We beginnen bij het begin, zodat ik het begrijp. Voordat we na de rechtszaak uit elkaar gingen, heb ik twee accounts op een gecodeerde mailservice aangemaakt. Waarom denk je dat ik dat gedaan heb?’

‘Zodat we contact met elkaar konden houden, ook nadat we waren overgeplaatst en nieuwe identiteiten hadden gekregen.’

‘Dat vind je niet verdacht?’

John schudde zijn hoofd.

Trevor verplaatste de kaars zodat hij zich niet aan de vlam zou branden. ‘Ik had niet gedacht dat je me zou schrijven,’ zei hij.

‘Dat was ik ook niet van plan.’ John dacht aan de waarschuwingen van zijn verbindingsman bij de FBI. Iemand die in het getuigenbeschermingsprogramma werd opgenomen, moest bereid zijn om volledig met zijn vroegere leven te breken. Elk contact was een potentieel veiligheidsrisico.

‘Waarom ben je van mening veranderd?’

‘Om dezelfde reden waarom jij twee accounts aangemaakt hebt.’

Trevor knikte en keek met een ernstige blik naar hem. Heel even voelde John de sterke saamhorigheid tussen hen weer. De bijzondere band die was ontstaan doordat ze Ganiru’s schrikbewind van dichtbij hadden meegemaakt en wisten tot welk geweld de drugshandelaar in staat was. Als er door Ganiru jacht op je werd gemaakt, had je iemand nodig die begreep hoe het was om nooit meer een nacht ongestoord te kunnen slapen.

De serveerster zette het schuimende glas bier neer.

'Ik kan dit raadspelletje niet meer verdragen,' zei Trevor toen ze weggelopen was. 'Precies wanneer denk je dat ik je verraden heb?'

John bestudeerde de niet-begrijpende blik in de ogen van zijn vriend. 'Je hebt het niet vrijwillig gedaan,' zei hij. 'Ik denk dat de achtervolgers je gedwongen hebben.'

'De achtervolgers?'

'Ja, de huurmoordenaars die door Ganiru betaald worden om ons op te sporen. Ik weet niet hoe ze jou gevonden hebben, maar ik weet dat het zo is.'

Trevor zag eruit alsof hij zich in zijn bier zou verslikken. 'Jezus –'

'Wacht,' onderbrak John hem en hij ging verder. 'Ze hebben in je computer gezocht en hebben de mails gevonden die we elkaar gestuurd hebben. Omdat we elkaar nooit verteld hebben waar we ons bevinden, hebben ze het toetsenbord overgenomen en hebben ze mij uit jouw naam gemaild.'

'Je bedoelt dus dat dit...' Trevor legde zijn hand op zijn buik. '...gewoon bedrog is? Dat mijn dikke darm niet vol tumoren zit?'

John herinnerde zich wat een fantastische toneelspeler de man die tegenover hem zat was. 'Ja,' zei hij. 'Dat is precies wat ik denk.'

'Maar dan begrijp ik niet... Waarom laat je me dan hiernaartoe komen?'

'Omdat ik een naïeve idioot ben die het verhaal geslikt heeft over de vriend met kanker die me wil zien om op een hartverscheurende manier afscheid van me te kunnen nemen. Gisteravond besefte ik pas dat er iets niet klopte. Ik heb je oude mails doorgelezen en ontdekte kleine afwijkingen in de taal, veranderingen die begonnen zijn nadat je problemen met je buik kreeg.'

'En dat is je bewijs?' zei Trevor. 'Mijn slechte grammatica en gebrekkige spelling?'

'Ik weet zeker dat jij de laatste mail niet geschreven hebt,' zei John, hoewel hij daar niet meer zo van overtuigd was.

'Stop met die paranoia en gebruik je verstand. Als het is zoals jij beweert, waarom lig ik dan niet op de bodem van een meer? De achtervolgers hebben dan geen voordeel meer van me, of wel soms?'

John had geen bevredigend antwoord op die vraag. Hij had tenslotte hetzelfde gedacht – dat Trevor dood was – en was alleen naar het restaurant gegaan omdat hij het niet had kunnen laten. Zolang er een theoretische kans was dat Trevor leefde, was dat zijn plicht. Toch was het feit dat zijn voormalige collega daadwerkelijk was komen opdagen niet voldoende om het wantrouwen weg te nemen, waardoor hij zich een paranoïde verrader voelde.

'Verdomme, John, ik weet niet wat ik moet zeggen om ervoor te zorgen dat je me gelooft.' Trevor hief het glas bier en bestudeerde de vlam van de kaars door de barnsteenkleurige vloeistof. De muur van stilte die tussen hen in stond was compact.

John keek opnieuw naar de gasten van Rederiet. De mannen die hij als een potentiële dreiging had beschouwd zaten nog steeds op hun stoel en leken van het eten en drinken te genieten.

'Wil je dat ik wegga?' zei Trevor.

Toen John geen antwoord gaf, stond zijn vriend op en haalde zijn portefeuille uit de achterzak van zijn broek. 'Ik hoop dat het voldoende is,' zei hij terwijl hij een briefje van honderd kronen op de tafel legde. 'Ik heb geen idee wat een biertje in Zweden kost.'

Trevor liep haastig naar de uitgang. Het belletje boven de deur rinkelde toen hij het restaurant verliet en een zweem winterkou waaide het lokaal in. Hij trok zijn jas op het trottoir aan en zette zijn muts op zijn kale hoofd.

Zonder dat John zich er volledig bewust van was, schoof hij zijn stoel naar achteren, wrong zich langs het stel aan het raamtafeltje en klopte op het glas. Trevor keek naar hem en ze staarden een paar seconden naar elkaar. Daarna gebaarde John naar zijn vriend dat hij terug naar binnen moest komen.

Toen ze weer tegenover elkaar zaten, kwam de serveerster met een verwarde frons op haar voorhoofd naar hun tafeltje toe. 'Willen jullie de tafel nog steeds hebben? Ik heb namelijk gasten aan de bar die zitten te wachten tot hij vrijkomt.'

'Bedankt, maar we willen graag iets eten, of niet soms, Trevor?'

Trevor pakte het bankbiljet en stopte het in zijn broekzak terug. 'Dat willen we absoluut.'

Ze bestelden een grote portie tapas om te delen en John nam mineraalwater terwijl Trevor een nieuw glas bier bestelde.

'De arts wil dat ik geen vlees en ander voedsel eet dat moeilijk te verteren is. Maar er is vast iets bij wat ik kan eten.'

'Jij kiest eerst en dan neem ik wat er overblijft,' zei John.

Het stond hem tegen om Trevors kanker als waarheid te accepteren, maar op dit moment was er geen alternatief. Als hij opnieuw zijn reserves liet blijken, zou het gesprek afgelopen zijn.

'Weet Minette dat je ziek bent?' vroeg John. Hij zag Trevors ex-vrouw voor zich.

John had haar nooit ontmoet, maar Trevor had hem in Baltimore foto's laten zien van een vrouw van in de dertig met rastavlechten en heldere ogen.

'Nee, we hebben geen contact. Ik heb mijn verbindingsman bij het bureau gevraagd om het haar te vertellen als... tja, als het afgelopen is.'

Zijn verdriet was overduidelijk. Het lekte uit elke porie van zijn stevige lichaam. Minette was tijdens de infiltratie bevallen van hun eerste kind. Trevor had zich erop ingesteld dat ze met zijn drieën een nieuw leven zouden beginnen, maar Minette wilde dat niet. Ze wilde scheiden en verdween met hun dochtertje in een eigen beschermingsprogramma.

‘Is er echt niets aan de tumoren te doen?’ vroeg John.

‘Nee, de kanker heeft zich al verspreid, zowel naar de lever als naar de lymfeklieren. Het is gebeurd.’

‘Wat zeggen de artsen? Hoeveel tijd heb je nog?’

‘Zes tot acht maanden. Dat wil zeggen, als ik doorga met de chemotherapie.’

‘En als je dat niet doet?’

‘Aanzienlijk korter.’

‘Je gaat dus door met de behandeling?’

Trevor schudde langzaam zijn hoofd. ‘En probeer niet om me over te halen,’ zei hij. ‘Die troep maakt me bedlegerig en ik geef elke dag over. Ik blijf liever op de been, al leef ik dan korter.’

John wilde vragen of Trevor via zijn verbindingsman in elk geval verslagen over zijn dochtertje kreeg, maar in plaats daarvan stuurde hij het gesprek in een andere richting, weg van de kankergezwellen en Trevors gebroken gezin. ‘Waar ben je de afgelopen maanden geweest?’ vroeg hij.

Trevor probeerde te glimlachen. ‘Bali.’

‘Natuurlijk, dat dacht ik al. Stranden en cocktails.’

‘Ja, en vrouwen in bikini. Ik had je nodig daar. We zouden een fantastisch team geweest zijn. Jij zou de mooie meisjes gekregen hebben en ik zou de troostprijs zijn geweest voor degenen die overbleven.’

John moest ondanks zichzelf lachen om de smakeloze grap van zijn ruim tien jaar oudere collega. Trevor had hem in Baltimore ‘jongen’ genoemd, hoewel hij vierendertig was, en had hatelijke opmerkingen over zijn ijdelheid gemaakt. Qua uiterlijk waren ze in veel opzichten elkaars tegenpolen. John zorgde goed voor zijn lichaam en droeg altijd maatkostuums, terwijl zijn vriend overgewicht had en zich op zijn gemak voelde in kleding die hij bij Target in de uitverkoop kocht.

‘En jij dan?’ ging Trevor verder. ‘Waarom ben je naar deze uithoek gegaan?’

John bedwong zijn impuls om de waarheid te vertellen. Dat hij de eerste twaalf jaar van zijn leven in Karlstad had gewoond en nog steeds vrij goed Zweeds sprak. Dat verhaal moest wachten tot hij er volkomen zeker van was dat hij zijn vriend kon vertrouwen.

'Ik heb Zweden altijd een fijn land gevonden,' zei hij in plaats daarvan. 'Het leek veilig en zeker. Het is gewoon een prettig land om in te wonen.'

'En de duisternis dan? Het begint verdomme al donker te worden voordat de zon opgekomen is.'

'Tja, daar was ik niet echt op voorbereid, maar ze zeggen dat het in de zomer andersom is. Dan is het tot elf uur 's avonds licht.'

De serveerster bracht hun drankjes en zette even later een schaal met tapas in het midden van de tafel neer. Trevor nam er wat van, maar het meeste kwam niet verder dan zijn bord. Bier drinken ging hem gemakkelijker af. Zijn glas was leeg en vervangen door een nieuw biertje voordat John halverwege zijn mineraalwater was.

'Hoelang blijf je?' vroeg hij. Op hetzelfde moment had hij al spijt van zijn vraag.

Trevor keek opgelaten en prikte met zijn vork in de Spaanse boerenomelet.

'Je hebt geen retourticket, of wel soms?' ging John verder. Zonder het antwoord af te wachten legde hij zijn hand op de arm van zijn vriend. Trevor was niet naar Zweden gekomen om afscheid van hem te nemen en vervolgens naar huis terug te keren. Hij was hiernaartoe gekomen om niet alleen te hoeven sterven.

'Sorry, maar ik moet pissen.' Trevor schraapte zijn keel en schoof zijn stoel naar achteren. Toen hij stond, wankelde hij en hij moest steun zoeken bij het tafelblad om in evenwicht te blijven.

'Gaat het?'

'Het zijn de pijnstillers. Ik heb er niet aan gedacht dat ik ze slik. Ze zijn verdomd sterk en ik mag er geen alcohol bij drinken.'

John wierp een blik op de steile spiraaltrap die naar de toiletten in de kelder leidde. 'Ik ga met je mee,' zei hij. 'Ik moet ook.'

Hij liep voor Trevor uit naar de kelder. Dichtbij genoeg om er te zijn als het nodig was, maar zonder hem zijn arm bij wijze van steun aan te bieden. Eenmaal beneden moesten ze gebukt verder lopen om hun hoofd niet tegen het lage betonnen plafond te stoten.

'Dames gaan voor,' zei John en hij gebaarde naar Trevor dat hij de toiletruimte in moest lopen.

Ze gingen naast elkaar staan en leegden hun blazen boven de urinoirs. Trevor keek naar de deur en maakte vervolgens de bovenste knoop van zijn overhemd los. John wilde vragen wat hij deed, maar Trevor hield zijn wijsvinger voor zijn mond. Hij maakte nog een knoop los en trok de stof opzij.

In het midden van zijn brede borstkas was een microfoon geplakt.

DONDERDAG

5

Alicia was eerder dronken geweest, maar niet zo erg als nu. Dit was de oermoeder van het dronken zijn, het origineel dat alle andere dronkenschappen ter wereld probeerden na te streven.

Het was begonnen met een paar biertjes in Palermo, geëscaleerd nadat ze het absurde besluit had genomen om seks te hebben met de leider van een motorbende, en ermee geëindigd dat ze in een sneeuwhoop op weg naar huis in slaap was gevallen.

Volgens haar patiëntendossier had ze een lichaamstemperatuur van eenendertig graden toen ze bewusteloos bij de spoedeisende hulp van het Centralsjukhuset arriveerde. Het laatste herinneringsbeeld dat Alicia kon oproepen was een blaffende hond. Of eigenlijk een herinneringsgeluid, als je pietluttig wilde zijn. Het was haar niet gelukt om haar ogen te openen.

Toen ze wakker werd, had ze een merkwaardige opblaasbare deken over zich heen, die was aangesloten op een apparaat op de vloer dat warme lucht naar binnen pompte. Haar gezicht had de jonge arts van de intensive care misleid. Hij dacht eerst dat de littekens veroorzaakt waren door de onderkoeling en schaamde zich toen Alicia uitlegde dat ze al oud waren.

De dag was in een waas van slaap en misselijkheid verstreken. Nu pas, nu de duisternis achter het raam was ingevallen, voelde ze zich iets beter. Volgens het scherm naast haar bed was haar lichaamstemperatuur gestegen tot 36,2 graden.

Een verpleegkundige stak haar hoofd om de deur en vertelde dat ze bezoek had. Alicia had door de tikkende hakken in de gang al gehoord dat het Stella was. Ze had het telefoonnummer van haar zus aan het personeel gegeven toen ze vroegen of er iemand was die ze moesten bellen.

Stella stormde in een bruine kasjmieren jas de kamer binnen. Haar parfumgeur maskeerde de steriele lucht van ontsmettingsmiddelen. Ze ging op de stoel naast het bed zitten en Alicia pakte haar hand vast. Die voelde warm vergeleken met haar eigen lichaam, dat nog steeds aan het ontdooien was.

'Ik zat in de trein vanuit Stockholm toen het ziekenhuis belde. Je hebt me deze keer echt laten schrikken. Je had dood kunnen zijn, snap je dat?'

Ja, dat besefte Alicia. De arts had het ook al twee keer tegen haar gezegd.

'Wat is er eigenlijk gebeurd?' vroeg Stella.

Alicia had moeite om in de ogen van haar zus te kijken. Het stond haar tegen om het verhaal te vertellen. Hoe vaak hadden ze zich niet in deze situatie bevonden? Stella ongerust op een stoel naast het bed in een ziekenhuis en zij als het zwarte schaap onder de deken.

'Ik had een beetje te veel gedronken,' zei ze.

'Een béétje te veel?'

'Oké, veel te veel dan.'

'Was je op die afschuwelijke plek?'

'Als je Palermo bedoelt, dan is het antwoord ja.'

Alicia probeerde zich haar zus tussen de gasten van haar stamrestaurant voor te stellen. Dat was moeilijk, om niet te zeggen onmogelijk. Stella was lang en slank, maar had toch rondingen. Haar steile haar was van nature blond en omlijstte een symmetrisch gezicht met hoge jukbeenderen. Als kind had ze al in modebladen bij de kassa van de Ica gebladerd en had ze geoefend om dezelfde houdingen aan te nemen als de modellen op de foto's.

'Hoe ging het tv-interview?'

Stella liet Alicia's hand los en leunde naar achteren op de stoel. 'Goed, denk ik. Zo voelde het in elk geval wel.'

'Hoe laat wordt het uitgezonden?'

'Om zeven uur.'

'Waar ga je kijken?' vroeg Alicia.

'Op kantoor. De andere bestuursleden vinden dat we vanavond iets voor de werknemers moeten organiseren. Het is zo jammer dat je daar niet bij kunt zijn. Ik neem tenminste aan dat je hier tot morgen blijft.'

'Ik weet het niet. Ze hebben niets gezegd.'

Alicia keek om zich heen in de kale kamer met de medische apparatuur die alle functies van het lichaam controleerde. De muren waren ziekenhuiswit en de kalender van de Zweedse Medische Vereniging van vorig jaar hing nog steeds aan een spijker. Eén ding was zeker: ze was niet van plan hier nog een nacht te blijven.

Stella wilde meer weten over wat er de vorige avond en nacht was gebeurd, en nadat ze een tijdje had aangedrongen, vertelde Alicia een paar goed gekozen details. Haar bezoek aan de woning van de President liet ze achterwege. Ze had zich gênant en pathetisch gedragen.

'Lieve hemel,' zei Stella toen Alicia klaar was. 'Je moet beter voor jezelf zorgen. We hebben je nodig. Ik heb je nodig.' De ongeruste blik in de ogen van haar zus maakte dat de schaamte op haar huid brandde. 'Is er een reden waarom dit juist nu gebeurd is?' vroeg ze.

Alicia schudde haar hoofd langzaam. Ze wist waar Stella heen wilde. Misstappen zoals deze waren vaak een teken dat ze overwerkt was. En zulke episodes eindigden altijd op dezelfde manier: met een noodlanding. 'Nee, ik voel me goed.'

'Weet je dat zeker?'

'Ja, ik ben gewoon even uit de bocht gevlogen. Het gebeurt niet nog een keer.'

'Je weet dat je het me moet vertellen als je weer tegen een muur op loopt.'

'Rustig maar. Ik voel me veel beter sinds we de lancering in Duitsland uitgesteld hebben. Ik ben gisteren al om twee uur naar huis gegaan. Misschien is dat het probleem. Ik heb gewoon niet genoeg werk.' Alicia probeerde een glimlach. Haar zus beantwoordde die, maar leek niet overtuigd. Ze stond op, trok haar jas uit en hing hem over de rugleuning. Alicia zag nu pas wat ze droeg. Als ze zich niet vergiste, was het de jurk van Gaultier met de zwarte parels die ze pasgeleden had gekocht. 'Mooi,' zei ze in een poging van onderwerp te veranderen.

'Dank je, het is de eerste keer dat ik hem draag.'

'Had je hem tijdens het interview aan?'

'Nee, toen droeg ik de rode jurk. Maar vanavond wil ik deze dragen.'

Alicia trok haar wenkbrauwen op. 'Voor de afterworkparty?'

'Nee... of ja, daar natuurlijk ook.'

'Dus je gaat daarna nog ergens anders naartoe.'

'Misschien wel.' Stella glimlachte, streek met haar perfecte nagels door haar haar en gooide haar hoofd in haar nek, waardoor de lange lokken golfden als in een shampooreclame.

'Wie is het?' vroeg Alicia.

Stella zag er op hetzelfde moment vrolijk en opgelaten uit. Alsof ze het wilde vertellen, maar niet zeker wist of ze het moest doen. Dat was niets voor Stella. Ze was nooit zuinig met details over haar losbandige liefdesleven.

'Vooruit, zusje, vertel. Wie is degene die deze jurk verdient?'

'Dat is niet belangrijk,' zei Stella. 'De persoon in kwestie lijkt zich niet druk te maken om wat ik draag.'

Alicia keek haar verbaasd aan. 'Niet? Wat bedoel je?'

'Tja, nu heb je iets om over na te denken.'

'Daarom vraag ik het ook. Omdat ik erover nadenk.'

Stella glimlachte geheimzinnig. Ze ontsnapte aan een antwoord doordat de verpleegkundige binnenkwam en de opblaasbare deken rechttrok. 'Voel je je al iets beter? Je lichaam heeft rust nodig, dus zou het fantastisch zijn als je wat kunt slapen.' Alicia knikte inschikkelijk en de in het wit geklede vrouw haastte zich de gang weer in.

Stella pakte haar jas en boog zich over het bed. 'Je hebt gehoord wat ze zei, je moet slapen. Zorg goed voor jezelf en zeg tegen het personeel dat ze me moeten bellen als je iets nodig hebt.' Ze duwde haar lippen voorzichtig op de wang vol littekens.

Alicia beet op haar tanden en hield haar adem in. Niemand anders durfde haar gezicht op die manier aan te raken.

Stella draaide zich in de deuropening om. 'Black Tantra,' zei ze. 'Daarom is de kleding niet belangrijk.'

Als Alicia niet zo moe was geweest, had ze gelachen. Stella was op veel manieren net een kind. Het geheim borrelde net zo lang in haar tot ze het niet langer kon binnenhouden.

'Wat is dat in vredesnaam?' vroeg Alicia.

'Zoek dat zelf maar uit. Jij bent het genie van ons tweeën.'

6

Het uitzicht vanaf de bovenste verdieping van het Empire State was prachtig. John had het achterste gebouw aan de Bryggudden naar het klassieke oriëntatiepunt van New York vernoemd. Het gebouw was lang niet zo hoog als het origineel, maar dichter bij een wolkenkrabber kon je in Karlstad niet komen.

Afhankelijk van het raam waardoor hij naar buiten keek zag hij het water van het Vänermeer of de toren van de domkerk in het centrum, maar dat was tijdens de lichte uren van het etmaal. Nu was het donker en John keek in een andere richting. Naar binnen. Naar zijn eigen, zielige persoonlijkheid.

Waarom was hij in vredesnaam begonnen met Trevor te mailen? De regels van de afdeling voor getuigenbescherming waren er niet zomaar. Ze waren gebaseerd op de decennialange ervaring van heel veel beveiligde personen. Maar had hij zich daar iets van aangetrokken? Nee, natuurlijk niet.

Zelfs toen hij vermoedde dat zijn achtervolgers de laatste mails naar hem hadden geschreven, had hij zijn kans niet gegrepen om de stad te ontvluchten. In plaats daarvan had hij zich laten leiden door zijn gevoelens, en nu was het te laat. Ganiru's huurmoordenaars stonden gegarandeerd voor het gebouw op wacht en zouden ingrijpen als hij afwijkend gedrag vertoonde.

John speelde de scène uit het toilet van Rederiet opnieuw voor zijn geestesoog af. Trevor had hem een servet gegeven waarop DE KNOT BIJ DE BAR en NODIG ME MORGEN BIJ JE THUIS UIT stond.

Het was geen verrassing dat de man met de zilverkleurige knot door Ganiru was gestuurd. Hij had op zijn lijstje met potentiële achtervolgers gestaan. Toen ze weer aan hun tafeltje zaten, had John naar een microfoontje in zijn oor gezocht, maar hij had niets gezien. Waarschijnlijk was de techniek in zijn gehoorgang verborgen. De handlangers van de man waren net zo onzichtbaar. Misschien luisterden ze in een auto op het parkeerterrein achter het restaurant.

John had in tweestrijd verkeerd over Trevors verzoek om hem thuis uit te nodigen. Tegelijkertijd begreep hij waarom zijn vriend het had opgeschreven. Het was een manier om aan de wakende ogen te ontsnappen en het voorstel moest van hem komen. De achtervolgers zouden het niet prettig vinden als Trevor het gesprek op eigen initiatief naar een plek buiten hun toezicht verplaatste. Het was waarschijnlijk erg genoeg dat John was meegegaan naar het toilet in de kelder.

Na enig aarzelen had hij daarom gehoor gegeven aan de instructie en had hij gevraagd of Trevor zin had om de volgende avond om zes uur bij hem op bezoek te komen.

John keek op zijn horloge. Dat was over een kwartier.

Hij pakte een biertje uit de koelkast. Het appartement, dat hij van de eigenaar huurde, bestond uit één grote ruimte van minstens tweehonderd vierkante meter. Het meubilair was op zijn zachtst gezegd spaarzaam. Er stond een smeedijzeren bed, voor het raam met uitzicht op het meer stond een chesterfieldfauteuil en in het keukengedeelte stond een klaptafel met vier fruitkisten die op hun kant stonden en als stoelen dienden.

John ging op een ervan zitten en haalde de dop van het flesje bier. Zijn hand trilde toen hij het naar zijn mond bracht. Een kakofonie van stemmen riep in zijn hoofd naar hem. Hij zou mishandeld worden, toegetakeld tot voorbij de uiterste pijngrens. Het was een kwestie van minuten voordat de achtervolgers het appartement binnen zouden stormen en het in een martelkamer zouden veranderen.

John probeerde zich vast te klampen aan de enige strohalm die hij had. Trevor had hem weliswaar bedrogen, maar had aan de andere kant zijn overhemd opengeknoopt om de microfoon op zijn borstkas te laten zien. Dat moest betekenen dat hij wilde overlopen en niet langer wilde meedoen aan wat Ganiru ook van plan was.

Toen de bel ging, ontgrendelde John zijn dienstwapen en liep naar de hal. Hij liet de bezoeker in het trappenhuis en wachtte met zijn oog voor het kijkgaatje in de deur. Het duurde een eeuwigheid voordat de lift bij de bovenste verdieping was. Pas toen hij zag dat het Trevor inderdaad was, en dat zijn vriend alleen was, ontspande John en liet hem binnen.

'Wauw, wat een penthouse,' zei Trevor, waarna hij op een van de fruitkisten in de open keuken ging zitten.

'De inrichting is nogal bijzonder, maar ik heb het naar mijn zin hier,' zei John. Misschien zouden de botten in zijn lichaam nog een tijdje heel blijven. 'Wil je een biertje?'

'Graag.'

John pakte een flesje uit de koelkast. Hij overwoog om de gordijnen voor de ramen dicht te trekken, maar besloot uiteindelijk om het niet te doen. Het geluid zou worden geregistreerd door de microfoon op Trevors borstkas en er was geen reden om zich hier zorgen te maken over inkijk.

Hij zette het biertje voor zijn gast neer, samen met een kladblok en een potlood dat hij met zorg had uitgekozen. De punt was zacht en zou niet over het papier krassen. 'Proost,' zei hij met een knikje naar de tafel.

Trevor snapte wat hij wilde. Hij schreef met grote letters HET SPIJT ME en hield het kladblok omhoog.

John pakte de pen. WAT IS ER AAN DE HAND? schreef hij.

Trevor toonde zijn talent voor simultaan handelen door te vertellen hoe smerig het lokale bier op Bali was terwijl hij er tegelijkertijd in slaagde om de vraag te beantwoorden.

ZE HEBBEN ME GEVONDEN. IK HEB GEEN IDEE HOE HET ZE GELUKT IS. ZE HEBBEN HET WACHTWOORD GEKRAAKT EN HET MAILACCOUNT OVERGENOMEN, PRECIES ZOALS JE AL ZEI.

John trok het kladblok naar zich toe. KANKER? schreef hij.

Trevor schudde zijn hoofd.

Dat was natuurlijk goed nieuws. Toch voelde John een steek van woede omdat hij in de maling was genomen.

WAAROM BEN JE HIER? schreef hij.

De woordenstroom van zijn vriend begon te haperen, dus dwong John een poosje stilte af door te zeggen dat hij naar het toilet moest. In werkelijkheid ging hij naar de hal, trok zijn schoenen uit en sloop op zijn sokken naar de tafel terug om Trevors antwoord te lezen.

ZE STELDEN VRAGEN OVER EEN FILM EN IK BEGREEP DAT JE GANIRU IN JE MACHT HEBT. HET GAAT OM EEN VIDEO DIE OPENBAAR GEMAAKT WORDT ALS ER IETS MET JOU GEBEURT.

John nam een grote slok bier.

Het was zoals hij al had vermoed: Trevor was op de hoogte van zijn levensverzekering. Die was een jaar geleden toevallig ontstaan tijdens een opdracht met de leider van het drugsnetwerk in een buitenwijk van Baltimore.

Ganiru had hem gezegd om in de auto te wachten terwijl hij een afspraak met iemand in een magazijn had. John had zich niets aangetrokken van de instructies en had de ontmoeting stiekem door een kier tussen de golfplaten gefilmd. Hij herkende de hoofdrechercheur met een snor die met Ganiru praatte meteen. Het was een van de meest gerespecteerde agenten in burger van de politie van Baltimore, de man die alle grote onderzoeken naar drugsgerelateerde misdrijven in het oostelijke district leidde.

De alfamannetjes leken geïrriteerd en gebaarden wild in het magazijn. Toen de snor een hogere betaling eiste voor zijn diensten, haalde Ganiru een pistool met geluiddemper tevoorschijn en schoot een kogel door zijn hoofd.

John was naar achteren gedeinsd en was naar de auto gerend. Als de hoofdrechercheur betrouwbaar was, hadden de verbindingsmannen van het bureau bewijsmateriaal bij de volgende bespreking, maar voor corrupte agenten golden andere regels. John besloot de film te houden om een chantagemiddel tegen Ganiru te hebben. Corrupt of niet, de straf voor het vermoorden van een politieagent was levenslang.

Na de rechtszaak had hij een USB-stick met een kopie van het videobestand discreet aan de advocaat van Ganiru overhandigd met de mededeling dat de film op internet geplaatst zou worden en de link naar het FBI-kantoor in Baltimore gemaild zou worden als John zou overlijden. Het bewijs zou leiden tot een nieuwe aanklacht en Ganiru's zeven jaar achter de tralies zouden verlengd worden tot een eeuwigheid. Het was een betere bescherming tegen de wraak van Ganiru dan het bureau kon bieden.

John zette de potloodpunt op het papier en negeerde Trevors blik. Zijn vriend leek teleurgesteld omdat hij zo'n groot geheim had achtergehouden. JE HEBT GEEN ANTWOORD GEGEVEN OP DE VRAAG WAT JE HIER DOET. John onderstreepte de laatste woorden en schoof het kladblok naar Trevor toe, die naar een lege pagina bladerde om voldoende ruimte te hebben.

IK HOORDE ZE OVERLEGGEN OF ZE JE ZOUDEN MARTELEN ZODAT JE DE FILM AAN HEN ZOU GEVEN. IK HEB GEZEGD DAT HET ZINLOOS WAS. HOEVEEL PIJN ZE JE OOK ZOUDEN DOEN, JE ZOU NOOIT PRIJSGEVEN HOE JE DE PUBLICATIE VAN DE FILM GEREGELD HEBT. JE ZOU NOG LIEVER DOODGAAN. IN PLAATS DAARVAN BOOD IK AAN OM JE HET GEHEIM TE ONTFUTSELEN. DE AFSPRAAK IS DAT IK BLIJF LEVEN ALS ZIJ DE FILM IN HANDEN KRIJGEN.

JE BENT HUN INFILTRANT DUS? schreef John.

IK HAD GEEN KEUS. ZE WAREN VAN PLAN ME TE VERMOORDEN, antwoordde Trevor.

John besefte dat zijn 'toiletbezoek' niet lang meer kon duren. Hij stond geluidloos op, trok zijn schoenen in de hal aan, spoelde het toilet in de badkamer door en kwam naar de keukentafel terug terwijl hij hard met zijn hakken op de vloer bonkte. 'Wil je wat pinda's voordat we gaan eten?' vroeg hij.

'Lekker.'

John vulde een schaaltje terwijl hij bekeek wat zijn vriend opschreef.

IK WIL DAT JE ERVOOR ZORGT DAT DE FILM MIJ OOK BESCHERMT. GANIRU MOET WETEN DAT HIJ GEEN VAN ONS TWEEËN IETS KAN AANDOEN ZONDER DAT DE FILM VERSPREID WORDT.

Het was moeilijk om Trevors wens te weerstaan, maar de vraag was nog steeds of hij te vertrouwen was. John dacht aan de video, die op een server in de cloud stond. Eén keer per week bezocht hij een website en voerde een achtcijferige code in om te voorkomen dat de film openbaar werd gemaakt. Als hij de details daarvan prijsgaf, nam hij een enorm risico.

Trevor leek zijn aarzeling te begrijpen.

JE HOEFT NU GEEN ANTWOORD TE GEVEN, schreef hij. SLAAP ER EEN NACHTJE OVER, DAN KUNNEN WE DAARNA WEER AFSPREKEN OM EROVER TE 'PRATEN'. TOT DAT MOMENT MOETEN WE HET SPELLETJE MEESPELEN.

John knikte. Dat was precies wat hij van plan was. Hij wilde doen alsof zijn zieke vriend naar Karlstad was gekomen om hier te sterven en wilde hem snel weer uitnodigen voor het avondeten.

Maar eerst moesten ze zich door deze avond worstelen. Hij keek naar de klok om te bepalen hoelang Trevor moest blijven om de achtervolgers niet wantrouwend te maken. Het ging om minstens twee uur zinloze conversatie om de microfoon op Trevors borstkas tevreden te stellen.

John werd al moe als hij eraan dacht.

7

Alicia zat op de achterbank van de taxi die haar vanaf het ziekenhuis naar huis bracht en keek door het beslagen raam naar buiten terwijl ze Stora torget passeerden. De versierde kerstboom stond nog steeds bij het stadhuis en verlichtte de winterduisternis, hoewel Kerstmis en oud en nieuw al voorbij waren.

De arts had haar na de avondronde ontslagen zonder dat Alicia daarom hoefde te vragen. Hij was het met haar eens dat ze net zo goed thuis kon uitrusten en herstellen. Haar lichaamstemperatuur was normaal en haar algemene gezondheidstoestand zo goed als die naar omstandigheden kon zijn.

De auto reed langs Sandgrund en vervolgens over de brug naar de wijk Sundsta. De Klarälv was bevroren. Alicia bedacht dat het vandaag donderdag was. De andere developers hadden zoals altijd gewerkt en hadden zich ongetwijfeld afgevraagd waar ze was.

Ze haalde haar telefoon uit haar zak. Het scherm lichtte op in de donkere taxi en ze werd al moe toen ze naar de lange lijst met ongelezen mails keek. Het werk trok haar niet aan zoals anders, net zomin als de eenzaamheid van haar woning in Norrstrand.

Alicia boog zich naar de taxichauffeur toe. 'Vergeet de Gröna gatan, ik wil in plaats daarvan naar Palermo. Weet je waar dat is?'

De man keek via de achteruitkijkspiegel naar haar. 'Bedoel je de pizzeria aan de Norra Allén?'

'Precies. Daar wil ik heen.'

Ratko stond zoals gewoonlijk achter de bar en keek naar zijn treurige koninkrijk vol gokverslaafden en sportfanaten. 'Ben je alweer terug?' vroeg hij. 'Dat had ik na gisteren niet gedacht.'

'Moet jij niet in een van je luxere tenten zijn?' vroeg Alicia. Ze had meteen spijt van haar chagrijnige toon.

Ze had in de taxi een excuus voorbereid. De manier waarop ze zich de vorige avond had gedragen was niet goed, maar Ratko's zelfingenomen gelaatsuitdrukking zorgde ervoor dat de woorden in haar keel bleven steken. Ze gunde hem zijn wat-heb-ik-je-gezegd-triomf niet.

'Ik ga later naar het centrum,' zei hij. 'Voor elf uur gebeurt er niets in Safir.'

'Fantastisch, dan heb je tijd om een capricciosa voor me te maken.'

Eigenlijk had ze geen trek, maar de arts had haar dringend aangeraden om te eten en bovendien voelde het goed om Ratko een beetje te pesten. Alicia ging aan haar vertrouwde tafeltje zitten dat de andere stamgasten, alsof het een ongeschreven regel was, altijd voor haar vrijlieten. Net zoals gezinsleden vaste plaatsen aan de keukentafel hebben.

'Betaal ik aan jou of rechtstreeks aan je vrienden met hun leren vesten?' riep ze, net hard genoeg zodat de voetbalfanaten bij de televisie het hoorden.

Ratko keek met een scherpe blik vanaf de bar naar haar en Alicia spreidde haar armen in een onschuldig wat-is-er-gebaar. Op de glazen tafel zag ze strepen zitten van het doekje waarmee het was afgeveegd. Het was niet bepaald schoon, maar dat verwachtte ze hier ook niet.

Ratko zette een glas water voor haar neer en ging tegenover haar zitten. 'Waarom ben je met die vent mee naar huis gegaan?' vroeg hij.

'Ik dacht dat hij misschien seks met me wilde.' Het antwoord was uitdagend, als van een kind.

‘Het is natuurlijk mijn zaak niet met wie je seks hebt –’

‘Dat klopt,’ onderbrak ze hem.

‘Maar je herinnert je toch nog wel wat ik over hem verteld heb?’ ging Ratko verder. ‘Zijn clubleden zijn *hangarounds* van de Bandidos.’

Ze knikte.

‘En toch ga je met hem naar bed.’

Alicia dacht aan de seks. Ze was in principe niet naar bed geweest met de President, maar had zich op de bank van achteren door hem laten nemen. Ze vond het prettig om op die manier te neuken. Gezichtsloos en met haar rug naar haar partner toe.

‘Ik heb ze niet bepaald voor het uitkiezen,’ zei ze. ‘Maar ik begrijp dat dat voor jou moeilijk te begrijpen is. Jij plukt degene die je wilt hebben gewoon van de dansvloer.’ Ze probeerde te glimlachen, al was het alleen maar om hem te laten stoppen met zijn kruisverhoor. De bezorgde uitdrukking op Ratko’s gezicht veranderde echter niet. Het was moeilijker dan anders om hem in een goed humeur te krijgen, en dan had ze hem nog niet eens over de sneeuwhoop en haar ziekenhuisverblijf verteld.

‘Degene die ik wil zit in Milaan,’ mompelde hij.

Alicia wist wie hij bedoelde. De jonge brunette met de reebruine ogen was Ratko’s volgende project geweest nadat hun geheime relatie was verbroken. Ze was een fotomodel en precies het soort vrouw van wie Alicia dacht dat hij die altijd al naast zich had willen hebben. Nadat Ratko enorm veel moeite had gedaan om een relatie met haar te krijgen, was ze voor de volgende stap in haar carrière naar Italië verhuisd en had hem in de steek gelaten.

‘Ze komt terug als ze genoeg heeft van de zuidelijke minnaars en van zichzelf uithongeren,’ zei Alicia. ‘Intussen kun jij van de gelegenheid gebruikmaken om een beetje plezier te hebben.’

Eindelijk reageerde hij. Ze had liever dat Ratko koppig was dan te beschermend tegenover haar.

'Denk je dat ik het leuk vind om elk weekend in Safir rond te hangen?' zei hij. 'Het is gewoon werk. Zonder mooie vrouwen komen er geen mannen die hun drankjes betalen. Daarom moet ik me uitsloven voor bimbo's die nauwelijks kunnen lezen of schrijven.'

'Dan begrijp ik waarom je een relatie met een tweeëntwintigjarig fotomodel hebt gekregen,' zei Alicia.

Ratko snoof en streek met zijn hand door zijn donkere haar. 'Madeleine kan het niet helpen dat ze mooi is. Soms maakt ze zich niet op en trekt ze bewust lelijke kleren aan, alleen om niet in een hokje gestopt te worden.'

'Arme meid, dat klinkt ongelofelijk lastig.'

'Natuurlijk, maak haar maar belachelijk, en mij trouwens ook,' zei Ratko. 'Maar echt, de man met wie je gisteravond naar huis gegaan bent is levensgevaarlijk. Volgens mij is hij veroordeeld vanwege mishandeling en moord.' De bezorgde gezichtsuitdrukking was terug.

'Je hebt bijna gelijk,' zei ze. 'Mishandeling en verkrachting. Ik heb hem nagetrokken.'

'Voor- of nadat jullie seks gehad hebben?'

'Erna.' Alicia had Raws betrouwbaarste developer vanaf haar ziekenhuisbed ge-sms't om hem dat te vragen. Ze wilde het natuurlijk niet aan Ratko bekennen, maar het resultaat had haar lichaamstemperatuur een paar graden in de verkeerde richting gestuurd.

'Je moet beter voor jezelf zorgen,' hield hij koppig vol.

Het was de tweede keer dat Alicia die woorden vandaag hoorde. Hadden Ratko en zijn zus een pact gesloten? Zou Stella zo meteen achter een van de Jack Vegas-machines vandaan springen en 'Interventie!' roepen?

'Je vindt dus dat ik de klus die hij me aangeboden heeft niet moet aannemen?' zei ze.

Ratko's blik veranderde van bezorgd in doodsbang. 'Wat? Heeft hij je een klus aangeboden?'

'Ja, een lid van de bende gaat trouwen en Mr President vond het een gaaf plan om mij tijdens het vrijgezellenfeest te laten strippen. Hij vindt het een verdomd cool idee als iemand met mijn uiterlijk haar kleren uittrekt. Ik krijg tweeduizend kronen voor het optreden en zoveel drank als ik wil.'

'Jezus, Alicia!' De eigenaar van Palermo zag eruit alsof hij elk moment een beroerte kon krijgen.

'Rustig maar,' zei ze. 'Ik neem je in de maling.'

Hij ontspande en er verscheen een voorzichtige glimlach op zijn gezicht. Alicia was tevreden. Ratko hoefde niet te weten dat de President haar die vraag echt had gesteld. Dat was nadat ze seks met elkaar hadden gehad. Hij had zijn bod zelfs met duizend kronen verhoogd als ze de bruidegom zou pijpen.

Ratko stond op, gaf een kneepje in haar schouder en liep naar de bar om de pizza te maken. Alicia keek hem na en bedacht dat Stella en hij gelijk hadden. Ze moest echt beter voor zichzelf zorgen.

Vlak nadat Ratko de pizza naar Alicia's tafeltje had gebracht, kreeg ze gezelschap. Linda was immuun voor stemmingen en wachtte nooit op een uitnodiging voordat ze ging zitten. Ze was de vriendin die het op school opnam voor gepeste kinderen. Een verschoppeling die een andere leerling in de pauze in dezelfde positie zag en als vanzelfsprekend aannam dat ze heel veel overeenkomsten hadden.

'Ben je zenuwachtig?' vroeg ze. 'Ik wel een beetje.'

Alicia begreep in eerste instantie niet wat ze bedoelde.

'Het interview met je zus,' zei Linda. 'Het is bijna zeven uur, hè.'

'Nee, waarom zou ik zenuwachtig zijn?'

'Omdat het spannend is.' Toen Linda haar handen onder haar kin tegen elkaar aan sloeg om een applaus te imiteren stond Alicia op het punt om haar te vragen aan een ander tafeltje te gaan zitten. Linda noemde Alicia altijd haar 'ongelukszus'. Ze had in een magazijn gewerkt en een pallet met remschijven boven op zich gekregen. De artsen hadden haar zo goed opgeknapt dat het enige blijvende defect de stomazak op haar buik was.

Met haar uiterlijk was het erger gesteld. Haar gezicht leek afkomstig uit een horrorversie van *Svenska Hollywoodfruar*. Ze hadden elkaar in de wachtruimte van een dermatologische kliniek ontmoet en de Freak had besloten dat ze elkaars steunpilaren in het leven zouden worden.

'Wil je een stukje?' vroeg Alicia. Ze schoof het bord met de pizza naar het midden van de tafel.

Het enige stuk dat ze zelf had gegeten had ze met pure wilskracht naar binnen gewerkt.

'Nee, dank je, ik hoef niet,' zei Linda.

Alicia glimlachte inwendig. Ze wist dat de Freak de pizza niet lang met rust kon laten en vond het geweldig om haar te zien zwichten voor de caloriebom.

Ze waren geen ongelukszussen.

Niemand zou ooit opgewonden raken van de uitgezakte borsten die op de stomazak hingen.

Linda keek op haar horloge en de vetrollen die aan beide kanten van het bandje opbolden.

'We moeten een andere zender opzetten,' zei ze en ze liep naar de bar.

Daar griste ze de geplastificeerde afstandsbediening weg en zapte van Viasat Sport naar TV4. De reactie van de voetbalfanaten aan de lange tafel liet niet lang op zich wachten.

'Wat doe je, verdomme? Zet hem terug!' riep een van hen.

Ratko legde het pizzadeeg dat hij aan het kneden was neer. 'Wat heb ik over het pakken van de afstandsbediening gezegd?' zei hij en hij stak zijn hand, die onder het meel zat, naar haar uit.

Linda gaf het ding met tegenzin af, onder luid gejuich van de voetbalfanaten. Ze roken hun kans tot de eigenaar van Palermo zijn oordeel had geveld. 'Het spijt me, jongens. Vanavond komt Alicia's zus op tv, dus gaan we daarnaar kijken.'

'Maar het begint net spannend te worden,' zei een van de mannen aan de lange tafel.

'Morgen is er vast weer een spannende wedstrijd,' zei Ratko. Hij beloofde ze een biertje als ze hun mond hielden en de uitzending niet verstoorden.

Vervolgens zette hij het geluid harder en de hoogdravende herkenningstune van *På Djupet* stroomde uit de luidsprekers. De man die het programma presenteerde was een oudere televisiester die van de weekendavonden naar het midden van de week was gedegradeerd.

'Vandaag verwelkomen we Stella Bjelke, CEO en oprichter van datingsite Raw,' begon hij met zijn bekende basstem.

'Hartelijk bedankt, het is geweldig om hier te zijn.'

'Gaat het goed met je?'

'Ja, natuurlijk. Ik mag bij jou zitten om te praten over datgene wat me bijzonder na aan het hart ligt: het mensen gemakkelijker maken om liefde te vinden.' Stella gooide voor het eerst tijdens het programma haar blonde haar naar achteren.

'Jezus, wat een mooi wijf!' riep een van de voetbalfanaten.

Ratko wierp een blik in de richting van de man om hem te herinneren aan de voorwaarde voor het gratis biertje.

'Misschien kun je beginnen met degenen die Raw niet kennen te vertellen wat jullie site zo bijzonder maakt,' ging de presentator verder.

'Het grote verschil is dat wij de leden niet zelf laten beslissen wie ze ontmoeten. In plaats daarvan laten we de match over aan onze slimme algoritmes.'

'Dat klinkt ingewikkeld. Kun je het op zo'n manier uitleggen dat een dinosaurus als ik het ook begrijpt?'

'Ik zal het proberen,' zei Stella. Ze glimlachte naar hem. 'Op andere datingsites plaats je een foto en stel je een tekst over jezelf op. Daarbij komt het eerste probleem al om de hoek kijken. Kun je raden wat dat is?'

Het publiek begon voorzichtig te grinniken.

'Ik hoor dat er in elk geval een paar mensen in de studio zijn die weten waarover ik het heb,' ging ze verder.

'Ik neem aan dat mensen de waarheid een beetje mooier maken dan-ie is,' zei de presentator.

'Dat is het understatement van het jaar,' antwoordde Stella. 'We hebben het over tien jaar oude profielfoto's en zuivere leugens in de begeleidende teksten. Mensen hebben tegenwoordig niet veel tijd om naar liefde te zoeken. Wie de tijd neemt om een sportieve man met een carrière binnen de IT te ontmoeten, is teleurgesteld als hij dik blijkt te zijn en achter de helpdesk van Telia werkt. Wat zeggen jullie ervan, dames? Zo is het toch?'

De meesten in de studio lachten, maar hier en daar klonk ook boegeroep.

'Het publiek is duidelijk verdeeld,' merkte de presentator op.

'Ik ben het gewend om verkeerd begrepen te worden. Het is gemakkelijk om te denken dat ik neerkijk op mensen die een paar kilo te zwaar zijn of als telefonist werken, maar zo is het absoluut niet. Mensen zien er op alle mogelijke manieren uit en hebben allerlei soorten werk. Daar is niets mis mee. Wat daarentegen niet goed is, is je uitgeven voor iemand die je niet bent en daarmee de tijd van andere mensen verspillen.'

'Ik begrijp het. Hoe lost Raw dat probleem op?'

'Wij hebben geen foto's of beschrijvingen. Het enige wat je bij ons doet is aangeven of je mannen, vrouwen of beiden wilt ontmoeten. Daarna log je in met je bank-ID, je e-legitimatie dus, je stemt in met de gebruikersvoorwaarden en vervolgens laat je de computer de rest doen.'

'Wat bedoel je daarmee?'

'Met de toestemming van de gebruiker halen we zoveel mogelijk gegevens op, bijvoorbeeld op welke sites je vaak komt, wat je op social media post en hoe je financiële situatie is. Je uiterlijk wordt niet gebaseerd op profielfoto's die je zelf hebt gekozen, maar is een uitgebalanceerd oordeel op basis van alle foto's die er op internet van je te vinden zijn. Zowel de flatterende als de foto's die je het liefst wilt vergeten.'

Het publiek lachte weer en Stella straalde om het hardst met de schijnwerpers in de studio. Haar zus vond dit geweldig, dacht Alicia. Er was geen plek waar ze liever wilde zijn.

'Jullie krijgen kritiek omdat jullie zoveel gegevens over de bezoekers opslaan,' zei de presentator. 'Wat is jullie mening daarover?'

'Dat is nodig om ons platform te laten functioneren. Mensen bepalen tenslotte zelf of ze de site willen gebruiken of niet. Maar laat ik over één punt duidelijk zijn: alle gegevens zijn veilig bij ons. We delen niets daarvan met anderen.'

Alicia begon haar belangstelling te verliezen. Ze had haar zus zo vaak geholpen met het verdedigen van hun gebruikersvoorwaarden dat het was of ze zichzelf door de mond van een ander hoorde praten.

Ze sneed een stuk pizza af, maar was niet in staat om ervan te eten. Linda daarentegen viel vanaf de andere kant van de tafel op de capricciosa aan. De Freak kauwde koortsachtig terwijl ze naar de televisie keek.

'Ik hoop natuurlijk dat ik je het een of andere geheim kan ontfutselen,' zei de presentator, die geslepen wilde overkomen. 'Vertel eens hoe jullie site de gebruikers aan elkaar koppelt.'

'Ik weet niet of ik dat durf,' antwoordde Stella met gespeelde verlegenheid.

De presentator richtte zich tot de gasten in de studio. 'Jullie willen toch ook weten hoe deze digitale liefdesgodin te werk gaat, of niet soms?'

'Já!' riep het publiek eensgezind.

Alicia nam aan dat er buiten beeld een stagiaire met een bord in haar handen stond waarmee het publiek werd gedirigeerd.

'Oké, ik geef me gewonnen,' zei Stella. Ze glimlachte zo breed dat haar tanden zichtbaar werden. 'Maar dan moeten jullie beloven dat jullie de harde waarheid accepteren.'

Het publiek liet haar goedkeuring merken.

'De algoritmes beoordelen de gebruikers volgens vijf criteria: uiterlijk, sociaal kapitaal, cultureel kapitaal, financiële situatie en seksuele voorkeuren.'

'Maar hoe kan Raw weten wat de gebruikers prettig vinden in bed?' vroeg de presentator.

Stella gooide haar haar weer naar achteren. 'Dat heeft met de surfgeschiedenis te maken.'

De voetbalfanaten aan de lange tafel lachten mee met het publiek in de studio.

'Zijn alle criteria even belangrijk?' vroeg de presentator.

De make-up was niet in staat om zijn rode wangen te maskeren.

'Nee, die verschillen tussen mannen en vrouwen,' zei Stella. 'De algoritmes zijn bijvoorbeeld zo geschreven dat het uiterlijk zwaarder weegt als een man een vrouwelijke partner zoekt. En omgekeerd is de financiële situatie belangrijker voor vrouwen die een match met een man zoeken.'

'Wat wil je daarmee zeggen?'

'Ik spreek uit wat iedereen al weet. Vrouwen kunnen een minder aantrekkelijke man accepteren als hij voldoende geld heeft.'

'Maar andersom niet?'

'Nee, dat komt haast nooit voor.'

Er klonk weer verspreid boegeroep van het publiek.

'Ik heb jullie gewaarschuwd,' zei Stella. 'Dit is de waarheid over ons, ook al vinden we het niet prettig om te horen.'

'Maar is het echt de waarheid?' wierp de presentator tegen. 'Er wordt tenslotte gezegd dat liefde blind maakt.'

'Liefde maakt allesbehalve blind, als je het mij vraagt. In de vs bestaat een uitdrukking die ik niet in het Zweeds kan vertalen. *She is out of your league*, wordt er gezegd als een man een vrouw wil versieren, maar haar niet voor zich kan winnen. Dat leidt alleen maar tot teleurstelling voor beide partijen. Bij Raw willen we dat mensen *within their league* daten.'

'Dat klinkt als een cynisch beeld van de liefde.'

'Je mag het cynisch noemen als je dat wilt. Ik vind het realistisch. Met redelijke verwachtingen kan iedereen iemand vinden.'

De presentator keek naar beneden en bladerde door zijn aantekeningen. 'Je bent het bedrijf samen met je jongere zus gestart,' zei hij. 'Hoe zou je jullie samenwerking beschrijven?'

Alicia was weer alert. Dit antwoord wilde ze echt horen, maar helaas verdronk het in het gebrul van de voetbalfans. Bierglazen werden naar haar geheven en ze toostte plichtmatig terug met haar ijswater.

Ratko maande de gasten aan de lange tafel vanaf zijn plek achter de bar tot stilte.

'Hebben jullie weleens ruzie?' ging de presentator verder.

'Natuurlijk verschillen we soms van mening over bepaalde dingen,' zei Stella. 'Maar dan gaan we zitten om over de kwestie te praten. We vinden het belangrijk om naar elkaars mening te luisteren.'

'We wilden jullie allebei als gasten in het programma, maar je zusje wilde niet.'

'Dat klopt helaas. Ik heb geprobeerd haar over te halen, maar ze is introvert en dat moeten we respecteren.'

Alicia glimlachte in zichzelf. Ze had geen uitnodiging gekregen en dat zou ook nooit gebeuren. Stella hield er niet van om de aandacht te delen en in principe was dat geen probleem. Alicia zou toch nee gezegd hebben, maar ergens wilde ze dat ze de uitnodiging in elk geval had gekregen.

'Natuurlijk, maar we zijn erin geslaagd om een foto te vinden waarop jullie samen staan,' zei de presentator.

Het scherm werd gevuld met een foto van Stella, die een nauwsluitende, lange paarse jurk droeg. Ze poseerde op de rode loper naast een vrouw die iets kleiner was, bredere heupen en grotere borsten had. In de donkere spijkerbroek en de capuchontrui leek ze eerder op weg naar een koffietent dan naar een glamoureus feest. Toch was het niet haar kleding waardoor ze opviel in de mensenmassa.

Het was haar gezicht.

Grote delen van het weefsel waren geruïneerd. Ze had littekens op haar wangen, voorhoofd en hals, en haar huid vertoonde sporen van slecht genezen wonden en gebarsten blaren. De schade was zo groot dat de paar delen die ongeschonden waren afwijkend leken. De hoofdhuid was er het ergst aan toe. Die was zo verbrand dat er nooit meer haar op zou groeien.

Alicia slikte moeizaam terwijl het gejuich in de pizzeria nog toenam. Zij was de vrouw op de foto, die was genomen in het Fotografiska museet in Stockholm tijdens een bedrijfsevenement waar ze na lang aandringen van Stella mee naartoe was geweest.

'Ben je in je privéleven close met je zusje?' vroeg de presentator.

Alicia luisterde niet naar het antwoord. Het enige waaraan ze kon denken was hoeveel mensen er op dit moment naar haar gezicht staarden. Het was alsof de kleren van haar lichaam waren gerukt en ze naakt in Palermo zat.

Alicia stond op van de tafel, ging naar het enige toilet van het restaurant en liet zich op het deksel van de pot zakken zonder het licht aan te doen. Er hing een spiegel boven de wastafel die ze tot elke prijs wilde vermijden. Ze staarde minutenlang in het donker voor zich uit tot er op de deur werd geklopt. 'Schiet eens op, er zijn meer mensen die moeten pissen.'

Alicia trok door en tastte naar de knop van de kraan. Ze liet de waterstraal een tijdje lopen zodat het zou klinken alsof ze haar handen waste. Toen ze uit het toilet kwam, passeerde ze een rij voetbalfanaten en liep naar de bar. Ratko tapte zonder verdere vragen een biertje voor haar – haar eerste van de avond. Misschien was zelfs hij het met haar eens dat hij haar genoeg gewaarschuwd had.

Alicia ging weer zitten op het moment dat de presentator de kijkers na het reclameblok welkom terug heette. 'Vanavond is CEO Stella Bjelke van Raw bij ons te gast. Je bent nog maar eenendertig en bent pasgeleden op de lijst van meest gehate personen in Zweden beland. Hoe voelt dat?'

'Eerlijk gezegd trek ik me daar niets van aan.'

'Niet?'

'Nee, datgene wat we bij Raw doen maakt veel mensen kwaad, maar de medaille heeft ook een andere kant. Elke week krijg ik mails van gebruikers die op andere datingsites niet geslaagd zijn, maar bij ons wel de liefde gevonden hebben.'

De presentator hief een telefoon naar de camera. 'Ik geloof dat niet iedereen weet wat er allemaal geschreven wordt op internet. Daarom lees ik een paar berichten voor van de enorme hoeveelheid op je Instagramaccount,' zei hij terwijl hij zachter begon te praten voor een maximaal dramatisch effect. '*Je verdient het om te branden in de hel... Als je een hart had, zou ik er een mes in steken... Sterf, vuile fascist.* En zo gaat het week na week door.'

Linda sloeg haar handen voor haar gezicht. 'Jeetje, wat verschrikkelijk. Dat ze dat moet verdragen.'

'Stella vindt het heerlijk,' zei Alicia. 'Hoe meer aandacht, des te meer leden. Ik weet bijna zeker dat ze een eigen trollenfabriek in Rusland heeft waar die rotzooi geschreven wordt.'

'Trollenfabriek?' herhaalde Linda.

'Laat maar. Ik probeer alleen te zeggen dat je niet bezorgd hoeft te zijn over mijn zus.'

'De haters mogen me haten als ze dat willen,' zei Stella tegen de presentator. 'Dat kan me niet schelen. Ons bedrijf handelt in liefde en ik ben niet van plan me door bekrompen mensen te laten tegenhouden bij het verspreiden van die liefde.'

Het antwoord kreeg het langste applaus van de avond van het publiek. Zelfs de voetbalfanaten in Palermo klapten mee. En Linda natuurlijk. Ze sloeg haar handpalmen zo hard tegen elkaar dat het vet trilde. Inmiddels was meer dan de helft van de pizza in haar maag verdwenen.

'Je bent duidelijk niet bang,' zei de presentator.

'Dat klopt, ik concentreer me op andere dingen en kijk vooruit.'

'Wat wordt de volgende stap? Ik weet dat jullie in zowel Noorwegen als Denemarken een site gelanceerd hebben.'

'Ja, dat klopt. En na de zomer beginnen we in Duitsland. Dat wordt heel spannend.'

Alicia verslikte zich bijna in haar bier. Had ze dat echt goed gehoord?

Ze gaf Linda, die aan de andere kant van het tafeltje zat, een por. 'Wat zei ze over Duitsland?'

'Wat bedoel je?'

'Wanneer wil Stella onze site in Duitsland lanceren?'

De Freak keek haar vragend aan. 'Na de zomer. Maar dat moet jij toch weten?'

De woede verspreidde zich razendsnel door Alicia's lichaam en haar bloed kookte. Hoe had ze in vredesnaam zo stom kunnen zijn om Stella te vertrouwen? Ze wist hoe haar zus was. De belofte om de lancering uit te stellen was alleen een manier geweest om haar zenuwachtige technisch directeur te kalmeren. In werkelijkheid stond het plan vast. De investeerders eisten het, het bestuur eiste het, iedereen eiste het – en van Alicia werd verwacht dat ze zou leveren.

Ze stond zo haastig op dat haar stoel omviel en haastte zich met haar jas in haar hand naar de deur. Toen ze op straat stond, pakte ze haar telefoon om Stella te bellen.

'Alicia, wat is er aan de hand?'

Linda was haar achternagekomen en stond met een bezorgde gelaatsuitdrukking op de stoep.

'Niks,' snauwde ze en ze begon naar huis te lopen.

'Heb ik iets stoms gezegd?'

'Nee!'

'Wil je dat ik –'

'Nee, ga gewoon naar binnen!'

Alicia liep snel weg. Linda's kleffe medelijden was het laatste wat ze nodig had. Ze koos het nummer van haar zus, hield haar telefoon tegen haar oor en wachtte terwijl de telefoon overging. 'Neem verdomme op!' schreeuwde ze.

Haar stem echode tussen de flatgebouwen, waardoor een jongen aan de overkant van de straat zich omdraaide. Toen ze naar Stella's voicemail werd doorgeschakeld, stopte ze haar telefoon in haar zak en steunde met twee handen tegen de dichtstbijzijnde gevel. Alicia bleef staan met haar hoofd tussen haar armen en haar blik op een stuk pleisterkalk dat van de muur los dreigde te komen, en deed haar ogen dicht om de dagdroom die zich zo vaak voor haar geestesoog afspeelde op te roepen.

De handeling was altijd dezelfde, maar met variaties. Ze rukte de deur van het kantoor van haar zus open en legde haar ontslagbrief op het bureau. Soms huilde Stella, soms werd ze boos. Ongeacht de reactie was Alicia altijd onvermurwbaar. Ze liep trots het kantoor uit, op weg naar een nieuw leven. In één versie verhuisde ze naar Californië en ging ze bij Google werken. In een andere versie werd ze aangenomen door Spotify en werkte ze op het kantoor in New York.

Voor de meeste mensen waren dat onbereikbare dromen, maar niet voor Alicia. Ze was zo'n fantastische developer dat ze op elk moment een baan bij een van die bedrijven kon regelen. Toch wist ze dat dat nooit zou gebeuren.

En vanavond was ze daar woedend over.

VRIJDAG

8

Een rampzalige ochtend is geen excuus voor een rampzalige outfit. Van de vele wijsheden van zijn vader had deze de grootste indruk op John gemaakt. Hij koos een maatoverhemd van de kleermaker in Little Italy en haalde de plastic hoes van de stomerij eraf. Als hij goedgekleed op zijn werk arriveerde, zouden zijn collega's op het politiebureau misschien niet merken hoe uitgeput hij was.

Nadat Trevor de vorige avond eindelijk was vertrokken, had John het grootste deel van de nacht in het appartement rondgelopen. Als het leven een reis was, dan onderzocht hij elke kruising die hem naar de plek had gebracht waar hij zich nu bevond.

In de vroegste keuzes had hij geen stem gehad. Zijn vader had John, nadat hij was bedrogen, meegenomen naar New York, de stad waar hij vandaan kwam. De liefdesgeschiedenis tussen de man met wortels in Nigeria en de zweverige witte artieste uit het noorden was gedoemd te mislukken. Zijn moeder en halfbroertje Billy bleven in de woning op Hammarö bij Karlstad wonen. Als zijn vader ze een keer ter sprake bracht, dan was dat met de namen 'klootzak' en 'hoerenjong'.

De beslissing om naar Zweden terug te keren had John zelf genomen. Hij had altijd een bepaald schuldgevoel gehad tegenover de broer die was gedwongen op te groeien met hun aan alcohol verslaafde, disfunctionele moeder. Toen Billy bovendien werd beschuldigd van het verkrachten en vermoorden van een jonge vrouw, moest John wel terugkomen. Als politieagent met een nieuwe identiteit slaagde hij erin om zijn broer vrij te pleiten van alle beschuldigingen. Wat goed had kunnen aflopen, werd echter toch een tragedie. Billy werd vermoord door de echte dader en zijn dochter Nicole raakte haar vader kwijt.

John had op een nieuwe tweesprong gestaan. Blijven of naar Berlijn vertrekken, wat vanaf het begin de bedoeling was geweest. Mentaal had hij zijn spullen al ingepakt toen Trevors mail met de boodschap dat hij kanker had in zijn mailbox belandde en alles op zijn kop zette.

John liep naar het koffiezetapparaat en vulde de grootste beker die hij in het keukenkastje kon vinden. Daarna ging hij op de chesterfield bij het raam zitten om na te denken over zijn opties.

Eén: Trevor vertellen over de website en de code. Dan zou zijn vriend eveneens beschermd zijn en konden de achtervolgers hem onmogelijk vermoorden. John en hij konden samen vluchten en zich ergens in Europa verbergen. Tegelijkertijd bestond het risico dat zijn vriend hem misleidde. Of dat hij instortte en het geheim opbiechtte als hun vlucht uit Karlstad mislukte en de achtervolgers hen te pakken kregen.

Twee: Trevor uitsluiten van zijn verzekering en zelf vluchten. In dat scenario was de lijst met voordelen lang en was er maar één nadeel, maar dat was dan ook behoorlijk zwaar. Zodra de achtervolgers beseften dat Trevor niet in zijn opdracht was geslaagd, zou hij vermoord worden.

Op een verheven moreel niveau stond de beslissing onomstotelijk vast. Tijdens een kritieke fase van de infiltratie in Baltimore had Ganiru ontdekt dat John een FBI-agent was. Trevor had een enorm risico genomen om zijn leven te redden. Zijn vriend had de kwestie de vorige avond niet genoemd, maar John was zich er volledig van bewust dat hij bij Trevor in het krijt stond.

In het grijze ochtendlicht bevatte de kwestie echter meer schakeringen dan alleen zwart en wit. Als hij moest kiezen tussen het juiste doen en doodgaan of egoïstisch zijn en overleven, was het niet zo vanzelfsprekend meer.

Zijn telefoon trilde en hij liep naar het aanrecht om te zien wie hem belde. Op het scherm stond RUBEN JONSSON. John overwoog om de oproep te negeren, maar bedacht zich. Als het hoofd van de regionale recherche belde, was het waarschijnlijk belangrijk, en het zou goed voor hem zijn om een poosje aan iets anders te denken.

Tien minuten later liep John de plaats delict op. Normaal gesproken stonk het op zulke plekken naar braaksel, urine en de grootst mogelijke ellende. Hier draaide zijn maag echter niet om; hij kreeg juist trek in een kop koffie.

John snoof de geur op en hield die een tijdje in zijn neus voordat hij uitademde. De bewoners van Karlstad waren terecht trots op hun koffiebranderij. Löfbergs had de stad op de kaart gezet, samen met de ijshockeyvereniging, de lokale dansorkestmuziek en de kleding van AckWe.

Ruben stond voor de schuifdeuren van de 'koffiewolkenkrabber' op hem te wachten. John wist inmiddels dat het hoge gebouw waar de bonen tot filterkoffie werden veredeld en in lila verpakkingen werden verkocht, in de volksmond zo werd genoemd.

'Fantastisch dat je zo snel kon komen,' zei Ruben. Hij liep voor hem uit door een gang naar het lage gedeelte van het gebouw, dat zich links van de wolkenkrabber bevond.

Even later betraden ze een ruimte waarvan John besefte dat het een productiehal was die werd gerenoveerd. Een klein gedeelte was afgescheiden met behulp van een houten geraamte en gipsplaten. Hij nam aan dat de raamloze ruimte in het midden van de hal als opslagplaats gebruikt werd.

Ruben wees naar de openstaande deur. 'Ze ligt daarbinnen.'

John vloekte zwijgend over zijn pech. Hij wist niet hoeveel ernstige geweldsmisdrijven er elk jaar in Värmland plaatsvonden, maar die met een dodelijke afloop waren op de vingers van één, hoogstens twee handen te tellen. Toch stond hij in de koffiebranderij, die maar een paar honderd meter van zijn appartement in het Empire State lag, en werd hij naar de plek gebracht waar een paar bouwvakkers vanochtend vroeg een dode vrouw hadden aangetroffen.

John had geprobeerd eronderuit te komen toen Ruben hem had gevraagd om het onderzoek te leiden, maar het had hem ontbroken aan steekhoudende argumenten. De werkelijke reden waarom een moord op dit moment niet in zijn leven paste kon hij zijn chef niet vertellen.

Hij moest het spel meespelen.

Dat hadden Trevor en hij afgesproken. Ze zouden doen alsof er niets was gebeurd, en daarbij hoorde dat hij zijn werk deed.

John verwachtte dat zijn achtervolgers hem in de gaten hielden. Tijdens de korte wandeling van zijn appartement naar de koffiewolkenkrabber had hij twee mannen aan de andere kant van de kade gezien, maar het was onmogelijk te bepalen of ze voor Ganiru werkten. John wist alleen hoe de man uit Rederiet eruitzag, degene met het zilverkleurige haar en de knot in zijn nek. Trevor had de andere achtervolgers niet beschreven en ook niet verteld hoeveel er in Karlstad waren.

John liep om een stapel planken heen en liep de afgescheiden ruimte in. Naast een cementmolen lag een bebloede vrouw die meerdere keren in haar hals was gestoken. Het licht van de bouwlampen tekende een schaduwsilhouet van het lichaam op de grove betonnen vloer. De chique jurk onder de jas en het blonde haar versterkten het gevoel dat hij zich in een Hitchcockfilm bevond.

Zijn chef kwam naast hem staan. 'En, wat denken we ervan?' vroeg hij met een schorre stem. Hij leek nog niet wakker te zijn, hoewel het inmiddels over negenen was.

Nadat de afdeling voor onopgeloste misdrijven was opgeheven, was Ruben het hoofd van de Dienst Regionale Recherche geworden en had hij John in zijn team opgenomen. Zijn nieuwe functie had hem veranderd. Deels ten goede omdat hij tegenwoordig verstandig genoeg was om een colbert te dragen, en deels ten kwade. Hij bezat inmiddels een nieuwe laag angst en gebruikte het woord 'we' op een irritante manier, alsof hij nog steeds deel uitmaakte van het team.

'Je bedoelt wat ík denk?'

'Inderdaad. Zei ik dat niet?'

John had geen zin om in discussie te gaan. In principe vertrouwde hij zijn nieuwe chef. Ruben noemde hem Fredrik Adamsson, net als alle anderen op het politiebureau, maar in tegenstelling tot zijn collega's wist Ruben dat het zijn echte naam niet was. Zijn identiteit was, in opdracht van degenen die verantwoordelijk waren voor het getuigenbeschermingsprogramma van de FBI, door de Zweedse rijksrecherche bedacht.

'Je zei dat ze bekend was,' zei John.

'Ja, dat klopt,' antwoordde Ruben.

'Is ze een actrice?'

'Nee, een zakenvrouw uit de stad.'

John liep naar het lijk toe en ging op zijn hurken zitten. 'Ze lijkt eerder een actrice,' zei hij.

'Ja, dat is waarschijnlijk een onderdeel van haar werk. Ze heet Stella Bjelke en heeft een datingplatform op internet. TV4 heeft gisteravond een interview met haar uitgezonden.'

'Gisteravond?'

'Ja, maar het was blijkbaar eerder opgenomen.'

John knikte en keek om zich heen. 'Is het moordwapen aangetroffen?'

'Nog niet,' antwoordde Ruben. 'We moeten afwachten wat de technisch rechercheurs aantreffen als ze de ruimte onderzocht hebben.'

'En haar telefoon?'

'Als ze een telefoon bij zich had, dan is die nu verdwenen. We hebben alleen een portemonnee met bankpasjes en contant geld in haar jaszak gevonden.'

John besefte dat hij het mis had over Rubens stem. Die was schor omdat hij vanochtend te veel in plaats van te weinig had gepraat. De dode vrouw leek een instinct op te wekken om de schuldige tot elke prijs te vinden – ook bij hem.

Het warme gevoel in zijn borstkas was absoluut niet nieuw voor John. Voordat de FBI hem rekruteerde voor de opdracht in Baltimore, had hij een carrière als moordonderzoeker in New York gehad. Hij moest zichzelf eraan herinneren dat dit geen geschikt moment was om zich in een moordzaak te verdiepen. Hij moest juist een manier zien te vinden om zich zonder argwaan te wekken zo snel mogelijk uit het onderzoek terug te trekken.

'Wat denken we over het gezicht?' vroeg Ruben.

We denken niets. John balde de hand in zijn zak tot een vuist. Als hij geen onderzoek naar het lijk op de betonnen vloer wilde doen, kon hij beter zijn mond houden. De vraag van zijn chef was echter meer dan gerechtvaardigd. De linkerkant van het gezicht van de vrouw was weggevreten. Op het voorhoofd en grote delen van de wang zaten diepe kraters in de huid en het onderliggende weefsel.

'Heeft de dader dat op zijn geweten?' ging Ruben verder.

'Ik denk het wel,' zei John. 'De wonden zien er vers uit, maar we moeten afwachten wat de patholoog-anatoom ervan zegt als hij haar onderzocht heeft.'

Niet veel later wemelde het in Löfbergs van de in het wit geklede mannen en vrouwen, die elke millimeter van de plaats delict uitkamden. John deed een stap naar achteren om ze voldoende ruimte te geven om hun werk te doen.

De geur van geroosterde bonen zorgde ervoor dat hij op zoek ging naar iemand die hij naar het café bij de ingang kon sturen. Hij vond geen geschikte kandidaat, maar wel een deur in een van de muren van de productiehal. Hij leende een paar latex handschoenen van een technisch rechercheur en liep ernaartoe om hem te onderzoeken.

'Denk je dat ze via deze deur binnengekomen is?' vroeg Ruben, die achter hem aan was gelopen.

'Misschien wel. Was er schade aan de hoofdingang?'

'Voor zover ik weet niet.'

John trok een handschoen aan en duwde de klink voorzichtig naar beneden. De deur ging open en de koude winterlucht stroomde de hal in. 'Is deze de hele tijd niet op slot geweest?' vroeg hij.

Ruben haalde zijn schouders op.

John liep naar buiten en bleef op het bordes staan. Daarvandaan leidde een trap van zwartgelakt staal naar het trottoir. Aan de overkant van de straat bevonden zich de kantoren van Löfbergs en een klein parkeerterrein voor het kantoorpersoneel. John wilde de trapleuning net vastpakken toen hij zich bedacht. Op het metaal zat een grote vlek. Hij boog zich naar voren om de kleur en de structuur te beoordelen.

Verdomme, dacht hij.

Het was een handafdruk van opgedroogd bloed. De moordenaar had een hand op de leuning gelegd toen hij of zij het gebouw verliet.

'Wat doe je daar?' vroeg Ruben in de deuropening van de productiehal.

John gaf geen antwoord. Hij was volledig in beslag genomen door het bestuderen van de bewakingscamera die aan de overkant van de straat boven in een paal bij de parkeerplaats hing. De lens bevond zich in de juiste hoek.

John begon te glimlachen. Hij was er zo op gericht geweest om een uitvlucht te bedenken om het onderzoek niet te hoeven doen dat hij het alternatief over het hoofd had gezien. Dat was er namelijk, en het was op alle mogelijke manieren aantrekkelijk.

Misschien kon hij het onderzoek heel snel sluiten.

Een uur later reed hij met Ruben mee naar het politiebureau. Zijn chef bedankte hem in de auto meerdere keren voor de snelle doorbraak in het onderzoek. John vond de lof nogal overdreven. De technisch rechercheurs zouden de handafdruk ook hebben gevonden. Het enige wat hij had gedaan was het onderzoek naar de plaats delict flink korter maken.

In New York hadden bevorderde collega's snel geleerd om de eer van het werk van het voetvolk op te strijken. In Karlstad gold het tegendeel. Als collega was Ruben karig geweest met complimentjes, maar als chef was hij bijna te gul. John vermoedde dat het te maken had met de cursussen inclusief leiderschap die hij had gevolgd. Tegelijkertijd had hij begrip voor Rubens opluchting. Hij was nieuw in zijn positie. De moord op Stella Bjelke zou de aandacht trekken en een snelle oplossing van de zaak zou intern pluspunten opleveren.

Toen ze terug waren op het politiebureau, werd hij gebeld door de technisch rechercheur die de opdracht had gekregen om de film van de bewakingscamera te bekijken. John haastte zich naar de videokamer. De man die er op de bureaustoel zat was jonger dan hij en had een grote koptelefoon rond zijn nek hangen. Hij had een plastic beker in zijn hand met een groene brij die hij via een rietje opzoog.

Op het bureau stonden twee beeldschermen. Op een daarvan werd de film van de bewakingscamera op dubbele snelheid vertoond, wat er grappig uitzag. Mensen in werkkleding liepen de deur naar de koffiebranderij haastig in en uit.

'Dit fragment is van gisteravond acht uur,' zei de technisch rechercheur. 'De bouwvakkers hebben blijkbaar tot laat gewerkt en zijn bezig om hun spullen in te pakken en te vertrekken.'

'Heb je iets interessants gezien?' vroeg John.

'Nee, het is nogal saai tot Stella Bjelke arriveert.'

'En wanneer is dat?'

De technicus schoof de cursor over de tijdbalk en speelde de film vanaf het juiste punt op normale snelheid af. Hij stopte het fragment op het moment dat een taxi het parkeerterrein op reed. 'Net voor tien uur,' zei hij. 'Of 21.58 uur om precies te zijn.'

De man liet de film verder spelen en een vrouw stapte uit de auto. De beeldkwaliteit was niet goed genoeg om met zekerheid vast te stellen dat het inderdaad Stella Bjelke was. De kleding en de haarkleur kwamen echter overeen met het lijk op de betonnen vloer. De vrouw stak de straat over en liep naar de trap die naar de deur in de gevel van het gebouw leidde. Ze liep snel naar boven en duwde de deurklink naar beneden.

John hief zijn hand om aan te geven dat de man de film moest stoppen. 'Ze heeft geen sleutel, wat betekent dat de deur niet op slot was.'

'Ja, dat heb ik ook geconcludeerd. Misschien zijn de bouwvakkers slordig geweest.'

'Misschien wel, maar waarom is ze daar? Zo opgedoft en op dat tijdstip?'

De technisch rechercheur had geen antwoord op die vraag. Hij dronk weer van de groene brij in de plastic beker.

Het ziet er niet alleen giftig uit, dacht John, maar het stinkt ook nog. 'Wat drink je?'

'Tarwegraspoeder, spinazie en hennepproteïne. Wil je proeven?'

John deinsde naar achteren alsof er een wapen op hem werd gericht. 'Nee, dank je wel. Ik neem zo meteen een kop koffie.'

De man haalde zijn schouders op en schoof de cursor weer over de tijdbalk. 'Ik ga precies zevenentwintig minuten verder,' zei hij. 'Naar 22.25 uur.'

Een verouderd model Volvo reed de parkeerplaats op. De chauffeur stapte uit en de technisch rechercheur pauzeerde de film. John zag de man van achteren. Hij droeg een spijkerbroek en een taillejack dat veel te dun voor het seizoen leek. Zijn haar, als hij dat al had, was verborgen onder een zwarte muts.

'Hij is laat,' zei John.

'Ja, of zij is vroeg. We weten tenslotte niet hoe laat ze hadden afgesproken.'

'Heb je hem ook van voren in beeld?'

'Dat heeft geen zin. Je ziet zelf hoe slecht de beeldkwaliteit is. Bovendien hangt de camera te ver weg.'

De film ging verder. De man op het scherm deed de auto op slot en jogde naar de koffiebranderij.

'Hoe oud zou hij zijn? In de vijftig?' opperde John.

'Ik weet het niet. Hij heeft in elk geval geen goede looptechniek.'

Hoewel de resolutie van de camera slecht was, was de hoek breed genoeg om de hoofdingang van de koffiewolkenkrabber te zien. In tegenstelling tot Stella Bjelke wilde de man in eerste instantie via de hoofdingang het gebouw betreden. Hij probeerde meerdere keren de schuifdeuren te openen voordat hij de alternatieve ingang ontdekte. Hij liep op een holletje langs de gevel, haastte zich de trap op en verdween in het gebouw.

De technisch rechercheur bevroor het beeld opnieuw. 'Hij is op de plaats delict gearriveerd,' zei hij. 'Nu gaan we veertien minuten verder, naar 22.39 uur.'

De film begon weer. Na een paar seconden kwam de man naar buiten. De deur sloeg achter hem dicht en hij bleef op het bordes staan. John verlangde er intens naar om op zijn gezicht te kunnen inzoomen, zoals bij de televisieserie CSI, waarin de korrelige beelden altijd vlijmscherp werden.

Daarna volgde zijn triomfmoment.

De man pakte de reling met zijn linkerhand vast, waarna hij haastig de trap af liep en naar de oude auto aan de overkant van de straat liep.

De technisch rechercheur pauzeerde het beeld en keek naar John. 'Bam,' zei hij. 'Daar heb je je afdruk.'

'Goed gedaan. Heb je het kenteken van de Volvo?'

De technisch rechercheur dronk het restant van zijn smoothie. Hij schoof het rietje over de bodem van de plastic beker en het slurpende geluid vulde de kamer.

'Nee, dat is onmogelijk. Niet alleen is het beeld slecht, het nummerbord aan de voorkant is ook bedekt met sneeuw en de achterkant is niet in beeld geweest.'

'Maar je hebt toch wel een letter of een cijfer kunnen zien?'

De technisch rechercheur schudde zijn hoofd. 'Helaas niet, maar ik heb het materiaal van de bewakingscamera's van de belangrijke verbindingswegen opgevraagd. Ik heb een beeld van de Hamngatan ter hoogte van het treinstation en een ander waarin hij de rivier voor de oprit naar de snelweg passeert. Die zijn echter ook van de voorkant van de auto.'

'Op de E18 hangen toch heel veel camera's?' zei John.

'Dat klopt, maar die is hij niet op gereden.'

'Niet?'

'Nee, hij is in noordelijke richting naar de Infanterigatan gereden. Hij is gefilmd door een camera bij de oude kazerne. Helaas vanaf de voorkant.'

John probeerde zich de windstreken voor de geest te halen. 'Hij reed dus naar het politiebureau.'

De technisch rechercheur knikte. 'Inderdaad. En het wordt nog beter. Toen ik onze eigen camera's controleerde om te zien of hij hierlangs gekomen was, heb ik de auto niet gezien, maar hem wel.'

'Wat bedoel je?'

'Hij moet hier in de buurt geparkeerd hebben en heeft het laatste stuk gelopen.'

'Wacht even,' zei John. 'Is hij gisteravond hier geweest?'

'Ja. Ik laat je de opname van de camera bij de hoofdingang zien.'

Op het tweede scherm, dat tot nu toe zwart was geweest, begon een nieuwe film te spelen. Daarop stond een man die de ingang van het politiebureau naderde. De technisch rechercheur pauzeerde de film en spoelde de beelden van Löfbergs terug naar het moment waarop de bezoeker uit de Volvo stapte. 'Wat denk je? Dat is toch dezelfde vent?' Hij leunde naar achteren op zijn stoel.

John vergeleek het beeld op de twee schermen met elkaar. Het fragment van de parkeerplaats van de koffiebranderij was schuin van boven gefilmd, in zwart-wit en van een relatief grote afstand, terwijl de camera van het politiebureau de bezoeker ten voeten uit en in kleur van voren toonde. Toch leed het geen twijfel dat het dezelfde man was. De kwaliteit van het beeld van de ingang was bovendien uitstekend. John zag de baardstoppels op de kin en de zweetdruppels op het voorhoofd. 'Had je niet meteen kunnen vertellen dat we een scherp beeld van de dader hebben?'

De technisch rechercheur haalde zijn schouders op. 'Ik wilde je het materiaal in chronologische volgorde laten zien,' zei hij terwijl hij de lege smoothiebeker in de prullenmand onder het bureau gooide.

John verbeet zijn irritatie. 'Laat me het fragment van het politiebureau nog een keer zien.'

De technisch rechercheur deed wat hem werd gevraagd. De tijdregistratie liep onder in het beeld mee en was op weg naar 22.52 uur.

'Naast de deur is een bel,' zei John. 'Weet je of hij aangebeld heeft?'

'Daar lijkt het niet op. Hij staat daar bijna een minuut te staren en loopt vervolgens weg.'

John knikte naar het scherm. 'Ik neem aan dat je een foto geprint hebt?'

De technisch rechercheur gaf hem een glanzend vel fotopapier. De blik van de man op het bevroren filmbeeld straalde wanhoop uit. Als een collega de deur had geopend en een hand op zijn schouder had gelegd, was hij waarschijnlijk ingestort, maar dat was niet gebeurd. De man had niet aangebeld en de agenten in het politiebureau hadden blijkbaar belangrijkere dingen te doen gehad dan kijken naar het scherm dat de ingang bewaakte.

'Waar is hij vervolgens naartoe gegaan?' vroeg John.

De technisch rechercheur spreidde zijn armen. 'Omdat ik de auto niet zie, weet ik niet in welke richting hij weggereden is. Er zijn veel mogelijkheden en ik heb meer tijd nodig om de beelden van de verkeerscamera's te bekijken.'

'Oké, blijf zoeken. Ergens moet de achterkant van de auto gefilmd zijn.'

'Doe ik,' zei de technisch rechercheur, waarna hij zijn koptelefoon weer opzette.

Nadat John de videokamer had verlaten, gebaarde hij dat Ruben naar hem toe moest komen. De chef was in een naburig restaurant geweest om twee caesarsalades met extra kip voor de lunch te halen. Dat was standaardprocedure in Zweden. De afdelingshoofden waren de loopjongens van de werknemers om aan te tonen hoe plat de organisatiestructuur was.

John vertelde over de bewakingsfilms en gaf hem de print van het camerabeeld bij de ingang van het politiebureau. Ruben bestudeerde het gekwelde gezicht van de man. 'Deze foto moet samen met de beschrijving van de Volvo naar alle regionale eenheden gestuurd worden. Als hij eerder met de politie in aanraking geweest is, herkent iemand hem misschien.'

John knikte en pakte de foto weer aan. Ze gingen op een bank in de gang zitten met de zak van de saladebar ongeopend tussen hen in.

'Hoe ver zijn we met de afdruk op de trapleuning?' vroeg Ruben.

'De technisch rechercheurs zijn bezig met de analyse. Als we geluk hebben, zitten zijn vingerafdrukken al in de database en dan hebben we hem.'

De chef krabde aan zijn gladgeschoren gezicht. 'Ik snap er helemaal niets van. Wat deed hij voor het politiebureau?'

'Volgens mij is er maar één antwoord op die vraag,' zei John.

'Misschien wel, maar als een dader last van zijn geweten krijgt en zijn hart wil luchten, duurt dat meestal een tijdje. Dat iemand rechtstreeks vanaf de plaats delict naar ons toe komt is niet gebruikelijk.'

John was het met zijn chef eens. Het was zonder enige twijfel ongebruikelijk.

'Heb je de familieleden ingelicht?' ging Ruben verder.

'Er zijn niet veel mensen die ingelicht moeten worden. Stella Bjelkes ouders zijn overleden en ze woonde alleen. Haar enige familielid is een zus. Ik was van plan om nu naar haar toe te gaan.'

'Wil je een collega meenemen?'

'Nee, dat hoeft niet. Ik doe het wel alleen.'

Ruben haalde een van de salades uit de zak. 'Eet je salade dan onderweg,' zei hij. 'Een overlijdensbericht moet je niet op een lege maag brengen.'

9

Alicia werkte in haar badjas aan de keukentafel. Ze had de zak met witbrood na het ontbijt op de keukentafel laten liggen en merkte dat ze onbewust nieuwe sneden in de broodrooster stopte. De geroosterde boterhammen met bosbessenjam en het laatste stuk kaas moesten genoeg zijn voor de lunch.

Toen ze vanochtend wakker was geworden, was ze nog steeds boos op Stella geweest. Nadat ze nog een bericht op de voicemail van haar zus had achtergelaten, was ze met tegenzin aan de ongelezen mails in haar barstensvolle inbox begonnen.

Veel mails waren van haar developers en waren meteen na het interview gestuurd. De toon varieerde van zakelijk-professioneel tot ronduit woedend, maar de inhoud was identiek: het tijdschema was niet realistisch. Ze zouden maandenlang dag en nacht moeten werken om de technische aanpassingen van het platform die nodig waren voor de lancering in Duitsland na de zomer af te krijgen.

Alicia nam een hap brood en overwoog om toch naar kantoor te gaan. Ze zouden haar misschien laf vinden als ze wegbleef op de dag nadat er zo'n bom op Raws toch al zwaar op de proef gestelde ICT-afdeling was gevallen, maar eerst moest ze Stella te pakken zien te krijgen. Een verontschuldiging en een verklaring – ongeacht hoe weinig steekhoudend die was – zouden het gemakkelijker voor haar maken om de koerswijziging aan haar werknemers uit te leggen.

Ze belde Stella's telefoon weer, maar werd meteen naar haar voicemail doorgeschakeld. Waar was haar zus in vredesnaam?

Alicia streek met haar handen over haar wangen en voelde hoe droog ze waren. Ze haalde de tube gezichtscrème uit de badkamer en smeerde haar gezicht zorgvuldig in. De winters waren het ergst; door de kou en de droge lucht werd de beschadigde huid heel gevoelig.

Ze dacht weer aan het televisieprogramma en de foto die zonder haar toestemming was gebruikt. Alicia's gezicht zag eruit als dat van een buitenaards wezen nadat ze op tienjarige leeftijd een pan met kokend pastawater over zich heen had gekregen. Toch wende ze er nooit aan om een foto van zichzelf te zien.

Ze kneep nog wat verzachtende crème uit de tube en glimlachte om haar versie van de gebeurtenis.

Ze had een pan met kokend water over zich heen gekregen.

De zin miste een onderwerp. Daaruit bleek niet wie het water over haar heen had gegoten. Haar moeder had zich vastgeklampt aan de enige versie van de gebeurtenis waarmee ze kon leven. Dat haar dochters tijdens de paasvakantie alleen thuis waren geweest en er een ongeluk was gebeurd. Maar zij was er niet bij geweest, had de woede in Stella's ogen niet gezien.

Het was 's ochtends al begonnen. Haar zus was met het verkeerde been uit bed gestapt en Alicia probeerde bij haar uit de buurt te blijven om geen woede-uitbarsting uit te lokken. Ze besefte dat Stella's humeur werd veroorzaakt door de journalist en de fotograaf die de vorige dag op bezoek waren geweest. Haar moeder verstopte de *Nya Wermlands-Tidningen* toen ze naar haar werk ging, maar tussen de middag vond Stella hem in een la met pannenonderzetters.

Op de voorpagina stond een foto van Alicia met een grote beker in haar handen. De kop zou ze nooit meer vergeten: SUPERTALENT UIT KARLSTAD WINT EERSTE PRIJS IN INTERNATIONALE WEDSTRIJD VOOR JONGE PROGRAMMEURS.

Stella werd woedend en eiste dat ze zou stoppen met haar stomme computergedoe. Toen Alicia dat weigerde, goot Stella het kokendhete water over haar hoofd. Of stootte de pan per ongeluk om, zoals de officiële versie luidde.

Toen haar moeder in het ziekenhuis op bezoek kwam, probeerde Alicia te vertellen hoe het in werkelijkheid was gegaan, maar ze besefte al snel dat het zinloos was.

'Je begrijpt toch wel dat Stella nooit zoiets zou doen?' was het antwoord dat ze kreeg, begeleid door een blik van ontzetting die haar waarschuwde om niet verder te gaan op de ingeslagen weg.

Alicia had haar vader nog nooit zo gemist als op dat moment. Haar moeder liet daarentegen geen grote leegte achter toen ze een paar jaar later overleed aan leukemie. Na het 'ongeluk' was het alsof ze haar jongste dochter niet meer in de ogen kon kijken. Als kind was het verwarrend geweest, maar toen ze volwassen was, besefte Alicia dat het om schuldgevoel ging. Het door brandwonden gehavende gezicht was een dagelijkse herinnering aan hoe zwak ze als moeder was geweest omdat ze had toegestaan dat Stella het gezin regeerde.

De bel ging en Alicia schrok op uit haar gedachten. Stella nam dus eindelijk de moeite om langs te komen nadat ze de hele avond en ochtend was weggebleven.

Ze trok de badjas dichter om zich heen, opende de deur en deed meteen een stap naar achteren. Op de trap stond niet haar zus, maar een donkere man met een geschoren schedel en uitgesproken gelaatstrekken. De bezoeker leek net zo verrast als zij en had een zenuwachtige blik in zijn ogen. Alicia besefte dat haar gezicht hem onzeker maakte.

'Ik ben Fredrik Adamsson van de politie,' zei hij terwijl hij haar zijn legitimatie voorhield. 'Ben jij Alicia Bjelke?'

'Ja, dat ben ik.'

Hij ziet er niet uit als een smeris, dacht Alicia. De op maat gemaakte jas paste beter bij een advocaat of een bankdirecteur. Dat de man bovendien met een Amerikaans accent sprak, droeg nog meer bij aan het gevoel dat hij een internationale zakenman was.

'Mag ik binnenkomen?' vroeg hij.

'Waar gaat het over?'

'Dat bespreek ik liever binnen, als je dat geen probleem vindt.'

Alicia stapte opzij en de man liep de hal in. Misschien moest ze zich verontschuldigen omdat er overal kleding lag en ze nog steeds haar badjas droeg. Aan de andere kant was dit haar huis, en hij had niet gebeld om zijn bezoek aan te kondigen. Dan moest hij zowel haar als haar woning nemen zoals ze waren.

'Waar gaat het over?' vroeg ze opnieuw toen ze in de keuken stonden.

De man keek om zich heen naar een lege stoel. Naast die waar Alicia op zat stonden er drie, vol met boeken, tijdschriften en post. Ze knikte naar hem dat hij een stoel leeg moest halen.

'Ik heb helaas tragisch nieuws,' zei hij nadat hij tegenover haar aan de tafel was gaan zitten.

Alicia kreeg een knoop in haar maag. 'Wat dan?'

'Je zus Stella is dood.'

'Wat? Nee, dat kan niet.' Het protest volgde onmiddellijk, als een reflex om het vreselijke nieuws af te weren. 'Ze is op kantoor. Hebben jullie haar daar al gezocht? Of in haar appartement? Ze houdt ervan om af en toe thuis te werken, net als ik.'

De man zweeg en leek te wachten tot zijn woorden tot haar waren doorgedrongen. Dat gebeurde ook, als de punt van een lans in haar middenrif.

'Ik begrijp het niet. Heeft ze een auto-ongeluk gehad?' vroeg Alicia.

'Nee, we beschouwen Stella's dood als een misdrijf.'

'Een misdrijf?'

Hij knikte. 'Ze is hoogstwaarschijnlijk vermoord. Ze is vanochtend vroeg met steken in haar hals gevonden.'

Alicia pakte het tafelblad vast. De duizeligheid maakte haar misselijk en de lucht waarnaar ze snakte bevatte niet genoeg zuurstof.

'Sorry,' zei ze, waarna ze de keuken uit strompelde en de trap naar de bovenverdieping op liep.

Een van de psychologen die haar gedurende de jaren had behandeld, had haar geleerd om in een vierkant te ademen om de paniek te verminderen. Ze koos een raam en volgde het kozijn met haar blik. De vorm van het raam moest haar leiden terwijl ze in- en uitademde. Na drie pogingen gaf ze het op.

Stella was dood, haar enige zus, en het laatste wat Alicia op haar voicemail had ingesproken was: 'Stomme trut.'

'Is alles goed?' riep de politieagent vanuit de hal naar haar. 'Wil je dat ik iemand bel?'

'Nee, dat hoeft niet. Ik wil me alleen even aankleden,' antwoordde ze, waarna ze met moeite naar de slaapkamer liep.

Ze deed de deur achter zich dicht en liet zich op de vloer zakken.

Er is niemand meer om te bellen! Snapt die idioot in de hal dat niet?

Stella was haar reddingslijn. Het enige ankerpunt in Alicia's chaotische leven. Het was een onmogelijke gedachte dat ze er niet langer voor haar zou zijn. Haar lichaam trilde en de tranen stroomden over haar wangen. Ze ging op haar zij liggen, trok haar knieën op en duwde ze zo hard mogelijk tegen haar borstkas. 'Verdomme, Stella!' huilde ze. 'Verdomme, stomme trut!'

10

John hoorde voetstappen op de trap terwijl hij in de keuken wachtte. Alicia Bjelke kwam naar beneden en deze keer zou hij haar in de ogen kijken. De brandwonden op haar gezicht hadden hem daarstraks verrast en hij schaamde zich voor zijn reactie.

Toen ze aan de tafel ging zitten, had ze haar badjas verwisseld voor een zwarte spijkerbroek en een grijs T-shirt met een rolzoom in de hals. Haar ogen waren rood. John had haar horen huilen terwijl hij bij de trap had staan luisteren.

'Zoals je vast zult begrijpen heb ik een paar vragen aan je, Alicia, maar daar kan ik later voor terugkomen als je dat liever wilt,' zei hij zonder het te menen.

Hij moest verder met het onderzoek en wilde het zo snel mogelijk achter de rug hebben. De achtervolgers hadden in een witte Toyota voor het politiebureau op hem gewacht, dat dacht hij tenminste, en de auto was hem helemaal naar Alicia's woning gevolgd.

'Je had het over steekwonden in haar hals,' zei ze. 'Wat wil dat eigenlijk zeggen? Dat iemand haar doodgestoken heeft met een mes?'

Haar stem was verrassend kalm en beheerst. Alsof die bij een andere vrouw hoorde dan degene die even geleden op de bovenverdieping had gehuild.

'De patholoog-anatoom is nog niet klaar met zijn verslag, maar ja, het is mogelijk, ook al hoeft het wapen geen mes te zijn.'

'Niet?'

'Nee,' zei John, waarna hij zweeg.

'Wat denken jullie dan dat het was?'

'Ik denk aan iets wat stomper is. De wondranden waren ruw,' zei John. Hij had er meteen spijt van. Hij had al meer verteld dan hij zou moeten doen.

'Zoals wat?' hield ze vol.

'Een schroevendraaier of misschien een glazen fles.'

John zag dat de vrouw naar de bomen in winterslaap op het met sneeuw bedekte gazon keek.

'Waar is ze gevonden?'

'In een ruimte naast de koffiewolkenkrabber,' antwoordde hij. 'Op een bouwplaats. Löfbergs is bezig met een renovatie.'

Alicia keek weer naar hem. De littekens op haar gezicht maakten het moeilijk om haar gezichtsuitdrukking te interpreteren, maar hij dacht dat ze verbaasd was. 'Wat deed ze daar?'

'Dat weet jij misschien beter dan ik. Kende ze iemand die bij Löfbergs werkte?'

'Nee, dat denk ik niet, maar Stella kende veel mensen en ik weet niet wie dat allemaal zijn.'

'Weet je wat ze gisteravond zou gaan doen?' vroeg John.

'Ze had een afspraak met iemand.'

'Weet je wie dat was?'

'Dat weet ik niet en dat leek zij ook niet te weten.'

John boog zich naar voren en zocht naar een lege plek op de rommelige tafel om zijn ellebogen op te zetten. 'Ik kan je niet goed volgen,' zei hij.

'Ze had een date,' legde Alicia uit.

'Een date? Met iemand die ze niet kende?'

'Ja, ik kreeg het idee dat ze elkaar niet kenden, behalve dan via internet.'

'Je zus deed dus aan online dating?'

'Ze had op alle mogelijke manieren dates.'

'Gebruikte ze Raw? Zo heet jullie datingsite toch?'

'Ja, Stella was actief op Raw, maar ook op andere platforms.'

'Misschien wilde ze de concurrentie in de gaten houden?' opperde John.

'Dat was de belangrijkste reden niet. Ze hield er gewoon van om mensen te ontmoeten, zowel mannen als vrouwen.'

'Bedoel je dat ze biseksueel was?'

Alicia knikte.

'Maar ze had geen relatie met een man of een vrouw?' vroeg John.

'Nee, daar had ze geen tijd voor.'

John dacht aan het filmfragment van de bewakingscamera tegenover Löfbergs. De vrouw die uit de taxi stapte had er zonder enige twijfel uitgezien alsof ze zich had opgedirkt voor een avontuurtje. Toch klopte het niet. Wie sprak op een bouwplaats af voor een romantische ontmoeting? 'Had ze gisteren met een man of een vrouw afgesproken?' vroeg John.

'Ik weet het niet, daar heeft ze niets over gezegd.'

'Weet je waar of wanneer ze afgesproken had?'

'Nee, alleen dat het na het tv-programma *På Djupet* was. Dat was vooraf opgenomen, maar werd gisteravond uitgezonden. Stella heeft samen met haar collega's op het werk gekeken.'

'Was jij daar ook bij?'

'Nee, ik kon niet.'

'Weet je of ze gisteravond met iemand anders afgesproken had?' vroeg John. 'Behalve die date bedoel ik.'

'Waarom vraag je dat?' zei Alicia. 'Denk je dat haar date haar niet vermoord heeft?'

'Het is te vroeg om daar iets over te zeggen. Ik denk alleen aan de plek waar ze gevonden is. Als het een date was, zouden ze dan niet in een restaurant of een bar afgesproken hebben?'

'Dat hoeft niet.'

John wachtte tot ze verderging, maar Alicia aarzelde. Hij herkende het gedrag van eerdere moordonderzoeken. Niemand wilde kwaadspreken over de doden. Tegelijkertijd was het juist dit soort gevoelige informatie dat de politie nodig had om de dader te vinden.

'Denk je aan iets bijzonders?' probeerde hij.

'Het klinkt misschien gestoord, maar Stella heeft me iets verteld wat duidelijk maakt dat de date heel goed op een bouwplaats plaatsgevonden kan hebben. Ken je Black Tantra?'

John schudde zijn hoofd.

'Ik kende het ook niet, tot ik het opzocht op internet,' ging Alicia verder. 'Het is een vorm van daten die in aardedonkere ruimtes plaatsvindt. Het gaat er blijkbaar om elkaar op een dieper niveau te ontmoeten en de visuele indrukken niet in de weg te laten staan van de andere zintuigen.'

'Betekent dat ook...' John maakte zijn zin niet af.

'Seks? Ja, soms wel,' zei ze.

John zuchtte inwendig. Een vrouw die uit vrije wil afsprak met een onbekende om seks te hebben in een donkere kamer. Wat kon er daarbij misgaan?

'Ik weet het, het is krankzinnig,' zei Alicia. 'Ik zou willen dat ik had geweten wat Black Tantra was voordat ze het me vertelde. Dan had ik haar misschien kunnen overhalen om niet te gaan. Als er iemand voorzichtig had moeten zijn, was zij het.'

'Waarom juist zij?'

'Stella heeft een heleboel haters op social media die er een sport van maken haar af te kraken. Raw is een controversieel bedrijf en ze hield ervan om te provoceren.'

'Hoe erg was het?'

'Behoorlijk erg, als je het mij vraagt.'

'Doodsbedreigingen?'

'Ja, meerdere keren per week, maar daar trok Stella zich niets van aan. Ze lachte om die idioten en zei dat het goed voor het bedrijf was.'

Tijdens het gesprek was John onbewust begonnen om Alicia's

gezicht met dat van haar dode zus te vergelijken. Stella Bjelkes verwondingen zagen er anders uit, maar de vraag was of dat kwam doordat ze vers waren of dat er een andere oorzaak was. 'Het spijt me, maar er is een omstandigheid rond de dood van je zus waarover ik met je moet praten.'

'Wat dan?' zei Alicia.

'Het lijkt alsof de dader zuur of iets dergelijks in haar gezicht gegooid heeft.'

John zag haar naar achteren deinzen, alsof de woorden die hij op tafel had gegooid eveneens beten.

'Waarom zou iemand zoiets doen?' vroeg ze.

'Ik weet het niet,' antwoordde John. 'Maar ik kan het niet laten om aan jouw littekens te denken. Hoe heb je die opgelopen?'

Alicia leek geen probleem te hebben met zijn openhartigheid. 'Bedoel je dat er een verband kan zijn?'

'Dat is inderdaad een mogelijkheid.'

'Ik heb een ongeluk gehad,' zei ze. 'Ik was tien jaar en het had niets met mijn zus te maken.'

John gokte op een kaars waardoor haar haar vlam had gevat of een scheikundeles op school die verkeerd was afgelopen. Hij kreeg geen details en wilde er ook niet naar vragen. Daarmee zou hij het kleine beetje vertrouwen dat hij had opgebouwd teniet kunnen doen. 'We weten natuurlijk niet of het zo is,' zei hij, waarna hij van onderwerp veranderde. 'Maar als we aannemen dat Stella iemand ontmoet heeft via Raw, zou het dan mogelijk zijn om te achterhalen met wie ze contact heeft gehad?'

'Jazeker, dat is ingebouwd in het systeem.'

'Wie kan me daarmee helpen?'

Alicia keek naar hem en schoof haar stoel naar achteren. 'Loop maar mee.'

John volgde haar de trap op naar de bovenverdieping. Hij was blij dat hij zijn schoenen niet had uitgetrokken, want dan waren de stofvlokken aan zijn sokken blijven vastzitten terwijl ze nu over het gladde leer van zijn schoenen gleden. Alicia nam hem mee naar haar gecombineerde slaap-werkkamer. Tegen één muur stond een onopgemaakt bed en daartegenover een bureau met een toetsenbord en twee beeldschermen. Op de vloer zoemden de ventilatoren van meerdere computers.

'Ik heb Raw vanaf de grond opgebouwd,' zei ze. 'Er is geen identificatiereeks die ik niet heb gecontroleerd en goedgekeurd.'

Alicia ging op de enige stoel zitten en knikte naar hem om op de bedrand plaats te nemen. Het voelde niet prettig om op deze manier inbreuk te maken op haar privésfeer, dus koos John ervoor om in de deuropening te blijven staan.

Terwijl haar vingers over het toetsenbord vlogen, vermoedde hij de contouren van de vrouw achter het mismaakte gezicht en de schok van het doodsbericht. Alicia was het technische genie dat aan de basis van het succesverhaal van de zusjes Bjelke stond. Hij had nog nooit iemand zo snel zien typen.

Al snel begon de printer in de vensternis te gonzen en verscheen het ene na het andere vel papier. Toen het apparaat zweeg, draaide Alicia haar stoel en keek naar hem. 'Stella heeft het afgelopen jaar contact gehad met vijf gebruikers van de site. Ik heb van allemaal de namen en foto's geprint. We hebben veel meer gegevens, maar ik overtreed onze gebruikersvoorwaarden nu al door je deze informatie te geven.'

John liep naar de vensternis om de prints te pakken, waarna hij ze naast elkaar op het bureau legde. Op de foto's stonden twee vrouwen en drie mannen. Het waren allemaal opvallend aantrekkelijke dertigers. Geen van hen had een gezicht dat ook maar enigszins aan dat van de dader deed denken. 'Weet je zeker dat dit de juiste personen zijn?' vroeg hij. 'De profielen kunnen nep zijn.'

'Bij andere sites misschien, maar niet bij Raw. Onze gebruikers moeten zich identificeren met hun bankgegevens. Als de gebruikersvoorwaarden goedgekeurd zijn en er een account aangemaakt is, staat het de gebruiker vrij om een andere manier van inloggen te kiezen, maar dat geldt niet voor de eerste keer.'

'Oké, maar kan de foto vals zijn?'

'Nee, een gebruiker van Raw kiest zijn eigen profielfoto niet. Het algoritme zoekt op internet naar foto's en kiest degene die het meest representatief is voor het uiterlijk van de persoon.'

'Ik begrijp het,' zei John, hoewel dat niet zo was. Hij snapte de technologie, maar vond het onbegrijpelijk dat mensen hun persoonlijke gegevens zo ondoordacht aan een bedrijf overhandigden. 'Kun je zien of een van die vijf gisteravond een afspraak met Stella had?' ging hij verder terwijl hij naar de foto's op het bureau wees. 'Ik neem aan dat geïnteresseerden elkaar berichten sturen.'

'Helaas gebruikte Stella alleen de spraakfunctie.'

'Spraak? Je bedoelt dat ze met elkaar praatten?'

'Ja, en die gesprekken worden niet bewaard. We halen daar alleen sleutelwoorden uit om de gebruikersprofielen uit te breiden.'

John vroeg haar om de foto's goed te bekijken. 'Herken je een van deze mensen?'

Hij zag dat Alicia de foto's een voor een zorgvuldig bekeek. 'Nee, ze zijn nieuw voor me.'

John haalde de foto van de bewakingscamera bij de ingang van het politiebureau uit de binnenzak van zijn colbert. Hij schoof de prints opzij en legde de foto met het gezicht van de moordenaar op het bureau. 'En deze man,' zei hij. 'Heb je hem eerder gezien?'

Alicia nam uitgebreid de tijd voordat ze haar hoofd schudde. 'Het spijt me, maar ik heb geen idee wie dat is.'

Johns schouders zakten een stukje en hij had moeite om zijn teleurstelling te verbergen. Hij was terug bij af.

Hij wist hoe de dader eruitzag, maar niet wie hij was.

11

Alicia keek naar de vloer en hoopte dat de politieagent haar groeiende paniek niet op zou merken. Of dat hij die, als hij dat wel deed, als een reactie op Stella's dood zou beschouwen. De foto die hij op het bureau had gelegd maakte haar doodsbang.

Hij was het.

Hij was het, verdomme.

Birger Falk zag er wanhopig uit, alsof hij al had besloten om ook haar in haar hals te steken. Want waarom zou hij het voldoende vinden om wraak te nemen op maar één zus terwijl de ander minstens zo schuldig was?

Met een paar gemompelde woorden dat ze alleen wilde zijn lukte het Alicia uiteindelijk om de politieman weg te krijgen. Nadat ze de deur achter hem had dichtgedaan, ging ze meteen op zoek naar drank. In de kast boven de afzuigkap vond ze een fles whisky. Een van de investeerders in Raw had tevens geld in het Zweedse whiskymerk Mackmyra gestoken en had voor Kerstmis een paar flessen gestuurd. Zelf zou ze die pretentieuze mannendrank nooit kopen, maar bij gebrek aan iets anders voldeed het.

Ze ging naar de keukentafel terug en schonk meer dan verstandig was in een waterglas. De whisky brandde in haar keel en Alicia wachtte op de kalmte die de alcohol zou brengen. Deze keer won de angst het echter van de roes, en na twee glazen voelde ze zich nog steeds nuchter.

Ze schonk weer in en bleef drinken. Ergens had ze geweten dat de geschiedenis haar zou inhalen. Alicia wilde niet terugdenken aan wat er tijdens het laatste jaar op de universiteit was gebeurd, maar de foto van de man maakte dat onmogelijk.

Acht jaar eerder

Het was halfnegen 's avonds en Alicia had blaren. De pumps die ze van Stella had moeten kopen zaten verschrikkelijk ongemakkelijk en waren veel te duur geweest. Het semester was net begonnen en het was krankzinnig om twaalfhonderd kronen aan een paar nieuwe schoenen uit te geven.

Alicia zat op een divan en keek rond in de balzaal van het landhuis buiten Kristinehamn dat voor het jaarlijkse herfstfeest van de opleiding business studies was geboekt. Met de grote ramen en het balkon was de zaal uitstekend geschikt voor een bijeenkomst met feestelijk geklede mensen. Ze stelde zich de feesten voor die hier tijdens de bloeitijd van de fabrieksdirecteuren waren gegeven – kroonluchters met brandende kaarsen en slepen van zijden jurken die over de parketvloer gleden – terwijl de arbeiders zowel armen als benen kwijtraakten in de fabriek die op gepaste afstand van het mooie landhuis stond.

Alicia zag dat de balkondeuren opengingen en haar zus naar binnen kwam. Stella rilde gekunsteld en sloeg haar armen rond haar lichaam om warm te worden. Haar vriendin Elin lachte om het grappige gebaar. Ze had kastanjebruin haar met zachte krullen die een popperig gezicht omlijstten.

Sinds ze aan het eind van het vorige semester een stel waren geworden, was ze niet van Stella's zijde geweken. Elin studeerde visuele communicatie en droomde ervan om documentaires te maken. Alicia had al meerdere keren in stilte gevloekt als Elin weer eens met haar camera kwam aanzetten. Ze begreep niet hoe haar zus het verdroeg om voortdurend een lens op zich gericht te hebben.

Nadat de koningin van het bal en haar partner het balkon hadden verlaten, duurde het niet lang voordat het leeg was. Als Stella weer naar buiten ging, zou het niet lang duren voordat het balkon opnieuw vol stond. Mensen werden door haar aangetrokken, soms zelfs zonder dat ze zich daarvan bewust leken te zijn.

Alicia voelde een tikje op haar schouder. Arash was naast haar op de divan komen zitten en ze keek ongerust om zich heen waar Stella was.

'Rustig maar,' zei hij. 'Ik wil even met je praten en je zus heeft het druk.'

Alicia voelde haar gezicht gloeien en wist niet wat ze moest antwoorden.

'Als je liever ongestoord wilt praten, kunnen we naar de verdieping hierboven gaan,' ging haar studiegenoot verder. 'Links van de toiletten is een kamer. Ik ga eerst en dan kom jij zo.'

Alicia zag hem naar de bovenverdieping verdwijnen en vlak daarna deed ze hetzelfde. De rij voor het damestoilet stond tot ver in de hal. Iedereen had het druk met het bijwerken van make-up en niemand merkte dat ze de kamer ernaast in liep.

'Welkom in Dennenboom,' zei Arash.

Alicia keek naar de stoelen en tafels die in een hoefijzervorm voor een whiteboard stonden. Op een serveerwagen naast de deur stonden flessen water en een schaal snoep met het logo van het landgoed op de wikkels. 'Heet deze kamer zo?' vroeg ze.

'Ja, en vind je het niet geweldig dat we ook naar Berk of Spar kunnen gaan?'

'Hoeveel bomen zijn er?'

Arash grijnsde. 'In elk geval meer dan er vergaderruimtes in dit landhuis zijn.'

Hij had het plafondlicht niet aangedaan en ze hoopte dat hij daar een bijbedoeling mee had. Het volgende moment verdrong ze de gedachte. Arash was eerder slim dan knap, maar dat betekende nog niet dat hij genoegen hoefde te nemen met het gedrocht van de opleiding.

'Weet je waaraan ik werk?' vroeg hij.

Ze ontspande toen hij het gesprek op de opleiding bracht.

'Jazeker,' antwoordde ze, waarna ze op een van de tafels ging zitten. 'Je wilt de logistieke sector digitaliseren en een platform creëren waar kopers en verkopers van transportdiensten elkaar kunnen ontmoeten.' Alicia herinnerde zich zijn pitch van de investeerdersdag. Die was een van de betere geweest en was gefinancierd door meerdere *business angels* die de pitch van Stella en haar niet wilden ondersteunen.

'Wat is volgens jou mijn grootste technische uitdaging?'

'Het gebruik van de dienst zo eenvoudig mogelijk maken voor de transportondernemers,' antwoordde ze. 'Je platform moet met alle grote logistieke systemen op de markt kunnen integreren.'

Arashs gezicht lichtte op. 'Precies. En ik wil dat jij me daarbij helpt.'

'Ik? Maar ik werk voor Stella.' Haar antwoord was zo snel en krachtig dat ze bijna verrast was door de intensiteit in haar stem.

Arash ging naast haar op de tafel zitten. Hun voeten schommelden heen en weer en hun dijbenen raakten elkaar bijna. 'Zijn jullie zussen of een Siamese tweeling?'

Alicia gaf geen antwoord.

'Is het waar dat zij een groter deel van het bedrijf bezit?' ging hij verder.

'We hebben een zeventig-dertigverdeling,' mompelde ze. 'Zij is tenslotte de CEO.'

Hij schudde zijn hoofd. 'Jezus, jij hebt de technologie gebouwd en jullie hebben het bedrijf samen opgericht.'

'Dat maakt niet uit. En daarbij vind ik het niet belangrijk.'

'Hoe kan dat? Jullie zijn toch zussen en hebben geleerd om te delen?'

Alicia wilde dat hij stopte met praten. Ze wilde hier gewoon een tijdje in het donker zitten.

'Als ik een bedrijf met mijn broers zou beginnen en voorstelde dat ik meer zou bezitten, zouden ze me in elkaar slaan,' ging Arash verder. 'Alleen wil ik geen bedrijf met hen beginnen, maar met jou.' Hij sprong van de tafel en ging voor haar staan. 'Geen gezeur. Geen zeventig-dertig. Een echt partnerschap waarbij we allebei de helft van het bedrijf hebben. Jij maakt de site en ik verkoop 'm. Wat zeg je ervan?'

'Dat gaat niet.'

'Waarom niet?'

'Dat heb ik al gezegd.'

'Maar ze is niet aardig tegen je. Het gaat niet alleen om de verdeling van het bezit van het bedrijf. Echt, ik denk dat het goed voor je zou zijn om met iemand anders te werken.'

Alicia ging ook staan. Ze had er genoeg van om andere mensen onvriendelijke dingen over haar zus te horen zeggen en te moeten aanhoren dat ze hun relatie in twijfel trokken. 'Je snapt niet hoeveel Stella voor me betekent, niemand doet dat.'

'Sorry, ik bedoelde het niet verkeerd,' zei Arash en hij deed een stap naar achteren. 'Ik herken het gedrag alleen. Mijn vader...'

Hij werd onderbroken doordat de deur van de vergaderkamer openvloog.

'Hier ben je dus!'

Alicia draaide zich om en zag haar zus in de deuropening staan.

Stella tastte naar het lichtknopje en deed de plafondlamp aan. 'Kom ik ongelegen?' ging ze verder.

'Nee hoor. Ik praat gewoon een beetje met Arash,' zei Alicia.

De tl-buis aan het plafond was genadeloos en benadrukte elke millimeter van de beschadigde gezichtshuid.

'Waarover?' vroeg Stella.

'Over van alles.'

'Hij gedraagt zich toch wel tegenover je?'

'Natuurlijk doet hij dat.'

'Ja, natuurlijk,' herhaalde Stella. 'Want Arash is een fantastische knul, hè? Dat vindt iedereen.'

Elin kwam binnen en sloeg haar arm rond Stella's middel. Ze had een glas in haar hand en begon aan Stella's oorlelletje te knabbelen.

'Luister, op dit moment heb ik geen behoefte aan je tong,' zei Stella terwijl ze haar wegduwde. 'We hebben het over Arash en wat een fantastische knul hij is. Dat vind jij toch ook?'

Elin keek onzeker om zich heen en leek de juiste woorden te zoeken. 'Ik ken hem niet,' zei ze uiteindelijk.

'Maar Alicia wel, zo lijkt het,' zei Stella. 'Ze heeft het duidelijk bijzonder naar haar zin in zijn gezelschap, wat vreemd is als je bedenkt hoe arrogant hij zich tijdens de investeerdersdag tegenover ons gedroeg.'

'Houd op,' zei Arash.

'Je zei toch dat jouw pitch beter was dan die van ons?'

'Dat klopt, maar dat was nadat jij had gezegd dat mensen alleen in mijn bedrijf investeerden omdat ik uit Iran kom.'

'En dat klopt ook,' zei Stella terwijl ze haar armen spreidde. 'Alle rijke mannen en vrouwen willen laten zien hoe sterk ze in allochtonen met zo'n moeilijke achtergrond geloven. Als ik Mohammed had geheten, hadden we ook geld gekregen, dat weet ik zeker.'

Arash keek naar Alicia alsof hij verwachtte dat ze hem zou verdedigen. Ze wist echter wel beter. Het had geen zin om met haar zus te praten als ze in zo'n bui was. Alicia haatte zichzelf bovendien omdat ze zo stom was geweest om mee te gaan naar de vergaderkamer.

'Ik ben weg,' zei Arash. 'Denk na over wat ik gezegd heb, Alicia.'

'Wacht even,' zei Stella. 'Waar hebben jullie het over gehad?'

Arash was al halverwege de deur en antwoordde met zijn rug naar haar toe. 'Dat is iets tussen je zus en mij.'

'Laat me raden,' zei ze. 'Je probeert haar voor je waardeloze bedrijf te stelen.'

Alicia hoopte vurig dat Arash naar de gang zou lopen en in de drukte zou verdwijnen. In plaats daarvan draaide hij zich om en keek Stella strak aan. 'Nee, ik probeer haar niet te stelen,' zei hij met opeengeklemde kaken.

Alicia had hem nog nooit zo gezien. Tijdens de colleges en in de gangen op school was hij altijd heel kalm.

'Om iets van je te kunnen stelen moet het namelijk jouw eigendom zijn,' ging Arash verder. 'En je zus is je eigendom niet. Wat ik wél probeer, is haar interesseren voor mijn bedrijf.'

'Ik wist het!' riep Stella. 'Als iemand tijdens een feest met mijn zus verdwijnt, dan is dat verdomme niet om met haar te tongen.' Ze keek naar Alicia. 'En jij bent natuurlijk van plan om me in de steek te laten. Zomaar, na alles wat ik voor je gedaan heb. Daar kan ik maar één ding op zeggen: je hoeft me de volgende keer dat je instort niet te bellen!' Stella staarde haar uitdagend aan.

Elin zag er verloren uit, alsof ze niet wist of ze moest blijven of weggaan.

Alicia liep naar haar zus toe om haar te kalmeren. 'Hij heeft me een aanbod gedaan en ik heb het afgewezen. Dat is alles.'

Arash trok de deur achter zich dicht en ze hoorde zijn voetstappen in het lawaai van het feest opgaan.

Alicia staarde naar de nu halflege whiskyfles op de tafel, maar zag er twee. Toch weigerde de angst te verdwijnen. Als zij de volgende was, dan moest ze er onmiddellijk vandoor. Haar huis was de eerste plek waar Birger Falk haar zou zoeken.

Ze stond op en moest steun zoeken bij de rugleuning van de stoel om haar evenwicht te bewaren. In de badkamer vond ze een stapel kleding boven op de droger die ze in een rugzak propte. Haar dronkenschap zorgde ervoor dat de tegels op de vloer met elkaar van plaats verwisselden en een veranderlijk, psychedelisch patroon vormden waardoor ze de drang kreeg om over te geven.

Alicia wankelde naar de keuken, schonk een glas water in en hield het tegen haar voorhoofd om de paniek te verminderen. Zo meteen zou ze hier weg zijn. Ze moest alleen nog op adem komen en de misselijkheid zien kwijt te raken. Een tijdje uitrusten bij de keukentafel was het enige wat nodig was, daarna was ze er klaar voor om het winterlandschap te trotseren.

12

Er lagen twee mappen op Johns bureau toen hij op het politiebureau terug was. De ene bevatte het verslag van de patholoog-anatoom en de ander was van de collega's in hun witte overalls die de plaats delict hadden onderzocht.

Hij begon met het technische rapport en bladerde naar het gedeelte over de handafdruk op de trapleuning bij Löfbergs. Het was een vervelende anticlimax. De afdruk was zo onduidelijk dat de technisch rechercheurs in Karlstad het materiaal naar het NFC, het Nationaal Forensisch Centrum in Linköping, hadden moeten sturen om hem daar te laten analyseren, wat betekende dat John tot de volgende dag moest wachten voordat hij wist of de dader in hun database voorkwam.

Verder bevatte het rapport maar één nieuw feit. Het vermoedelijke moordwapen was gevonden. De bebloede beitel was eveneens naar de deskundigen van het NFC gestuurd.

De technisch rechercheurs hadden de telefoon van Stella Bjelke niet gevonden, maar volgens het telecombedrijf was er een Samsung Galaxy die op haar naam was geregistreerd bij de koffiebranderij gedetecteerd toen die net voor kwart voor elf op de fatale avond het contact met het netwerk kwijtraakte.

John voelde zijn telefoon in de binnenzak van zijn colbert vibreren en legde het rapport neer voordat hij opnam.

'Hallo, met Nicole.'

Haar stem klonk ijl en hij deed zijn best om niet gestrest te klinken.

Billy's dochter was acht en nog heel kwetsbaar na de dood van haar vader. Ze was opgenomen geweest in een kliniek voor kinder- en jeugdpsychiatrie. John was bij haar op bezoek geweest en had het nummer van zijn werktelefoon bij haar achtergelaten. Het meisje wist echter niet dat ze familie van elkaar waren. Voor Nicole was hij gewoon een politieagent die zich om haar bekommerde. Onder die dekmantel had hij ook contact met de kinderbescherming gehad om een pleeggezin voor haar te zoeken. Twee weken geleden was zijn nichtje bij een kinderloos boerenechtpaar in Snaversrud in de buurt van Karlstad gaan wonen.

'Hallo, heb je het naar je zin tussen de varkens en de koeien?' vroeg hij.

'Niet echt,' zei ze. 'Het stinkt hier.'

Hij zag de bouwval op Hammarö waar Billy en zij hadden gewoond voor zich en bedacht dat de stank op de boerderij niet erger kon zijn dan die van daar.

'Wanneer kom je hiernaartoe?' vroeg ze.

John probeerde het slechte geweten dat de ijle stem opriep te verdringen. Hij wilde het meisje geen onnodig verdriet bezorgen. Daarom had hij haar niet bezocht op de boerderij in Snaversrud. Het plan was tenslotte altijd geweest om vroeg of laat uit Karlstad te vertrekken en dan zou het niet goed zijn als Nicole nog gehechter aan hem raakte dan ze nu al was.

'Ik hoop binnenkort,' zei hij. 'Het is op het moment heel druk op het werk. Hoe is het met je oma, heb je met haar gepraat?'

'Ja, we hebben elkaar gebeld, maar het is moeilijk om te horen wat ze zegt omdat ze zo onduidelijk praat.'

John dacht aan zijn moeder in het verpleeghuis. Ze had het nieuws over Billy's dood nauwelijks overleefd. Ze had hartproblemen gekregen en was op de spoedeisende hulp van het ziekenhuis terechtgekomen.

De laatste keer dat ze elkaar hadden gezien was tijdens Billy's begrafenis geweest. John was op de achtergrond gebleven om zijn identiteit geheim te houden voor de andere gasten, maar het was hem toch gelukt om voor de kerk een paar woorden met haar te wisselen. Zijn moeder huilde in haar rolstoel en kon niet stoppen met praten over Billy. Hij had zoveel vreugde in haar leven gebracht. Dat gold niet voor haar oudste zoon, die in de vs woonde, had ze John toevertrouwd. Ze leek niet te beseffen dat ze met die oudste zoon praatte.

Nicole was niet aanwezig geweest bij de begrafenis en dat was waarschijnlijk het beste. Anders had zijn moeder haar waarschijnlijk verwisseld met een ander kind.

'Hoe is het op je nieuwe school?' vroeg John. 'Heb je al vriendinnen?'

Zijn nichtje noemde een aantal namen en vertelde over een meisje dat haar had leren flossen. John had geen idee wat het betekende, maar het was een prettig gevoel om haar te horen praten over dingen waarvoor meisjes op die leeftijd zich blijkbaar interesseerden. Tegelijkertijd had hij moeite met de gedachte dat hij haar nooit meer zou zien. Nicole had een grotere plek in zijn hart ingenomen dan hij wilde toegeven.

Voordat ze de verbinding verbraken, kwam de onzekerheid in de stem van het meisje terug en ze probeerde de belofte af te dwingen dat hij bij haar op bezoek zou komen. John vond dat het hem redelijk was gelukt om het gesprek te beëindigen zonder iets te beloven, maar vermoedde toch dat zijn nichtje daar anders over dacht.

Hij wilde er niet aan denken hoe ze zou reageren op de dag dat het nummer van zijn diensttelefoon niet meer werkte. Als hij het land en haar voorgoed achter zich had gelaten. Hij hoopte dat hij tegen die tijd minder belangrijk voor Nicole zou zijn. Haar pleegouders groeiden hopelijk langzamerhand in hun rol en zouden de verantwoordelijkheid op zich nemen.

John had onderzoek gedaan naar meneer en mevrouw Redin. Ze

kwamen niet in het strafregister voor en hadden bovendien gezegd dat ze bereid waren om het meisje te adopteren als ze goed met elkaar overweg konden. Bij de boerderij in Snaversrud hoorde ruim honderdtwintig hectare bos. Als Nicole dat zou erven, zou ze nooit geldzorgen hoeven te hebben.

John stopte zijn telefoon in de binnenzak van zijn colbert terug. Het begon te schemeren en eigenlijk moest hij naar zijn penthouse in het Empire State om de afspraak met Trevor voor te bereiden, die voor morgenavond gepland stond. Maar zelfs in het Zweedse politiekorps was het niet mogelijk om tijdens een moordonderzoek van negen tot vijf te werken, in elk geval niet gedurende de eerste paar dagen. Hij zou moeten wachten tot Ruben het licht uitdeed en dat kon nog een tijd duren.

John zuchtte geïrriteerd en pakte de map van de patholoog-anatoom. Als hij dan toch hier moest blijven, kon hij zich net zo goed nuttig maken.

Volgens het verslag was de doodsoorzaak herhaalde steken in de hals en waren er geen indicaties op het lichaam dat het post mortem was verplaatst. Het slachtoffer was donderdagavond tussen 21.00 uur en 23.00 uur overleden, wat overeenkwam met de tijdmarkeringen op de film van de bewakingscamera tegenover Löfbergs. De wonden in het gezicht waren veroorzaakt door salpeterzuur, dat de dader waarschijnlijk in Stella Bjelkes gezicht had gegooid.

De tekst was in gortdroog Zweeds geschreven en het kostte John een halfuur om zich erdoorheen te worstelen. Toen hij eindelijk klaar was, opende hij de bovenste lade van het blok onder het bureau. Daarin lag het schetsboek dat hij uit Baltimore had meegenomen. Hij sloeg het open en streek met zijn hand over het dikke papier.

In zijn tijd bij de afdeling Moordzaken in New York was hij begonnen met het op één vel papier samenvatten van de belangrijkste feiten van een onderzoek. Zijn collega's hadden er grappige opmerkingen over gemaakt en hadden de naam op het bordje op zijn bureau in Picasso veranderd. Maar al snel hadden de meer ruimdenkende rechercheurs de voordelen van de onderzoeksborden ingezien. De vrijheid om gebruik te maken van meer uitdrukkingswijzen dan alleen woorden en de beperkte ruimte dwongen je om je gedachten te destilleren.

De metalen doos met potloden lag in de lade eronder en hij koos er een met een middelharde stift. Daarmee kon het meeste getekend worden en het was heel geschikt omdat John nog niet had besloten op welke manier hij de tekening over de moord op Stella Bjelke zou vormgeven.

Hij zette de punt op het papier en liet zich leiden door zijn intuïtie. Zijn moeder had hem geleerd om op die manier te werk te gaan. Naast het drinken van wijn uit een pak was schilderen haar grote passie geweest. Als kind had John vaak met een eigen schetsboek op schoot naast haar gezeten.

Zonder dat hij besefte waarom ontstond er een zwart hart in het midden van het vel papier, een symbool voor liefde in de duisternis. Voor Black Tantra en de onbekende man of vrouw met wie Stella Bjelke een afspraak had gehad.

Daarna tekende hij een taxi met koffiebranderij Löfbergs op de achtergrond en daarnaast de aftandse Volvo van de dader. Op de motorkap van de roestbak schreef hij + 27 MINUTEN om te illustreren dat de auto een halfuur later was gearriveerd.

Vervolgens was de plaats delict aan de beurt. Hij tekende de contouren van Stella Bjelke languit op de vloer, met daarnaast twee voorwerpen die gedetailleerder waren: de fles salpeterzuur en de bebloede beitel.

John proefde een potloodsmaak in zijn mond. Het kauwen op potloden was een slechte gewoonte die hij had aangenomen als hij pauzeerde om na te denken.

Het onderzoeksbord was tegenstrijdig.

De fles vertelde het verhaal van een doortrapte dader die zijn slachtoffer naar de koffiebranderij had gelokt met de bedoeling haar te verwonden. Niemand liep toevallig met bijtend zuur in zijn zak rond.

Met de beitel was het anders. Dat was een stomp en moeilijk te gebruiken moordwapen, iets waarnaar een dader tijdens sterke emotionele spanning greep. Als hij vanaf het begin al van plan was geweest om Stella Bjelke dood te steken, had hij waarschijnlijk een mes bij zich gehad.

Johns gedachten werden onderbroken doordat er op de deur werd geklopt. Het klonk discreet, maar bleek een doorbraak in het onderzoek aan te kondigen. De videotechnicus verscheen in de deuropening met een nieuwe smoothie in zijn hand. 'Ik heb het kenteken van de Volvo gevonden,' zei hij.

Een halfuur later was er een commandocentrum opgezet in de strategieruimte van het politiebureau. De verkeerscamera die de jackpot had geleverd hing bij een rotonde in Våxnäs en had een duidelijk beeld van de achternummerplaat van de Volvo.

John had de videotechnicus naar huis gestuurd om zijn ogen rust te geven. De man had een heroïsche bijdrage geleverd achter zijn beeldschermen. Nu nam de operationele politie het over. Het arrestatieteam was al onderweg naar een adres in Kronoparken. De operationele commandant droeg een helm waarop een camera was gemonteerd die de opgenomen beelden naar het grote scherm aan de muur doorzond. Op dit moment toonde die hoe de personenbus op de E18 in oostelijke richting tussen de achterlichten laveerde. Het laatste daglicht stond op het punt te verdwijnen, maar de camera was geschikt voor nachtzicht en leverde een verrassend goede beeldkwaliteit.

Ruben knikte naar John dat hij aan zijn briefing kon beginnen. Ze zaten naast elkaar met de luidsprekertelefoon tussen hen in op de tafel.

'Oké, horen jullie me in de auto?' vroeg John.

'We horen je,' bevestigde de operationeel commandant.

'Uitstekend. De verdachte is dus Birger Falk, geboren in 1965. Hij is de eigenaar van de Volvo met kenteken FUK 833 die gisteravond bij de plaats delict gesignaleerd is. We hebben zijn pasfoto opgehaald en kunnen bevestigen dat die overeenkomt met de man op de bewakingscamera bij de ingang van het politiebureau.'

'Kunnen we tegenstand verwachten?' klonk het uit de speaker.

'Dat is moeilijk te beoordelen,' zei John. 'Hij heeft drie veroordelingen op zijn naam staan. Twee daarvan hebben betrekking op het bezit en verkopen van drugs. De derde is voor rijden onder invloed.'

'Geen geweldsmisdrijven?'

'Nee. Tot nu toe niet, in elk geval.'

'Geen contacten met andere criminelen?'

'Voor zover wij weten niet. We hebben de afgelopen vier jaar geen meldingen in het infiltratieregister over hem.'

'Woont hij alleen in het appartement?'

'Ja, er staat in elk geval niemand anders ingeschreven op dat adres.'

John zag hoe de personenbus op de rechterbaan invoegde om de afslag naar Kroppkärrsmotet te nemen. De snelheid verminderde en na een paar minuten verschenen de eerste woningen op het scherm. De operationeel commandant gaf de chauffeur opdracht om aan de kant van de weg te stoppen. 'We bevinden ons ongeveer tweehonderd meter bij het adres vandaan. Het gebouw heeft trappen naar de galerijen met voordeuren die naar de appartementen leiden.'

'Jullie hoeven dus niet via een trappenhuis?'

'Nee.'

John besefte dat het arrestatieteam niet voor het eerst in Kronoparken was. Hij begon in de gaten te krijgen welke wijken in Karlstad als veilig werden beschouwd en welke een slechte reputatie hadden. De woningen in de buurt van de universiteit behoorden absoluut tot de laatste categorie.

Ruben boog zich naar de luidsprekertelefoon. 'Zijn er burgers in de buurt?'

'Een vrachtwagen levert goederen aan een supermarkt, maar verder is er op dit moment niemand.'

'Oké, dan krijgen jullie groen licht van ons,' zei Ruben. 'Vanaf nu heb jij de leiding over de actie.'

'Begrepen,' antwoordde de operationeel commandant. 'We wachten de leverantie af en daarna beginnen we.'

John schoof zijn stoel naar achteren en stond op. Uit de luidsprekertelefoon klonk het geluid van politieagenten die hun uitrusting controleerden. Het geklik van de beweegbare delen van de wapens was duidelijk te horen.

De vrachtwagen reed bij de supermarkt weg en verliet het parkeerterrein. Meteen daarna klonk het bevel van de operationeel commandant. Het beeld van de camera op zijn helm schoot omhoog toen de personenbus accelereerde en over een verkeersdrempel reed. Even later stond hij voor het gebouw en renden de politieagenten de trap naar de galerij op. Ze hoorden leren laarzen op de grond stampen, aanvalsgeweren tegen dijbenen slaan en hijgende ademhaling.

Vervolgens stopte het beeld met stuiteren en John besefte dat ze voor de juiste deur stonden. Na een haastige blik naar achteren om te controleren of zijn mannen klaarstonden, belde de operationeel commandant aan. Even later nog eens. Toen er niets gebeurde, bonkte hij met zijn vuist op de deur. 'Doe open, politie.'

John zag op het scherm dat hij een collega met een werktuig in zijn hand naar zich toe wenkte. Het slot was geen partij voor de koevoet en na een paar seconden was de deur open.

De operationeel commandant nam het voortouw weer en nadat hij het bevel had gegeven stormden de politieagenten het appartement in. Het was moeilijk om de gebeurtenissen helemaal te volgen omdat ze alleen de beelden van de camera hadden, maar al snel riepen verschillende stemmen dat de kamers veilig waren. Binnen een minuut was de actie voorbij.

Het beeld flakkerde toen de operationeel commandant de camera van zijn helm haalde en de lens op zijn gezicht richtte. 'Het spijt me, jongens, het appartement is verlaten.'

'Verdomme,' zei John. Hoewel hij de actie van een afstand had gevolgd, voelde hij de adrenaline door zijn lichaam stromen.

'Verlaat het appartement en wacht tot er een burgerauto van ons verschijnt,' zei Ruben. 'We gaan het appartement bewaken. Trek terug, maar blijf in de buurt. Ik wil dat jullie paraat staan zodra die klootzak opduikt.'

De man stak zijn duim op naar de camera en daarna verbrak hij de verbinding. Het televisiescherm werd zwart en het politie-embleem begon lukraak over het beeld te glijden.

'Ik maak een opsporingsbericht,' zei Ruben. Hij stond op van de tafel. 'Heeft hij een gezin? Familieleden?'

'Zijn vrouw is lang geleden overleden, maar hij heeft een dochter die hier in de stad woont,' zei John. 'Ik neem contact met haar op om te vragen of zij weet waar haar vader is.'

Ruben knikte. 'Doe dat, maar wees voorzichtig. We willen niet dat ze alarm slaat. Zeg dat we...'

'...informatief met hem willen praten,' vulde John aan. Het was een uitdrukking die hij van collega's had gehoord en aan zijn woordenschat had toegevoegd.

Ruben gaf een klopje op zijn schouder. 'Binnenkort slaag je met vlag en wimpel voor het examen politie-Zweeds,' zei hij, waarna hij de kamer verliet.

John bleef achter en belde de dochter. Ze nam bij de tweede keer overgaan op. Na een verwarrend begin van het gesprek waarin het geluid haperde en de vrouw niet goed begreep wie hij was, werd het bereik beter.

'Waarom wil je weten waar mijn vader is?' vroeg ze.

John dacht aan de veroordelingen in het strafregister. Het was waarschijnlijk niet de eerste keer dat de politie haar belde om vragen te stellen.

'We willen informatief met hem praten,' zei hij.

'Wat wil dat zeggen?'

Tja, wat wilde dat eigenlijk zeggen, dacht John. Het was één ding om de uitdrukking te gebruiken, maar iets heel anders om de betekenis ervan uit te leggen. 'Niet meer dan dat we met hem in contact willen komen,' zei hij in de hoop dat ze geen vervolgvragen zou stellen. 'Weet je waar hij is?'

'Ik heb geen idee.'

'Kan hij op zijn werk zijn?' opperde John.

'Hij heeft geen werk.'

'Heeft hij vrienden of vriendinnen bij wie hij regelmatig op bezoek gaat?'

'Nee, volgens mij niet.'

'Wanneer heb je je vader voor het laatst gezien?'

Het werd stil terwijl ze nadacht. 'Dat herinner ik me niet precies. Een paar dagen geleden.'

'Heb je een telefoonnummer waarop ik hem kan bereiken?'

'Nee, sorry.'

'Hij heeft ongetwijfeld een mobiel.'

'Dat klopt, maar hij wisselt zo vaak van prepaidkaart dat ik het nummer niet meer opsla. Hij komt een paar keer per week langs en vaker hoef ik hem niet te zien.'

John beëindigde het gesprek en zuchtte diep. Het Zweden dat hij kende was een paradijs voor bureaucraten. Een land waarin de overheid alles en iedereen in de gaten hield. Met één uitzondering:

de anonieme simkaart. Dat deze nog steeds werd toegestaan was vreemder dan alle meibomen en bijbehorende traditionele dansen bij elkaar.

13

Alicia schrok wakker door het geluid. Het klonk als een hond, waarschijnlijk de herdershond van de buren een paar huizen verderop, een vals rotbeest dat blafte als een vreemde zich in de straat vertoonde. Ze hief haar hoofd van de tafel en voelde hoe iets probeerde om haar wang op het houten blad te houden. Ze rook whisky en besefte dat het kleven werd veroorzaakt door gemorste drank.

Verdomme, dacht ze terwijl ze haar wang met haar handrug afveegde. Hoelang heb ik geslapen? Het was buiten al donker en de rugzak die op de keukenvloer stond herinnerde haar eraan dat ze weg moest.

Alicia kwam overeind en voelde de dronkenschap in haar hoofd bonken. De hond bleef blaffen en pas nu koppelde ze het geluid aan de man op de foto. Stel dat de herdershond Birger Falk had gesignaleerd?

Ze liep naar het raam en keek naar de witte vlokken die neerdwarrelden in de tuin. Haar hartslag versnelde toen ze de voetsporen zag.

Hij was hier al.

Naast de half met sneeuw bedekte afdrukken van de politieagent zag ze een nieuw spoor dat van het tuinhek naar de trap aan de voorkant van de woning liep.

Op hetzelfde moment ging de bel. Alicia schrok en duwde zich tegen de keukenmuur. De paniek stroomde met volle kracht door haar heen. Ze kon zich niet bewegen, verlamd door de gedachte aan wat de man met haar wilde doen.

De bel ging opnieuw. Ze had nog nooit nagedacht over het geluidsniveau van de kleine metalen schijf aan de muur in de hal, maar nu dreunde het geluid door het stille huis.

Alicia ging op haar hurken zitten en hield haar handen tegen haar oren. Tegelijkertijd probeerde ze te kalmeren. Birger Falk hoefde tenslotte niet degene te zijn die voor de deur stond. Misschien was de politieagent gewoon teruggekomen, of was het iemand van het werk die had gehoord wat er met Stella was gebeurd en wilde vragen hoe het met haar ging.

Alicia probeerde in een vierkant te ademen, maar dat lukte deze keer ook niet. Ze kon zich niet concentreren en wist niet of ze moest inademen of de lucht moest laten ontsnappen. Om het niet uit te schreeuwen beet ze hard in haar hand. Een paar oneindig lange seconden later hoorde ze eindelijk het geluid van voetstappen die zich van de voordeur verwijderden.

Alicia strekte haar hand. De huid was wit op de plek waar ze had gebeten. Langzaam ging ze staan en keek uit het raam. Met een beetje geluk zou ze een glimp van de bezoeker kunnen opvangen als hij of zij de tuin uit liep en de lantaarnpaal voor het hek passeerde.

Op dat moment zag ze vlak bij de gevel een vlammetje. Ze keek naar beneden en zag een man die probeerde een sigaret op te steken. Hun blikken ontmoetten elkaar en hij begon met zijn hand te zwaaien, zodat de vonken van de tabak rondvlogen alsof het vuurvliegjes waren.

Alicia trok haar hoofd snel terug en duwde haar lichaam weer tegen de muur. De vloer helde vijfenveertig graden en ze moest zich aan de deurkruk van de voorraadkast vasthouden om niet te vallen.

De man die buiten stond was zonder enige twijfel Birger Falk.

Ze hoorde weer voetstappen op de trap en deze keer bonkte hij met zijn vuist op de deur.

'Laat me erin, ik wil met je praten!' riep hij.

Toen Alicia geen antwoord gaf, voelde hij aan de klink, en ze was dankbaar dat ze eraan had gedacht om de deur op slot te doen nadat de politieagent was vertrokken.

Door de meedogenloze toon in zijn stem werd haar overlevingsinstinct gewekt. Alicia was niet van plan om als een verlamd dier in het licht van de koplampen te blijven wachten tot hij de deur had geforceerd en haar ook zou doodsteken. Op de een of andere manier moest ze hier wegkomen zonder dat hij het merkte.

De deur in de keuken die naar de kelder leidde stond op een kier en ze rende de trap af. Onderweg rukte ze een oud reddingsvest van een haak aan de muur. Ze durfde de plafondlamp niet aan te doen. Het licht zou door de rij kleine rechthoekige ramen schijnen die zich op straatniveau bevonden.

Ze probeerde zich een weg te banen tussen de rommel op de vloer. Een roestige damesfiets van de vorige eigenaar van het huis en Alicia's mountainbike stonden in de weg. Ze wrong zich ertussendoor en liep naar de buitendeur van de kelder die verborgen was achter een stapel onuitgepakte verhuisdozen.

Alicia verstijfde toen ze een schaduw achter een van de ramen zag. Even later verscheen de man achter het volgende raam. Ze besefte dat hij om het huis heen liep en de deur naar de kelder zo meteen zou openen.

Alicia hurkte achter de kartonnen muur. Vlak daarna hoorde ze hoe de klink naar beneden werd geduwd. Ze deed haar ogen dicht en hoopte dat de deur op slot was, maar het geknars van de scharnieren maakte duidelijk dat hij open was.

Met gebogen rug liep ze langzaam terug naar de trap. De whisky kwam omhoog en ze verbeet een snik. De man deed de deur achter zich dicht en ze hoorde hem naar het lichtknopje tasten. Alicia schoot overeind en smeet de damesfiets van zich af.

'Wacht,' riep hij.

Ze was al halverwege de trap toen haar rechtervoet naar achteren gleed en ze in een onvrijwillige spagaat terechtkwam. Tegelijkertijd ging de plafondlamp aan en ze zag het reddingsvest op de onderste traptrede liggen.

'Ik moet met je praten,' zei hij.

Ze staarde naar hem. Birger Falk had net zo'n wanhopige blik in zijn ogen als op de foto en hij droeg dezelfde muts met omgevouwen rand. Zijn kleding was vies en zijn schoenen waren bedekt met een dikke laag sneeuw.

Alicia kwam overeind en voelde dat haar linkerlies pijn deed. Met de alcohol en de adrenaline als pijnstillers liep ze de trap op. De man volgde haar en ze hoorde hoe hij de fietsen passeerde.

Alicia pakte een mes uit het blok op het aanrecht. Ze keek naar de voordeur, maar besefte dat ze hem niet snel genoeg open zou hebben voordat hij bij haar was. In plaats daarvan rende ze naar de bovenverdieping, haastte zich de slaapkamer in en deed de deur zo zachtjes mogelijk dicht.

'Waar ben je?' riep de man.

Alicia stond doodstil te luisteren. De zware voetstappen waren duidelijk op weg naar boven. Ze kwamen steeds dichterbij en ze klemde het mes stevig vast.

De vloer van de gang kraakte en het volgende moment ging de slaapkamerdeur open. Alicia reageerde instinctief toen de donkere gestalte zichtbaar werd. Met het mes in haar rechterhand deed ze een uitval naar de hals van de indringer. Het lemmet drong in zijn keel en bleef vastzitten in het kraakbeen en het weefsel. Toen ze het handvat losliet, bleef het hangen.

Birger Falk keek verbaasd naar Alicia, alsof hij niet besefte wat er was gebeurd. Hij probeerde iets te zeggen, maar het enige wat over zijn lippen kwam was een zacht gegorgel. Het bloed stroomde steeds harder uit de wond en uit zijn mondhoeken.

Alicia gilde uit pure paniek en deinsde naar achteren, de kamer in. De man strompelde achter haar aan. Hij hief zijn hand en trok het mes uit zijn keel. Ze deed haar ogen dicht en wachtte op de eerste steek, maar in plaats van intense pijn te voelen hoorde ze een harde klap.

Ze deed haar ogen weer open en zag Birger Falk met gesloten ogen op de vloer liggen. Het mes was uit zijn hand gegleden en hij had het bedlampje op het nachtkastje meegetrokken in zijn val. Het lichtknopje was daarbij aangegaan, zodat er een warm schijnsel door de stoffen lampenkap scheen.

Ze zakte met haar rug tegen de muur op de vloer. Het bloed pompte uit de wond in Birgers hals en ze zag te laat dat de rode plas zo groot was geworden dat die haar spijkerbroek bereikte. Toch was Alicia niet in staat om op te staan. Dat lukte pas toen hij zonder waarschuwing vooraf zijn ogen opende en naar haar staarde.

Ze vloog overeind, rende de slaapkamer uit en de trap af naar de enige badkamer in de woning. Daar boog ze zich over het toilet en braakte haar maaginhoud uit, waarna ze uitgeput op de tegels ging liggen en in slaap viel.

Toen Alicia wakker werd, had ze het gevoel dat ze uren had geslapen. De paniek was meteen terug. De man die in haar slaapkamer lag moest inmiddels dood zijn. Zijn ademhaling was te onregelmatig geweest en de bloedplas te groot.

Het braaksel in het toilet stonk en ze kwam overeind om het door te spoelen. De whisky bonkte in haar hoofd, ze stond wankel op haar benen en haar handen trilden toen ze met de laatste tandpasta in de tube op de wastafel haar mond spoelde.

Ze luisterde naar geluiden in de slaapkamer. De muren tikten en het water spoelde door de buizen van het oude gebouw, maar ze dacht ook iets anders te horen. Het zachte, sloffende geluid dat door het plafond drong zou van een man die zich over de vloer sleepte kunnen zijn.

Alicia liep de badkamer uit en bleef roerloos bij de trap staan luisteren. Het geluid was weg, als het er al was geweest. Misschien had ze het zich alleen verbeeld.

Langzaam liep ze de trap op en vervolgens naar de slaapkamerdeur. Die stond op een kier en ze opende hem voorzichtig. Birger Falk lag in precies dezelfde positie als toen ze de kamer uit was gerend om over te geven.

De paniek schreeuwde tegen haar om het huis – en zelfs Karlstad – te verlaten en naar een plek ver weg van deze nachtmerrie te vluchten. Toch dwong ze zichzelf om te blijven staan en naar het dode lichaam te kijken. Langzaam wende ze aan de wond in zijn hals en het bloed op de vloer.

Alicia bekeek zichzelf in de spiegel die aan de muur hing en probeerde te bepalen wat ze zag.

Een gedrocht?

Absoluut.

Een moordenaar?

Nee, daar wilde ze niet aan. Het was een keus tussen hem en haar geweest. Alicia had zich verdedigd, een recht dat je gewoon moest hebben als je leven op het spel stond.

Ze liep de slaapkamer uit en ging naar de keuken, waar ze de fles whisky van de tafel pakte. Die was halfvol en ze nam een flinke slok. Daarna ging ze met de fles in haar hand op de trap naar de bovenverdieping zitten.

Misschien was ze toch een moordenaar.

Moest ze de politie bellen om te vertellen wat er was gebeurd? Alicia zag zichzelf in een verhoorkamer. Als ze beweerde dat het zelfverdediging was, moest ze uitleggen waarom de man haar wilde vermoorden en alleen al door die gedachte kreeg ze opnieuw de neiging om over te geven. Bovendien was het onzeker of dit alles onder de juridische definitie van zelfverdediging viel. Ze zou natuurlijk kunnen liegen en beweren dat hij haar in een wurggreep had gehad, maar er was geen garantie dat de rechtbank dat verhaal zou geloven, vooral niet omdat ze geen blauwe plekken in haar hals had. Hoe ze het ook wendde of keerde, ze liep een groot risico om tot een lange gevangenisstraf veroordeeld te worden.

Ze dacht aan wat er gebeurd zou zijn als Birger Falk de volgorde veranderd zou hebben. Als zij degene was die in de koffiebranderij was vermoord en Stella hier in haar plaats had gezeten. Haar zus zou geen morele bedenkingen hebben. Ze zou een waterdicht plan bedenken en het uitvoeren.

Alicia voelde de tranen opkomen. Ze zou dit helemaal alleen moeten regelen, zoals ze vanaf nu alles in haar leven alleen moest regelen.

De whisky brandde in haar maag en plotseling werd ze woedend. Ze was boos op haar zus omdat ze dood was, boos omdat ze haar in de steek had gelaten. Stella wist tenslotte hoe ze was. Ze kon niet voor zichzelf zorgen.

Als ze een depressie kreeg, en dat gebeurde met de regelmaat en zekerheid van de seizoenen, was Stella degene die haar naar de privékliniek buiten Kopenhagen bracht. Raw betaalde, maar de kosten werden in de boekhouding verborgen. Dat de ICT-manager van het bedrijf regelmatig in een inrichting werd opgenomen, hoefden de werknemers en het bestuur niet te weten.

Na een paar weken van therapie, rust en aanpassing van de medicatie was ze er klaar voor om weer achter haar computer plaats te nemen – tot de werkdruk opnieuw zo hoog werd dat ze instortte en de geschiedenis zich herhaalde.

Alicia omklemde haar opgetrokken benen zo hard dat haar knokkels wit werden. Wie moest ze de volgende keer bellen als de grond onder haar voeten verdween? Ze herinnerde zich niet eens hoe de kliniek heette.

Ze kneep haar ogen dicht en sloeg zichzelf als een bokser voor de wedstrijd op haar wangen. Het had geen zin om hier te zitten huilen. Ze moest handelen en kwaliteiten tevoorschijn halen die ze normaal gesproken alleen tijdens haar werk liet zien, zoals het vermogen om onder sterke tijdsdruk oplossingen te vinden voor problemen die onmogelijk leken. Alicia de machine, die gas gaf tot het niet meer ging.

Ze nam nog een slok uit de fles, liep naar de slaapkamer terug en ging op haar hurken naast de dode man zitten. Hij was ouder geworden. De bloedvaten vormden een blauw dooraderde rivierdelta op zijn neus en wangen zoals bij iemand die verslaafd was. De glazige ogen waren nog steeds open.

Alicia pakte een van zijn benen om te controleren of ze het lichaam kon verplaatsen. Birger Falk had een gemiddelde lengte en was tenger gebouwd. Toch kon ze hem niet verplaatsen; zelfs toen ze al haar kracht gebruikte, gleed hij maar een paar centimeter over de vloer.

Ze verdrong de paniek door zichzelf te dwingen logisch na te denken. Het probleem was afgebakend en begrijpelijk: het lichaam moest vóór het ochtend werd uit huis zijn. Alicia boog zich over de man heen en voelde in zijn broekzakken. Daarin vond ze de sleutel van een Volvo uit de tijd waarin auto's echt met zo'n ding in het slot geopend werden, in plaats van met een afstandsbediening in een plastic huls.

Ze woog hem in haar hand en keek naar de deur van het balkon dat aan de slaapkamer grensde, liep op haar sokken de betonnen vloer op en probeerde in het schijnsel van de gevelverlichting de afstand naar het met sneeuw bedekte grasveld in te schatten. Alicia vermoedde dat het drie meter was, misschien drieënhalf.

Plotseling voelde ze iets wat op hoop leek. Als ze het lichaam hiernaartoe kon slepen, zou haar plan misschien kunnen slagen. Maar dan moest ze wel Falks auto vinden.

Alicia wachtte tot het twaalf uur was geweest voordat ze zich naar buiten waagde. De Volvo stond maar een meter of twintig bij haar tuin vandaan geparkeerd en het belangrijkste was dat het een sedan was. Ze stak de sleutel in het slot en draaide die om. De zwarte plastic knop achter het raam sprong naar boven en Alicia ging achter het stuur zitten.

Het rook muf in de auto en ze zag de verfrommelde verpakking van een cheeseburger in het opbergvak van het portier liggen. De bestuurdersstoel kon niet verschoven worden. De stoel zat vast en ze moest op de rand gaan zitten om bij de pedalen te kunnen.

Alicia startte de auto. De motor maakte stationair al een enorm lawaai en ze stelde zich voor dat de lampen van de woning naast haar aangingen en nieuwsgierige ogen naar buiten keken om te controleren waar het kabaal vandaan kwam. Het werd nog erger toen ze extra gas moest geven om de sneeuwwal bij de oprit naar haar tuin te passeren, maar toen ze eenmaal achteruit was gereden en onder het balkon had geparkeerd, was de buurt nog net zo stil als eerder.

Ze stapte uit en opende de kofferbak, die vol troep lag: een krat met lege bierflesjes, delen van een stereoinstallatie en meerdere plastic zakken met VHS-cassettes. Alicia verplaatste de troep naar de achterbank en spreidde een stinkende deken over de rubberen mat uit.

Daarna ging ze het huis weer in en nam een gereedschapskist mee naar het balkon. De balustrade bestond uit planken die met schroeven aan een stalen frame waren bevestigd. Ze haalde er een paar weg om een opening van ruim een meter breed te creëren. Alicia boog zich naar voren om te controleren of ze de positie van de auto moest veranderen, maar voor zover ze dat kon beoordelen bevond de kofferbak zich op de juiste plek.

Ze ging naar de slaapkamer terug, waar ze probeerde haar handen onder de oksels van de man te schuiven om hem naar het balkon te trekken. Het was alsof ze een boomstam moest verslepen.

De afstand naar de deur was minstens twee meter. Alicia besefte dat het bijna onmogelijk was om het lichaam alleen met behulp van haar spierkracht te verplaatsen. Daarom haalde ze het vloerkleed dat de voormalige eigenaars in de gang op de bovenverdieping hadden laten liggen. Met veel moeite lukte het haar om de man telkens een paar centimeter op te tillen en het kleed stukje bij beetje onder hem te schuiven. Daarna pakte ze de randen van het kleed stevig vast en trok er zo hard aan als ze kon.

Het geweven kleed fungeerde als een slee op de gladde linoleumvloer. De drempel naar het balkon was een uitdaging, maar na wat heen en weer schuiven lukte het haar om Birger Falk eroverheen te krijgen. Uiteindelijk hingen zijn hoofd en een gedeelte van het bovenlichaam buiten het balkon. Nu hoefde ze hem alleen nog een laatste duw te geven zodat hij door het gat in de balustrade in de geopende kofferbak van de Volvo zou vallen.

Alicia kwam op adem en probeerde opnieuw te voorspellen hoe het lichaam zich tijdens de val zou gedragen. Stond de auto toch te ver naar achteren? Of was het misschien andersom? Ze zuchtte om haar besluiteloosheid. Tegelijkertijd stond er heel veel op het spel. Als het lichaam niet op de juiste plek terechtkwam, zou ze het onmogelijk vanaf de grond in de auto kunnen tillen.

Langzaam schoof ze de man naar voren door haar handen tegen zijn verstijfde voeten te duwen. Het vloerkleed veroorzaakte een schurend geluid terwijl het over het beton gleed. Ze zette zich schrap tegen de muur om extra kracht te mobiliseren tot de weerstand plotseling verdween. De verdeling van het gewicht van de man had het kritieke punt bereikt waarop het grootste deel van de verzamelde kilo's zich buiten het balkon bevond.

Het lichaam viel, maar Alicia kon zijn baan door de lucht niet volgen. Ze hoorde alleen de klap toen het de auto raakte. Ze kwam snel overeind en leunde over de balustrade.

Het was een voltreffer.

De man, met inbegrip van zijn armen en benen, lag helemaal in de kofferbak.

Een paar minuten later reed Alicia met een intens onwerkelijk gevoel bij haar huis weg. Zij reed niet in de auto met het dode lichaam. Dat was iemand anders, een vreemde naar wie ze keek vanaf een ondefinieerbare plek hoog boven de auto.

Ze had natuurlijk moeten stoppen met drinken en proberen nuchter te worden, maar dat was niet gelukt. Ze had de alcohol nodig om te functioneren en de paniek te verdringen.

Alicia besefte dat ze zonder richting aan te geven rechtsaf de Norra Allén in was gereden. Dat was nu net zo'n fout die ze moest voorkomen. Als er een politiewagen op de verkeerde plek stond, zou de avond een nog grotere ramp worden dan hij toch al was.

De straat was verlaten, maar bij de rotonde zag ze een aantal voetgangers aan beide kanten van het zebrapad. Ze leken te wachten tot ze afremde zodat ze konden oversteken.

Op dat moment bedacht ze dat Palermo zich hier bevond.

Degenen die wilden oversteken waren vermoedelijk late gasten die uit het restaurant kwamen.

Waarom heb ik in vredesnaam deze weg genomen?

Alicia minderde zoveel vaart tot ze bijna stapvoets reed. Toch kwam de kudde schapen niet in beweging. De oversteekplaats kwam steeds dichterbij en de straatlantaarns verlichtten zowel de rijbaan als het trottoir.

De stamgasten van Palermo zouden niet op de aftandse Volvo reageren, maar haar gezicht was nou niet bepaald moeilijk te herkennen.

Ze klapte de zonneklep naar beneden en trapte het gaspedaal in op het moment dat een van de voetgangers de weg op liep. Hij sprong geschrokken naar achteren en Alicia passeerde het zebrapad en reed slippend over de rotonde.

Pas toen ze in zuidelijke richting op de Hammaröleden reed, stopte haar lichaam met trillen. Hadden ze haar herkend? Ze wist het niet. De mensen die naar haar hadden gestaard misten contouren. De stress had het onmogelijk gemaakt om te zien of er bekenden tussen de groep mensen hadden gestaan.

Ze sloeg met haar hand op het stuur en braakte een serie vloeken uit. De haastige bewegingen maakten haar misselijk. Zure oprispingen van de whisky belandden in haar mond en ze dwong zichzelf om een paar keer te slikken.

Een tijdje later bevond ze zich buiten de stad op Hammarö en ze sloeg af naar een smalle grindweg. De omgeving was verlaten, op een paar afgesloten vakantiewoningen na. De auto bleef meerdere keren in de sneeuw steken, maar op de een of andere manier kregen de achterwielen elke keer grip. Op de top van de heuvel minderde Alicia vaart en bleef met een stationair draaiende motor staan.

Voor haar lag een steile helling die eindigde bij een keerplaats. Ze besefte dat ze het einde van de weg had bereikt en draaide de contactsleutel naar links, waardoor de motor en de radio abrupt zwegen. Buiten was het donker, op de bleke maan die de sneeuw verlichtte na.

Ze schakelde in zijn vrij en stapte uit. Met haar handen tegen de deuropening zette ze zich schrap tegen de grond en duwde net zo lang tegen de zware auto tot hij in beweging kwam. Eerst langzaam en vervolgens steeds sneller.

Het stuurmechanisme was traag als bij een tractor zodat de Volvo tot de keerplaats rechtdoor reed, waar hij tussen een paar struiken eindigde.

Alicia draaide zich om en begon te lopen.

Het was twintig kilometer naar de stad, en deze keer was ze niet van plan om op een berg sneeuw in slaap te vallen.

ZATERDAG

14

John kreeg het woord tijdens de extra ingelaste bespreking van de regionale recherche op zaterdagochtend en keek naar de aanwezigen. Ze waren met zijn zevenen, vijf mannen en twee vrouwen in een uiteenlopende staat van verval op zowel modieus als lichamelijk gebied. Het stoorde hem dat hij geen nieuws te melden had. De zoektocht naar Birger Falk had nog steeds geen resultaat opgeleverd. Niemand had de man of zijn auto gezien. Het gesprek met de chauffeur die Stella Bjelke had afgezet had ook niets opgeleverd om mee verder te werken. Hij had haar opgehaald bij het kantoor van Raw en had haar naar de koffiebranderij gereden zonder dat ze iets anders dan een paar beleefde zinnen met elkaar hadden gewisseld.

Het enige lichtpuntje was de bloederige afdruk op de trapleuning, die razendsnel door Linköping was geanalyseerd en waarvan ze inmiddels het verslag binnen hadden. Het resultaat bevestigde wat ze al wisten: de hand was van de verdachte. Birger Falks vingerafdrukken kwamen in het strafregister voor vanwege de eerdere onderzoeken naar hem. Het NFC had ook DNA uit het bloed kunnen halen en dat bleek overeen te komen met het referentiemonster van het slachtoffer.

'Is het moordwapen geanalyseerd?' vroeg Ruben.

'Ja,' antwoordde John. 'Het bloed op de beitel is eveneens afkomstig van Stella Bjelke en op het handvat staan vingerafdrukken van de verdachte. Weliswaar samen met een heleboel andere afdrukken, maar dat is niet zo vreemd omdat het werktuig bij de renovatie gebruikt werd.'

'Het ziet er met andere woorden goed uit.'

'Absoluut. Als je het kleine detail dat de dader nog steeds voortvluchtig is buiten beschouwing laat.'

Ruben negeerde het sarcasme. 'Dat is een kwestie van tijd,' zei hij. 'Er is een opsporingsbericht uitgevaardigd en we blijven zijn appartement bewaken. Denk eraan dat er nog maar een etmaal voorbij is.'

John besefte dat zijn chef hem wilde oppeppen, maar raakte toch geïrriteerd. Hij miste zijn collega Ruben Jonsson, degene die chagrijnig naar de zwakke in plaats van de sterke punten in een onderzoek zocht. Gezien de uitgebreide zoektocht had Birger Falk de vorige avond al opgepakt moeten zijn. Ze zochten niet naar een crimineel meesterbrein, maar een nietszeggende man met een paar veroordelingen wegens drugs en eentje voor rijden onder invloed op zijn naam.

Er werd op de deur geklopt en een man in een gestreepte sweater stak zijn kalende hoofd om de hoek van de deur. 'Sorry dat ik stoor, maar de centrale heeft een gesprek naar ons doorgeschakeld omdat jullie in bespreking zijn.'

'Waar gaat het over?' vroeg Ruben.

'De moord in koffiebranderij Löfbergs.'

John draaide zich om en keek naar de bezoeker. 'Wie heeft er gebeld?'

De man keek op het gele post-itbriefje dat hij in zijn hand had. 'Ze heet Eva Wickström en werkt als receptioniste bij Raw, de datingsite die –'

'We weten wat Raw is,' onderbrak John hem. 'Wat wilde ze?'

'Ze vertelde dat de moordenaar daar donderdag geweest is en naar Stella Bjelke vroeg.'

John wisselde een blik met Ruben om te controleren of zijn chef de woorden van de man op dezelfde manier interpreteerde.

'Weet je zeker dat ze precies dat gezegd heeft?'

De man in de gestreepte sweater liep een paar stappen de kamer in. 'Ja, ik heb haar zelf gesproken. De naam en het telefoonnummer staan hierop,' zei hij, waarna hij het briefje aan John gaf en weer naar de gang verdween.

Ruben deed de deur achter hem dicht en draaide zich om naar de groep. 'Hoe kon ze weten hoe de moordenaar eruitzag? Heeft een van de kranten de naam en de foto van Birger Falk geplaatst?'

Zijn stem was kalm, maar had een onderliggende beschuldigende toon die niet te missen was. Als een journalist na amper een etmaal over zulke gevoelige informatie beschikte, betekende dat een lek in de eigen gelederen.

De videotechnicus, die was uitgenodigd door Ruben, zette zijn smoothie neer. 'Ik kan het controleren,' zei hij en hij opende zijn laptop.

Eet die vent alleen vloeibaar voedsel, dacht John terwijl hij luisterde naar het getik op het toetsenbord terwijl hij zoekwoorden op de browser invoerde.

'Dat kan verdomme niet waar zijn,' mompelde de technicus.

'Wat is er?' vroeg John.

De technicus pakte het snoer dat op de tafel lag en verbond de laptop met de projector die aan het plafond hing. De website die op het witte scherm verscheen had een koptekst met een foto van twee zwaailichten in close-up en de tekst: POLITIELEK.

Het laatst geplaatste artikel bevatte een YouTubefilmpje. De kop luidde:

DIT IS DE GEHEIME FILM VAN DE MAN DIE DE OPRICHTER VAN RAW HEEFT VERMOORD.

'Ik weet niet hoe ze die te pakken gekregen hebben,' zei de technicus met een smekende klank in zijn stem. 'Het lek moet komen van iemand bij Löfbergs of het ingehuurde bewakingsbedrijf.'

'Kalm maar, er is niemand die je beschuldigt,' zei Ruben, hoewel het tegendeel waar was.

De kamer zat vol politieagenten en de jongeman met de smerige smoothie belandde bij iedereen meteen bovenaan de lijst met verdachten.

'Speel het filmpje af,' zei John.

Een druk op een toets later verscheen het fragment waarop Birger Falk uit de koffiebranderij kwam. Het was duidelijk zichtbaar dat hij zijn hand op de trapleuning legde en een afdruk achterliet. Pas toen de smerige Volvo de parkeerplaats af reed, stopte het filmpje en het logo verscheen weer. Deze keer met een aanvullende tekst:

DIT IS EEN VIDEO VAN VÄRMLANDS BESTE MISDAADBLOG.
HIER ONTDEK JE WAT DE POLITIE ECHT WEET IN PLAATS
VAN WAT ZE WIL DAT JE WEET.

'Wie zit hier verdomme achter?' zei Ruben.

De videotechnicus scrolde langs de site. 'Geen idee, er staan in elk geval geen namen bij.'

John boog zich naar voren op zijn stoel. 'Het is natuurlijk niet goed dat de film gelekt is,' zei hij. 'Maar voor het onderzoek is het niet belangrijk. We waren toch al van plan om Birger Falks foto en identiteit vanmiddag vrij te geven aan de media. Hoe meer mensen weten hoe de dader eruitziet, des te moeilijker wordt het voor hem om –'

'Eigenlijk is het daderpersoon,' onderbrak Ulf Törner, die aan de overkant van de tafel zat, hem.

John had vanaf het eerste moment een hekel aan de man gehad. Ze hadden eerder samengewerkt tijdens het onderzoek naar Billy. Ulf was destijds beter op de hoogte geweest van de overwerkregeling van de politie dan de zaak waaraan hij werkte. Boze tongen in de wandelgangen noemden hem Vackup. Met 'va' in plaats van 'fu' omdat hij de gewoonte had de onderzoeken te ruïneren en vervolgens naar vakbondsvergaderingen te verdwijnen als er verantwoording afgelegd moest worden.

'Sorry, maar ik kan je niet helemaal volgen,' zei John.

'Ik vind dat we daderpersoon in plaats van dader moeten zeggen.'

Het was de eerste keer dat Ulf zijn mening gaf tijdens de bespreking en natuurlijk had die niets met het onderzoek te maken.

'Waarom vind je dat?' vroeg John.

Vackup laste een dramatische pauze in en keek naar zijn publiek. 'Ik ben vorige week naar een cursus in Jönköping geweest en daar hebben we geluisterd naar een videocollege van Gregory Kaplan, professor aan de universiteit van Michigan. Hij beschouwt taal als een genderval. Als we het woord dader gebruiken, leidt dat onze gedachten naar het feit dat de schuldige een man is en lopen we het risico dat we de vrouwen in het onderzoek over het hoofd zien.'

'Kom op, zeg,' verzuchtte John. 'Dat we dader zeggen betekent niet dat we uitsluiten dat een vrouw schuldig kan zijn.'

'Professor Kaplan is van mening dat het een onbewust proces is,' antwoordde Ulf. 'Het is niet mogelijk om te denken zonder taal en daarom stuurt taal onze opvatting over hoe de wereld eruitziet.'

John keek naar Ruben en spreidde zijn armen in een berustend gebaar. 'Zullen we gewoon verder praten over het onderzoek?'

Ruben leek niet op zijn gemak. Hij wist duidelijk niet goed hoe hij de spanning in de kamer moest verminderen. Uiteindelijk deed hij toch een poging om de situatie weer in balans te brengen en richtte zich tot Ulf. 'Je hebt een belangrijk punt, en er is beslist veel onderzoek gedaan naar wat je zegt over dat je zonder hersenen niet kunt denken, maar –'

'Zonder taal,' corrigeerde Vackup hem.

'Ja, precies, natuurlijk, en ik vind absoluut dat we voortaan de term daderpersoon moeten gebruiken, maar in deze specifieke zaak moet het geoorloofd zijn om dader te zeggen. We zien op de filmbeelden tenslotte dat het een man is.'

Ulf ging rechtop zitten en schraapte zijn keel. 'Ik ben het niet met je eens, Ruben. Professor Kaplan stelt dat de aanduiding van de schuldige altijd genderneutraal moet zijn. Ik besef natuurlijk dat we deze keer met een mannelijke dader te maken hebben, maar hoewel dat heel duidelijk is, vind ik toch dat we eraan moeten wennen om de juiste benaming te gebruiken. Daderpersoon of, in deze zaak, mannelijke daderpersoon. We kunnen onmogelijk weten hoe...

'Godallemachtig!'

Ze keken allemaal naar de oudere politieagent met het gerimpelde gezicht die over een halfjaar met pensioen zou gaan. Hij had er duidelijk genoeg van en had met zijn vuist op tafel geslagen.

Het werd stil en John begreep dat Ruben wanhopig zocht naar een manier om door het mijnenveld te navigeren. Als hij de reputatie kreeg dat hij geen begrip had voor de fundamentele waarden van de politie, zou de deur naar een hogere baan binnen de hiërarchie gesloten worden. Tegelijkertijd moesten de minder gepolijste werkezels die urenlang zwoegden en de geregistreerde misdaden oplosten vertrouwen in hem houden.

John frunnikte aan het briefje dat hij van de man van het commandocentrum had gekregen en voelde de onrust in zijn benen. Er liep een moordenaar vrij rond en dan moest de bespreking gaan over de manier waarop ze hem moesten vinden in plaats van hoe hij genoemd moest worden. 'Als jullie het goed vinden, ga ik er nu vandoor,' zei hij. 'Ik wil zo snel mogelijk met de receptioniste van Raw gaan praten.'

Ruben zag een mogelijkheid om de discussie te beëindigen en pakte die dankbaar aan. 'Absoluut. Ga maar, dan bespreken wij de resterende kwesties.'

De witte Toyota op het parkeergedeelte voor bezoekers was het eerste wat John zag toen hij het politiebureau uit kwam. Dat zijn achtervolgers hem dag en nacht schaduwden was een realiteit die hij moest accepteren. Toch betrapte hij zichzelf erop dat hij sneller ging lopen. Misschien wilde hij onbewust de afstand tussen hem en zijn achtervolgers met een paar meter vergroten.

Hij opende het chauffeursportier van de Chrysler 300 SRT8 die hij een paar dagen nadat hij in Zweden was gearriveerd had gekocht. De auto was misschien onnodig duur, maar voor John vertegenwoordigde hij meer dan alleen pk's en metaal.

Zijn vader was na de scheiding met niets begonnen in New York. Met hard werken en de juiste timing op de onroerendgoedmarkt had hij een klein vermogen opgebouwd, maar hij had het geld niet durven gebruiken en had het onaangeroerd op een bankrekening laten staan tot hij stierf. Toen John een deel van de erfenis aan de Chrysler had uitgegeven, was dat net zo goed voor zijn vader als voor zichzelf geweest.

Hij reed naar het kantoor van Raw, dat in een gebouw van rond de vorige eeuwwisseling was gevestigd en bij de rivier lag. Dat het bedrijf in rouw was, besefte hij zodra hij binnenkwam. Op de bruine banken van gerecycled karton zaten jonge mannen en vrouwen die elkaar met betraande gezichten omhelsden. Op de tafeltennistafel in de receptie zag hij half leeggedronken koffiekopjes naast verfrommelde papieren zakdoekjes.

'Ik ben op zoek naar Eva Wickström,' zei John tegen een van de werknemers.

'Daar is ze,' kreeg hij als antwoord. De man wees naar een vrouw die minstens drie decennia ouder was dan haar collega's.

Ze droeg een gebreid vest en had een blad met broodjes in haar handen. Ze leek een oma die geborgenheid uitstraalde tussen de kinderen in een trendy jongerencentrum. John stelde zichzelf voor als Fredrik Adamsson en liep met haar mee naar een spreekkamer met erotische mangatekeningen aan de muren.

'Het is zo verschrikkelijk wat er gebeurd is,' zei ze. 'Hoewel het zaterdag is, komen de werknemers hiernaartoe en dan moeten ze in elk geval iets te eten krijgen.' Eva Wickström knikte naar het blad dat ze op de tafel had gezet.

'Tja, je moet eten, anders...' zei John. Hij aarzelde en wist even niet meer hoe het gezegde eindigde. Wat gebeurde er als je maaltijden oversloeg? Hij probeerde het in zijn hoofd. Je moet eten, anders... krijg je honger. Kon dat kloppen? Zelfs voor Zweedse begrippen klonk het te eenvoudig.

'Ik heb een jaarsalaris meegekregen toen ik werd ontslagen bij de bank waar ik werkte,' ging de vrouw verder. 'Maar ik had een baan nodig en Stella heeft me hier een kans gegeven. Ik weet niet hoe we het zonder haar moeten redden.'

John condoleerde haar – in een dergelijke situatie kwam hij doorgaans gelukkig beter uit zijn woorden – en vroeg Eva Wickström om te vertellen over het bezoek waarover ze de politie had gebeld.

Het aura van de vrouw die zelf broodjes bakte verdween en ze kreeg een woedende blik in haar ogen. 'Hij kwam hier donderdag vlak na vier uur binnen. Ik herinner me dat omdat de bestelling van de staatsslijter net was bezorgd. Het interview met Stella werd uitgezonden en ze had besloten dat we na het werk bij elkaar zouden komen zodat we samen konden kijken. Zo was ze nu eenmaal, attent en gul.'

'Herkende je de man?'

'Nee, ik had hem nog nooit gezien. Hij vroeg naar Stella en toen ik vertelde dat ze geen tijd had, werd hij onaangenaam, maar ik besefte dat hij niet belangrijk was. Hij zag er afgeleefd uit en hij stonk.'

'Was hij dronken of onder invloed van drugs?'

De vrouw dacht na. 'Dat denk ik niet. Als hij alcohol gedronken had, zou ik dat geroken hebben. Hij was vooral onverzorgd.'

‘Wat deed hij toen je hem niet bij Stella wilde laten?’

‘Hij ging een tijdje tekeer, maar toen ik met de politie dreigde, kalmeerde hij en droop af.’

‘Heb je hem daarna niet meer gezien?’

‘Jawel. Dat was juist zo griezelig.’ De vrouw verschoof op haar stoel en trok het vest dichter om zich heen. ‘Mijn collega’s hadden me na de televisie-uitzending een paar glazen wijn opgedrongen. Toen ik zei dat het genoeg was en naar huis ging, kwam hij op straat weer naar me toe. Hij wilde weten of Stella nog op kantoor was.’

‘Wat heb je geantwoord?’

‘Dat ze al vertrokken was, maar dat geloofde hij niet. Hij beweerde dat hij de hele avond op straat had gewacht. Daarna heb ik hem verteld dat ze door een taxi aan de achterkant van het gebouw was opgehaald.’

‘Waarom aan de achterkant? Wilde ze ongezien vertrekken?’

‘Nee, daarom was het niet. Taxi’s parkeren daar altijd.’

‘Hoe laat was het toen?’

‘Ik denk ergens tussen negen en tien uur.’

John knikte en constateerde dat Eva Wickströms tijdsinschatting overeenkwam met de getuigenverklaring van de taxichauffeur. ‘Hoe reageerde de man toen je hem dat vertelde?’

‘Hij werd heel gestrest en vroeg of ik wist waar ze naartoe zou gaan. Alsof ik dat zou weten. Receptionistes die hun neus in het privéleven van hun superieuren steken blijven niet lang in dienst.’

‘Heb je gevraagd waarom hij Stella wilde spreken?’ vroeg John.

De vrouw keek hem niet-begrijpend aan. ‘Nee, waarom zou ik dat doen? Ik wilde alleen dat hij wegging en me met rust liet.’

‘Deed hij dat?’

‘Jazeker, hij liep snel weg en stapte in een oude Volvo bij de rivier die fout geparkeerd stond.’

De informatie verbaasde John. Als Birger Falk niet wist waar Stella Bjelke naartoe ging, kon hij niet degene zijn die met haar in de koffiebranderij had afgesproken. Toch was het hem op de een of andere manier gelukt om haar naar Löfbergs te volgen. Waarschijnlijk had hij een andere taxichauffeur geld gegeven om bij de centrale te informeren waar de laatste ritten naartoe waren gegaan.

John keek weer naar Eva Wickström. 'Toen je contact met ons opnam, zei je dat Stella Bjelkes moordenaar hier was geweest. Klopt dat?'

De receptioniste knikte.

'Hoe kon je daar zo zeker van zijn? Dat hij de moordenaar was, bedoel ik.'

Het antwoord was geen verrassing. 'Een van onze developers heeft een blog met een film van een bewakingscamera gevonden. Ze heeft de link naar alle werknemers op kantoor gestuurd.'

'En hoe herkende je hem? De resolutie is niet bepaald goed.'

'Aan zijn kleding en de auto. Het was dezelfde aftandse Volvo.'

John haalde de geprinte foto van de camera bij de ingang van het politiebureau tevoorschijn en legde hem op de tafel. 'Was hij het?'

De vrouw bestudeerde de foto. 'Ja, weten jullie wie hij is?'

'Hij heet Birger Falk,' zei John.

'Het spijt me, maar dat zegt me niets.'

'Denk na. Weet je dat heel zeker?'

Eva Wickström leek verwoed in haar geheugen te zoeken. 'Helaas, ik heb die naam nog nooit gehoord.'

'Ik begrijp het,' zei John. Op hetzelfde moment voelde hij zijn telefoon in de zak van zijn colbert trillen. Hij haalde hem tevoorschijn en keek op het scherm. Het duurde een paar seconden voordat zijn hersenen registreerden wat zijn ogen zagen. 'Sorry, maar ik moet dit gesprek aannemen,' zei hij terwijl hij haastig opstond.

'Moet je al weg?' vroeg de receptioniste. 'Ik wilde je net een kop koffie en een broodje kaas aanbieden. Ze zijn heel vers en ik heb –'

'Dat komt vast een andere keer. Bedankt voor je tijd,' onderbrak John haar. Hij pakte de geprinte foto en haastte zich naar zijn Chrysler.

Nadat hij het portier had gesloten, keek hij weer op zijn telefoon. Die had niet getrild vanwege een binnenkomend gesprek, maar omdat het alarm in het Empire State was geactiveerd. De sensoren op de voordeur hadden een inbraak geregistreerd en de camera's stuurden bewegende beelden naar het scherm.

De man met de zilverkleurige knot in zijn nek was met een zwarte sporttas in zijn hand het appartement binnengedrongen. Het was de achtervolger die Trevor en hem in Rederiet had geschaduwd. De onheilsprofeten in Johns hoofd roerden zich weer. Het was één ding dat Ganiru's huurmoordenaars hem van een afstand bewaakten, maar iets heel anders dat ze in zijn appartement inbraken.

John dacht voor de zoveelste keer terug aan het moment dat hij de eerste mail naar Trevor had gestuurd. Hij kwelde zichzelf graag met die herinnering. Als hij niet zo'n belachelijke fout had gemaakt, hadden zijn achtervolgers hem nooit gevonden.

Geef het op, riepen de onheilsprofeten in zijn hoofd tegen hem. *Je kunt je auto net zo goed de rivier in rijden, dan is het achter de rug.*

John dwong zichzelf om op zijn telefoon te blijven kijken. Hij zag de man met de knot naar de keuken lopen. Daar ging hij op een fruitkist staan, waarna hij het rooster van de ventilatieschacht schroefde. De man haalde een voorwerp uit de tas, plaatste dat in de ventilatiebuis en schroefde het rooster weer vast.

John vermoedde wat hij aan het doen was en kreeg daar de bevestiging van toen de man rond begon te lopen en tegen zichzelf leek te praten. Dit was de ironie ten top. De man met de knot controleerde of de camera en de microfoon die hij achter het ventilatierooster had gemonteerd werkten, terwijl hij zelf werd gefilmd door een andere bewakingscamera.

De inbraak betekende dat zijn plannen voor vanavond met Trevor niet doorgingen. Ze konden elkaar in het appartement geen briefjes meer geven zonder ontmaskerd te worden. John besefte dat hij snel een nieuwe plek voor het avondeten en een andere manier van communiceren moest bedenken. Intussen bleef de kakofonie van stemmen in zijn hoofd roepen dat dit helemaal mis zou gaan.

15

Toen Alicia wakker werd, duurde het even voordat ze besefte dat ze zich in het appartement van haar zus bevond. De bleke winterzon scheen door de gordijnen naar binnen en het rook anders dan in haar woning. De geur was afkomstig van Stella's parfum, waarvan ze de naam niet kon onthouden. Wel wist ze precies hoe duur het was; dat had Stella haar verteld toen ze een keer onvoorzichtig met haar handtas was omgesprongen.

Ze ging rechtop in bed zitten en keek rond in de kamer. Die had een hoog plafond en mooi stucwerk. Meerdere jurken hingen aan een mat messing kledingrek en daarnaast stond een sierlijke make-uptafel met potjes, etuis en borstels.

De enige rommel had Alicia zelf veroorzaakt toen ze vanochtend vroeg was binnengekomen. Haar zwarte spijkerbroek lag op de vloer en het T-shirt hing over de kap van de vloerlamp die in een hoek stond. Alsof het instinctief besefte dat het niet thuishoorde tussen de mooie designerkleding die aan de kleerhangers aan het rek hing.

Stap voor stap kwamen de herinneringen van de afgelopen avond terug. Haar voeten brandden nog steeds na de lange wandeling van Hammarö naar haar woning in de Gröna gatan. De rest van de nacht was ze bezig geweest met het schoonmaken van de slaapkamer. Alicia was dankbaar dat ze er nooit aan toe was gekomen om de lelijke linoleum vloerbedekking weg te halen. Het oppervlak was eenvoudig schoon te maken en na een paar keer dweilen waren er geen sporen van de dode man meer zichtbaar.

Met het vloerkleed dat ze had gebruikt om het lichaam te verslepen was het erger gesteld. Dat had een enorme hoeveelheid bloed opgezogen en Alicia besefte dat ze het zou moeten verbranden. Ze stak de houtkachel in de zitkamer aan en sneed het kleed in kleine stukken die ze vervolgens gedurende een paar uur aan de vlammen voerde.

Parallel daaraan schroefde ze de planken weer in de balustrade van het balkon en boende de betonnen bodem. Het bloed was gelukkig niet door het vloerkleed in de poreuze laag gedrongen, maar het was beter om het zekere voor het onzekere te nemen.

Het mes was een hoofdstuk op zich. Het opgedroogde bloed wegboenen met de afwasborstel en het in de gootsteen zien verdwijnen was bijna nog erger dan het lemmet in de keel van de man steken. De steek was een impulsieve daad geweest, terwijl het wissen van alle sporen bewust en methodisch gebeurde. Alicia kon het niet laten om zich een harteloze moordenaar te voelen.

Toen ze eindelijk klaar was, bleek het onmogelijk om in haar bed te slapen, ook al had ze het verschoond. Zodra ze haar ogen dichtdeed, hoorde ze Birger Falk gorgelen en zag ze het bloed uit de wond in zijn hals stromen. Daarom was ze uit bed gekomen om opnieuw een stuk te wandelen, deze keer naar Stella's appartement. Het lag in een gebouw dat Sockerslottet werd genoemd en tegenover Raws kantoor aan de overkant van de rivier lag. Alicia had er jaren geleden een keer geslapen en had de sleutel nooit teruggegeven.

Ze dwong zichzelf om op te staan en liep de badkamer in. Daar was het gemakkelijker om te huilen. Ze zat met opgetrokken benen naakt op de vloer terwijl het warme water op de tegels kletterde.

Na de douche wikkelde ze een handdoek om zich heen, ging op de bedrand zitten en probeerde haar gedachten te ordenen. Vanaf het moment dat ze de foto van Stella's moordenaar had gezien, tolde er één vraag door haar hoofd: hoe was hij achter de waarheid gekomen? Niemand had die tenslotte aan hem kunnen vertellen.

De enigen die wisten wat er was gebeurd, waren Stella en zij, en het leek niet waarschijnlijk dat het slechte geweten van haar zus had opgespeeld en ze haar hart had gelucht. Het was logischer dat Alicia haar mond voorbij had gepraat terwijl ze dronken was, maar ook dat leek niet aannemelijk. Het geheim was zo schandelijk dat ze het niet eens aan de psycholoog in Kopenhagen had toevertrouwd.

Alicia ging weer op bed liggen en sloot haar ogen. Ze had beslist iets over het hoofd gezien. Een detail of een invalshoek waarmee verklaard kon worden dat Birger Falk plotseling had besloten om de zusjes Bjelke te vermoorden.

Acht jaar eerder

Het was bijna drie uur 's nachts en Alicia wist niet hoe ze vanaf het landhuis van de fabrieksdirecteur naar huis moest komen. Stella, die had beloofd om nuchter te blijven, was meteen na het gesprek op de bovenverdieping begonnen met drinken. Nu had ze een wedstrijd shots drinken in gang gezet en goot tequila achterover.

'Jij zou toch rijden?' probeerde Alicia, hoewel ze wist dat het zinloos was.

'Ja, dat zou ik inderdaad, maar dat was voordat ik erachter kwam dat je van plan was om mij in de steek te laten en met Arash te gaan samenwerken.'

'Ik heb zijn aanbod afgeslagen.'

'Omdat ik je betrapt heb, maar wat zou er anders gebeurd zijn?'

Alicia gaf geen antwoord.

'Hij probeerde je te misleiden, snap je? Met zijn vriendelijke bruine ogen die je zo geil maken dat je met alles in zou stemmen. Je moet niet zo naïef zijn, Alicia.' Stella knikte naar de barman, die meteen twee nieuwe shots op de kleverige bar neerzette.

'Hier, drink,' zei ze en ze gaf haar een van de glazen.

Alicia wilde niet, maar dronk het glaasje toch leeg. Elin leek weer in genade aangenomen te zijn, want ze hing rond Stella's nek en lachte om de gezichten die ze tijdens het tequila drinken trokken. 'Jullie zien er belachelijk uit,' zei ze.

Alicia probeerde weg te gaan, maar Stella sloeg haar arm om haar schouders. 'Kom bij ons zitten, het is tijd om dit feest naar het volgende niveau te tillen.'

De meeste gasten, onder wie Arash, waren een uur geleden met de gehuurde bus naar Karlstad teruggereden. Alicia had voorgesteld dat ze mee zouden gaan en de auto zouden laten staan, maar haar zus had geweigerd.

Nu gebaarde Stella naar de barman om de muziek zachter te zetten. De overgebleven feestgangers – een man of tien – kwamen naar hen toe en ze gingen in een cirkel op de vloer zitten. 'Als ik het niet helemaal mis heb, dan heeft Jacob een verrassing voor ons, of niet soms?'

De barman knikte. Hij pakte een van de brandende blokkaarsen van de bar en zette die in het midden van de cirkel. Daarna ging hij naast Alicia zitten en haalde een doosje Läkerol-snoepjes uit zijn zak.

'Heb je keelpijn?' vroeg iemand. Ze lachten allemaal.

Jacob gaf het doosje aan Stella, die het opende en er een rond, wit pilletje uithaalde. Ze wachtte tot het gegiechel wegstierf, stopte het in haar mond en kuste haar vriendin. Elin stak haar tong uit om te laten zien dat Stella de ecstasypil aan haar had gegeven en kuste de volgende persoon in de cirkel.

Alicia voelde een steek in haar maag. Dit was haar straf omdat ze samen met Arash naar de vergaderruimte was gegaan. Niet de drugs, in dat opzicht was ze geen beginner, maar de manier waarop het rondgestuurd werd. Stella wist dat ze nog nooit gekust was.

Het pilletje verhuisde van de een naar de ander en halverwege was het opgelost.

'Dat geeft niet, we hebben er meer,' zei Stella en ze gooide het doosje naar een man met een baard van wie Alicia niet wist hoe hij heette.

Hij stopte een nieuw pilletje in zijn mond en boog zich naar voren om het aan een blonde vrouw met grote plastic oorbellen te geven. Hun lippen ontmoetten elkaar en er klonk gejuich toen ze begonnen te tongzoenen. Stella keek niet naar de twee, maar keek in Alicia's ogen. Haar grijns leek op die van een hyena in het flakkerende licht van de blokkaars.

Jacob was als volgende aan de beurt. Hij pakte het pilletje van de blonde vrouw over en draaide zich naar Alicia om het door te sturen. Ze had medelijden met hem omdat hij iemand met zo'n afschuwelijk gezicht moest kussen. De barman nam de tijd, alsof hij verwachtte dat Alicia zou weigeren. Toen ze niets zei, bracht hij zijn hoofd dichter naar het hare toe.

Zijn adem stonk naar tequila en hij likte zenuwachtig aan zijn lippen. Ze voelde Jacobs hand in haar nek en hij trok haar voorzichtig naar zich toe. Alicia deed haar ogen dicht en wachtte op de aanraking van zijn lippen, maar in plaats daarvan voelde ze dat de druk tegen haar nek verdween.

'Sorry, maar ik kan het niet,' stamelde hij.

Alicia opende haar ogen en wilde net zeggen dat het niet erg was, toen Stella haar stem verhief. 'Hoe fucking gemeen kun je zijn? Ze is mijn zus, dat weet je toch?'

Jacob mompelde iets onverstaanbaars en zag eruit alsof hij zijn doosje Läkerol wilde pakken en vertrekken.

'Hoe denk je dat het verdomme voor haar voelt om op die manier afgewezen te worden?' ging Stella verder. 'Ze heeft het niet makkelijk met mannen en jij geeft haar zelfvertrouwen nou niet bepaald een boost.'

Ze keken allemaal naar de barman en Alicia bedacht dat ze zich straks bij hem moest verontschuldigen. Ze wilde uitleggen dat Stella boos op haar was en dat hij alleen maar in de vuurlinie was beland.

Als het haar lukte om Stella mee te krijgen, zou het morgen weer goed komen. Dan zou ze haar de nieuwe versie van de site laten zien.

Alicia had de hele zomer aan het algoritme gewerkt en nu leek het te werken. Het was natuurlijk verre van perfect, maar op rudimentair niveau kon het systeem mensen aan elkaar koppelen, gebaseerd op de gegevens van een groot aantal bronnen.

Na de tegenslag tijdens de investeerdersdag had haar zus voortdurend aan haar hoofd gezeurd om een betere site te maken, een datingsite die niet kon worden afgewezen op een gebrek aan originaliteit. Het algoritme was de oplossing, dat voelde Alicia in haar hele wezen, en als Stella de site zag, zou ze het ermee eens zijn en zou ze haar het gesprek met Arash vergeven.

Het parfum in Stella's kamer rook zo sterk dat Alicia er misselijk van werd. Ze pakte haar kleren bij elkaar en haalde een schoon onderbroekje uit de ladekast naast het bed. Daarna liep ze naar de keuken, pakte een fles gin en schaamde zich daarvoor terwijl ze in de lift stapte en even later de straat op liep.

Soms wilde Alicia dat ze in een grotere stad woonde waar het mogelijk was om een Uber te bellen. In Karlstad moest je je nog steeds met de traditionele taxi's behelpen. Ze moest ruim een kwartier wachten voordat de auto arriveerde en haar naar haar woning in Norrstrand bracht.

Toen de chauffeur haar in de Gröna gatan afzette, bleef ze in de sneeuw op het trottoir staan. Heel even kreeg ze het gevoel dat Birger Falk weer binnen was. Dat hij uit de dood was opgestaan, de kofferbak van de Volvo had geopend en was teruggekomen om zijn werk af te maken.

Alicia schudde haar hoofd om haar fantasie. Ze opende de fles en nam een paar flinke slokken gin. De alcohol stimuleerde haar maag en ze kreeg enorme honger. Hopelijk lag er nog wat brood op de keukentafel. Het was bijna twee uur 's middags en ze had sinds de vorige dag niets gegeten.

Alicia opende het hek en liep naar de trap die naar de voordeur leidde. Tegelijkertijd zag ze een beweging in de hal. Het silhouet van een bovenlichaam was duidelijk achter het glas te zien.

Ze wilde weer naar de straat rennen, maar bedacht zich toen ze besefte wie het was. Binnen een paar seconden voelde ze zich niet meer angstig, maar geïrriteerd. Of ronduit woedend over de vrijheden die deze vrouw zich dacht te kunnen veroorloven.

Alicia stormde naar binnen en schopte haar schoenen uit. 'Snap je niet dat je hier niet zomaar naar binnen kunt stampen?' Ze verstopte de fles gin achter haar rug en keek boos naar Linda.

De Freak had haar jas aan en zag er zowel doodsbang als beschaamd uit. 'Jezus, ik schrik me dood,' zei ze en ze legde een hand op haar borstkas.

'Wat doe je hier?'

'Ik wilde alleen even checken hoe het met je was. Eergisteren stormde je Palermo uit en vandaag hoorde ik op het nieuws dat Stella dood is. Verschrikkelijk. Wat gebeurt er allemaal, Alicia?'

'Wat er gebeurt, is dat jij zonder toestemming mijn huis binnendringt.'

'Ik ben niet binnengedrongen,' protesteerde Linda. 'De kelderdeur was open en het was buiten te koud. Ik heb bijna een uur op de trap gewacht en had het ijskoud, maar als ik had geweten dat je zo boos zou worden, was ik natuurlijk nooit naar binnen gegaan.'

Alicia voelde haar ongerustheid toenemen. Als ze de kelderdeur opengelaten had, kon ze gisteren meer fouten gemaakt hebben. Er had bloed op haar spijkerbroek gezeten toen ze van de slaapkamer naar het toilet was gerend en zowel in de hal als in de keuken hadden bloedsporen gezeten. Toen ze vannacht de vloer dweilde, was het donker geweest en had ze zich misselijk gevoeld door de whisky. Ze had heel goed een paar bloedvlekken over het hoofd kunnen zien.

'Hoe voel je je?' vroeg Linda opdringerig.

Alicia haalde haar schouders op. 'Goed,' zei ze terwijl ze bedacht dat Linda dol was op drama.

De Freak was een parasiet die zich voedde met de gevoelens van andere mensen omdat er in haar eigen leven nooit iets interessants gebeurde. 'Je weet toch dat ik er voor je ben als je wilt praten?'

'Bedankt, maar ik ben moe en wil alleen maar slapen,' zei Alicia.

Linda keek met een vriendelijke blik naar haar, ogenschijnlijk immuun voor de afwijzing. Alicia kon tegen haar zeggen dat ze moest opdonderen en dan zou ze nog steeds antwoorden met een glimlach.

'Zeg het als er iets is wat ik voor je kan doen. Wat dan ook.'

'Zal ik zeker doen.' Alicia opende de voordeur om aan te geven dat het gesprek voorbij was.

Linda legde haar hand op Alicia's arm en liep vervolgens de kou in. Bovenaan de trap draaide ze zich om alsof ze iets was vergeten. 'Trouwens, wat deed je vannacht in die oude auto? Je reed me bijna aan.'

Alicia verstijfde. 'Welke auto?' antwoordde ze snel. Voor één keer was ze dankbaar voor de littekens in haar gezicht die de paniek die ze voelde hopelijk verborgen.

'Reed jij gisteravond laat niet langs Palermo?'

'Wat? Nee, dat was ik niet. Waarom zou ik dat doen? Bovendien heb ik geen auto.'

Linda kneep haar ogen nadenkend halfdicht. 'Wat vreemd. Ik zou zweren dat jij het was.'

Alicia deed een stap naar haar toe en pakte de deurklink vast. 'Het was natuurlijk donker. Je hebt het vast verkeerd gezien.'

'Waarschijnlijk wel,' zei Linda zonder aanstalten te maken om verder te lopen.

De stilte tussen hen duurde lang en was ongemakkelijk.

'Ik wil nu echt naar bed,' herhaalde Alicia.

'Ja, natuurlijk. Sorry.' Eindelijk deed Linda een stap naar achteren.

Alicia sloeg de deur veel te hard dicht.

16

John opende de deur van het appartement in het Empire State en hing zijn jas in de hal aan een kleerhanger. Dat de huurmoordenaars elke beweging van hem volgden zorgde ervoor dat hij zich onaangenaam bewust van zichzelf was. Dingen die hij anders op de automatische piloot deed, werden nu een toneelspel voor de verborgen camera's: zijn sjaal afdoen en op de plank leggen, zijn binnenschoenen aantrekken, een glas water inschenken en leegdrinken.

John wilde teruggaan naar het politiebureau. Of een hotel nemen. Alles was beter dan dit Big Brother-appartement. Tegelijkertijd mocht hij zijn routines niet veranderen en daarmee laten merken dat hij van de camera's afwist.

Hij ging in de chesterfield zitten en keek uit over het water, precies zoals hij altijd deed als hij van zijn werk thuiskwam. Het was ondraaglijk om zichzelf te dwingen te blijven zitten. Op momenten als deze, als zijn hersenen en lichaam niet bezig waren met iets anders, werd hij overvallen door angst.

's Middags was John naar een van de grote elektronicaketens gegaan. Officieel om een staafmixer te kopen, maar hij had de verkoper gevraagd om zo discreet mogelijk ook een telefoon met een prepaidkaart in de tas te stoppen. Het leek hem onwaarschijnlijk dat zijn achtervolgers gemerkt hadden wat hij deed. De man met het Oost-Europese uiterlijk die hem schaduwde bevond zich op een te grote afstand.

De volgende stop was Rederiet geweest, het eetcafé waar hij

Trevor op diens eerste dag in Karlstad had ontmoet. John dronk een biertje aan de bar en praatte op zachte toon met eigenaar Eduardo over een officieel goedgekeurde politieactie die dezelfde avond zou plaatsvinden. Hij had een vel papier naar hem toe geschoven waarop hij instructies had geschreven. Eduardo had het stiekem in zijn schort gestopt, trots als een pauw vanwege de geheime opdracht.

John haalde diep adem in de fauteuil op de eenentwintigste verdieping. Hij vermaande zichzelf om de armleuningen niet te stevig beet te pakken omdat de camera's dat zouden registreren. Een kwartier voor het afgesproken tijdstip trok hij zijn jas aan en nam de lift naar beneden om op Trevor te wachten. Hij wilde ruim op tijd zijn zodat zijn vriend niet op het idee kwam om zijn appartement binnen te stampen, zich niet bewust van de videobewaking van de achtervolgers.

John hoefde niet lang te wachten voordat de man met het forse lichaam langs de kade naar hem toe kwam lopen.

'Ga je ergens naartoe?' Trevor huiverde met zijn handen in zijn donzen jack.

'Ja, ik sta op jou te wachten. Het was druk op het werk en ik heb geen eten kunnen koken. Ik dacht dat we in plaats daarvan uit eten kunnen gaan.'

Heel even las John de vraag in de ogen van zijn vriend: *hoe moeten we het notitieblok ongezien heen en weer schuiven in een restaurant?* Toen veinsde Trevor nonchalance.

'Natuurlijk, fantastisch,' zei hij.

Eduardo bracht hen naar hun tafeltje in Rederiet. De plek was met zorg uitgekozen. Ze zaten in het achterste gedeelte, waar het lokaal smaller werd en er minder gasten zaten.

Dezelfde serveerster als de vorige keer gaf hun de menukaarten. Trevor zorgde voor geluiddemping ten behoeve van de microfoon op zijn borstkas door uitvoerig vragen over de Spaanse tapasgerechten te stellen.

John keek op en observeerde de bezoeker die net was binnengekomen. Het was de man die hem 's middags had geschaduwd. Hij had andere kleren aangetrokken en droeg nu een donkere chinobroek en een opengeknoopt leren jack met daaronder een overhemd met paisleydessin.

John knikte nauwelijks merkbaar naar Eduardo, die zich naar de ingang haastte en de gast naar het tafeltje bracht dat voor de achtervolgers was gereserveerd. Het stond zo ver bij hen vandaan dat de man niet alles kon zien wat er aan hun tafeltje plaatsvond, maar toch zo dichtbij dat hij niet om een andere plek zou vragen.

Met een korte blik naar John liet Trevor merken dat hij de aankomst van de achtervolger ook had gezien. Tegelijkertijd bleef hij de serveerster aan een kruisverhoor over het menu onderwerpen.

'Is er een gerecht waarover hij nog geen vraag gesteld heeft?' vroeg John.

'Het geeft niet, ik ben hier om jullie te helpen,' antwoordde ze met een glimlach.

'Hoor je dat?' zei Trevor triomfantelijk. 'Ze vindt het fijn om met de gasten te praten.'

Hij leek het naar zijn zin te hebben in zijn rol als praatzieke Amerikaan. Die paste hem duidelijk beter dan de zwijgzame drugshandelaar die hij in Baltimore had gespeeld.

'Geef ons nog een paar minuten, dan zijn we klaar om te bestellen,' ging hij verder.

De jonge vrouw knikte en verdween naar een andere tafel. Toen ze het zicht van de achtervolger belemmerde, haalde John de telefoon met prepaidkaart tevoorschijn en gaf die onder de tafel aan zijn vriend. Daarna schoof hij een servet naar hem toe waarop BESTEL GAZPACHO stond.

Trevor had zijn verbaasde gezichtsuitdrukking amper gladgestreken voordat de serveerster terug was.

'Als jullie moeite hebben met kiezen, kunnen jullie altijd het menu van de dag nemen,' zei ze in haar uitstekende Engels.

'Nee, bedankt, vandaag kiezen we zelf. Ik begin met de koude tomatensoep en daarna zien we verder, als dat geen probleem is,' zei Trevor.

'Natuurlijk, en jij?' vroeg ze aan John.

'Hetzelfde voor mij, en we delen een fles witte huiswijn.'

De serveerster noteerde de bestelling op haar blocnote en haastte zich naar de deur om de nieuwe gasten die Rederiet binnenkwamen op te vangen. Het aangename geroezemoes waarvan John zoveel hield verspreidde zich door het lokaal, maar vanavond was het bezoek aan zijn stamrestaurant allesbehalve ontspannend. Hij wierp weer een blik op de achtervolger, zich bewust van het feit dat elk woord dat ze zeiden in het oortje van de man te horen was.

De serveerster was al snel terug met de wijn. Ze schonk in en liet de fles op tafel staan. Op weg naar het keukenluik passeerde ze Eduardo, die twee porties gazpacho naar hun tafeltje bracht. De restauranteigenaar liep langs een naar achteren geschoven stoel en struikelde geloofwaardig over een van de poten. Hij wankelde een paar stappen naar voren en morste wat gazpacho uit de diepe borden over de borstkas van Trevor, die na een moment van verwarring het toneelstukje meespeelde. 'Wat doe je in vredesnaam?!'

'Het spijt me, duizendmaal excuus,' zei Eduardo en hij ging met zijn rug naar het tafeltje van de achtervolger staan.

Hij veegde Trevors overhemd met een servet af en haalde tegelijkertijd een nijptang uit zijn schort. John ging staan om het zicht nog meer te belemmeren en pakte het uit de hand van de restauranteigenaar. Hij schoof de punt tussen twee knopen van Trevors overhemd naar binnen en knipte de draad van de microfoon op zijn borstkas door. Daarna liet hij de nijptang ongemerkt in Eduardo's schort glijden en ging weer op zijn stoel zitten.

'Blijf van me af,' zei Trevor. Hij duwde de handen van de restauranteigenaar weg.

John zag dat de achtervolger zijn linkeroortje aanraakte. Het geluid was weg en hopelijk zou hij de verklaring accepteren dat een klunzige ober de microfoon had geruïneerd door er tomatensoep overheen te morsen.

Trevor bleef tegen Eduardo uitvaren, die opnieuw zijn excuses aanbod en beloofde dat de maaltijd gratis was en hij de stomerijkosten zou betalen. De ogenschijnlijk beschaamde restauranteigenaar droop af naar de keuken en het besprek aan het tafeltje begon langzamerhand weer.

'Ze hebben bewakingscamera's in mijn appartement opgehangen,' zei John toen het geluidsniveau van het geroezemoes weer normaal was.

'Ik dacht al zoiets, maar dit geloven ze niet,' zei Trevor met een gebaar naar zijn vieze overhemd.

'Het was het beste wat ik op zo'n korte termijn kon bedenken en we moeten ongestoord praten. Ik heb besloten om je mee te laten doen aan mijn verzekering.'

Trevor keek naar hem met een gezicht waarop dankbaarheid te lezen was. 'Ik besef dat je daar een groot risico mee neemt,' zei hij.

John nam een slok wijn en verdrong zijn gevoelens. Hoewel de achtervolger hen niet meer kon horen, kon hij hen nog steeds zien en dan was het verstandig om het gesprek er zo normaal mogelijk uit te laten zien.

'De film staat op een server in de cloud,' zei hij. 'Elke maandag tussen zes en tien uur 's ochtends bezoek ik een website en voer ik een achtcijferige code in. Als ik het tijdvenster mis, wordt de film op YouTube gezet en krijgt het FBI-kantoor in Baltimore een mail met de link.'

'Wat staat er op de film?'

'Dat is niet belangrijk. Het materiaal is belastend genoeg voor Ganiru om ons in leven te laten, meer hoef je niet te weten.'

John zag een ontevreden rimpel in het voorhoofd van zijn vriend verschijnen.

'Je wordt beschermd door de code, Trevor, niet doordat je de inhoud van de film kent.'

'En je bent bereid die aan me te geven?'

'Ja, op één voorwaarde. Je mag nooit, onder geen beding, onthullen hoe de film verspreid wordt. Zodra Ganiru die informatie in handen heeft, zijn we allebei dood.' John voelde zich niet op zijn gemak omdat hij zo schoolmeesterachtig tegen hem deed. Trevor was een getrainde veldagent die zonder meer beter dan hij in staat was om het hoofd koel te houden. Toch kon hij het niet laten. De ernst van de situatie woog zwaar op hun schouders.

'Je kunt gerust zijn. Ik begrijp dat Ganiru me vermoordt zodra ik het verteld heb, wat hij me ook belooft in ruil voor de film. Er is wel iets anders waarover ik me zorgen maak.'

'Wat dan?'

'Als wij tweeën dezelfde code kennen, is het voldoende om één van ons in leven te houden.'

John knikte langzaam. Dat was het zwakke punt van het plan waarmee hij het afgelopen etmaal de grootste moeite had gehad. 'Wij weten dat het zo is,' zei hij. 'Maar Ganiru weet dat niet. Hij kan natuurlijk een van ons vermoorden en erop gokken dat de film niet verspreid wordt, maar ik denk niet dat hij dat riskeert.'

Trevor nam een slok wijn en leek na te denken. 'Je hebt gelijk,' zei hij. 'De Ganiru die ik ken zou nooit zo'n risico nemen.'

John keek weer naar de achtervolger. De man hield een telefoon tegen zijn oor en overlegde waarschijnlijk met een helper buiten het restaurant. Het risico op ingrijpen dreigde. John haalde een briefje met het adres van de website en de code uit zijn jaszak en legde het discreet op de tafel. 'Prent het in je geheugen,' zei hij.

Trevor keek aandachtig naar de code. Hij knikte kort bij elk cijfer, alsof hij de combinatie op een harddisk in zijn hersenen invoerde. 'Klaar,' zei hij nadat hij de procedure drie keer had herhaald.

John pakte het briefje terug en overwoog om het in de vlam van de kaars op tafel te verbranden, maar zag ervan af omdat dat waarschijnlijk nog meer argwaan zou wekken. In plaats daarvan scheurde hij het papiertje in kleine stukjes, liet ze in de tomatensoep vallen en roerde er met zijn lepel in.

'Hoeveel achtervolgers hebben we?' vroeg hij.

'Vier.'

'Tegelijkertijd?'

'Nee, meestal wisselen ze elkaar af. Vanavond zijn het er maar twee. De man in het restaurant die verantwoordelijk voor jou is en iemand buiten die me hiernaartoe gevolgd is. De anderen zijn in het hotel.'

'Welk hotel?'

'Gustaf Fröding. Dat ligt een stukje buiten de stad. Ik slaap met handboeien om die aan het hoofdeind van het bed vastgemaakt zijn en moet een van hen wakker maken als ik naar het toilet moet.'

John schrok, niet vanwege de vernederende behandeling maar door de naam van het hotel. Daar had hij zelf de eerste weken in Karlstad gelogeerd, voordat hij het appartement in het Empire State kon huren.

'Wat gebeurt er nu?' vroeg Trevor terwijl hij een paar broodkruimels van het tafelkleed veegde.

'We gaan naar een ijshockeywedstrijd.'

'Wat bedoel je?'

John zag dat de achtervolger zijn telefoon neerlegde en zijn volle aandacht weer op hun tafeltje richtte. 'Pak het kaartje aan en laat zien hoe blij je bent,' zei hij en hij haalde nog een papiertje tevoorschijn, deze keer uit de binnenzak van zijn colbert en zonder een poging te doen het te verbergen.

Trevor spreidde zijn armen en reageerde bijna té enthousiast. 'De wedstrijd is morgenavond,' zei hij.

'Ja, en de mensen in de stad zijn gek op hun team. Het stadion zit vol, morgen.'

'Wil je gebruikmaken van de situatie en ervandoor gaan?'

John herinnerde zichzelf eraan dat hij nog een slok wijn moest nemen. Het zou vreemd zijn als het niveau in het glas niet daalde. 'Een betere kans krijgen we niet,' zei hij. 'We spreken af bij het stadion en gaan samen naar binnen. Als de toeschouwers tijdens de eerste rust in de rij staan om worst en bier te kopen, verdwijnen we in het gedrang, lopen het stadion uit en gaan naar mijn auto.'

Trevor legde het kaartje op de tafel. Hij had een onzekere blik in zijn ogen. 'Ze zullen de bewaking verscherpen,' zei hij. 'Twee achtervolgers in het stadion en waarschijnlijk twee ervoor.'

'Wat hebben ze voor auto?' vroeg John.

'Je stelt me teleur als je dat niet weet.'

'Ik heb meerdere keren een witte Toyota gezien.'

Trevor glimlachte. 'Je bent een slimme agent. Ze hebben ook een blauwe Passat en wisselen soms van auto.'

Die informatie maakte John iets kalmer. Het totale vermogen van de auto's van de achtervolgers kwam niet in de buurt van dat van de Chrysler V8. Als ze de snelweg konden bereiken, zouden de achtervolgers geen enkele kans hebben om hen bij te houden. 'Ik neem aan dat ze een gps-tracker op mijn auto geplaatst hebben die we moeten verwijderen voordat we vertrekken,' zei hij.

Trevor knikte. 'Waarschijnlijk wel. Waar gaan we naartoe?'

'Naar het zuiden,' antwoordde John. 'Via de Öresundsbrug naar Denemarken en vervolgens naar Duitsland. Als onze voorsprong groot genoeg is, nemen we contact op met Ganiru's advocaat om hem te vertellen dat jij nu ook deel uitmaakt van de levensverzekering. Verder dan dat gaat mijn plan niet.'

'Dat is ver genoeg,' antwoordde Trevor. Hij trok met zijn duim en wijsvinger aan het overhemd om zijn huid lucht te geven.

De stof zat aan zijn borstkas vastgeplakt en John zag de contouren van de microfoon achter de rode vlekken van de tomatensoep.

'Op dit moment hebben we een acuter probleem,' zei zijn vriend. 'Hoe moet ik de afgeknipte draad verklaren als ik vanavond in het hotel terug ben?'

'Zeg dat je de microfoon in de keuken moest zien kwijt te raken en dat je hem in een afvalbak gegooid hebt om niet ontmaskerd te worden.'

Nu keek Trevor nog verbaasder. 'Waarom zou ik dat doen?'

Op hetzelfde moment kwam Eduardo met een wit overhemd in zijn hand haastig naar hun tafel. Hij wees naar Trevors borstkas. 'Ik kan je hierin niet laten eten,' zei hij. 'Ga mee.'

'Dat is echt niet nodig,' protesteerde Trevor plichtmatig.

'Ik sta erop. Dit overhemd zou je moeten passen.'

Eduardo trok Trevor van zijn stoel en nam hem via de zwaaideuren mee naar de keuken. Het fascineerde John dat de anders zo timide restauranteigenaar zijn rol zo goed speelde en hij kreeg even last van een slecht geweten omdat hij hem bij dit gevaarlijke gebeuren had betrokken.

De achtervolger had zijn telefoon weer aan zijn oor. Hun mol was uit het zicht verdwenen en waarschijnlijk waarschuwde de man zijn helper die buiten stond voor een vluchtpoging, maar vlak daarna was Trevor weer terug. Het nieuwe overhemd was weliswaar schoon, maar een paar maten te klein. De stof spande zo over zijn borstkas dat John verwachtte dat hij elk moment een salvo knopen in zijn gezicht kon krijgen.

'Ik durf nauwelijks adem te halen,' zei Trevor nadat hij weer aan hun tafeltje was gaan zitten.

'Ging het goed?'

'Jazeker, de microfoon ligt tussen het afval.'

'Je zult vanavond verhoord worden,' zei John.

'Ja, en als ze ons toneelstukje niet geloven, ben ik bang dat het nog erger wordt.'

'Kom op, je kunt dit. Je hebt me bijna een jaar lang elke dag bedonderd. Ik heb nooit vermoed dat jij ook een infiltrant was.'

'Dat zegt misschien meer over jou dan over mij,' zei Trevor. Hij hief zijn glas voor een toost.

John glimlachte zuur. Zolang zijn vriend nog grapjes kon maken, was er in elk geval een kans dat hun riskante plan zou slagen.

'Als alles misloopt, moet ik waarschijnlijk gewoon weer van kant wisselen en ze die verdomde film geven,' ging Trevor verder. 'Ik ben er tenslotte in geslaagd om jou over je levensverzekering te laten vertellen, of niet soms?'

John probeerde te lachen, maar kon het niet. In plaats daarvan nam hij een flinke slok wijn en gaf aan zichzelf toe dat als zijn vriend hem echt wilde bedriegen, zijn strategie briljant was.

'Rustig maar, bro, ik neem je in de maling.'

John liet zijn schouders zakken en probeerde Trevors opmerking te vergeten. Het zou zo verachtelijk zijn dat hij er niet eens verder over na wilde denken.

ZONDAG

17

De fles gin was halfleeg en Alicia keek met deels dichtgeknepen ogen door de ijskristallen op een van de keukenramen naar buiten. Het begon te schemeren en de Gröna gatan was verlaten. De buren leken zich niet naar buiten te wagen in de kou en Alicia begreep dat. Als ze rust in haar lichaam had gehad, zou ze de zondag ook voor de televisie doorgebracht hebben.

Ze had de hele vorige avond gevochten tegen de fles. Na Linda's bezoek had ze besloten om niet meer te drinken. De alcohol zorgde ervoor dat ze stomme dingen deed. Als ze nuchter was geweest, was ze nooit langs Palermo gereden en had de Freak haar niet in de Volvo gezien.

Tegen middernacht was ze de trap op gelopen in een hernieuwde poging haar slaapkamer te heroveren. Deze keer was ze niet verder gekomen dan de dichte deur. De gedachte aan Birger Falks dode lichaam dat daarbinnen had gelegen had haar teruggedreven naar de zitkamer, waar ze richting de bank was gestormd. Ze had een deken en een extra kussen uit de kledingkast gehaald en een deal met zichzelf gesloten. Als ze in haar woning bleef en niet naar Stella's appartement vluchtte, mocht ze drie slaappillen nemen.

Alicia had bijna veertien uur geslapen, maar in plaats van uitgerust wakker te worden hadden haar hersenen direct op volle toeren gewerkt en naar meer verdoving verlangd. Ze had geen weerstand kunnen bieden en had haar eerste glas gin op het toilet gedronken, haar onderbroek op haar enkels.

Die rotauto, dacht ze, en ze bleef uit het keukenraam staren.

Ze had hem in een bosmeertje moeten laten verdwijnen. Of in brand moeten steken. Nu stond die schrootbak verlaten tussen de sparrenaanplant, volledig zichtbaar voor iedere natuurliefhebber die in de buurt was.

Alicia liet zich met haar rug tegen de radiator op de vloer zakken. Met de fles drank in haar hand zocht ze op de website van *Aftonbladet* naar de laatste artikelen over de moord op Stella. Ze stopte met scrollen toen ze de foto met de wanhopige blik op het scherm zag. Diezelfde ogen hadden twee dagen geleden vanaf de slaapkamervloer naar haar gestaard.

De foto van Birger Falk was dezelfde als die de politieagent haar had laten zien. Onder de foto stonden de naam en de leeftijd van de man die werd gezocht. Alicia zocht verder in de nieuwsstroom en was nog niet veel verder gekomen toen de vloer opnieuw begon te deinen.

De auto.

Die stomme auto werd ook genoemd.

In de tekst onder de foto vroeg de politie het publiek om contact op te nemen als iemand het voertuig had gesignaleerd.

Misschien had Linda de politie al gebeld om te vertellen dat ze Alicia vrijdagavond in de Volvo had zien rijden. Door die gedachte begon haar hart zo hard te bonken dat het voelde alsof het uit haar borstkas probeerde te breken.

Tegelijkertijd besefte ze dat het in principe niet belangrijk was of de Freak haar verlinkte. Vroeg of laat zou de politie de auto met Stella's moordenaar in de kofferbak vinden en zou ze ervan verdacht worden dat ze wraak voor haar zus had genomen.

Haar DNA bevond zich overal in het wrak en misschien had ze haar vingerafdrukken zelfs achtergelaten. Alicia kon zich niet herinneren of ze zo verstandig was geweest om handschoenen te dragen terwijl ze het lichaam aanraakte.

In de slaapkamer op de bovenverdieping was het waarschijnlijk net zo erg. Het bloed van de man was misschien in de naden gelopen en die had ze niet kunnen dweilen. Een ervaren technisch rechercheur zou niet veel tijd nodig hebben om een en een bij elkaar op te tellen.

Alle pogingen om noodweer aan te voeren zouden tijdens de onvermijdelijke rechtszaak worden weerlegd door de officier van justitie. In plaats van samen te werken met de politie had ze geprobeerd zowel het lichaam als de auto te verstoppen.

Alicia legde haar telefoon neer en nam nog een slok gin. Haar dronkenschap was op het hoogtepunt, de korte periode waarin haar hersenen voldoende verdoofd waren om de angst te dempen, maar ze nog steeds logisch kon denken.

Alles begon en eindigde met de auto.

Die moest weg, voordat iemand hem vond en de politie belde. Het was haar enige kans om de binnenkant van een vrouwengevangenis niet te hoeven zien.

Alicia stond op en wankelde naar de hal. Ze kon haar winterschoenen niet vinden en trok een paar rubberlaarzen aan. Aan de stang onder de hoedenplank hing de jas waarvan Stella een paar jaar geleden genoeg had gehad. Hij was weliswaar te lang, maar de zakken waren groot genoeg om een fles alcohol van taxfreeformaat in te stoppen.

Buiten was de temperatuur nog verder gedaald en de vrieskou beet in haar wangen. Dat was niet onaangenaam, maar eerder prettig. Ze had frisse lucht nodig. Na een paar minuten begonnen haar voeten echter pijn te doen. Alicia trok de linkerlaars onder een straatlantaarn uit. Ze droeg geen sokken en haar hiel was rood van het langs de schacht schuren.

Ze overwoog terug te gaan om schoenen aan te trekken, maar nam in plaats daarvan een slok gin. Het tankstation was tenslotte maar een paar honderd meter verderop, aan het eind van de Norra Allén.

Toen ze het winkeltje bij het tankstation in liep, staarde de jongeman achter de toonbank naar haar. Hij had een donzige snor op zijn bovenlip en zijn wangen zaten onder de acné. Je denkt natuurlijk dat ik dronken ben, dacht Alicia.

Ze vroeg om een jerrycan. De man verdween in het magazijn en kwam terug met een groen plastic model. 'Deze heeft een inhoud van tien liter. Is dat genoeg?'

Alicia haalde haar schouders op. 'Misschien wel,' antwoordde ze. Ze wist niet hoeveel benzine er nodig was om een oude Volvo in brand te steken.

'Dit is helaas de enige die we hebben.'

'Dan neem ik hem,' zei ze en ze haalde haar bankpas tevoorschijn. 'Ik reken ook af voor de benzine.'

Alicia betaalde en even later stond ze bij een van de pompen. Ze snoof de dampen op terwijl ze de jerrycan vulde. Toen de brandstof over de rand stroomde, schroefde ze de dop erop en liep weg.

'Hallo! Je moet de slang terughangen.'

Alicia draaide zich om en zag dat de jongen het winkeltje uit gerend was. Hij bukte zich en pakte de zwarte slang met het mondstuk op. Ze maakte een verontschuldigend gebaar en bleef lopen. De jerrycan was zwaar en ze wisselde van hand om hem te kunnen dragen. Na een paar meter droeg ze hem in haar armen verder.

Nadat ze een tijdje had gelopen, zette ze hem neer om uit te rusten en was meteen onzeker of ze de juiste weg had genomen. Om de Volvo te bereiken moest ze de brug naar Hammarö oversteken en die lag de andere kant op, of niet soms? Waarom vond ze hem niet? Ze woonde tenslotte in de buurt en de brug was niet ver bij het benzinestation vandaan.

Alicia ging op het dichtstbijzijnde bankje zitten en controleerde de schaafwond opnieuw. Haar voet leek een ijsklomp en de huid van haar hiel was kapot. Hoe stelde ze zich dit eigenlijk voor? Toen ze vrijdagavond vanaf Hammarö naar huis was gelopen, had ze sokken en stevige schoenen gedragen en hoefde ze geen jerrycan benzine mee te sjouwen.

Alicia trok de rubberlaars weer aan en probeerde een paar stappen te lopen. Nu deed haar hiel zo'n pijn dat de tranen in haar ogen schoten. 'Verdomme,' kreunde ze.

Ze schroefde de dop van de fles gin en gooide die richting een afvoerput. Het stuk metaal stuiterde een paar keer voordat het tussen de roestige spijlen van het rooster verdween. Het hoogtepunt was voorbij en ze begon zich steeds waziger te voelen.

Een brommer met twee tienermeisjes naderde. Alicia's blik was wazig, zodat ze meerdere keren moest knipperen om scherp te kunnen zien. Ze reden het trottoir op en riepen iets naar haar. Alicia verstond niet wat ze zeiden. Hun stemmen klonken merkwaardig vervormd.

Het meisje dat achterop zat, stapte af en liep naar de bank. Alicia bedacht dat ze moest vragen of ze haar een lift naar huis konden geven. Of naar Stella, met een beetje geluk zou haar zus thuis zijn.

Ze stak haar hand uit om hulp te krijgen bij het opstaan, maar het meisje sloeg hem weg. Voordat Alicia kon reageren was de fles gin uit haar hand verdwenen. De dievegge hield de fles in een overwinningsgebaar omhoog terwijl het meisje dat reed gas gaf. Alicia stopte haar wijsvingers in haar oren om het harde geluid buiten te sluiten.

Toen ze op eigen kracht probeerde op te staan, raakte haar voet iets wat onder de bank lag. Alicia bukte zich om te kijken wat het was en zag een groene jerrycan. Ze wist bijna zeker dat die van haar was, maar kon zich niet herinneren hoe die daar terechtgekomen was. Ze rook aan haar handen en snoof de geur van benzine op.

Inderdaad, dat was het.

Ze had de jerrycan bij het tankstation gevuld, maar waarom? Alicia zuchtte. Zodra het haar was gelukt om een antwoord op een vraag te vinden, kwam er een nieuwe voor in de plaats. Het was allemaal zo chaotisch en ze voelde zich niet goed. Helemaal niet goed. Ze moest Stella vragen om de kliniek in Kopenhagen te bellen. Dan zouden ze daar vanavond al naartoe rijden en Alicia zou de kamer achter in de gang krijgen, die met uitzicht op het park en het behang met de citroenvlinders.

Ze zocht het nummer van haar zus in haar telefoon en belde haar. Stella's telefoon ging over voordat ze naar de voicemail werd doorgeschakeld. Alicia verbrak de verbinding en probeerde het opnieuw. Ze wilde een bericht achterlaten, maar vond de juiste woorden niet en gaf het op.

Ze wikkelde haar veel te dunne jas dichter rond haar lichaam. Stella's opgenomen stem had iets in haar gewekt. Het lukte haar om een draad in haar hersenen vast te pakken en ze begon hem te ontwarren.

De jerrycan onder de bank.

Nu wist ze waarom er benzine in zat. Ergens stond een auto die ze in brand moest steken.

Maar waarom moest ze dat doen?

Deze keer kwam het antwoord net zo snel als onverbiddelijk: omdat er een man in de kofferbak lag die ze had doodgestoken.

Waarom had ze die man vermoord?

Omdat ze bang voor hem was.

Waarom was ze bang voor hem?

Omdat hij... Stella had vermoord.

Alicia begon te schreeuwen, net zo lang tot haar stembanden het opgaven en ze alleen nog een langgerekt gesis kon uitbrengen. Ze bukte zich, draaide de dop van de jerrycan en goot benzine over zich heen.

Alicia was zo verloren in haar angst dat ze de mensen die haar passeerden niet zag. Dat gebeurde pas toen er een hond naar haar toe kwam die aan haar benen begon te snuffelen. Op dat moment kwam ze bij haar positieven en keek ze naar de man die de riem vasthield. Hij leek geschrokken en sleepte het dier met zich mee, weg van de psychotische vrouw die naar benzine stonk.

Alicia schopte de rubberlaarzen uit, trok haar benen onder zich en wiegde in kleermakerszit op de bank heen en weer. Haar voeten brandden van de pijn die werd veroorzaakt door de kou en haar natte kleren plakten aan haar huid vast.

Dat ze in deze toestand de auto die de hoek om kwam herkende verbaasde haar. Misschien was dat omdat ze zoveel grappen had gemaakt over zijn penisverlenger op wielen dat hij had gedreigd om haar de toegang tot Palermo te ontzeggen als ze er niet mee ophield. Alicia wilde dat hij haar op de bank zag zitten, maar wilde dat tegelijkertijd ook niet. Ze schaamde zich verschrikkelijk, maar besefte dat ze hulp nodig had, anders zou ze opnieuw met een opblaasbare warmtedeken over zich heen op de afdeling Spoedeisende Hulp eindigen.

Alicia dacht eerst dat hij haar niet zag. Ratko reed zoals gewoonlijk veel te hard, maar vlak voor de kruising remde hij, reed achteruit en stapte uit de auto. Hij bleef ruim een meter bij de bank vandaan staan en snoof, net als de hond had gedaan. 'Wat is er gebeurd? Hoe voel je je, Alicia?'

Ze probeerde de jerrycan achter haar benen te verstoppen, maar besefte dat hij hem al had gezien. 'Ik weet het niet,' zei ze en ze begon te huilen.

Ratko ging op zijn hurken voor haar zitten. 'Kom, ga met me mee.'

Hij stak zijn arm uit, zodat ze daarop kon steunen, en ze liepen samen naar de auto. Ratko hielp haar met de veiligheidsgordel en startte de motor. De paarden onder de motorkap leken bijna geprovoceerd door de voorzichtige manier waarop hij reed.

'Waar gaan we naartoe?' snikte Alicia. Ze wilde haar tranen inhouden, maar dat lukte niet.

'Naar het ziekenhuis,' antwoordde hij.

'Nee, ik wil naar huis. Alsjeblieft, niet naar het ziekenhuis. Breng me gewoon naar huis.'

Ratko gaf aarzelend antwoord. 'Alicia, ik kan die verantwoordelijkheid niet op me nemen.'

Ze staarde naar de weg en gaf geen antwoord.

'Je moet die natte kleren uittrekken,' ging hij verder. 'Je hebt het zo koud dat je helemaal trilt.'

'Ik weet het,' zei ze. 'Daarom wil ik naar huis. Daar kan ik een warme douche nemen en me omkleden. Daarna ga ik zonder moeilijk te doen met je mee naar het ziekenhuis, oké?'

Ze waren bijna bij de oprit naar de snelweg en Ratko leek nog steeds niet overtuigd. 'Beloof je dat?' vroeg hij uiteindelijk.

'Ja, dat beloof ik.'

'Mooi, want ik weet niet hoe ik hiermee moet omgaan.'

Alicia leunde met haar hoofd tegen het raam en bedacht dat ze geluk had. Als hij haar naar de spoedeisende psychiatrische hulp bracht en minstens een etmaal zelfmoordbewaking eiste, zou dat betekenen dat ze onder toezicht geplaatst zou worden, zelfs als ze naar het toilet ging.

Ratko maakte een U-bocht toen het verkeerslicht op rood stond en reed naar de Gröna gatan. Hij gaf haar een pakje papieren zakdoekjes uit het opbergvak tussen de stoelen. Ze pakte het aan en veegde de tranen die over haar wangen bleven stromen weg.

Nadat ze had gedoucht, zat Ratko in de zitkamer op haar te wachten.

'Drink,' zei hij en hij schoof een kop thee naar haar toe. 'Ik heb er een beetje honing bij gedaan. Hopelijk vind je dat lekker.'

Alicia ging naast hem op de bank zitten en hield het warme aardewerk tussen haar handen. De met benzine doordrenkte kleren draaiden in de wasmachine en ze droeg een schone spijkerbroek en een gebreide trui die een paar maten te groot was.

Nu haar cognitieve vermogens terug waren, merkte ze hoe dronken ze nog steeds was. De meisjes op de brommer hadden haar een dienst bewezen door de fles gin te stelen voordat ze nog meer drank naar binnen had kunnen gieten.

Ratko leunde naar achteren en keek net zo ernstig naar haar als hij de dag na haar blunder met de President had gedaan. 'Wil je erover praten?' vroeg hij.

Waarover, dacht Alicia. Over de man die ze met het mes had gestoken? Of wilde Ratko misschien dat ze vertelde over de verdomde Volvo die nog steeds tussen de struiken stond en haar een veroordeling voor moord zou bezorgen? 'Ik ben te moe om te praten,' zei ze en ze ging met de armleuning als kussen op de bank liggen. Kon hij niet gewoon weggaan en haar met rust laten? Jezus, wat miste ze Stella. Haar zus zou alles geregeld hebben. Ze zou het lichaam weggewerkt hebben en ervoor gezorgd hebben dat de auto nooit gevonden zou worden.

'Ik had je moeten bellen,' zei hij beschaamd. 'Ik weet hoe close jullie waren.'

Alicia snoof inwendig. Ratko had geen idee waarover hij praatte. 'Ik red het niet zonder Stella,' zei ze en ze trok haar benen naar haar borstkas op.

'Wil je een deken hebben?'

'Nee.' Haar stem klonk scherper dan de bedoeling was, maar ze wilde geen deken. Dat zou de situatie niet verbeteren.

Ratko legde zijn hand op haar kuit. Ze wilde hem wegschoppen, maar vond het tegelijkertijd prettig om het gewicht ervan te voelen. Het kalmeerde haar.

'Het klopt niet,' zei hij zachtjes.

'Wat niet?'

'Dat je het zonder je zus niet redt.'

'Denk je dat echt? Dat jij en ik met elkaar geneukt hebben betekent nog niet dat je me kent.'

‘Nee, maar ik heb je in Palermo over Stella horen praten. Jullie leken een gecompliceerde relatie te hebben.’

Alicia ging haastig zitten en keek hem aan. ‘Wat bedoel je daarmee?’

Ratko leek na te denken voordat hij antwoord gaf. ‘Niet meer dan wat ik zei, dat jullie relatie gecompliceerd was, wat natuurlijk voor veel zussen en broers geldt. Wil je dat ik een tas voor je inpak? Voor het ziekenhuis, bedoel ik.’

‘Nee, ik wil dat je me verdomme uitlegt wat je bedoelt,’ antwoordde Alicia.

Ratko zuchtte en keek uit het raam. ‘Dit is niet het juiste moment.’

‘Moet alles bij jou een raadspelletje zijn?’ Ze sloeg haar armen over elkaar en wachtte af.

‘Oké,’ zei hij en hij keek naar haar. ‘Als ik eerlijk ben, denk ik dat Stella niet goed voor je was. Of liever gezegd, dat weet ik. In Palermo bleef je erover doorzeuren dat ze je koeioneerde en dat je een ander leven wilde. Toen ik vroeg waarom je geen ontslag nam, zei je dat dat niet ging. Alsof je een lijfeigene was. Dat heb ik nooit begrepen.’

‘Je weet toch dat ze dood is?’ zei Alicia.

‘Ja, dat weet ik en dat vind ik heel erg voor je, maar jij hebt me onder druk gezet om antwoord te geven.’ Ratko liet zich naar achteren vallen en streek met zijn hand door zijn met gel in model gebrachte haar, zodat het recht overeind stond. ‘Het spijt me, Alicia. Ik was van plan om een keer met je over Stella te praten en nu is dat helemaal misgegaan. Dit is de slechtst mogelijke timing. Ik zei al dat ik waardeloos ben in dit soort dingen.’

‘In dit soort dingen? Bedoel je knettergekke vrouwen die benzine over zichzelf heen gieten?’

Ratko knikte langzaam met zijn ogen naar het plafond gericht.

‘Ja, we zijn een bijzondere familie,’ ging ze verder. ‘Eentje met een gebruiksaanwijzing, zoals ze zeggen.’

'Je hebt beloofd dat je meegaat naar het ziekenhuis.' Hij keek weer met een ernstige blik naar haar.

'Ik weet het, en dat is een ander probleem van knettergekke vrouwen. We liegen.'

'Maar je hebt hulp nodig. Was je echt van plan om jezelf in brand te steken?'

Alicia gaf geen antwoord. In plaats daarvan legde ze haar hand op Ratko's schouder. 'Ben je weleens op een psychiatrische spoedafdeling geweest? Het enige wat de artsen doen is de patiënten volspuiten met benzo's en ze weer naar huis sturen. Dan krijg ik ergens anders betere hulp. Stella regelde dat altijd voor me.'

'Waar is dat?' vroeg hij. 'Kan ik je daarnaartoe brengen?'

'Morgen... morgen mag je me helpen.' Alicia ging op haar rug liggen en legde haar benen op zijn schoot. Ze deed haar ogen dicht en viel in slaap terwijl de alcohol nog steeds door haar bloed stroomde en Ratko haar bevroren voeten in zijn warme handen hield.

18

Zondag was een van de langste dagen die John ooit had meegemaakt. De dag was al om zeven uur begonnen, wat veel te vroeg was. Hij had geprobeerd om weer in slaap te vallen, maar de wetenschap dat er camera's in het appartement hingen maakte dat onmogelijk. Hij voelde zich een insect onder een microscoop.

's Ochtends waren de muren steeds dichter op hem afgekomen en uiteindelijk had hij een wandeling langs de kade gemaakt. Hij zag overal achtervolgers. Soms waren het jonge verliefde stelletjes, soms gepensioneerden met ijskrappen en wandelstokken.

Nu het eindelijk avond was, was John er klaar voor om het appartement voor de laatste keer uit te lopen. Zijn reistas lag in de Chrysler, zodat hij alleen zijn jas en schoenen aan hoefde te trekken.

Hij ging met de lift naar de begane grond en keek naar het lichtspel op de muren van de hal. Bij de deur keek hij voorzichtig naar het trottoir. Twintig meter rechts van de deur stond een ambulance. Twee mannen in medische kleding tilden een oude vrouw op een brancard. Haar wenkbrauw bloedde, waarschijnlijk doordat ze op een ijzig stuk was uitgegleden.

John ontspande en liep de bijtende kou in. Hij stak het kleine plein over naar het parkeerterrein en startte zijn auto. Onder de spoorbrug verscheen de witte Toyota in de achteruitkijkspiegel. Trevor had hem verteld hoe het schaduwen in zijn werk ging: minstens één paar ogen hield hem in de gaten zodra hij zijn appartement of het politiebureau verliet.

Hij sloeg rechts af naar de Hamngatan, die overging in de Hagaleden. Het verkeer werd drukker naarmate hij dichter bij het hockeystadion kwam. Toen hij er eindelijk was, was het parkeerterrein al vrij vol, maar een paar plekken vlak bij de uitgang waren nog vrij en hij parkeerde de Chrysler haastig achteruit in een van de vakken.

De Toyota volgde over het sneeuwvrij gemaakte asfalt en passeerde John. Hij zag twee mannen in de auto zitten. De achtervolgers hadden de bewaking verscherpt, precies zoals Trevor al had vermoed. Tegelijkertijd verbaasde het hem hoe amateuristisch ze te werk gingen. De chauffeur had op weg hiernaartoe veel te dicht achter hem gereden en het leek hem niets te kunnen schelen dat hij zich blootgaf op het parkeerterrein. Zo hadden ze zich eerder niet gedragen.

De Toyota parkeerde achteruit op een plek in de rij voor de Chrysler, zodat de motorkappen met een paar meter tussenruimte naar elkaar toe gericht stonden. De achtervolgers zetten de motor uit, maar maakten geen aanstalten om uit de auto te stappen. Ze bleven wachten, waarschijnlijk op het moment dat John de eerste stap zou zetten.

Hij controleerde of het dienstwapen in het dashboardkastje geladen was, maar liet het liggen. Het was een veel te groot risico om een pistool het stadion in te smokkelen.

Hij opende het portier van de Chrysler en zag dat de achtervolgers in de Toyota hetzelfde deden. John liep over het donkere parkeerterrein naar de ingang, waar hij met Trevor had afgesproken. De achtervolgers liepen achter hem aan, maar in plaats van afstand te houden kreeg hij het gevoel dat ze steeds dichterbij kwamen.

John kon het niet laten om zijn hoofd om te draaien. De twee mannen bleven onmiddellijk staan en gedurende een fractie van een seconde staarden ze naar elkaar.

De prooi en de achtervolgers.

Ineens begonnen ze naar hem toe te rennen. De dikste van de twee mannen maakte een beweging met zijn hand die John herkende.

Een mantelbeweging.

Met andere woorden, het laden van een kogel in de kamer van een wapen zodat het klaar was om afgevuurd te worden.

Alles viel op zijn plek. Er was een reden waarom de achtervolgers zich in hun auto hadden laten zien. Ze hadden hem niet langer nodig. Als de ambulance niet voor het Empire State had gestaan, hadden ze hem daar vermoedelijk al te grazen genomen.

John begon te rennen en wilde dat de zolen van zijn schoenen niet zo glad waren. Hij gleed uit in de sneeuw en moest steun zoeken tegen de kofferbak van een Audi om niet te vallen. Zijn handen lieten grote afdrukken op het bevroren metaal achter.

Op hetzelfde moment reed een gecharterde bus met supporters van het uitspelende team het parkeerterrein op. John rende naar de voorkant en ontweek een botsing door op het laatste moment tussen de rijen auto's naast de bus te springen. De chauffeur claxonneerde en remde abrupt, maar de bus gleed verder en blokkeerde de weg voor zijn achtervolgers.

John begreep dat de manoeuvre hem maar een paar seconden voorsprong zou geven en die moest hij goed gebruiken. Hij bukte zich en rende gebukt naar zijn auto terug. Halverwege dook hij weg achter een oude Saab om op adem te komen en zijn achtervolgers te lokaliseren.

Hij kwam voorzichtig overeind en keek door de ramen. De bus stond met een stationair draaiende motor op dezelfde plek. Toen hij uiteindelijk wegreed, zag John de mannen niet. Hij besefte dat ze dezelfde tactiek hanteerden en het parkeerterrein in een levensgevaarlijk labyrint was veranderd.

Hij verschool zich weer achter de Saab en probeerde het nieuwe gedrag van de achtervolgers te begrijpen. Het plan om hem door Trevor te laten misleiden was duidelijk opgegeven en daar konden maar twee verklaringen voor zijn. Ze hadden hun bedrog in het restaurant doorzien en hadden begrepen dat Trevor dubbelspel speelde, óf zijn vriend had hem bewust verraden.

Maar wat het ook was, hij moest naar de Chrysler terug. Daarin lagen zijn geld en wapen, en de motor was krachtig genoeg om te ontsnappen. De achtervolgers waren natuurlijk niet zo stom dat ze dat niet begrepen. Ze zouden zich opsplitsen. Een van hen zou de auto bewaken en de ander zou proberen John te vinden.

Hij begon op zijn hurken en met zijn aandacht op de smalle ruimtes tussen de auto's gericht naar voren te bewegen. John stopte drie auto's voor de Chrysler en tastte naar een steen op de grond. Hij vond er een die weliswaar klein was, maar voldoende geluid zou veroorzaken om de achtervolger die hoogstwaarschijnlijk bij zijn auto wachtte te verwarren.

John schudde zijn dijbenen om het melkzuur dat zich daar had verzameld weg te krijgen en boog zijn arm naar achteren. De steen vloog in een boog weg en raakte het metaal van een van de auto's in een rij verder weg.

Hij had goed gegokt.

Een donkere gestalte kwam uit de schaduwen bij de Chrysler en richtte zijn wapen op het geluid. De man kreeg een harde klap in zijn nek voordat hij Johns voetstappen achter zich had gehoord. Het gekreun toen het zware lichaam de grond raakte was zowel hard als langgerekt.

De tweede achtervolger had in de gaten dat er iets was gebeurd en naderde snel vanaf een ander deel van het parkeerterrein. John opende het portier en startte de motor in één vloeiende beweging. Hij reed weg van de parkeerplek en accelereerde met het grote licht aan in de richting van de rennende man.

De achtervolger ging wijdbeens in de rijstrook tussen de auto's staan, hief zijn wapen en richtte.

Voordat John kon bukken, hoorde hij het schot. Hij bereidde

zich erop voor dat het raam zou versplinteren en de kogel in zijn lichaam zou dringen, maar er gebeurde niets. De man was op het beslissende moment vermoedelijk verblind en had de auto gemist. Een tweede kans zou hij niet krijgen. De Chrysler was te dichtbij en de schutter moest opzijspringen om niet overreden te worden.

John slipte de weg op en voorkwam met de kleinst mogelijke marge een botsing met een taxi. Het verkeer in de richting van het ijshockeystadion was nog steeds intens. Hopelijk zouden de huurmoordenaars daardoor moeite hebben om hem te volgen.

Hij ging sneller rijden en keek voortdurend in de achteruitkijkspiegel.

De witte Toyota was nergens te zien.

Een paar honderd meter voor hem wachtte de oprit naar de snelweg. Als hij daar eenmaal was, zou hij misschien kunnen ontsnappen.

19

Alicia huiverde toen ze wakker werd en besefte dat Ratko haar naar de slaapkamer had gedragen. Stel dat ze een bloedvlek op het linoleum of misschien een spetter op de muur over het hoofd had gezien?

'Ben je wakker?' fluisterde de vertrouwde stem in het donker.

Ratko lag op gepaste afstand naast haar op het dekbed.

'Ja,' mompelde ze met gespeelde vermoeidheid.

In werkelijkheid was ze klaarwakker en hoopte ze dat hij de felle plafondlamp niet had aangedaan toen hij haar in bed had gelegd.

'Weet je hoe laat het is?' voegde ze eraan toe.

Hij rolde op zijn zij om zijn telefoon uit zijn zak te halen. 'Half-acht,' zei hij. 'Je hebt maar een paar uur geslapen. Ik hoop dat je het niet erg vindt dat ik je naar boven gedragen heb en naast je ben gaan liggen.'

'Het bed is breed genoeg,' zei ze terwijl ze bedacht dat bloedvlekken veel verklaringen konden hebben, zoals een bloedneus of de pagina van een boek die een snee in de tere huid van een vingertop had veroorzaakt. De auto was erger. Die moest uit de struiken verdwijnen voordat iemand hem vond en de politie belde.

Anders...

Ze zag voor zich hoe ze met handboeien om uit haar huis werd weggeleid en de rechercheur met de donkere huid haar op de achterbank van een surveillancewagen duwde.

Ratko stak zijn hand naar haar uit. 'Probeer rustig adem te halen, Alicia,' zei hij en hij schoof dichter naar haar toe.

Ze hoorde zichzelf kermen. Ratko suste haar en kroop onder het dekbed zodat ze op zijn arm kon liggen. Alicia was vergeten hoe lekker hij rook. Op de pot gezichtscrème die hij in het badkamerkastje had laten staan nadat hun relatie was verbroken, had CEDERHOUT EN ROZEMARIJN gestaan. Het had maanden geduurd voordat ze in staat was geweest om hem weg te gooien.

Ze legde haar hand op zijn borstkas alsof het de normaalste zaak ter wereld was. Zo hadden ze vaak gelegen terwijl ze naar het tikken in de oude buizen luisterden. Hun spiergeheugen herinnerde het zich. Hun armen namen de juiste houding aan, haar hoofd lag vertrouwd op zijn schouder.

Alicia luisterde naar Ratko's ademhaling en nam hetzelfde ritme over. Zo hadden ze verstrengeld gelegen als ze te moe waren om te praten, maar toch niet wilden dat de avond voorbij zou zijn. Zijn been tussen haar dijbenen wond haar op. De lekkerste seks hadden ze altijd 's nachts gehad, in het grensgebied tussen wakker zijn en slapen. Ze liet haar hand van zijn borstkas naar zijn kruis glijden en voelde dat hij hard was onder zijn spijkerbroek.

Ratko schrok door de aanraking, maar protesteerde niet. Tijdens de seks zeiden ze geen woord tegen elkaar. Daarna was er een mogelijkheid om de stilte te verbreken, maar toen geen van beiden dat deed, verdichtte die in plaats daarvan. Alicia had het gevoel dat ze iets te zeggen moest hebben om het woord te nemen, maar wist niet zeker of dat zo was. Dat gold blijkbaar ook voor Ratko, want na een tijdje ging hij op zijn buik liggen en viel met zijn handen rond het kussen in slaap.

Alicia lag wakker in de duisternis en hoorde hem zachtjes snuiven. Ze herinnerde zich de avond in Palermo waarop ze de geïnteresseerde restauranteigenaar had uitgelegd hoe Raw werkte, of liever gezegd zou moeten werken, nog heel goed. Dat was twee jaar geleden gebeurd en de site was destijds veel minder geavanceerd geweest.

Toen hij vroeg hoe groot de kans was dat het algoritme hen beiden met elkaar zou matchen, had ze gelachen en gevraagd of hij blind was. Ratko had gegrijnsd en had haar gevraagd om de identificatiecode te veranderen.

Nadat hij het restaurant had afgesloten, was hij met haar naar huis gegaan en waren ze in hetzelfde bed beland dat ze nu deelden. Alicia herinnerde zich de geforceerde gedachten die in haar hoofd waren opgekomen toen ze hem naakt zag: hij was pervers of raakte opgewonden van gedrochten. Of misschien hield hij zich bezig met een soort seksuele filantropie, waarin hij soms lelijkere vrouwen dan hij normaal kon krijgen neukte.

Ze was er heilig van overtuigd geweest dat het bij die ene nacht zou blijven, maar tijdens de maanden daarna zagen ze elkaar meerdere keren per week. Altijd bij haar thuis en altijd 's avonds laat als het restaurant dicht was. In de beginperiode was dat geen probleem, maar na een tijdje raakte ze geïrriteerd door de tegenstrijdige signalen.

Aan de ene kant kreeg ze de ene na de andere sms over hoe erg hij haar miste.

Aan de andere kant had hij voortdurend nieuwe smoezen waarom ze niet met zijn vrienden konden afspreken of elkaar ergens anders dan in de Gröna gatan konden zien.

Alicia ging zelfs niet meer naar Palermo omdat hij het niet prettig leek te vinden als ze daar was. Ze voelde zich een verborgen minnares, en dat was niet erg geweest als hij het gewoon had toegegeven.

Als iemand dat zou begrijpen, was zij het wel. Het hele doel van Raw was tenslotte mensen de teleurstelling besparen die volgde op het aangaan van relaties voorbij de natuurlijke, hiërarchische grenzen van de liefde. Ratko was aan het opklimmen in het uitgaansleven van het kleinburgerlijke Karlstad. Hij was een playboy met een sportwagen en geld. Alicia paste niet in zijn leven en als hij niet voldoende moed had om dat toe te geven, moest zij haar verantwoordelijkheid nemen.

Precies drie maanden nadat ze voor het eerst seks met elkaar hadden gehad, stuurde ze hem een sms waarin ze vertelde dat ze hem niet meer wilde zien. Na de breuk duurde het nog een halfjaar voordat Alicia weer naar Palermo durfde te gaan, maar nadat die barrière eenmaal was overwonnen, had ze haar plekje als stamgast al snel weer terug. Haar relatie met Ratko werd vriendschappelijk en ze voelde verbazingwekkend weinig leedvermaak toen de Ree hem in de steek liet voor haar modellencarrière in Milaan.

De maan brak door de wolken en een zilveren straal vond een kier tussen de gordijnen in de slaapkamer. In het licht ervan zag ze haar telefoon op het nachtkastje liggen. Ze pakte hem en scrolde langs het nieuws: er waren nog steeds geen artikelen over de Volvo met het lijk in de kofferbak.

Alicia legde haar telefoon voorzichtig terug en ging weer op het kussen liggen. Alle gedachten die door haar hoofd tolden maakten het moeilijk om weer in slaap te vallen.

20

Nadat John de snelweg had bereikt en gas gaf, verdween de ergste spanning. Hij reed snel en had zijn achtervolgers definitief afgeschud. De vraag was alleen of de afstand groot genoeg was om te kunnen stoppen en de gps-tracker die hoogstwaarschijnlijk onder de Chrysler zat te verwijderen.

Hij besloot om nog zo'n twintig kilometer door te rijden en minderde pas vaart toen hij de rotonde bij parkeerplaats Nyängen naderde. Daar stopte hij en stapte uit. Hij pakte een zaklamp uit de kofferbak en verlichtte het chassis. Het kostte hem niet meer dan dertig seconden om het kleine doosje dat met een magneet aan het metaal vastzat te vinden. Hij gooide het in de greppel en reed slippend de snelweg weer op.

John nam de eerste afslag op de rotonde om de snelweg te verlaten en over een minder drukke weg verder te rijden naar Sunne. Hopelijk dachten zijn achtervolgers dat hij nog steeds in zuidelijke richting naar Göteborg of Oslo reed.

Na nog een kilometer of twintig liet hij de volgende afslag van het toeval afhangen. Hij passeerde stadjes – of liever gezegd dorpen – met namen die hij nog nooit had gehoord. Uiteindelijk stopte hij bij een meer dat volgens een gehavend houten bord Bråtsjön heette.

John zette de motor af, stapte uit de auto en vond in het maanlicht een bankje dat een paar meter bij het bevroren wateroppervlak vandaan stond. Hij streek de sneeuw met de mouw van zijn jas weg en ging op de koude houten planken zitten.

Hij had het geluk opnieuw aan zijn kant gehad. De achtervolger bij het hockeystadion was op het moment dat hij schoot weliswaar verblind geweest, maar het was toch ongelofelijk dat hij hem zo had gemist. De voorruit van de Chrysler was tenslotte bijna net zo groot als de etalages van Macy's.

John bedacht dat de kogel misschien helemaal niet voor hem was bedoeld, maar voor de banden van de auto. In dat geval was het te raken oppervlak aanzienlijk kleiner en de misser gemakkelijker te verklaren. Hij probeerde te begrijpen hoe de achtervolgers redeneerden. Als ze hem nog steeds levend in handen wilden krijgen, moest dat betekenen dat Trevor de code niet had verteld.

John stond langzaam op van de bank en liep naar het water. Hij stampte net zo lang met zijn voet op het ijs tot het brak en het water door de barsten sijpelde. Tot nu toe had hij alleen nagedacht over zijn eigen kansen om het te overleven, maar hoe zat het met Trevor? Als de jagers hun toneelstukje in het restaurant hadden doorzien, werd hij nu misschien gemarteld.

John liep haastig naar de auto terug en haalde zijn reistas uit de kofferbak. Zijn vluchttelefoon lag in een T-shirt gewikkeld onderin. Ondanks de afgelegen plek bij het meer had hij volledig bereik.

Hij had zijn nummer opgeslagen in de telefoon die hij onder de tafel in Rederiet aan Trevor had gegeven. Helaas had hij geen gemiste oproepen en dat was een slecht teken. Als het zijn vriend eveneens was gelukt om te vluchten en hij zijn telefoon bij zich had, zou hij contact hebben opgenomen.

John zette de telefoon weer uit, zich ervan bewust dat hij zojuist een digitale voetafdruk had achtergelaten. Met de middelen die de achtervolgers tot hun beschikking hadden, zou het geen probleem zijn om een positiebepaling bij het telecombedrijf af te dwingen.

Hij ging in de Chrysler zitten en reed achteruit de parkeerplaats af. Tijdens de terugrit twijfelde hij wat hij moest doen. Het zou natuurlijk het verstandigst zijn als hij Zweden zo snel mogelijk zou verlaten en de telefoon uit zou laten. Tegelijkertijd bezorgde één blik op het zwarte telefoonscherm in de middenconsole hem al schuldgevoelens. Als zijn vriend nu probeerde te bellen, zou hij geen verbinding krijgen.

Toen John de snelweg en de rotonde bij parkeerplaats Nyängen weer naderde, was zijn bedenktijd om. Hij sloeg rechts af naar de vrijheid op het continent of links af naar Karlstad en een vriend in nood.

Er was geen compromis mogelijk.

Recht voor hem lagen alleen bevroren akkers.

John keek weer naar zijn telefoon met het gevoel dat die naar hem staarde. Hij liet het raam zakken om het ding in de greppel te gooien, maar kon het niet. Zijn handen weigerden het bevel op te volgen.

'Verdomme!' brulde hij, waarna hij met zijn vuist op het dashboard sloeg.

Vervolgens sloeg hij links af op de rotonde en zette de telefoon aan.

Het scherm lichtte op en meteen daarna begonnen er meldingen over gemiste oproepen binnen te komen. Trevor had hem binnen drie minuten vijf keer geprobeerd te bereiken. Voordat John terug kon bellen trilde de telefoon weer.

'Ja, hallo,' zei hij.

Een paar seconden lang hoorde hij alleen de wind en het schurende geluid van een hijgende ademhaling. Daarna drong een vertrouwde stem door het geruis. 'Hoor je me, John?'

'Ja, ik hoor je.'

'Godzijdank, dan hebben ze je niet te pakken gekregen,' zei Trevor. 'Die klootzakken hadden een extra microfoon in mijn colbert genaaid en hebben alles gehoord wat we zeiden.'

Zijn vriend rende terwijl hij praatte en de woorden kwamen met horten en stoten. De achtervolgers hadden hem meegenomen zodra ze voor het restaurant uit elkaar waren gegaan. Een paar uur daarna hadden ze hem van het hotel naar een verlaten fabriekshal overgebracht en waren ze begonnen hem te martelen. 'Het zijn sadisten, John. Maar ik... heb niets losgelaten. Hoor je wat ik zeg? Ze hebben het adres van de site en de code niet.'

Trevor bleef hijgen. Het terrein waarover hij zich bewoog leek moeilijk begaanbaar.

'Waar ben je?' vroeg John.

'Geen idee, maar het is me gelukt om te vluchten.'

'Zitten ze achter je aan?'

'Ik denk het wel. In elk geval een van hen.'

Trevor vertelde in staccato hoe hij was ontsnapt aan de twee achtervolgers die hem hadden gemarteld. De een lag uitgeschakeld op de vloer nadat hij hem een elleboog tegen zijn slaap had gegeven, terwijl de ander een stoot in zijn maag had gekregen en hem waarschijnlijk achtervolgde.

'Wat zie je om je heen?' vroeg John.

'Een heleboel dennen en sparren, maar ik hoor verkeer.'

'Oké, ren dan in die richting. Ik heb de naam van een straat of een wegwijzer of iets dergelijks nodig. Ben je gewond?'

De stem verdween en opnieuw hoorde John alleen het geluid van de wind en een zwaar lichaam dat worstelde om vooruit te komen.

'Ik ben duizelig door alle klappen. Misschien heb ik een hersenschudding.'

John ging harder rijden en lette tegelijkertijd op tegemoetkomende auto's. Er was een risico dat de witte Toyota weer zou opduiken. Er kwam steeds meer ruimte tussen de momenten waarop Trevor iets tegen hem zei. Bij elke stilte werd John ongeruster dat zijn vriend bewusteloos was geraakt. 'Ben je er nog?' vroeg hij toen hij Trevor niet meer door het bos hoorde lopen.

Trevor praatte onduidelijk toen hij antwoord gaf. 'Ik rust even uit.'

'Nog steeds geen weg of bebouwing?' vroeg John.

'Nee, maar het geluid van verkeer is sterker. Het kan niet ver meer zijn. Ik zie alleen niet goed, er is iets met mijn ogen aan de hand.'

Trevor zweeg en John duwde de telefoon steviger tegen zijn oor. 'Wat is er met je ogen?'

'Ik weet het niet, alles vloeit in elkaar over.'

John vloekte onhoorbaar. Dit klonk helemaal niet goed. 'Zit je?' vroeg hij.

'Ja, tegen een boom.'

'Je moet overeind komen. Als je flauwvalt, vind ik je nooit.'

Even later hoorde John het geluid van voetstappen weer. Ze waren langzamer dan eerst, maar Trevor bewoog in elk geval.

'Er is hier iets,' zei hij. 'Ik zie licht in de verte. Het lijkt op een landingsbaan.'

'Mooi, zie je vliegtuigen?'

'Nee, geen vliegtuigen, alleen een terminal. De letters zijn verdomd wazig, maar ik denk dat ik ICA Maxi op een bord zie staan.'

John was heel even verbaasd, maar besefte ineens waarnaar zijn vriend keek. Wat Trevor voor een landingsbaan hield, moest het parkeerterrein van Bergvik zijn, het winkelcentrum waarnaar zijn moeder Billy en hem had meegesleept om kleding te kopen. 'Het is geen landingsbaan, maar een winkelcentrum.'

'Oké,' kreunde Trevor. 'Weet je waar dat is?'

Dat wist John, maar hij voerde ICA MAXI BERGVIK toch in het navigatiesysteem in. Volgens het scherm zou het hem een kwartier kosten om ernaartoe te rijden. 'Ik ben er over tien minuten.'

Ze hielden de verbinding open en hij hoorde Trevors ademhaling steeds zwaarder worden. John boog zich naar het dashboardkastje en legde het pistool op de passagiersstoel, zodat hij er gemakkelijker bij kon. Hij wist niet wat hem bij het winkelcentrum te wachten zou staan.

Toen Trevor even later weer begon te praten, klonk hij nog onduidelijker. 'Hoe ver ben je?'

John keek op het dashboard. 'Ik ben er bijna, nog vier of vijf minuten ongeveer.'

'Oké, ik ben op het dak.'

John schrok. 'Op het dak?'

'Ja, links van de ingang hangt een ladder aan de gevel.'

John begreep waarom zijn vriend de moeite had genomen om naar boven te klimmen. De vijand was van bovenaf altijd eenvoudiger te ontdekken.

'Zie je iemand op het parkeerterrein?'

'Nee, het lijkt rustig.'

'Mooi,' zei John. Hij dacht dat Trevor de achtervolgers misschien toch allebei had uitgeschakeld.

Even later zag hij Bergvik rechts van de weg liggen. Hij sloeg af en stopte bij een onbemand tankstation met uitzicht over het verlaten gebied. Het was na sluitingstijd en hij zag alleen een paar verlaten auto's op het parkeerterrein staan.

Het winkelcentrum had niet één, maar drie identieke ingangen. Omdat Trevor vanuit het bos achter de ICA Maxi was gearriveerd, ging John ervan uit dat zijn vriend bij de ingang die het dichtst bij de supermarkt lag naar boven was geklommen.

'Ik ben er en rijd nu naar de ingang,' zei hij en hij schakelde in de eerste versnelling. 'Kun je zelf naar beneden komen?'

'Ik weet het niet, ik ben behoorlijk duizelig.'

John was geen arts, maar het dubbelzien en de duizeligheid wezen op een zwelling in de hersenen. 'Blijf op het dak, dan kom ik je halen.'

Met de koplampen uit reed hij naar de ingang en stapte uit de Chrysler. De ladder hing vlak naast de grote draaideur aan de gevel. John stopte zijn dienstpistool in zijn jaszak en begon te klimmen, nog steeds met de telefoon in zijn hand. Even later kwam zijn hoofd boven de gevel uit. Daar, een meter of twintig bij hem vandaan, stond Trevor met zijn rug naar hem toe bij een glazen koepel.

'Als je je omdraait, zie je me,' zei John in zijn telefoon.

'Hoezo? Wat bedoel je?'

'Draai je om, ik sta op de ladder,' zei John overdreven duidelijk.

Trevor was duidelijk gedesoriënteerd na de klappen op zijn hoofd.

'Dat gaat niet. Je moet me helpen. Ik lig achter de glazen koepel.'

Ligt hij, dacht John.

De Trevor naar wie hij keek stond rechtop.

John dook haastig weg en duwde zijn lichaam tegen de ladder. De achtervolger had Trevor blijkbaar gezien en was hem naar het dak gevolgd voordat John was gearriveerd. Als zijn vriend aan de andere kant van de glazen koepel lag, was het een kwestie van seconden voor hij gevonden zou worden. De achtervolger had Johns stem misschien niet gehoord, maar die van Trevor beslist wel.

John keek weer over de rand. De man liep enigszins gebukt en met zijn armen gestrekt voor zijn lichaam, alsof hij een wapen richtte, om de koepel heen.

De impuls om iets te doen was zo hevig dat die het analytische deel van zijn hersenen uitschakelde. Zonder over de consequenties na te denken klom John het dak op en rende met getrokken pistool naar de koepel. Toen hij er bijna was, draaide de achtervolger zich verbaasd om. Hoewel hij de rennende voetstappen gehoord moest hebben, had de man niet snel genoeg kunnen omschakelen.

John vuurde het eerste schot af.

De man bevond zich in een zijdelingse beweging, waardoor de kogel zijn schouder in plaats van zijn borstkas raakte, zoals de bedoeling was geweest. De achtervolger wankelde naar de koepel en hief het pistool met zijn niet gewonde arm.

John schoot weer.

De man viel naar achteren. De kogel drong door het bovenlichaam en perforeerde het glas achter hem. Toen de achtervolger tegen de koepel viel, verschenen er barsten in het glas.

John rende naar hem toe om hem te ontwapenen, maar de koepel begon te bezwijken onder het gewicht van het lichaam. De man zwaaide wild met zijn armen en krabde John in zijn hals voordat het glas versplinterde en hij naar achteren viel. Hij belandde met een bonk op de begane grond van het winkelcentrum.

'Ben je gewond?' Trevor klonk uitgeput. Hij lag in foetushouding op het ijskoude platte dak.

'Nee, niks aan de hand,' zei John terwijl hij zijn vriend overeind hielp.

Samen keken ze door het gat in de glazen koepel naar beneden. Een meter of tien onder hen lag het roerloze lichaam van de achtervolger voor een schoenenwinkel. Op het etalageraam zaten bloedspetters van zijn hoofd, dat tegen de harde stenen vloer was geslagen.

Het inbraakalarm begon te loeien en herinnerde John eraan dat ze zo snel mogelijk moesten verdwijnen. Hij ondersteunde Trevor terwijl hij wankelend naar de ladder liep, zich bewust van het feit dat de bewakers elk moment konden opduiken.

'Jij moet eerst naar beneden,' zei hij toen ze de rand hadden bereikt. 'Ik kan je toch niet tegenhouden als je valt. Red je het?'

Trevor knikte en begon moeizaam de ladder af te lopen. John keek afwisselend naar hem en naar de inrit van het parkeerterrein. De Chrysler stond op naam van Fredrik Adamsson en op het moment dat de bewakers het kenteken aan de centrale van het bedrijf meldden, zou John via zijn nieuwe identiteit aan deze plek verbonden worden. Als daarna bleek dat hij was verdwenen, zou er een internationaal opsporingsbericht worden uitgestuurd en zou het aanzienlijk moeilijker worden om het land te verlaten.

'Schiet op!' riep hij.

Trevor kreunde iets onverstaanbaars bij wijze van antwoord. De metalen ladder bewoog telkens als hij zijn gewicht van de ene voet naar de andere verplaatste. Toen zijn vriend eindelijk op de grond stond, volgde John hem en hielp hem in de auto. Hij startte de motor en wierp een laatste blik op de inrit. De bewakers waren nog niet gearriveerd.

Zodra ze op de snelweg in zuidelijke richting reden, hoorde hij Trevors zware ademhaling op de passagiersstoel. Hij was in slaap gevallen. Of bewusteloos geraakt, dat wist John niet. Maar als het echt om een zwelling in de hersenen ging, kon zijn toestand snel verslechteren. In het ergste geval zou hij hem naar een ziekenhuis moeten brengen.

Hij legde zijn hand voorzichtig op Trevors dijbeen en merkte dat zijn vriend schrok. 'Hoe voel je je?'

'Alsof iemand me halfdood geslagen heeft. Ik durf mijn ogen niet te openen omdat ik alles dubbel zie.'

'Wil je dat ik stop?'

'Nee, we kunnen niet stoppen. Niet nu.'

John liet hem weer wegzakken in zijn verdoving en dacht na over de route die ze moesten nemen. Als de achtervolgers de vorige avond in Rederiet alles hadden gehoord, dan wisten ze dat hij via de Öresundsbrug naar Denemarken wilde. Daarom was het logisch om een andere weg naar Duitsland te nemen. Het probleem was alleen dat het alternatief een kortere of langere tocht met een veerboot betekende en dan zouden ze hun identiteitsbewijzen moeten laten zien.

Tot nu toe was dat geen probleem geweest, maar na wat er in Bergvik was gebeurd, waren de omstandigheden veranderd. Dat ze waren ontsnapt aan de bewakers was een schrale troost als zijn collega's van de regionale recherche het materiaal bekeken van de camera's die het parkeerterrein hoogstwaarschijnlijk dag en nacht bewaakten. John wilde zijn Fredrik Adamsson-paspoort niet aan de Poolse of Duitse douanebeambten laten zien; hun gezichtsuitdrukking zou veranderen als de computer alarm sloeg over de gezochte eigenaar van de Chrysler op de bewakingsfilms.

Trevor werd weer wakker en verschoof op zijn stoel. 'Ik moet kotsen,' zei hij.

'Nu?'

'Ja, nu. Op dit moment.'

John reed naar een tankstation en parkeerde zo ver mogelijk bij de pompen vandaan op een donkere plek. Trevor smeet het portier open, schoof moeizaam uit de auto, viel op zijn knieën en braakte met langgerekte krampen in een hoop sneeuw. Toen de contracties stopten, ging John op zijn hurken naast hem zitten. 'Voel je je nu iets beter?'

'Ja, een beetje.'

'Kom, dan help ik je weer in de auto.' John hield hem zijn arm voor, maar het lukte Trevor om zonder hulp op de passagiersstoel te gaan zitten. Hij leunde met zijn hoofd tegen de neksteun en masseerde zijn slapen met zijn vingertoppen.

'Ik ga informeren of ze pijnstillers verkopen,' zei John en hij liep naar het tankstation.

Hij pakte een paar flesjes gearomatiseerd mineraalwater en ging in de rij staan. Achter de toonbank stond een chagrijnige vrouw.

'En een doosje Advil,' zei hij toen hij aan de beurt was.

De vrouw keek hem niet-begrijpend aan en John nam aan dat het middel in Zweden onder een andere naam werd verkocht. 'Iets tegen hoofdpijn,' legde hij uit.

De verkoopster draaide zich om en pakte twee verschillende doosjes van de plek naast de sigaretten.

'Ik neem ze allebei,' zei John. Hij betaalde contant, stopte het wisselgeld in zijn broekzak en liep haastig naar de auto terug. Toen hij bijna bij de Chrysler was, zag hij een Passat bij een van de pompen staan. De tankdop zat dicht en de chauffeur was nergens te bekennen.

Plotseling herinnerde hij zich wat Trevor had verteld. De achtervolgers hadden behalve de witte Toyota nog een auto.

Een blauwe Passat.

Precies zo een als die waarnaar hij nu keek.

John hoorde de snelle voetstappen achter zich te laat. Hij draaide zich om, maar was niet op tijd om zich te verweren. De man met de zilverkleurige knot drukte een taser tegen zijn hals.

Door de stroomstoot begaven zijn benen het en hij verloor het bewustzijn.

MAANDAG

21

Elke ochtend om halfzeven reed de buurman zijn auto achteruit van de oprit. Het was een onvrijwillige wekker die Alicia had gekweld vanaf de dag dat ze naar de woning in de Gröna gatan was verhuisd.

Deze keer verwelkomde ze het brommende geluid van de motor echter. Ze had slecht geslapen en wilde dat de nacht voorbij was. Voorzichtig sloeg ze het dekbed opzij om Ratko niet wakker te maken, maar door de beweging stak hij zijn hand naar haar uit.

'Hoe is het met je?' vroeg hij hees.

Alicia voelde zijn warme hand op haar been. 'Ik kan niet slapen omdat ik te rusteloos ben,' zei ze.

'Ik ook niet,' zei Ratko, hoewel ze hem daarnet nog had horen snurken. 'Sorry voor gisteravond,' voegde hij eraan toe. Zijn stem was zacht en had een beschaamde klank.

'Hoezo?' vroeg Alicia.

'Voor hoe ik me gedragen heb. Dat was niet goed. Jij voelt je ellendig en dan doe ik zoiets.'

'Je bent niet de enige die "zoiets" gedaan heeft.'

Ratko steunde op zijn ellebogen en ging zitten. 'Dat klopt natuurlijk, maar toch was het een slecht idee.'

Alicia ging eveneens zitten en voelde plotseling de woede door zich heen stromen. Dit was een routine die ze herkende. Ratko die haar het ene moment opwond en daar het volgende moment spijt van leek te hebben. 'Ik begrijp dat je je zo voelt,' zei ze. 'Jij en ik zijn waarschijnlijk altijd een slecht idee geweest.'

'Wat bedoel je daarmee?'

Alicia deed de lamp op het nachtkastje aan. Het licht filterde door de rode kap en gaf de kamer een zwakke rode gloed. 'Geef me je telefoon,' zei ze.

Ratko keek haar verbaasd aan.

'Geef hem aan me,' herhaalde ze.

Hij deed wat ze vroeg.

Alicia opende Instagram en scrolde langs de foto's. 'Dit is jouw leven,' zei ze en ze hield hem het scherm voor. 'Een knappe Serviër die in zijn eigen nachtclub bubbels drinkt met mooie meisjes. Vind je dat ik daarbij hoor?'

Ratko zuchtte. 'Dit is niet echt,' zei hij terwijl hij naar zijn telefoon wees. 'Hoe vaak moet ik dat nog tegen je zeggen? Die vrouwen betekenen niets voor me, ze geven me niets. Maar als zij niet meer naar Safir komen, verdwijnen de andere gasten ook.'

'Waarom mocht ik ze nooit ontmoeten?'

'Omdat ze oppervlakkig en oninteressant zijn.'

Alicia spreidde haar armen. 'Waarom zeg je niet gewoon waar het op staat? Dat je het pijnlijk vond om samen met mij gezien te worden? Dat kan ik verdragen, ik weet hoe ik eruitzie. Als je na sluitingstijd naar me toe wilde komen om te praten en seks te hebben, had ik dat geen probleem gevonden. Ik kon het andere alleen niet verdragen. Je deed alsof ik je vriendin was en tegelijkertijd verstopte je me voor iedereen die je kende.' Alicia voelde de tranen over haar wangen glijden en veegde ze geïrriteerd weg. Waarom stak ze hier energie in? De Volvo stond nog steeds in de struiken op Hammarö en zij was haar oude liefdesverdriet als een tiener aan het herkauwen.

'Heb je nooit geprobeerd het vanuit mijn perspectief te zien?' vroeg Ratko.

'Dat heb ik gedaan.'

'O ja?'

'Ja, en het is belachelijk dat je doet alsof je een geweldige man bent die zich niets aantrekt van mijn uiterlijk.'

'Ik mocht jouw vrienden bij Raw ook niet ontmoeten,' bracht hij haar in herinnering.

'Dat zijn allemaal autisten. Het enige wat we samen doen is strategiespelletjes spelen.'

'Precies. En daar wilde je je stomme vriend niet bij hebben, of wel soms?'

Alicia keek sceptisch naar hem. Meende Ratko dat serieus? Had hij echt meegewild naar de besprekingen met die nerds?

'Je hebt zo lang aan je algoritme geschaafd dat je denkt dat het een universele liefdescode is,' ging hij verder. 'Maar relaties hebben niets met wiskunde te maken. Mensen hebben allerlei gevoelens die niet in cijfers uitgedrukt kunnen worden.'

Dat was typisch Ratko, dacht Alicia. Hij voelde zoveel – overal en voortdurend – en stond altijd klaar om hoog van de toren te blazen.

'Alles kan berekend worden,' zei ze. 'Als de hoeveelheid gegevens maar groot genoeg is.'

'Misschien wel, maar de antwoorden die we krijgen zijn toch waarschijnlijkheden in plaats van waarheden die in elk afzonderlijk geval kloppen. Jij hebt trouwens een eind aan de relatie gemaakt en niet andersom.'

'Uit voorzorg, ja, en omdat jij te laf was om te zeggen dat ik in werkelijkheid niet meer was dan een scharrel voor wie je je schaamde.' Ze kwam uit bed en trok haar T-shirt aan, dat 's nachts op de vloer was beland. 'Ik ga douchen,' zei ze en ze zette een paar stappen op het koude linoleum.

Toen ze zich omdraaide om Ratko te vragen koffie te zetten, zag ze de grote letters die met rode verf op de muur boven het hoofdeinde van het bed waren gesprayd.

Alicia verstijfde.

Iemand was in haar huis geweest. In haar slaapkamer, die een veilige haven zou moeten zijn.

Ze liep snel naar de lamp op het nachtkastje en deed hem uit.

'Wat doe je?' vroeg Ratko.

'Ik voelde me te naakt,' zei ze en ze trok haar spijkerbroek aan. 'Kun je me een tijdje met rust laten? Dan bellen we elkaar later.'

Ratko protesteerde niet. Met het oog op het gesprek van daarnet was het misschien niet zo vreemd dat ze hem eruit gooide.

'Weet je zeker dat je het alleen redt?' vroeg hij.

'Ik beloof dat ik geen stomme dingen zal doen.'

Ze pakte zijn kleren van de vloer en gaf die aan hem. Ratko trok zijn overhemd en broek in het donker aan en liep achter Alicia aan naar de hal. Daar leek hij te aarzelen om haar alleen achter te laten en hij vroeg of hij haar naar de kliniek moest brengen waarover ze het had gehad. Een plek waar ze hulp kon krijgen.

Ze beloofde erover na te denken. Daarmee leek hij tevreden en hij verdween in de koude winterochtend. Alicia wachtte tot ze zijn sportauto in de straat hoorde accelereren, rende naar de slaapkamer en deed de plafondlamp aan.

Ze had de tekst op de muur niet gedroomd of het zich verbeeld. De letters waren er nog en waren net zo felrood als eerder.

WAT HEB JE MET HEM GEDAAN, BITCH?

Er was geen intensief speurwerk voor nodig om te begrijpen wie de spuitbus had vastgehouden.

Linda.

De Freak.

De opdringerige vriendin uit haar stamrestaurant had meerdere namen. Ze had de Volvo natuurlijk op het nieuws gezien en had begrepen dat Alicia in de auto van de dode man langs Palermo was gereden, maar het was een raadsel waarom ze de tekst op de slaapkamermuur had geschreven. Als Linda haar had willen beschadigen, was het eenvoudiger geweest om contact met de politie op te nemen.

Maar misschien had ze dat inmiddels ook gedaan.

Alicia zag voor zich hoe de rechercheur met de donkere huid weer aanbelde. Ze haastte zich naar het balkon om te luisteren of ze auto's hoorde naderen. Het was verbazingwekkend stil buiten. De meeste buren waren nog niet begonnen aan hun ochtendronde, die bestond uit kinderen naar school en de crèche brengen.

Ze keek door haar ademwolken naar de omringende daken. Een beschuldiging van Linda kon ze op dezelfde manier tegemoet treden als ze de laatste keer in de hal had gedaan. Ze zou glashard ontkennen. Het zou Linda's woord tegen dat van haar zijn, en een goede advocaat kon haar getuigenverklaring altijd in twijfel trekken.

Met de auto lag het anders. Daarin bevonden zich een lijk en technisch bewijs dat geen advocaat ter wereld kon goedpraten.

Alicia voelde dat er een nieuwe besluitvaardigheid in haar opkwam. Ze moest proberen zich van de Volvo te ontdoen, maar deze keer als ze nuchter was. Het zou niet gemakkelijk zijn, maar alles was beter dan hier te wachten tot ze werd gearresteerd voor moord.

22

John kwam bij doordat er een emmer water in zijn gezicht werd gegooid. Hij schrok en voelde dat zijn enkels waren vastgebonden aan de stoel waarop hij zat. Zijn handen waren met kabelbinders achter zijn rug gebonden. Hoe meer hij eraan trok, des te pijnlijker sneden de plastic riemen in zijn huid.

Hij draaide zijn hoofd en zag Trevor geboeid op de stoel naast hem zitten. Er was nog een emmer water voor nodig om hem zover te krijgen dat hij zijn ogen opende.

De achtervolger met de lege emmer riep iets in een taal die John niet verstond. Het klonk als Russisch, maar toch ook weer niet. Twee mannen slenterden uit een aangrenzende ruimte naar binnen. De ene was de man met de knot die de taser bij het tankstation had gebruikt en de andere was de schutter van het parkeerterrein bij het hockeystadion.

John keek om zich heen in de zwak verlichte fabriekshal. Het plafond had een hoogte van minstens vier meter en de muren bestonden uit roestbruine bakstenen met rechthoekige ramen bovenin.

'Dit is de plek waar ze me mishandeld hebben,' fluisterde Trevor.

Hij praatte niet meer onduidelijk. Zijn symptomen leken verdwenen te zijn in de tijd waarin ze bewusteloos waren geweest. Hoelang zou dat geduurd hebben?

Er stroomde een koud gevoel door John heen.

Trevor en hij waren op zondagavond overvallen. Het tijdvenster voor het invoeren van de code die voorkwam dat de waardevolle film zou worden verspreid, opende maandagochtend om zes uur en sloot vier uur later.

'Kun je me vertellen hoe laat het is?' vroeg hij in het Engels.

De mannen gaven geen antwoord. Ze waren druk bezig met het verplaatsen van een werktafel naar het midden van de ruimte. John zocht naar een klok aan een van de muren. Als het tien uur was geweest, zou dat betekenen dat de levensverzekering vervallen was. Hij keek naar de ramen. Die waren afgezet met spaanplaat waardoor niet te zien was of het buiten licht was.

'Jezus, Trevor,' fluisterde hij. 'Weet jij hoelang we buiten westen geweest zijn?'

Zijn vriend gaf geen antwoord, maar de ongeruste blik in zijn ogen maakte duidelijk dat hij de ernst van de vraag inzag. De achtervolgers zetten de werkbank voor de gevangenen neer. De man met de knot haalde twee laptops die hij openklapte en op de werktafel zette. Nadat hij op een paar toetsen had gedrukt, verscheen er een videogesprek op een van de laptops.

'Goedemorgen, mannen,' klonk een stem uit de luidspreker. 'Want bij jullie is het ochtend, of niet soms?'

Ganiru's meedogenloze ogen brandden bijna een gat in het scherm. Toch weigerde John weg te kijken. Binnen in hem woekerden twee tegenstrijdige gevoelens: de opluchting dat de film zich nog in de cloud leek te bevinden en de angst voor wat hun te wachten stond.

'Dank dat je zo vriendelijk bent geweest om zo'n geavanceerde auto te kopen,' ging de leider van het drugssyndicaat verder. 'Ik had de hoop bijna opgegeven toen we de gps-tracker in de greppel vonden, maar nadat we het navigatiesysteem hadden gehackt, konden we je positie achterhalen.'

John slikte. Die verdomde Chrysler met zijn slimme snufjes. Hij had hem moeten dumpen en de een of andere radioloze roestbak moeten stelen.

'Ik zal er niet omheen draaien, agent Adderley. Je film is bijzonder belastend voor me. De jongens hebben alles wat jullie in het restaurant zeiden gehoord en ik heb ze het bevel gegeven om jullie bij te brengen als het tijdvenster opende. Helaas weten we de code of het adres van de website niet, maar dat weet jij – jullie allebei trouwens – wel, waardoor dit gesprek bijzonder interessant kan worden.'

'Loop naar de hel,' zei Trevor en hij spuugde naar het scherm.

Ganiru lachte. 'Is het niet dom om naar me te spugen voordat je mijn aanbod gehoord hebt?'

'We zijn niet geïnteresseerd in je aanbod.'

John zag het bloed in de slaap van zijn vriend kloppen.

'Niet?' zei Ganiru. 'Dat zou ik wel zijn, als de rollen omgedraaid waren. Wie het eerst komt, het eerst maalt. Degene die het adres en de code vertelt, verlaat de kamer als een vrij man. Degene die achterblijft krijgt een kogel in zijn nek.'

John kreeg zin om ook naar het scherm te spugen. 'Denk je dat we niet goed bij ons hoofd zijn?' vroeg hij. 'Zodra je hebt gekregen wat je wilt, vermoorden je gorilla's ons allebei.'

Ganiru leek de beschuldiging te willen weerleggen, maar stopte nog voordat hij begonnen was. In plaats daarvan boog hij zich naar de camera zodat de lens elke rimpel in zijn gegroefde gezicht opving. 'Oké, ik zal jullie intelligentie niet beledigen. Je hebt gelijk, agent Adderley. Ik ben van plan ervoor te zorgen dat jullie allebei op een langzame en pijnlijke manier sterven, daar kun je op vertrouwen.'

'Mooi,' zei John. 'Dan weten we wat we aan elkaar hebben. Jij hebt het adres van de website en de code niet en wij winnen er niets mee als we je die informatie geven.'

Ze waren op weg naar een patstelling in de onderhandeling. Toch glimlachte Ganiru en hij leek absoluut niet bezorgd over de wending die het gesprek had genomen. 'Bel haar.'

De drugskoning van Baltimore stond op van het krukje waarop hij had gezeten. Een groot deel van de cel waar hij tegenwoordig zijn dagen sleet werd zichtbaar op het scherm. Vier grijze betonnen muren, een bed dat vastgeschroefd was aan de vloer en een wastafel voor zijn persoonlijke hygiëne, maar ondanks de spartaanse inrichting had Ganiru waarschijnlijk niets te klagen. Dat hij zo vrij met de buitenwereld kon communiceren maakte duidelijk dat de tentakels van het syndicaat tot diep binnen de muren van de gevangenis reikten.

John verplaatste zijn blik naar de tweede laptop op de werkbank in de fabriekshal. Die stond daar met een reden, dacht hij. Waarschijnlijk om nog een videogesprek te voeren. Hij deed zijn ogen dicht, hoewel Ganiru ervan zou genieten om te zien hoe bang hij was.

Nicole.

Een collage van momentopnames flitste door zijn hoofd. Zijn nichtje naast haar dode vader vlak nadat hij vermoord was gevonden en haar uitdrukkingsloze gezicht in het zijraam van de auto toen ze naar de kliniek voor kinder- en jeugdpsychiatrie werd gebracht. Het meisje had al te veel meegemaakt tijdens haar jonge leven. Als Ganiru Nicole had ontvoerd en haar als een pion in dit spel gebruikte, was dat meer dan John kon verdragen.

Hij opende zijn ogen weer.

De persoon op het scherm was geen achtjarig meisje, maar een vrouw van zijn eigen leeftijd met een baby in haar armen. Naast haar stond een bewapende man in een camouflagebroek.

Trevor hapte naar adem en trok aan de kabelbinders. 'Je raakt Minette niet aan! Hoor je dat, verdomde klootzak!' riep hij.

John herkende Trevors ex-vrouw van de foto's die zijn vriend hem in Baltimore had laten zien. Ze zag er doodsbang uit en hield haar dochtertje krampachtig in haar armen. Haar mascara was uitgelopen door haar tranen.

Ganiru, die een oranje gevangenispak droeg, haalde zijn schouders op. 'Ik ben bang dat je me geen keus laat. Toen jij je niet meer aan onze afspraak hield, moest ik maatregelen nemen.'

Trevor leek hem niet te horen. Zijn ogen waren vastgelijmd aan het scherm waarop de vrouw en het kind te zien waren.

'Hebben ze je pijn gedaan, Minette?' Zijn stem klonk ijl en breekbaar.

'Ze kan je niet horen of zien. De microfoon en de camera staan uit,' zei Ganiru.

Hij was kil, bijna onverschillig, alsof hij emotionele uitbarstingen wilde voorkomen en verder wilde gaan met de onderhandelingen. 'Als je me het adres en de code geeft, blijven ze in leven. Dat beloof ik. Maar als je je blijft verzetten...'

Trevor schreeuwde weer en rukte als een geketende herdershond aan zijn boeien om los te komen. Er kwamen geen woorden meer uit zijn keel, alleen oergeluiden. Het was angst in zijn puurste vorm die voortkwam uit het besef dat iemand van wie hij hield het risico liep te sterven.

'Het is genoeg,' zei John met een smekende klank in zijn stem tegen Ganiru. 'Ze heeft verdomme een kind op schoot.'

De drugsbaas ging weer op het krukje bij de laptop zitten. 'Dat hangt af van je vriend,' zei hij kalm. 'Dus wat wil je, Trevor? John en jij zijn er toch geweest, het hoeft niet nodig te zijn dat Minette ook doodgaat.'

Trevor stopte met schreeuwen en wiegde heen en weer op de stoel. Ganiru had hem waar hij hem hebben wilde. Hij had zijn zwakke plek gevonden en buitte die uit, precies zoals John had gevreesd.

'We beginnen met het adres,' zei Ganiru vanuit de gevangeniscel.

De man met de zilverkleurige knot haalde nog een laptop en opende een nieuwe pagina in de browser.

Trevor keek naar John en begon te huilen. 'Het spijt me, ik moet... Ik heb geen keus.'

‘Doe het niet,’ zei John. ‘Ze vermoorden je.’

Trevor luisterde niet en gaf het adres snikkend. De man met de knot voerde het in en stak zijn duim op naar de camera om zijn opdrachtgever te laten weten dat het correct was.

‘Uitstekend, en dan nu de code,’ zei Ganiru. ‘Als je me die geeft, laten we Minette in leven en worden zij en het kind onmiddellijk vrijgelaten.’

‘O wee als je liegt,’ zei Trevor.

‘Zoals ik al zei heb je mijn woord. Het is haar fout niet dat ik achter de tralies zit.’

John schudde zijn hoofd en boog zich naar zijn vriend toe. ‘Diep vanbinnen weet je dat hij Minette doodschiet, of je hem de code geeft of niet,’ fluisterde hij.

Trevor schrok, alsof Johns woorden een irritante vlieg waren en hij het gezoem niet wilde horen. Hij staarde naar het scherm met Minette en zijn dochtertje en schoof zo ver naar voren als de kabelbinders toelieten. ‘Vertel mijn kleine prinses dat haar vader van haar houdt.’ Zijn stem stokte en hij begon weer te huilen.

‘Ze hoort je niet,’ zei John met een smekende klank in zijn stem. ‘Denk rationeel. Je mag hem de code niet geven.’

Trevor keek naar het scherm met Ganiru. Er lag een besluitvaardige blik in zijn ogen. Hij leek zich al gewapend te hebben tegen wat hem te wachten stond. ‘Zes, zeven, een, negen…’

‘Nee!’ riep John.

Trevor pauzeerde even, verhief zijn stem vervolgens en ging verder met de achtcijferige code.

Ganiru’s ademhaling klonk als zwaar gesis door de luidspreker. De donkere ogen glansden van opwinding. De man met de zilverkleurige knot toetste de code in terwijl de spanning tussen de bakstenen muren van de oude fabriek toenam.

John zakte in elkaar op de stoel. Hij had gedaan wat hij kon, maar

Trevor had geweigerd te luisteren en had daarmee zijn eigen doodvonnis getekend.

De achtervolger keek verbaasd op van het scherm. 'Hier staat dat de code verkeerd is.'

Trevor noemde de combinatie opnieuw mechanisch op, langzamer dit keer. De man met de knot herhaalde elk cijfer voordat hij het op het zoekveld van de website invoerde. Hij drukte op de entertoets en wachtte. 'Weer fout, en nu staat er dat ik nog maar één poging heb voordat de videofilm verspreid wordt.'

'Ik zweer dat het de juiste code is,' zei Trevor in paniek.

Ganiru's lach echode tegen de muren, de vloer en het plafond.

'Ik had niet gedacht dat je zo ijskoud zou kunnen zijn, John,' zei hij.

John keek naar de vloer, maar voelde dat Trevor naar hem keek en hoorde de verwarde klank in zijn stem. 'Wat is er? Wat bedoelt hij?'

'Ben je echt zo stom?' brulde Ganiru. 'Je zogenaamde vriend heeft je bedrogen. Hij heeft je de verkeerde code gegeven.'

'Dat is onzin, hij zou me nooit...' zei Trevor koppig, maar hij maakte zijn zin niet af.

John bleef naar het beton staren. De schaamte brandde de laatste laag van zelfbedrog weg en hij zag wie hij in werkelijkheid was.

Een man die er tot elke prijs voor koos om te leven.

Die zichzelf boven anderen stelde.

'Verdomme, John.' De walging in Trevors stem toen hij zijn naam uitsprak was ondraaglijk.

Ganiru lachte weer en werd meteen daarna dodernstig. John was altijd het bangst geweest voor de snelle stemmingswisselingen van de bendeleider. Zijn gevoelsuitingen hadden geen draagvlak. Het leken eerder theatrale gebaren van een slechte acteur.

'Goed, dan is de situatie veranderd,' zei hij. 'Het spijt me, Trevor, maar ik heb je niet meer nodig.'

Ganiru streek met zijn hand over zijn keel bij wijze van gebaar naar zijn handlangers. De achtervolger van het hockeystadion stapte met een pistool in zijn hand uit de schaduw.

Trevor rukte en trok weer aan de kabelbinders. 'Beloof me dat je Minette laat gaan!' riep hij. 'Ik heb geprobeerd jullie te helpen!'

'Zorg ervoor dat onze judas toekijkt,' zei Ganiru, die Trevors smeekbeden negeerde. 'Ik wil dat hij dit ziet.'

De man met de zilverkleurige knot schoof de stoelen uit elkaar en draaide ze zo dat de infiltranten tegenover elkaar zaten. Hij pakte Johns hoofd vast en hield dat in een houdgreep tussen zijn handen.

John protesteerde niet. Hij wilde Trevor laten zien dat hij achter zijn actie stond. Het was een risico geweest dat Ganiru Minette en het kind zou gebruiken, en achteraf gezien had John de juiste beslissing genomen. Als hij niet had gelogen over de code, zou hij nu dood zijn geweest.

De achtervolger duwde de loop van het wapen tegen Trevors slaap en maakte een mantelbeweging. Er klonk een klik toen de kogel in de loop belandde. Trevor deed zijn ogen zo stevig dicht dat het smalle strepen werden. Hij schreeuwde niet langer, maar jammerde als een kind dat onrustig sliep.

Seconden later ging het schot af.

De kogel drong door Trevors hoofd en nam bloed en hersensubstantie mee door de uitgangsopening. Het projectiel raakte de bakstenen muur, maar had zoveel snelheid verloren dat het nauwelijks ricocheerde en een paar meter over de betonnen vloer stuiterde. De kabelbinder hield Trevors dode lichaam op de stoel en zijn kin rustte slap op zijn borstkas.

'Zo, agent Adderley,' zei Ganiru. 'Nu krijg jij dezelfde keuze als je collega. Je geeft ons de code of we schieten Minette dood.' Zijn mondhoek trok op een manier die niet verkeerd begrepen kon worden. Hij had duidelijk plezier in de situatie.

John besefte dat smeken niet zou helpen. Hij zou met dezelfde koude onverschilligheid als Ganiru moeten reageren. Als John duidelijk maakte dat Minette hem niets kon schelen, verloor ze haar waarde als chantagemiddel. 'Ze is mijn ex-vrouw niet,' zei hij schouderophalend. 'Als je haar wilt vermoorden, doe het dan. Ik geef je de code niet. Wat er wel gaat gebeuren, is dat jij je mannen een heleboel onnodig werk bezorgt met het dumpen van het lichaam. En wat ben je van plan om met het kind te gaan doen?'

John deed zijn best om zo onaangedaan mogelijk te klinken. Het leek effect te hebben, want Ganiru werd boos.

'Hoe denk jij dan dat we dit moeten oplossen?' brulde hij.

'Ik heb een voorstel waarvan we allebei voordeel hebben. Jij laat je mannen een foto van me maken waarop ik dood lijk. Die kun je laten zien aan iedereen voor wie dat belangrijk is. In ruil daarvoor laat je me met rust. Ik ga een onopvallend leven in Europa leiden en kom nooit meer naar de vs terug.'

De groeven in Ganiru's gezicht werden dieper. 'Ik laat jou nooit met rust, niet na wat je me geflikt hebt.'

John ging zachter praten en keek strak naar het scherm. 'Jij en ik zijn hetzelfde. Als het erop aankomt, trekken we ons niets van andere mensen aan. Sommigen beschouwen dat misschien als een psychische stoornis, maar wij niet. Het gaat om overleven. Om Darwin. En nu vraag ik je om over het volgende na te denken. In de ene kolom wraak nemen op degenen die je verlinkt hebben. In de andere kolom levenslange gevangenisstraf voor de moord op een politieagent. Denk eraan dat je nu zeven jaar moet zitten. Dat kan zomaar minder worden als je je goed gedraagt. Dan word je op tijd vrijgelaten om mee te maken dat je dochters eindexamen doen en trouwen.'

Het beeld maakte een sprongetje toen Ganiru met zijn vuist op de tafel sloeg waarop zijn laptop stond. 'Houd je bek! Het enige wat ik uit jouw mond wil horen komen is die fucking code, anders gaat ze dood,' siste hij.

John keek naar het scherm en zag dat Minette het huilende kind tegen zich aandrukte. De man op de achtergrond had een pistool in zijn schouderholster en een oortje in. In haar ogen moest hij een op afstand bestuurbare beul lijken.

Hij verplaatste zijn blik weer naar Ganiru en schudde zijn hoofd om aan te geven dat zijn besluit vaststond.

'Goed dan, haal het kind weg.'

De bewapende man hield zijn hand tegen het oortje, alsof hij eraan twijfelde of hij het goed had gehoord.

'Schiet op,' bulderde Ganiru zo hard dat de huurmoordenaar schrok.

De man probeerde het kind onhandig uit de armen van haar moeder te trekken. Het meisje gilde en klampte zich aan het warme, veilige lichaam vast. Minette gaf haar verzet op toen hij erin slaagde om de handjes los te maken van haar nek. De shock leek de arme vrouw volledig te verlammen.

De man verdween heel even uit beeld. John nam aan dat iemand anders het huilende kind aanpakte. Daarna verscheen hij weer voor de camera. Er lag een zweem van twijfel op zijn hoekige gezicht terwijl hij het wapen ontgrendelde en de loop tegen Minettes nek duwde.

'Geef-me-die-fucking-code-nu!' Ganiru spuugde de woorden uit en benadrukte elk woord overdreven duidelijk.

'Stop daarmee, verdomme,' zei John. 'Je vermoordt een onschuldige vrouw.'

Het gezicht op het scherm was uitdrukkingsloos. 'Ik dacht dat het je niets kon schelen.'

John voelde dat hij de grip begon te verliezen. De kakofonie van stemmen in zijn hoofd praatte weer tegen hem, eerst fluisterend en vervolgens steeds harder. *Je hebt je beste vriend in de steek gelaten en nu laat je zijn enige kind haar moeder kwijtraken. Iedereen om je heen gaat dood. Billy ook, herinner je je dat? Je eigen broer.*

'Dit is je laatste kans,' zei Ganiru. 'Je kunt haar nog steeds redden.'

John schudde zijn hoofd. Als hij naar het rampenkoor luisterde, zou hij net als Trevor eindigen. Hij hoefde zich niet schuldig te voelen omdat hij zijn eigen leven boven dat van iemand anders verkoos. Als Minette stierf, was het de schuld van Ganiru en niet van hem.

'Oké, als dat is wat je wilt.' Ganiru stond op en sloeg zijn armen over elkaar. 'Schiet haar dood.'

John zag dat de man op het scherm zich lang maakte, als een soldaat tegenover zijn bevelhebber. Daarna loste hij het schot en Minette zakte als een marionet waarvan de draden waren doorgeknipt in elkaar.

Ganiru boog zich dichter naar de camera toe. 'Dit was jouw beslissing, niet die van mij,' zei hij. 'Wil je dat we verdergaan met het kind of ben je van plan me de code te geven?'

De woorden veroorzaakten een barst in de betonnen vloer onder John en de stoelpoten belandden aan beide kanten van de breuk. De kloof verbreedde zich en zo meteen zou hij in de afgrond vallen.

Een kind.

Dat kon die gek niet serieus menen.

John keek naar de achtervolgers die bij een muur van de fabriekshal stonden. Ze keken recht voor zich uit en ontweken elkaars blikken. Hij zag schaamte in hun ogen. Als een van hen de eerste stap zette, zou de muiterij een feit zijn. 'Ganiru,' zei John met een harde klank in zijn stem. De boodschap moest met scherpte overgebracht worden als hij hem wilde bereiken. 'Als je het kind laat vermoorden, is het voorbij. Niemand zal nog voor je willen werken. Het is onmogelijk om loyaal te blijven tegenover iemand als jij.'

De man in de gevangeniscel snoof. 'Ik ben niet degene die bepaalt of het kind blijft leven. Dat ben jij, John. Het enige wat je daarvoor hoeft te doen is me de acht cijfers geven.'

'Dat kun je jezelf blijven wijsmaken, maar denk eraan dat je alleen mijn gezicht op het scherm ziet. Ik zie de gezichten van je mannen. En daarop is geen respect te lezen. Ze verachten je.'

Ganiru keek geïrriteerd in de camera. Hij krabde aan zijn hals en begon door de cel te ijsberen.

John voelde dat het machtsevenwicht opnieuw begon te verschuiven en hij wist dat hij de drugshandelaar het laatste zetje moest geven. 'En ook als je het bevel geeft, denk ik niet dat ze het uitvoeren.'

De soldaat die Minette had geëxecuteerd schrok zienderogen op het scherm. Het was duidelijk dat hij Johns stem in zijn oortje had gehoord.

Ganiru ging weer achter de laptop zitten. Hij grijnsde grimmig. 'Ik zou nooit een kind doden. Dat weet iedereen die me kent. En eerlijk gezegd heb ik hier schoon genoeg van. Je kost me te veel tijd en middelen, en dat is niet goed voor de zaken.'

John voelde hoe de kloof in de betonnen vloer weer sloot. Ganiru was weer aan de verliezende hand en moest de ruimte krijgen de situatie te keren.

'Je bent de aandacht niet waard, agent Adderley. Je bent irrelevant. Een nul. Als je een waardeloos leven onder een steen in Europa wilt leiden, ga dan vooral je gang, daar heb ik niets op tegen. Maar als de film ooit uitlekt of als je een voet aan deze kant van de Atlantische Oceaan zet –'

'Dat zal niet gebeuren,' onderbrak John hem. 'Ik heb te veel respect voor je om onze afspraak te verbreken.'

De achtervolgers keken elkaar verbaasd aan en begonnen onderling in hun eigen taal te praten, wat Ganiru irriteerde. 'Praat Engels als jullie iets willen zeggen,' brulde hij.

'Sorry, chef, maar we kunnen het niet helemaal volgen. Wat moeten we met hem doen?'

'Maak een foto waarop hij dood lijkt en laat die klootzak daarna gaan. Hebben jullie niet gehoord wat ik zei? Hij kan de klere krijgen.'

Het beeld werd wazig toen Ganiru zijn arm strekte om de laptop dicht te slaan. De videoverbinding vanuit de gevangeniscel werd verbroken en John las de mededeling: DE DEELNEMER HEEFT HET GESPREK VERLATEN.

DEEL 2

23

John volgde de auto's van de achtervolgers door de hevige sneeuwval met zijn ogen. Toen ze achter de verlaten fabriek waren verdwenen, liet hij zich op zijn knieën zakken. Na meerdere pogingen had Ganiru de foto's van de 'dode' FBI-agent waarvoor John op de vloer van het gebouw had geposeerd eindelijk goedgekeurd. De transactie had veel moeite en slachtoffers gekost. Trevor was in de kofferbak van de witte Toyota gestopt en zijn ex-vrouw lag op een andere plek op de wereld waarschijnlijk in een andere auto. De lichamen zouden worden begraven of op een andere manier worden weggewerkt.

Hoewel Ganiru op het scherm een berustende blik in zijn ogen had gehad, kon John er niet zeker van zijn dat hij met rust zou worden gelaten. De paranoïde drugshandelaar kon heel goed op een ochtend wakker worden en op het idee komen de jacht op hem te hervatten, maar dat zou waarschijnlijk een tijd duren en John wilde die periode gebruiken om een nieuw leven in Berlijn op te bouwen. De stad was minstens dertig keer zo groot als Karlstad en het zou veel eenvoudiger zijn om zich daar te verbergen.

Hij dacht aan het kleine meisje dat de handlanger in de camouflagebroek uit de armen van Minette had getrokken. Wat zou er nu met haar gebeuren? Misschien zou ze als mascotte in een van Ganiru's bordelen opgroeien of achtergelaten worden op een kerktrap.

John keek naar de nog steeds donkere ochtendhemel. Was er daarboven iemand die waakte over wat er hierbeneden gebeurde? Zijn vader had hem op zondagen meegenomen naar de kerk, maar had nooit op een andere manier over religie gesproken dan als een verzameling regels die opgevolgd moesten worden. John had die denkwijze geërfd en had er nooit over nagedacht wat het geloof eigenlijk inhield. Bovendien leek het idee van een hogere macht hem absoluut verwerpelijk, want wat voor soort god maakte kinderen ouderloos?

Eerst Nicole.

En daarna...

Hij wist niet eens hoe Trevors dochtertje heette. Dat had zijn vriend hem nooit verteld.

De tranen sprongen in Johns ogen en stroomden over zijn wangen. Hij deed geen moeite ze weg te vegen. Het bloed van Trevor en Minette zou voor altijd aan zijn handen kleven, hoe hard hij ook boende om ze schoon te krijgen.

Hij ging op zijn rug liggen en zakte weg in de verse sneeuw.

Zij waren dood.

Hij leefde.

Het was zo tragisch dat hij een steek in zijn hart voelde, maar het was nog steeds beter dan het omgekeerde. Hoe eerder hij dat accepteerde, hoe beter.

Hij stond op en sloeg zijn armen rond zijn lichaam. De Chrysler stond bij een paar hoge dennenbomen en er lag een decimeters dikke laag sneeuw op het dak. De achtervolgers hadden de sleutels naar hem toe gegooid voordat ze verdwenen en hadden geroepen dat zijn wapen in het dashboardkastje lag.

John ging achter het stuur zitten en opende de browser op zijn telefoon. Hij zorgde er nauwgezet voor dat hij de incognitomodus activeerde zodat de surfgeschiedenis niet opgespoord kon worden. Op de site waarop het videobestand was gedownload stond een waarschuwing. De gebruiker had nog maar één poging over om de juiste code in te toetsen, anders zou de film openbaar worden gemaakt.

Johns hand trilde terwijl hij de acht cijfers intoetste. Nadat het systeem de serie cijfers had goedgekeurd, klonk er een plinggeluid en verdween de dreigende boodschap van het scherm. Opgelucht liet hij de telefoon op de passagiersstoel vallen, startte de motor en vertrok over de enige weg die naar de beschaving leek te leiden. Al snel zag John de contouren van meerdere gebouwen in het donker. Voor een verlicht bord bij de afrit naar het gebied stopte hij en las: MUNITIONSFABRIK ZAKRISDAL.

De symboliek was overduidelijk. De achtervolgers hadden Trevor en hem meegenomen naar een gesloten productielocatie voor militaire kogels en patronen. De dood zat in de muren van het oude bedrijfsgebouw.

Hij schakelde zijn telefoon weer naar de rijmodus, maar kon zich er niet toe zetten het gaspedaal in te drukken. Zodra hij op wegen met meer verkeer kwam, bestond het risico dat hij zou worden gestopt door een politieauto. John keek op zijn horloge. Het was maandagochtend kwart over zeven. Waarschijnlijk hadden zijn collega's van de Dienst Regionale Recherche de bewakingsfilms van winkelcentrum Bergvik nog niet bekeken, maar dat was een kwestie van tijd – en dan zouden de Chrysler en de eigenaar ervan de hoogste prioriteit van de onderzoekers krijgen.

John streek met zijn hand over de rode kras in zijn hals, waar de achtervolger die het winkelcentrum in was gestort hem had gekrabd. Zijn huidresten zaten ongetwijfeld onder de nagels van de dode man. Als Ruben opdracht gaf om het appartement in Empire State te onderzoeken – en dat zou hij absoluut doen als John zomaar verdween – was er voldoende biologisch materiaal om een vergelijking te kunnen maken. Hij had het beddengoed al wekenlang niet verschoond en zijn tandenborstel stond nog in het badkamerkastje. Als de DNA-profielen overeenkwamen, zou de officier van justitie een arrestatiebevel tegen Fredrik Adamsson laten uitvaardigen.

John deed zijn ogen dicht en dwong zichzelf om na te denken over de omvang van het probleem. Het was op dit moment onmogelijk om het land te verlaten. Dan zou hij het ene type achtervolgers voor het andere verwisselen. Het arrestatiebevel was ruim voldoende om de politie buiten de Zweedse grenzen erbij te betrekken, en dan zou hij de rest van zijn leven over zijn schouder moeten blijven kijken.

De race was echter nog niet gelopen. Dat dacht hij in elk geval niet. De ochtendvergadering van de regionale recherche begon pas om acht uur en als hij zo snel mogelijk naar het politiebureau ging, kon hij de bewakingsfilms van winkelcentrum Bergvik voor die tijd nog laten verdwijnen. Hij wist niet precies hoe hij dat moest doen, maar het was een poging waard. Liever dat dan een zinloze vlucht door Europa.

John begon te rijden en bevond zich even later op de snelweg naar het centrum. Hij ging op in het ochtendverkeer en bereikte zijn bestemming al na tien minuten. Op het parkeerterrein bij het politiebureau draaide hij de achteruitkijkspiegel en keek naar zijn gezicht. Het zag er net zo dood uit als op de foto's die de achtervolgers in de oude munitiefabriek hadden gemaakt.

John haalde een paar keer diep adem, opende het portier en liep naar de ingang. Als zijn collega's de Chrysler inmiddels op de bewakingsfilms hadden gezien, zouden de gebruikelijke ochtendbegroetingen verruild worden voor een vastberaden greep rond zijn bovenarm. Eenmaal binnen begroette hij de receptioniste en liep naar de lift. Hij drukte op de knop voor de tweede verdieping en wachtte terwijl de schuifdeuren dichtgingen. Op het laatste moment stak iemand zijn voet in de opening.

'Dat was op het nippertje,' hijgde Ruben terwijl hij de krappe cabine in stapte.

John voelde het zweet in zijn oksels. Het beetje deodorant dat daar nog zat had geen effect.

'Wat een afschuwelijke nacht, ik heb geen oog dichtgedaan,' ging zijn chef verder. 'Ik neem aan dat je over Bergvik gehoord hebt?'

'Nee, wat is er gebeurd?'

'Een schietpartij op het dak. Eén dode. Hij is door de glazen koepel naar de begane grond gevallen. We hebben het hele winkelcentrum moeten afzetten.'

'Jezus!' John zocht naar tekenen van nervositeit, maar Ruben leek onbewogen, of misschien speelde hij zijn rol gewoon heel goed. Als John in de schoenen van zijn chef zou staan, zou hij wachten met de arrestatie tot de verdachte zo ver in het gebouw was doorgedrongen dat vluchten onmogelijk was.

Met een plinggeluid bereikte de lift de tweede verdieping. De deuren gleden open en John zette zich schrap voor een confrontatie met een groep geüniformeerde agenten met getrokken wapens. De garderobe was echter verlaten, op een schoonmaker die de vloer dweilde na.

Rubens telefoon ging en na een haastig klopje op Johns schouder verdween hij in zijn kantoor. John liep verder naar de videokamer en keek door het raam naar binnen. Hij zag niemand en het licht was uit. De technicus was nog niet aanwezig, maar er was een groot risico dat de films van Bergvik al op hem wachtten.

John keek om zich heen en haalde zijn kaart door de lezer naast de deur. Het zwakke piepje en het lampje dat rood oplichtte maakten duidelijk dat hij niet naar binnen kon. Hij vloekte zachtjes.

De lift bij de garderobe plingde weer en hij hoorde meerdere stemmen. Zo meteen zou de afdeling vol collega's zijn en dan kon hij het slot onmogelijk forceren. Hoe frustrerend het ook was, hij zou moeten wachten tot na de bespreking voordat hij iets aan de bewakingsfilms kon doen.

Een halfuur later zat de vergaderkamer van de regionale recherche vol. Op het witte scherm werd een foto van het gezicht van de dode achtervolger getoond.

'Deze is genomen op de plaats delict voordat het lichaam verplaatst is,' zei Ruben en hij wees naar een wond op het hoofd van de man.

'Je bedoelt dat hij vanaf het dak in het winkelcentrum gevallen is. Hoe is dat in vredesnaam mogelijk?' zei een van de onderzoekers rond de tafel.

'Het dak is voorzien van koepels waardoor licht binnenvalt. Waarschijnlijk was het glas beschadigd. Het alternatief is dat het kapotgegaan is door een kogel, en dan is er niet veel voor nodig om het te laten barsten.'

'Is hij door het schot of de val overleden?' ging de onderzoeker verder.

Ruben bladerde in zijn notitieboekje. 'De autopsie is nog niet klaar, maar volgens het voorlopige oordeel van de patholoog-anatoom vannacht is de doodsoorzaak een gebroken nek. Voor wat betreft de schietpartij is de man geraakt door twee kogels, een in de schouder en een in de borstkas. We hebben ze gevonden en ze zijn beide in een goede staat. Het resultaat van het ballistische onderzoek volgt later vandaag.'

John voelde het gewicht van de Sig Sauer in de schouderholster onder zijn colbert. De technisch rechercheurs zouden met behulp van de kogels kunnen vaststellen dat de schoten met zo'n model waren afgevuurd. Hij vervloekte zichzelf omdat hij er nooit werk van had gemaakt om een niet-geregistreerd wapen aan te schaffen dat niet 'politie' schreeuwde, zoals het officiële dienstpistool van het Zweedse politiekorps deed.

'De patholoog-anatoom heeft ook aangegeven dat er huidresten onder de nagels van de dode man zaten,' zei Ruben. 'Als we geluk hebben, zijn die afkomstig van de dader. De monsters zijn al naar het NFC gestuurd voor een DNA-analyse.'

John hoorde het rampenkoor in zijn hoofd weer roepen.

Eén hel tegelijk, zei hij tegen zichzelf. Dat was de regel die de instructeur van de FBI hem tijdens zijn opleiding tot veldagent had ingeprent. Als het John lukte om de bewakingsfilm te neutraliseren, zouden zijn collega's hem niet verdenken en dan waren de andere bewijzen niet belangrijk. Er was nog nooit DNA van hem afgenomen en hij kwam niet in het DNA-register voor.

'Is het slachtoffer geïdentificeerd?' vroeg hij om in elk geval alert te lijken.

Ruben toetste iets op de laptop in en de pasfoto van de achtervolger verscheen op het scherm. 'De man had geen identiteitsbewijs bij zich, maar zijn vingerafdrukken komen voor in de database van Europol. Hij heet Stanislaw Panufnik, is een Pool en woont in Hamburg. Ik heb vanochtend contact opgenomen met de politie daar en ze hadden heel veel interessants te vertellen.'

'Zoals?' zei John.

'Blijkbaar werkte hij voor een Nigeriaans drugsnetwerk dat in de VS gevestigd is. Hij wordt verdacht van meerdere moorden, zowel in Duitsland als in zijn geboorteland, maar is nooit veroordeeld.'

'Dat klinkt volkomen krankzinnig,' zei de oudere politieagent die zo hard had gevloekt toen Vackup zijn voordracht over taal en gender had gehouden. 'Een huurmoordenaar van de Nigeriaanse maffia wordt beschoten op het dak van een winkelcentrum in Karlstad. Kan dat echt kloppen?'

'Ja, de Duitsers zijn zeker van hun zaak,' antwoordde Ruben. 'En het lijdt geen twijfel dat ons lijk Stanislaw Panufnik is.'

'Er moeten bewakingscamera's bij Bergvik hangen,' zei de oudere agent.

'Dat klopt, zowel op het parkeerterrein als bij de ingang. Het beveiligingsbedrijf heeft de bestanden een uur geleden naar ons toe gestuurd en die gaan we zo snel mogelijk doornemen.'

John voelde dat de woorden van zijn chef een strop om zijn nek legden die werd dichtgetrokken. Hij wilde naar de videokamer rennen om de beeldschermen met een hamer kapot te slaan.

'Hallo, ben je wakker?'

John voelde dat Ruben naar hem keek. Blijkbaar was hij afgedwaald en had hij het gesprek niet gevolgd.

'Jazeker,' zei hij.

'Goed, zoals ik daarnet al zei zou het goed zijn als je verslag kunt doen van de situatie rond het onderzoek naar de Löfbergs-moord.'

'Er is helaas niet veel te vertellen. Alle surveillancewagens in Värmland zijn op zoek naar Birger Falk, maar we hebben hem of zijn Volvo nog niet gevonden,' zei John. Hij hoopte dat het waar was. Hij had geen kans gehad om er voor de bespreking naar te informeren.

'Heb je daar nog iets aan toe te voegen?' vroeg Ruben.

Het verslag van een lopend onderzoek was normaal gesproken uitvoeriger dan wat John net had verteld. 'Op dit moment niet,' zei hij.

Ruben klapte zijn laptop dicht en stond op van de tafel. 'Oké, dan gaan we aan de slag.'

Het was frustrerend om te lopen terwijl zijn hele lichaam wilde rennen. John maakte zijn passen zo lang mogelijk terwijl hij naar de videokamer liep. Toen hij zag dat de deur op een kier stond, verhoogde hij zijn tempo nog iets en trok de deur zonder te kloppen open.

'Jezus, wat laat je me schrikken,' zei de technicus.

Het haar van de man stond recht overeind, alsof hij zich had verslapen, wat waarschijnlijk ook zo was. Hij leek niet eens tijd gehad te hebben om de gebruikelijke smoothie op weg naar het bureau te halen.

'Sorry,' zei John en hij ademde uit.

De beeldschermen op het grote bureau waren nog zwart.

'Heb je iets speciaals nodig?'

'Ja, kun je een print regelen van het moment waarop Birger Falk zijn hand buiten Löfbergs op de trapleuning legt?' improviseerde John.

'Jazeker, maar daar zul je op moeten wachten,' zei hij. 'Ruben heeft me opdracht gegeven om het beeldmateriaal van de camera's bij Bergvik als eerste te bekijken.'

'Dat begrijp ik. Geen probleem.'

John ging op een lege stoel zitten en verstrengelde zijn handen in zijn nek om te tonen dat hij geen haast had. De technicus keek hem verbaasd aan. Hij had niet bedoeld dat John in zijn kantoor zou blijven wachten, maar in plaats van te protesteren haalde hij zijn schouders op en zette zijn computer aan.

Even later draaiden er meerdere films parallel voor hen. Het ene scherm toonde een overzicht van het parkeerterrein terwijl het tweede was verdeeld in drie kleine kaders met beelden van de ingangen. Het winkelcentrum was nog geopend. De klanten op het grote geasfalteerde terrein leken op groene marsmannetjes in de flakkerende nachtzichtcamera's.

De technicus pauzeerde de films en draaide zich naar John om. 'Ben je bij de ochtendbespreking geweest?'

'Jazeker.'

'Weet je dan misschien hoe laat de man op het dak beschoten is?'

'Het lichaam is om tien uur in het winkelcentrum gevallen, waardoor het alarm afging. Meteen daarna arriveerden de bewakers van het beveiligingsbedrijf,' antwoordde John naar waarheid.

Tegelijkertijd analyseerde hij de situatie. Het was onvermijdelijk dat de Chrysler op de overzichtscamera van het parkeerterrein zou verschijnen, maar de auto was vanaf zo'n afstand gefilmd dat Trevor en hij niet geïdentificeerd zouden kunnen worden.

De close-ups van de ingang naast de supermarkt waren problematischer. Daar was buitenverlichting die de beeldkwaliteit aanzienlijk verbeterde. Gelukkig was de ladder naar het dak niet op de camera te zien, maar misschien was John toch gefilmd terwijl hij bij de auto vandaan liep of ernaartoe ging. Als zijn gezicht duidelijk zichtbaar was, was er stront aan de knikker.

De technicus drukte op een aantal toetsen en liet alle films vanaf 21.30 uur draaien. Het parkeerterrein was verlaten, net als de ingangen. Alleen een plastic tas die in hoog tempo voorbijvloog maakte duidelijk dat de films acht keer sneller dan normaal werden afgespeeld.

Stilte voor de storm, dacht John terwijl hij besefte dat alles zo meteen voorbij kon zijn.

De tijdcode op de overzichtscamera stond op 21.34 uur toen er boven in het scherm een gestalte verscheen. De technicus floot en zette de snelheid op normaal. 'Waar komt hij vandaan? Aan die kant is alleen bos.'

John zweeg en volgde Trevor, die langs de gevel strompelde.

'Kan dat het slachtoffer zijn?' vroeg de technicus.

John boog zich naar voren op de stoel. 'Dat is onmogelijk te zeggen. Het kan iedereen zijn.'

Het groene silhouet naderde de ladder en klom moeizaam naar het dak zonder dat hij gefilmd werd door de camera bij de ingang. Tegelijkertijd verscheen er een nieuwe persoon bij de bosrand op de overzichtscamera.

'En daar hebben we de dader,' zei de technicus.

John corrigeerde de foutieve conclusie niet. Hij humde alleen instemmend. Al snel verdween de achtervolger ook op de ladder en buiten bereik van de camera's.

'Verdomme, we zien niets van wat er op het dak gebeurt,' vloekte de technicus.

Hij wilde de film verder spoelen, maar bedacht zich toen Johns Chrysler het parkeerterrein op reed. 'Heeft die auto met de zaak te maken of rijdt hij daar toevallig?'

'Jouw gok is net zo goed als die van mij,' zei John. Hij staarde als gehypnotiseerd naar het scherm.

De kentekenplaat was niet te lezen op het overzichtsbeeld. De afstand was te groot en de resolutie te slecht, maar het volgende moment passeerde de Chrysler de camera bij de ingang. De auto bleef weliswaar buiten beeld staan, maar de technicus spoelde de film terug en bevroor het beeld. De wazigheid die het gevolg was van de snelheid was niet voldoende om het kenteken te verbergen.

'Yes, daar hebben we hem,' zei de technicus en hij rekte zich uit naar de blocnote op zijn bureau.

John was hem voor. Hij schreef de combinatie van letters en cijfers op, scheurde het vel papier los en stopte het in de zak van zijn colbert.

'Ik neem contact op met het transportagentschap en zorg ervoor dat Ruben de naam van de eigenaar meteen krijgt,' zei hij terwijl hij opstond.

De technicus zag er enigszins teleurgesteld uit, alsof John hem had beroofd van de kans om het goede nieuws aan zijn chef te vertellen. 'Werk jij trouwens aan dit onderzoek?' vroeg hij.

'Nee, formeel niet, maar bij de regionale recherche helpen we elkaar.'

Het rampenkoor kwam op adem en gaf John even uitstel. De meest acute dreiging was afgewend. Op de overzichtscamera zou weliswaar te zien zijn dat hij naar de ladder toe liep, maar hij zou net zomin te identificeren zijn als de twee anderen.

'Wanneer wil je de print hebben?' vroeg de technicus zonder zich om te draaien.

Welke print, dacht John, waarna hij zich de haastig verzonnen smoes herinnerde. 'Dat heeft geen haast, morgen is prima,' zei hij, en hij deed de deur achter zich dicht.

John haastte zich naar de Chrysler, die voor het politiebureau stond. Hij probeerde uit te rekenen hoeveel tijd hij had voordat de videotechnicus Ruben zou tegenkomen en zich zou afvragen waarom John hem niet over de auto op de film had verteld. Hij kon het natuurlijk onmogelijk precies weten, maar meer dan een uur zou het echt niet zijn, en waarschijnlijk korter dan dat.

Het sneeuwde niet meer en John reed het parkeerterrein af in de richting van Hagalund, de woonwijk die het dichtstbij lag. Hij minderde vaart toen hij tussen de woningen reed en keek naar de opritten. Ze waren allemaal leeg, wat niet zo vreemd was. Het was maandag en de bewoners waren naar hun werk.

Bij een bouwvallige woning van bruine bakstenen zag hij de eerste auto staan, een vrij nieuw model Lexus. De bandensporen in de sneeuwwal voor de oprit leken vers en er lag geen sneeuw op het dak. John kon niet uitsluiten dat de auto eerder dezelfde ochtend was gebruikt en reed daarom verder.

Even later zag hij een geschiktere auto in de dichtbebouwde wijk, een Peugeot die gezien de hoeveelheid sneeuw op de motorkap al dagenlang niet had gereden. Hij parkeerde uit het zicht in een dwarsstraat, haalde twee schroevendraaiers uit de gereedschapskist in de kofferbak van de Chrysler en liep naar de oprit terug.

Het was donker achter de ramen van de woning en in de kamer waarvan John vermoedde dat de eigenaar sliep, waren de rolgordijnen dicht. Hij keek om zich heen om te controleren of hij nieuwsgierige buren zag. De omgeving was echter verlaten en hij besloot om naar de auto toe te lopen.

Hij begon met het nummerbord aan de voorkant. Daar kon hij ongestoord op zijn hurken werken omdat de carrosserie het zicht vanaf de straat belemmerde. De ene schroevendraaier paste perfect in de vier koppen van de schroeven waarmee de metalen plaat aan de bumper vastzat. Hij draaide ze los en haalde de kentekenplaat eraf.

De plaat aan de achterkant vormde een groter risico op ontdekking. Hij kwam half overeind, maar zag niemand zijn hond uitlaten of spionerende gezichten achter de ramen van de buurhuizen. Wel hoorde hij het geluid van een naderende motor. Hij hurkte weer achter de Peugeot en zag een vuilnisauto de straat in rijden.

Verdomme, dacht hij. Het zou tijd kosten voordat de vuilnismannen het afval hadden opgehaald, vooral omdat de Zweden hun containers niet naar de stoep hoefden te brengen. Met een slakkengang reden de vuilnismannen door de straat en leegden de containers. Toen ze bij het huis waren waar John zich achter de auto verstopte, hoorde hij ze klagen dat de deksels vastvroren door die verdomde kou.

Nadat de vuilniswagen eindelijk verdwenen was, wachtte John nog een paar minuten voordat hij tevoorschijn durfde te komen om de tweede nummerplaat van de auto te halen. De schroeven gingen deze keer ook gemakkelijk los en al snel kon hij met de twee platen verborgen onder zijn jas naar de Chrysler teruggaan.

Op weg naar het politiebureau stopte hij in een industriegebied en schoof de nummerborden van de Peugeot in de kier van een gesloten container voor metaalafval. Daarna reed hij rechtstreeks naar het bureau en ging hij naar zijn kamer op de tweede verdieping. Hij deed de deur achter zich dicht en keek op de klok. Het uitstapje naar Hagalund had precies zevenendertig minuten geduurd.

Trevors levenloze gezicht in de munitiefabriek verscheen voor zijn geestesoog. Het beeld bevond zich de hele tijd achter zijn oogleden, samen met de beelden van Minette en het kind. Het verdriet verscheurde hem, maar hij mocht het niet toelaten. Niet nu. Hij moest functioneren en dat kon hij niet als hij toegaf aan zijn gevoelens.

John ging achter zijn computer zitten en haalde het briefje met het kentekennummer van de Chrysler uit de binnenzak van zijn colbert. Hij scheurde het in kleine stukjes die hij later door het toilet wilde spoelen. Op een identieke blocnote schreef hij in plaats daarvan het kentekennummer van de Peugeot en zocht het op in het voertuigenregister. De eigenaar heette Sten Pålsson en was in

1941 geboren. John controleerde het adres twee keer. Het kwam overeen met de oprit waar de auto geparkeerd had gestaan.

Hij noteerde de informatie op de blocnote en ging naar Rubens kantoor. Zijn chef was aan het telefoneren, maar gebaarde door het raam dat John binnen mocht komen.

'Laat me raden,' zei Ruben toen hij klaar was met bellen. 'Birger Falk is opgepakt.'

'Helaas niet, maar ik heb nieuws over Bergvik.'

Ruben keek met recht verbaasd. De schietpartij op het dak van het winkelcentrum was tenslotte zijn eigen onderzoek.

'Sorry, maar ik ben naar de videokamer geweest voor een andere kwestie en ben gebleven toen de technicus de films van het parkeerterrein bekeek.'

'Oké, wat heb je te melden?'

Ruben kreeg een verslag van de gebeurtenissen en maakte tegelijkertijd notities op een blocnote.

'Op het dak bevinden zich dus drie personen,' vatte hij samen. 'Het slachtoffer en iemand die lopend uit het bos gekomen is terwijl de derde in een auto arriveert.'

'Ja, daar lijkt het in elk geval op,' zei John.

'Heb je het kentekennummer kunnen controleren?'

'Ja, en helaas lijkt dat een dood spoor te zijn. Volgens het transportagentschap is het kenteken van een Peugeot en dat komt niet overeen met het merk op de film.'

John liet de naam van het automerk bewust weg. Hij hoopte dat Ruben zich tevreden zou stellen met zijn verslag van Bergvik en het bronnenmateriaal niet zelf zou willen inzien. Hij wist waarschijnlijk dat de halve Amerikaan van zijn afdeling in een veel te dure Chrysler reed.

'Wie is de eigenaar?' vroeg Ruben.

'Een oudere man die in Hagalund woont.'

'Op Hagalund.'

John keek verbaasd naar zijn chef.

'Wij zeggen óp Hagalund in plaats van ín, maar dat doet er niet toe. Hoe oud is hij?'

'Hij wordt dit jaar tachtig en is waarschijnlijk niet in staat om op ladders te klimmen en met wapens te zwaaien.'

'Je bedoelt dat de nummerborden gestolen zijn.'

'Waarschijnlijk wel.'

'Tja, dat is niet bepaald een verrassing,' verzuchtte Ruben. 'Maar ik stuur toch een surveillancewagen naar de man toe. Wie weet, misschien heeft hij iets gezien met zijn oude haviksogen.'

'Laten we het hopen,' zei John en hij liep naar de deur.

Ruben stak zijn hand op en vroeg hem om op de bezoekersstoel te gaan zitten. 'Ik had de hoofdcommissaris aan de telefoon toen jij binnenkwam,' zei hij.

'Wat wilde hij?' vroeg John.

'Hij heeft het technisch onderzoeksverslag van de kogels van Bergvik gelezen.'

'Is dat al klaar?'

'Ja, het verslag is een halfuur geleden per mail binnengekomen. Ik heb de belangrijkste details gelezen en heb het vervolgens ter kennisgeving naar de hoofdcommissaris gestuurd.'

'Naar de hoofdcommissaris? Ik wist niet dat hij zich met de details van ons werk bezighield.'

Ruben stond op en draaide de lamellen voor het raam van de gang zo dat niemand zijn kantoor in kon kijken. 'De man is doodgeschoten met een Sig Sauer P226,' zei hij terwijl hij weer op zijn stoel ging zitten.

John trok een verrast gezicht. 'Jezus, weten ze dat zeker?'

'Ja, zoals ik tijdens de bespreking al zei zijn de kogels in een bijzonder goede staat. Je kunt je het humeur van de hoogste baas wel voorstellen na dat bericht.'

John knikte. Dat kon hij inderdaad. De hoofdcommissaris had

een krachtige stem en had de volumeknop tijdens het telefoontje ongetwijfeld vol opengedraaid. 'De politie is niet de enige die dat wapen gebruikt,' bracht hij onder de aandacht.

'Ik heb geprobeerd hem dat te vertellen, maar ik denk niet dat hij luisterde. Het onderwerp ligt natuurlijk nogal gevoelig na wat er afgelopen herfst gebeurd is.'

John besefte dat Ruben zinspeelde op het onderzoek naar Billy, waarin was gebleken dat een politieagent in Karlstad strafbare feiten had gepleegd en het korps was afgekraakt in de media.

'De hoofdcommissaris maakt zich zorgen over wat er gebeurt als de kranten het rapport in handen krijgen,' ging Ruben verder. 'Op dat punt deel ik zijn onrust. "Politiewapen beste spoor in moordonderzoek" is een kop die we op dit moment niet kunnen gebruiken. Daarom wil hij dat we er vanaf het begin bovenop zitten en daadkracht tonen, zodat we iets concreets hebben als de journalisten bellen.'

'En wat zou dat moeten zijn?' vroeg John.

'Hij wil dat we alle politiewapens van dat model in de regio testen.'

John probeerde kalm te blijven. Hij had verwacht dat de kogels een bepaalde spanning op het politiebureau zouden veroorzaken, maar dit niet. De maatregel stond niet in verhouding tot de moeite die ervoor gedaan moest worden. Niets anders in het onderzoek wees tenslotte naar een politieagent als dader. Bovendien kwam het wapen relatief vaak op de zwarte markt voor. 'Is dat echt de juiste manier?' vroeg hij. 'Lijken we niet nog schuldiger als we het hele korps daardoor verdacht maken?'

Ruben glimlachte verontschuldigend naar hem. 'Integendeel. De politie is een transparante organisatie. We moeten tonen dat we niet bang zijn om onszelf kritisch door te lichten.'

John kende de uitdrukking niet, maar hij snapte de betekenis en die provoceerde hem. In New York zouden zijn collega's de autobanden van een hoofdcommissaris die zijn werknemers om zulke vage redenen in de steek zou laten lekgeprikt hebben. Maar in Zweden gebeurde dat niet. Hier was het gebrek aan ruggengraat een nationaal trekje en daardoor zou John rechtstreeks naar de gevangenis gaan.

'Je mag me jouw wapen meteen geven,' zei Ruben en hij stak zijn hand uit.

John voelde de schouderholster onder het colbert tegen zijn lichaam. Hij had minder getraind nadat hij in Zweden was gearriveerd. Zijn borstomvang was kleiner en zijn pak zat losser dan toen hij het bij zijn kleermaker in Mulberry Street had gepast. Als hij niet naar achteren leunde op de stoel, zou de omtrek van het pistool niet zichtbaar zijn. 'Dat heb ik vanochtend per ongeluk thuis laten liggen,' zei hij.

Ruben wierp hem een beschuldigende blik toe. 'Je weet dat je dienstwapen in je kast op het politiebureau bewaard moet worden als je geen dienst hebt.'

'Dat weet ik inderdaad, maar het is deze keer misgegaan. Je krijgt hem morgenochtend vroeg.'

John duwde zijn dijbenen in het kussen van de stoel en hoopte dat zijn chef genoegen zou nemen met het antwoord. Hoeveel dienstpistolen van het model Sig Sauer P226 waren er eigenlijk in Värmland? Dat moesten er honderden zijn, wat betekende dat het NFC meerdere dagen bezig zou zijn om ze allemaal te testen. Hoe verder in de rij Johns wapen belandde, des te meer tijd won hij.

Ruben wilde antwoord geven, maar werd onderbroken door een hard en enthousiast kloppen op de deur. Degene die in de gang stond wilde heel graag naar binnen. Hij knikte naar John om de deur te openen. John stond op en liet de kalende man van de meldkamer binnen.

'Fijn dat jij hier ook bent,' zei hij met een blik op John. 'Ik ben eerst bij jouw kantoor geweest. We hebben net een telefoontje binnengekregen over een verlaten Volvo in het bos op Hammarö.'

24

Alicia had ervan afgezien om de Volvo te verbranden. Dat idee was tijdens haar dronkenschap ontstaan. Als het haar inderdaad lukte om de auto in brand te steken, zou de rookontwikkeling naar alle waarschijnlijkheid worden opgemerkt door de mensen die in de omgeving woonden. De brandweer zou komen om het vuur te doven voordat de DNA-sporen en vingerafdrukken waren vernietigd.

Haar enige kans om niet voor moord te worden veroordeeld was om de auto helemaal te laten verdwijnen, met inbegrip van het lijk dat in de kofferbak lag. Zolang Birger Falk niet werd gevonden, zou de politie ervan uitgaan dat hij zich uit vrije wil verborg. Hij werd tenslotte gezocht voor moord.

Alicia minderde vaart in de auto die ze had gehuurd van een bedrijf in de Drottninggatan en stopte voor een van de rode verkeerslichten in het centrum. Ze had geluk gehad dat er op zo'n korte termijn een Land Rover beschikbaar was geweest. Bovendien was de auto voorzien van een handgeschakelde versnellingsbak en vierwielaandrijving. Ze wist echter niet of de motor krachtig genoeg was om de Volvo naar boven te trekken. De helling waar ze de roestbak vanaf had geduwd was lang, steil en – voor zover ze zich dat herinnerde – heel glad.

Nadat Alicia het centrum achter zich had gelaten en Hammarö op gereden was, stopte ze bij een bushalte. Ze liet het stuur los, begroef haar gezicht in haar handen en deed haar ogen stevig dicht. Waar was ze in vredesnaam mee bezig? Verbeeldde ze zich echt dat er een mogelijkheid was om te kunnen ontsnappen? Stella had de prijs voor wat ze hadden gedaan al betaald. Misschien moest ze het gewoon opgeven en accepteren dat het nu haar beurt was.

Acht jaar eerder

Het was halfvijf 's ochtends en het Läkerol-doosje met ecstasypillen was leeg. Stella danste in de grote zaal op een oud nummer van Madonna terwijl haar vriendin op een van de antieke fauteuils in slaap was gevallen. Alicia liep de trap op naar de bovenverdieping om eveneens een slaapplek te zoeken toen ze de stem van haar zus boven de dreunende muziek uit hoorde. 'Wacht, we gaan zwemmen!'

Alicia draaide zich om en schudde haar hoofd, maar zoals gewoonlijk accepteerde Stella geen nee. Ze liep de trap met een paar snelle stappen op en sloeg haar arm om Alicia's schouders. 'Ga mee, het wordt hartstikke leuk. We nemen de auto, dan kunnen we daar na het zwemmen in slapen.'

'We kunnen nu niet rijden.'

'Jawel, het is niet zo ver. Ik weet waar het meer ligt, het is maar twee kilometer of zo.' Stella boerde tequila op en lachte om haar eigen adem. 'Jezus, wat stink ik. En jij ook. We moeten zwemmen!'

Stella wankelde en Alicia besefte hoe weinig ervoor nodig was om haar van de trap te laten vallen. Een zacht duwtje, vermomd als een omhelzing. Niemand zou iets merken, misschien Stella zelf niet eens. Als ze het tenminste overleefde. De traptreden waren van graniet en hard genoeg om een schedel te laten barsten. 'Kunnen we niet gewoon gaan slapen?' zei Alicia terwijl ze met haar ogen knipperde om het beeld van haar netvlies te krijgen.

'Ben je boos vanwege die kus?' vroeg Stella. 'Ik kon niet weten dat hij zich zo belachelijk zou gedragen, maar ik ben voor je opgekomen, of niet soms? Ik heb die klootzak de waarheid gezegd.'

'Dat is het niet.'

'Wat is het dan?'

'Ik ben gewoon doodmoe.'

'Je knapt op door het water. Het is ook goed tegen de kater. Kom op.'

Stella nam Alicia mee de trap af en trok haar naar de stoel waarop haar vriendin lag te slapen. 'Nu hoeven we alleen dit lijk nog tot leven te wekken,' lachte ze. Ze schopte tegen haar benen. 'Elin, wakker worden!'

Haar vriendin keek met een wazige blik naar hen. Haar make-up was uitgelopen op haar normaal gesproken zo keurig opgemaakte gezicht. 'Wat is er?' mompelde ze.

'We gaan zwemmen,' zei Stella.

Ze trok Elin van de stoel en vroeg Alicia om te helpen. Ook tengere lichamen werden zwaar in bewusteloze toestand en ze moesten kracht zetten om haar over de vloer te kunnen slepen. In de frisse buitenlucht kwam Elin bij haar positieven en kon ze op eigen kracht de trap af komen.

Toen ze nog maar een paar meter naar de auto hoefden te lopen, begon ze weer te wankelen. Alicia ving haar op en riep naar Stella dat ze het portier van de oude Honda moest openen, waarna ze haar samen op de achterbank duwden. Haar benen staken nog naar buiten, zodat ze die dubbel moesten vouwen om het portier dicht te kunnen doen.

'Als ze begint te kotsen, mag ze het zelf opruimen,' zei Stella. Ze gooide de sleutel naar Alicia toe, die hem met tegenzin opving.

Ze wist dat het een slecht idee was om te gaan zwemmen, maar het had geen zin om tegen Stella in te gaan. Ze zou waarschijnlijk boos worden en zelf helemaal naar Karlstad terugrijden. Gezien alle alcohol en ecstasy in haar bloed zou dat op een ramp uitlopen.

'Kom je nog?' riep Stella, die al op de passagiersstoel was gaan zitten.

Alicia zuchtte en nam achter het stuur plaats. Ze deed haar veiligheidsgordel om en zag dat haar zus hetzelfde deed. 'Volg de weg gewoon, dan zeg ik het als je af moet slaan,' zei Stella.

Alicia draaide de sleutel om en reed tussen de hekpalen door de weg op. Toen de gevelverlichting van het landhuis in de achteruitkijkspiegel verdween, merkte ze pas hoe donker het was. Het licht van de koplampen op de grindweg was hypnotiserend en Alicia voelde dat zij ook meer had gedronken dan goed voor haar was. Ze was niet zo dronken als Stella en Elin, maar had veel meer gedronken dan achter het stuur was toegestaan. 'Zijn we er bijna?' vroeg ze.

Stella trommelde met haar voeten op de rubbermat onder het dashboardkastje. 'Jazeker, nog maar een klein stukje. Ik zag een bord toen we hiernaartoe reden.'

Alicia wist niet of haar zus het verzon of de waarheid sprak. Ze besloot om niet verder te rijden dan de kruising, waar de grindweg uitkwam op de geasfalteerde provinciale weg. Als ze de zwemplek dan nog niet hadden gevonden, zou ze de auto parkeren en op een andere manier naar huis gaan. De vroege ochtendbussen zouden binnen niet al te lange tijd gaan rijden en er was vast en zeker een halte in de buurt.

Stella draaide zich om naar de achterbank en kietelde Elin. Haar vriendin mompelde iets en sloeg naar de hand die haar in haar slaap stoorde.

'Kun je gewoon stil blijven zitten en zeggen waar we af moeten slaan?' zei Alicia.

'Jezus, wat ben je chagrijnig,' zei Stella, waarna ze Alicia ook kietelde.

De Honda slingerde en de rechterwielen kwamen in de berm terecht, maar het lukte Alicia om de auto zonder te slippen weer op de weg te krijgen. 'Stop daar verdomme mee,' snauwde ze.

'Het spijt me verschrikkelijk dat ik probeer om iedereen wat op te vrolijken.' Stella boog zich naar voren, zette de radio aan, zapte tussen de zenders tot ze een geschikt nummer had gevonden en zette het geluid zo hard dat het pijn deed aan Alicia's trommelvliezen.

Ze zocht naar de bediening van de antieke radio en zette het geluid zachter. Toen ze weer naar de weg keek, zag ze een paar doodsbange ogen in het licht van de koplampen. Een vrouw op een fiets was vanuit het niets boven op de heuvel verschenen.

Het volgende moment raakte de bumper van de Honda het voorwiel. Het lichaam van de vrouw werd in een boog over de auto geslingerd en kwam in het grind achter hen terecht.

Alicia drukte het rempedaal abrupt in, waardoor de wielen blokkeerden. De auto gleed naar de linkerkant van de weg en ze voelde hoe de veiligheidsgordel haar op de bestuurdersstoel hield terwijl de voorkant in de greppel terechtkwam.

Tegelijkertijd explodeerde de pijn in haar nek. Elin werd tussen de stoelen naar voren geslingerd en botste tegen Alicia aan, waarna ze tegen de voorruit klapte. Stella gaf een gil toen Elins lichaam van het dashboard op haar schoot gleed. Alicia gilde ook, in eerste instantie zonder dat ze zich daarvan bewust was. Pas toen de lucht in haar keel op was, zweeg ze.

De chaos om hen heen loste op en het werd donker en stil. De radio zweeg en de koplampen werkten niet meer. Alicia probeerde haar hoofd te bewegen. Het deed pijn, maar het lukte.

'Shit, shit, shit,' mompelde Stella. Ze wiegde heen en weer op de stoel met haar handen geheven om het bloed dat door de stof van de jurk van haar vriendin drong niet aan te hoeven raken.

'Ik moet hier weg, ik krijg geen lucht!' schreeuwde ze en ze rukte aan het portier.

Dat zat vast en ging niet open.

'Ik probeer mijn kant,' zei Alicia met haar hand op de deurkruk.

De hoek waarin de auto stond bood weerstand, maar uiteindelijk lukte het haar om het portier open te duwen en naar buiten te klimmen. Stella volgde haar voorbeeld en schoof over Elins benen om niet in de auto te hoeven blijven.

De zussen bleven een paar meter bij de Honda vandaan een tijd naast elkaar staan. Ze ademden de vochtige nachtlucht van het bos in tot het onvermijdelijke niet langer uitgesteld kon worden.

'We moeten controleren hoe het met ze is,' zei Alicia.

Stella knikte en liep naar de auto terug om haar vriendin te onderzoeken. Alicia volgde het remspoor van de auto in het grind. Haar telefoon werkte nog en de ingebouwde zaklamp verlichtte een smalle strook in het donker. De reflectoren van de spaken van de fiets glansden een stuk verder weg op het grind. Het was een verontrustend lang stuk, dacht ze. Hoe hard had ze eigenlijk gereden?

Alicia liep zo snel als de pijn in haar nek toeliet. Toen ze bij de fiets was, lag de vrouw niet ver daarvandaan met haar gezicht naar boven gekeerd. Ze was ouder dan Alicia had verwacht, ergens in de vijftig. Haar grijze haar was op sommige plekken rood door het bloed dat uit haar slaap stroomde.

'Hoe is het met haar?' riep Stella bij de auto.

Alicia probeerde antwoord te geven, maar de woorden bleven in haar keel steken. 'Ik weet het niet...' snikte ze toen haar zus dichterbij kwam.

'Wat weet je niet?'

'Of ze leeft. Misschien heb ik haar vermoord.'

Stella keek naar de roerloze vrouw op het grind, waarna ze haar arm om Alicia heen sloeg. 'Kalm maar,' suste ze haar zus. 'We moeten voorzichtig zijn met wat we zeggen.' Haar stem was verrassend beheerst.

Ze nam Alicia mee naar een steen naast de weg, waarop ze kon zitten. 'Hoe is het met je nek?'

Alicia legde haar hand erop. Ze was bijna vergeten dat het pijn deed. 'Het gaat wel,' zei ze, om het volgende moment te bedenken wat ze nog meer was vergeten. 'Hoe is het met Elin?' Alicia ging staan en wilde naar de auto rennen, maar Stella hield haar tegen.

'Het komt goed met haar,' zei ze. 'Ze heeft in elk geval een hartslag, dat heb ik gecontroleerd.'

Alicia leunde met haar hoofd tegen de neksteun van de huurauto en probeerde te ontspannen. Ze had op dit moment te veel problemen om zich bezig te houden met wat er destijds was gebeurd. Toch kon ze het niet laten.

De tranen stroomden over haar wangen toen ze dacht aan de fietser die ze in de buurt van het landhuis in Kristinehamn had aangereden. De vrouw was ter plekke doodverklaard terwijl Stella's vriendin met een ambulance naar de spoedeisende hulp in Karlstad was gebracht.

Alicia herinnerde zich de weken na het ongeluk. Ze wilde bij Elin op bezoek in het ziekenhuis, maar Stella had geweigerd om mee te gaan. Uiteindelijk werden de schuldgevoelens te zwaar om te dragen en was ze alleen gegaan.

Al op het moment dat Alicia de zaal in liep, had ze er spijt van. Elins hoofd was zo dik verbonden dat alleen haar bloeddoorlopen ogen en gezwollen lippen zichtbaar waren. Het beeld had zich vastgezet op haar netvlies en zou nooit meer verdwijnen.

Hetzelfde gold voor Elins vader, die met een asgrauw gezicht op de bezoekersstoel naast het bed zat. Hij boog zich over zijn dochter heen en hield een rietje bij haar mond zodat ze van de vloeibare voeding kon drinken. Fluisterend legde hij aan Alicia uit hoe ernstig haar verwondingen waren. De botstructuur van het gezicht was op meerdere plekken verbrijzeld en de inwendige bloedingen waren aanzienlijk.

Alicia herinnerde zich dat ze naar het hoofdeinde van het bed was gelopen en zo was gaan staan dat Elin haar kon zien. Haar ogen begonnen te stralen, maar stonden het volgende moment weer dof.

'Waar is Stella?'

Dat was het enige wat ze met haar hese stem zei. Drie woorden die sindsdien in Alicia's hoofd echoden. Ze kon zich niet herinneren wat ze had geantwoord, maar nam aan dat het een leugen was, dat haar zus het heel druk had en de volgende keer absoluut mee zou komen of zo.

Terwijl Alicia op weg naar de uitgang door de ziekenhuisgang liep, had ze een beslissing genomen. Ze zou zich precies zoals Stella gedragen: alles vergeten en verdergaan. Anders zou ze in een zinkgat verdwijnen en daar misschien nooit meer uit komen.

Alicia schrok toen ze het geluid van een claxon hoorde. Ze keek in de achteruitkijkspiegel en kneep haar ogen tot spleetjes door het grote licht van een stadsbus die de bushalte op wilde rijden. Geïrriteerd spreidde ze haar armen en drukte het gaspedaal zo hard in dat de Land Rover slippend de weg op reed.

Acht jaar geleden was er geen alternatief geweest – en dat was er nu ook niet. Ze moest doen wat ze kon om een langdurige gevangenisstraf te voorkomen. Een verblijf in een vrouwengevangenis zou ze niet overleven.

Een paar kilometer later wist Alicia niet goed meer hoe ze moest rijden. De ironie daarvan was overduidelijk. Ze was niet in staat om de auto te lokaliseren terwijl ze doodsbang was dat iemand anders hem zou vinden.

Ineens zag ze echter een grote stal met een dak dat in het midden was ingestort. Het gebouw had zich blijkbaar in haar geheugen vastgezet, want ze herkende het en wist dat het gebied met vakantiewoningen achter de volgende bocht lag.

Ze vond de afslag, maar stopte abrupt voor de onverharde weg. Diepe bandensporen leidden het bos in. Alicia wist zeker dat het had gesneeuwd nadat ze hier was geweest. Twee keer zelfs, en de neerslag was ruim voldoende geweest om de sporen van de Volvo op te vullen.

Dat betekende dat iemand anders hier na haar was geweest. Nee, hier nog wás, als het diegene tenminste niet was gelukt om in precies dezelfde bandensporen terug te rijden.

Alicia reed een stukje verder en parkeerde de auto in de berm. Vervolgens liep ze langs de greppel terug en sloeg af naar de bosweg. Waarschijnlijk was het gewoon de eigenaar van een van de vakantiewoningen die zijn eigendom wilde controleren. Dat hoopte ze tenminste. Ze was van plan om de bezoeker te vinden, te wachten tot hij of zij wegreed en daarna de Land Rover op te halen om aan de berging van de Volvo te beginnen.

Toen Alicia de eerste woning zag, deed ze een paar stappen opzij en ploegde ze naast de weg verder door de sneeuw. Hier waren dikke boomstammen waarachter ze zich kon verstoppen. Ze naderde een geel geschilderd huisje met een besneeuwde barbecue op het terras. Er was niemand te zien en de bandensporen liepen verder het bos in.

Naarmate Alicia meer verlaten vakantiehuisjes passeerde, nam haar ongerustheid toe. Haar winterschoenen zakten weg in de diepe sneeuw die in de kier tussen het leer en haar ingestopte spijkerbroek drong. Plotseling besefte ze dat hier geen elektriciteitspalen meer stonden, wat maar één ding kon betekenen.

Ze was het laatste huisje gepasseerd.

Toch gingen de bandensporen verder.

Onverbiddelijk.

Naar een witte Volvo met een dode man in de kofferbak.

Alicia pakte een hand sneeuw van een tak en wreef ermee in haar gezicht. De kou brandde tegen het littekenweefsel en de huidspecialisten van de afdeling Dermatologie zouden waarschijnlijk tegen haar uitvaren als ze wisten wat ze aan het doen was.

Ze ging sneller lopen en het viel haar op dat de bomen hier verder uit elkaar stonden. Even later zag ze het plateau waarvandaan de afdaling begon.

Daar, op de top van de heuvel, stond een zwarte auto.

Alicia hurkte achter een steen die groot genoeg was om zich te verbergen. Voorzichtig keek ze eromheen en bestudeerde het voertuig. De lak glansde en de wielbasis was zo breed dat het pad nauwelijks voldoende plaats bood aan de banden.

Alicia luisterde of ze mensen hoorde, maar het was doodstil in het bos. Waarschijnlijk was de chauffeur de helling naar de keerplaats af gelopen om de verlaten Volvo te bekijken.

Ze liep verder langs de greppel en slaagde erin zo ver naar boven te lopen dat ze vrij zicht had.

De man die ze bij de auto zag staan was een bekende.

Het was de politieagent die bij haar langs was geweest om te vertellen dat haar zus dood was.

Alicia was niet in staat om te bewegen. Ze was zich ervan bewust dat haar leven op het punt stond in te storten. Of liever gezegd, dat haar leven zojuist ingestort was.

Dit was einde verhaal.

Game Over en Syntax Error op hetzelfde moment.

Ze zag dat de politieagent het portier aan de bestuurderskant opende en zich naar binnen boog. Het was maar een kwestie van minuten – of seconden – voordat hij naar de kofferbak zou lopen.

Alicia draaide zich om en begon naar de Land Rover terug te lopen. Ze wilde niet zien hoe de man naar achteren deinsde als hij het lijk zag. Hij zou versterking oproepen. Mannen en vrouwen in witte overalls zouden elke millimeter van de Volvo onderzoeken en de sporen die zij had achtergelaten veiligstellen.

Haar hele lichaam trilde. Ze verlangde naar alcohol, naar het brandende gevoel in haar keel en de rust in haar borstkas. Maar de laatste keer dat ze had gedronken om haar problemen op te lossen was het ermee geëindigd dat ze een jerrycan benzine over zichzelf heen had gegoten.

Ratko, dacht ze terwijl ze door de diepe sneeuw baggerde.

Het was vernederend dat hij haar in die staat had gezien, maar tegelijkertijd was ze dankbaar dat hij degene was die haar op de bank had aangetroffen.

Alicia geloofde niet in het lot. Toch was het alsof de hogere machten hadden ingegrepen om hen weer bij elkaar te brengen. Ze kon niet vergeten wat hij vanochtend in bed tegen haar had gezegd. Dat zij hun relatie had verbroken en niet andersom. Misschien waren de brandwonden uiteindelijk alleen een hindernis geweest die ze voor zichzelf had opgeworpen.

Ze moest met hem praten.

Ze had iemand aan haar kant nodig als de politie haar arresteerde. Iemand die begreep dat het zelfverdediging was geweest, een kwestie van leven of dood.

Dat het haar schuld niet was.

25

John deed een stap naar achteren en keek naar de witte Volvo. Het kenteken klopte. Normaal gesproken zou de auto de bloedhond in hem hebben gewekt en zou hij nog harder gewerkt hebben nu hij de dader op het spoor begon te komen, maar vandaag niet. Hij had geen enkele belangstelling voor Birger Falk en de moord in koffiebranderij Löfbergs. De enigen aan wie hij dacht waren Trevor, Minette en het kind dat zonder haar ouders zou opgroeien.

En aan het wapen natuurlijk. Het pistool in de schouderholster dat hij de volgende dag aan Ruben moest overhandigen voor een test die niet mocht plaatsvinden.

Alles wat mis kon gaan, was ook misgegaan, en nu stampte hij rond tussen de struiken en was hij ten einde raad. John hoopte dat de wandelaar die de auto had gevonden niet had gemerkt hoe afwezig hij was geweest. De man had op de vindplaats gewacht en had teleurgesteld geleken toen hij na maar een paar korte vragen met een 'bedankt voor de hulp' was weggestuurd.

John keek naar de top van de heuvel, waar de Chrysler geparkeerd stond. Hij durfde bijna te zweren dat hij daar zojuist een haastig verdwijnende schaduw had gezien. Dat was natuurlijk verbeelding geweest. Of misschien was de wandelaar teruggekomen om het politiewerk van een afstand te volgen.

John overwoog de meldkamer te bellen om de technisch rechercheurs het nu al te laten overnemen, maar hij had nog niet in de kofferbak gekeken en dat moest hij natuurlijk doen voordat hij de specialisten erbij haalde. Al was het alleen al om niet onverschillig tegenover zijn eigen onderzoek te lijken.

John liep om de auto heen en probeerde de kofferbak te openen. Het was onmogelijk te bepalen of die op slot of vastgevroren was. Hij haalde de sleutel uit het contactslot en stak hem in het slot van de kofferbak. Een onwillige klik klonk toen het mechanisme in de kou bewoog.

Hij pakte het metaal met twee handen vast en trok zo hard mogelijk. Pas hij de derde poging liet de vorst los en ging de klep open.

Het gezicht dat naar hem staarde was bevroren. De wenkbrauwen waren wit door de rijp en de huid glansde in meerdere tinten blauw.

John deed een paar stappen naar achteren om op adem te komen. Hij had niet alleen Birger Falks auto gevonden, maar ook de eigenaar.

Zelfs als je het met New York vergeleek, was de wending in het onderzoek verbazingwekkend. Als de ene moord was opgelost, verscheen er in plaats daarvan een nieuw lijk. Het leed geen twijfel dat Falk was vermoord. Het lichaam had een wond in de hals en had duidelijk een aanzienlijke hoeveelheid bloed verloren.

John besefte dat hij over de volgende stap in het onderzoek moest nadenken, moest voorzien welke maatregelen de regionale recherche dichter bij de oplossing van het raadsel zouden brengen. Toch werd zijn brein in beslag genomen door een andere gedachte. Die was niet mooi, maar zou hem misschien een mogelijkheid geven om zich te bevrijden uit de strop die Ruben onbewust rond zijn nek had gelegd.

Na de schietpartij op het dak van Bergvik besefte hij dat de wet, in strikt juridische zin, niet langer zijn leidraad was. In plaats daarvan volgde hij een zelfbedachte moraalfilosofie die ervan uitging dat het meeste was toegestaan om zijn eigen vrijheid en overleven te waarborgen. Hij troostte zichzelf ermee dat de meeste mensen er waarschijnlijk zo over dachten, als puntje bij paaltje kwam.

John keek weer naar de top van de heuvel om zich ervan te verzekeren dat hij alleen was. Daarna sloeg hij het deksel dicht, deed hem op slot en stak de sleutel in het contactslot.

Hij dacht aan de vakantiehuisjes die hij daarstraks was gepasseerd. Hadden er geen zakken met bouwafval op de veranda van een van de huisjes gestaan? John liep de heuvel op en volgde de bandensporen van de Chrysler in de richting van het renovatieproject.

Toen hij het gele huisje zag, baggerde hij er door de sneeuw naartoe en voelde aan de voordeur. Die was op slot. John liep om het huisje heen en keek aan de achterkant door een van de ramen. Op de vloer lag een stapel gezaagde planken met groeven waar vermoedelijk een nieuw wandpaneel van gemaakt zou worden. Op de tafel ernaast stonden meerdere elektrische apparaten, waaronder een haakse slijper.

John bedankte de hogere machten voor de stommiteit van de eigenaar. De apparaten waren gewilde objecten om te stelen en alleen een idioot zou ze laten liggen. Hij sloeg het raam kapot met een steen, maakte de haken los en klom naar binnen.

In het huisje nam hij de haakse slijper mee naar de keuken en stopte de stekker in het stopcontact. Op de plank boven het aanrecht lag een zonnebril. Eén pootje was weg, maar hij bleef toch redelijk op het puntje van zijn neus zitten. Hij legde zijn dienstwapen op een snijplank en hield de roterende slijpschijf bij het serienummer dat in het staal was gegraveerd.

Het regende vonken toen de oppervlakken elkaar ontmoetten. Johns leren handschoenen kregen lelijke brandplekken, maar beschermden zijn handen. Na een tijdje begon het vies te ruiken en hij pauzeerde om zijn werk te bekijken.

De cijfers waren bijna verdwenen. Als de haakse slijper nog iets dieper in het staal zou doordringen, was het onmogelijk om ze nog te ontcijferen.

John zette de zonnebril recht en bewerkte de Sig Sauer weer met de haakse slijper. Het zou zoveel gemakkelijker zijn geweest als hij een bankschroef had gehad om het wapen in vast te zetten. Nu moest hij proberen hem met één hand tegen te houden terwijl hij met de andere hand kracht zette.

Toen zijn armen trilden door het melkzuur moest hij stoppen. Het apparaat zweeg en hij bekeek de diepe slijpsporen.

Het serienummer was volkomen verdwenen.

Hij maakte het wapen schoon met sterkedrank die hij in een hoekkast vond, pakte een paar wattenstaafjes uit een verpakking in de badkamer en verliet het huisje.

Na een korte wandeling was hij bij de Volvo terug. Toen John de kofferbak opnieuw opende, besefte hij dat hij was vergeten om de handen van de man te onderzoeken. Als die gebald waren, zou hij de vingers nooit kunnen strekken zonder ze te beschadigen, wat bij de autopsie ontdekt zou worden.

John haalde diep adem en keek naar het dode lichaam.

Beide handen waren geopend.

Hij gebruikte het wattenstaafje om een klodder vet uit de bewegende delen van het dienstpistool te halen. Daarna bracht hij dat op de kolf aan en rolde de Sig Sauer voorzichtig langs de bevroren handpalm en vingertoppen van de man. Het resultaat was beter dan hij had durven hopen. De afdruk was duidelijk te zien toen hij het wapen voorzichtig tussen duim en wijsvinger tegen de bleke winterhemel hield.

John liep naar de passagiersstoel, opende het dashboardkastje en legde het pistool erin. Op dat moment zag hij een oud draagbaar GPS-navigatiesysteem. Dat kon niet in de auto blijven. Het risico bestond dat de technisch rechercheurs data zouden vinden die Birger Falk op het tijdstip van de schoten op een andere plek dan het dak van Bergvik zouden plaatsen. John nam het scherm en de bijbehorende oplaadkabel mee naar de achterkant van de Chrysler, waar hij de spullen onder de mat op de vloer voor de achterbank verstopte.

Met zijn rug tegen het gesloten bestuurdersportier geleund keek hij naar de keerplaats en de sparrenaanplant. Een ree en haar kalfje aten van de planten en twee verwarde eekhoorns leken zich af te vragen waar de hoge bomen waren gebleven. Een telefoongesprek was alles wat nodig was om de vredige plek in een krioelende plaats delict te veranderen.

John wist dat het onderzoek een nieuwe wending zou krijgen zodra het NFC de Sig Sauer in het dashboardkastje had getest en had gematcht met de kogels van het winkelcentrum. De hoofdcommissaris zou het verzamelen van de dienstwapens afblazen en Ruben zou onderzoek doen naar een vals spoor, waarna het vooronderzoek op een bepaald moment gesloten zou worden.

Johns eigen onderzoek naar de moord op Stella Bjelke zou hetzelfde lot treffen, maar om een andere reden. Birger Falk was dood en er kon geen aanklacht meer tegen hem ingediend worden. Als de hele zaak achter hem lag, kon John ontslag nemen bij de regionale recherche in Karlstad en het land onder gecontroleerde omstandigheden verlaten. Zonder te worden opgejaagd door de politie of Ganiru's huurmoordenaars.

Misschien was het leven dat hij voor zich had gezien, als een anoniem gezicht in een bruisende grote stad op het continent, toch niet onbereikbaar.

John haalde zijn telefoon uit zijn jaszak, trok zijn handschoenen uit en toetste een nummer in.

26

Toen Ratko zijn telefoon niet opnam, was Alicia naar de eerste plek gereden die in haar hoofd was opgekomen. De televisie in pizzeria Palermo zond zoals gewoonlijk voetbal uit, maar de plekken voor het grote scherm waren leeg, net als de meeste andere stoelen in de zaak. Het restaurant kwam op adem tussen de late lunchgasten en de bezoekers die voor een vroege avondmaaltijd arriveerden.

Ze liep naar de toonbank en drukte op de bel bij de kassa. De vrouw die uit de keuken kwam was jong, niet eens twintig. Alicia wist dat ze af en toe meehielp in Palermo. De voetbalfanaten dronken meer als zij er was, had Ratko verteld, hoewel ze hen als oud vuil behandelde.

'Is de baas aanwezig?' vroeg Alicia.

'Nee, hij werkt vandaag in Safir.'

'Komt hij voor die tijd nog hiernaartoe?'

'Dat denk ik niet. Wil je iets eten of drinken?' De serveerster leek graag terug te willen gaan naar waar ze in de keuken mee bezig was en dat blijkbaar belangrijker was dan de gasten van Palermo.

'Nee,' antwoordde Alicia kortaf en ze liep naar de deur.

De Land Rover stond voor het restaurant geparkeerd en het zou niet veel tijd kosten om naar de nachtclub in de stad te rijden. Op dat moment kwam er een bekend gezicht uit de toiletruimte. Linda liep naar een van de raamtafeltjes en nam plaats achter een half opgegeten pizza die op het bord op haar wachtte. 'Hallo, jij ook hier?' zei ze toen Alicia naar haar toe liep. Haar stem was net zo tjilpend als anders.

Wat was er mis met haar? Dacht de Freak dat ze kon doen wat ze wilde zonder dat het consequenties had? 'Waar ben je eigenlijk mee bezig?' vroeg Alicia terwijl ze zich over de tafel boog.

'Wat bedoel je?'

'Waarom heb je ingebroken in mijn huis?'

Linda stopte met kauwen. 'Alicia, ik heb niet ingebroken. De kelderdeur was open en ik had het ijskoud. Dat heb ik je verteld.'

'Waarom was je daar trouwens?'

'Omdat ik ongerust over je was. Alsjeblieft, waar gaat dit over?'

'Dat weet je heel goed,' snauwde Alicia. 'Waarom heb je op mijn muur geschreven?'

Linda trok haar wenkbrauwen op en kon geen woord uitbrengen.

'Het is een simpele vraag. Waarom heb je dat gedaan?'

'Het spijt me, maar ik weet niet waar je het over hebt. Ik heb niks op een muur geschreven.'

'Lieg niet. Wat wil je verdomme van me?'

'Ik lieg niet, je moet me geloven.' Linda stak haar handen naar haar uit.

'Je lult!' riep Alicia en ze sloeg de dikke vingers weg.

De serveerster had haar blijkbaar gehoord, want de zelfingenomen trut verscheen weer achter de toonbank. 'Is alles in orde?'

'Alles is prima, zolang jij je niet bemoeit met dingen die je niet aangaan,' zei Alicia.

'Prima, maar dan moet je kalmeren. Je stoort de andere gasten.'

'Welke andere gasten? Er is hier niemand!'

'Stop gewoon met schreeuwen, dat is het enige wat ik zeg.' De serveerster rolde met haar ogen en verdween weer naar de keuken.

'Als ik geweten had dat je boos zou worden, was ik nooit naar binnen gegaan om op te warmen,' zei Linda. 'We zijn vriendinnen, dus dacht ik dat je het geen probleem zou vinden.'

Alicia keek haar strak aan. 'Wat denk je dat ik gedaan heb?'

'Alsjeblieft...'

'Heb je met de politie gepraat?'

Linda schudde haar hoofd verbaasd. 'Waarom zou ik dat doen? Als iemand je huis heeft vernield, ben jij degene die de politie moet bellen en niet ik.'

Alicia observeerde het met plastische chirurgie verbouwde gezicht met de dikke lippen die glansden van het vet van de gesmolten kaas. De leugens werden zo vakkundig verteld dat ze zich bijna liet misleiden. Het was toneelspel van een niveau waartoe ze deze vulgaire vrouw niet in staat had geacht.

'Alicia, je weet dat je alles met me kunt bespreken en dat ik luister,' ging Linda verder terwijl ze haar handen opnieuw uitstak. 'Wat stond er op de muur?'

De Freak wilde blijkbaar doorgaan met deze schijnvertoning, maar Alicia weigerde eraan mee te doen. 'Het is jouw zaak niet,' zei ze en ze stampte naar de uitgang.

'Je kunt toch vertellen wat er aan de hand is? Ik wil je alleen helpen.'

Alicia bleef abrupt staan en draaide zich om. 'Donder verdomme op!' schreeuwde ze.

In de auto voor Palermo verdween haar boosheid. Het was onzinnig om meer tijd en energie aan die liegende koe te verspillen. Ze moest Ratko te pakken zien te krijgen. Als de politie Alicia eenmaal had opgepakt en haar verhoorde, zouden ze heel lang niet ongestoord met elkaar kunnen praten.

Ze startte de motor en reed naar Safir. Omdat de nachtclub in een van de voetgangerspromenades in het centrum lag, zette ze de Land Rover in een parkeergarage en liep het laatste stuk. Toen ze binnenkwam, zag ze dat het personeel stoelen in een halve cirkel op de dansvloer tegenover Ratko neerzette. Alicia wilde zich omdraaien, maar het was te laat. Een stuk of tien personeelsleden hadden hun hoofd omgedraaid en staarden naar het gedrocht bij de ingang.

'We gaan pas om negen uur open,' riep een van de mannen.

Ratko richtte zich tot de groep. 'Geef me een paar minuten.' Hij stond op en liep naar haar toe.

'Sorry, ik wist niet dat je bezig was,' zei ze.

'Geeft niet. Het is maar een personeelsvergadering. Een beetje voorbereiden en oppeppen voor vanavond.'

Een haarlok hing verkeerd en Alicia had de neiging om hem naar de juiste plek te strijken. Of nog liever, met haar hand door Ratko's dikke haar te woelen en het in de war te maken. Tijdens hun korte relatie was het een terugkerend grapje van haar geweest om zijn kapsel, dat hij alle wakkere uren van de dag zo zorgvuldig verzorgde, te ruïneren. 'Ik moet met je praten,' zei ze.

Hij nam haar mee naar de bar, die zich achter in de zaal bevond.

Alicia ging met haar rug naar de dansvloer zitten, maar voelde de blikken van het personeel toch in haar rug.

'Hoe is het vandaag gegaan?' vroeg Ratko.

Alicia zocht naar de juiste woorden. Ze was goed in sarcasme, zelfspot en venijnige opmerkingen, maar als ze haar hart moest luchten, werden haar stembanden droog als verweerde elastiekjes. 'Mag ik een glas water?' vroeg ze.

Ratko boog zich over de bar en schonk kraanwater in een glas. Ze dronk met grote slokken en wilde dat het in plaats daarvan wodka was. 'Was het mijn schuld dat het uitging tussen ons?'

Ze zag dat de vraag hem ergerde. Het was natuurlijk ook stom om Ratko op deze manier te overvallen. Als het had gekund, had ze een andere tijd en plek gekozen, maar de klok tikte door en ze moest het weten.

'Het is zelden de fout van één persoon als een relatie niet werkt,' zei hij.

Het antwoord was diplomatiek. Hij wilde de schuld niet volledig bij haar leggen. Alicia was blij met het woord dat hij gebruikte om hun tijd samen te beschrijven. Een relatie. Dat was meer dan alleen seks en daarna gesprekken in bed.

'Het spijt me van vanochtend,' zei ze.

'Het geeft niet, laten we het vergeten.'

'Maar ik heb een heleboel dingen gezegd die niet kloppen. Dingen die alleen in mijn hoofd zitten, en ik wil je niet opnieuw afstoten.'

'Je stoot me niet af, Alicia. Ik ben er voor je. Heb je nog over die kliniek nagedacht? Ik denk dat –'

'Beloof je dat?' onderbrak ze hem. Ze voelde de tranen in haar ogen springen.

Ratko legde een hand op de hare en keek tegelijkertijd naar zijn werknemers die wachtten tot de vergadering begon. 'Je hebt professionele hulp nodig en ik ga ervoor zorgen dat je die krijgt.'

'Ik heb jou nodig, Ratko. Maar die verdomde littekens...' Alicia maakte een cirkelbeweging met haar hand voor haar gezicht. '...geven me alleen maar problemen. Ik laat alles erdoor verpesten.' Ze begon te huilen, hoewel ze dat niet wilde, en snikte zo hard dat het personeel op de dansvloer het hoorde.

Ratko verplaatste zijn hand en streelde haar rug voorzichtig.

'Er is nog iets anders waarover ik met je moet praten,' zei ze, waarna ze de tranen van haar wangen veegde met een servet uit de houder op de bar.

'Kan dat later?' zei hij. 'Ik moet nu echt terug.'

'Ik beloof je dat ik het kort houd.'

'Alsjeblieft, Alicia, ik moet nog heel veel doen voordat we opengaan en een van de jongens achter de bar is helemaal nieuw.'

Ze knikte en voelde de tranen weer opkomen, maar deze keer lukte het haar om ze in te houden. 'Kun je na het werk dan naar mij toe komen?' Ze corrigeerde zichzelf. 'Of liever gezegd, ik ben in Stella's appartement. Dat ligt in Sockerslottet. Je weet toch waar dat is? Tegenover het kantoor van Raw, aan de andere kant van de rivier.'

Als de politie elk moment voor de deur kon staan om haar op te pakken, was het verstandig om haar woning in de Gröna gatan te vermijden. Op die manier had ze iets meer tijd om Ratko de situatie uit te leggen.

'Ik ben hier tot sluitingstijd, dus het kan heel laat worden,' zei hij. 'Maar waarom slaap je in Stella's appartement? Mag je daar wel zijn?'

Alicia zag dat hij onbewust door zijn haar streek, waardoor de lok achter zijn oor schoof, waar hij hoorde.

'Maak je daar maar geen zorgen over,' zei ze en ze dwong zichzelf te glimlachen. 'Kom gewoon als je klaar bent. Ik ben wakker.' Ze liep bij de bar weg en passeerde Ratko's personeel op weg naar buiten. Ze waren jong en mooi, speciaal geselecteerd om in Ratko's lucratieve barbiewereld te passen. Alicia zag dat ze haar nakeken en zich afvroegen wat er tussen hun chef en deze vrouw gaande was.

Ze moesten eens weten, dacht ze.

Ze moesten eens weten.

27

'Jezus, ik wen er nooit aan om iemand te vertellen dat een familielid overleden is,' zei Ruben en hij leunde naar achteren op de stoel in zijn kantoor. 'Maar nu is het achter de rug en ik vind dat ze het naar omstandigheden goed heeft opgenomen.'

De vrouw die John in de verte in de gang had zien verdwijnen, was Birger Falks dochter geweest. Hij dacht aan het bevroren gezicht in de kofferbak van de Volvo en hoopte dat de patholoog-anatoom daar iets aan kon doen voordat ze haar vader in het mortuarium zou zien. Op het politiebureau werd nog hard gewerkt, hoewel het al bijna acht uur 's avonds was. Nadat John het balletje aan het rollen had gebracht, had de regionale recherche gewerkt met een effectiviteit waarvan zelfs zijn voormalige collega's in New York onder de indruk zouden zijn geweest.

De Sig Sauer uit het dashboardkastje was al in Linköping en de test was afgehandeld. Het resultaat was precies zo onomstotelijk als John had gehoopt. Het NFC had vastgesteld dat de kogels die op de man in Bergvik waren afgevuurd, met een aan zekerheid grenzende waarschijnlijkheid afkomstig waren van het betreffende pistool. De analyse van de vingerafdrukken op de kolf was net zo ondubbelzinnig. De hand die het pistool had vastgehouden was van Birger Falk.

Voor wat betreft het serienummer had John degelijk werk geleverd met de haakse slijper. Het wapen kon niet opgespoord worden en daardoor was er geen vanzelfsprekende connectie met de politie. Nadat hij het verslag van de technisch rechercheurs had gelezen, had Ruben verklaard dat het testen van de dienstwapens beëindigd kon worden.

Dat was een paar uur geleden gebeurd. Nu zag hij er minder tevreden uit, en John vermoedde dat dat niet alleen te maken had met het achtergebleven onbehagen na het gesprek met Birger Falks dochter.

'We moeten praten over de manier waarop we het werk voortaan organiseren. De hoofdcommissaris wil dat we het Löfbergsonderzoek en de schietpartij op het dak van Bergvik samenvoegen en tegelijkertijd instemmen met hulp van buitenaf om Birger Falks moordenaar te vinden. Van de Rijksrecherche, of de Nationale Operatieve Afdeling, zoals ze zich tegenwoordig noemen.' Ruben verschoof opgelaten op zijn stoel. Hij zat zoals altijd klem tussen de hoogste leiding en het voetvolk van de regionale recherche. 'Het gaat natuurlijk niet om een gebrek aan vertrouwen in ons eigen personeel. De NOA heeft simpelweg meer ervaring met soortgelijke zaken en het zou stom zijn om daar niet ons voordeel mee te doen.'

'Wij staan dus aan de zijlijn, met andere woorden,' zei John vanaf de irritant lage bezoekersstoel.

'Nee, zo mag je het absoluut niet zien. De hoofdcommissaris... en ik...' voegde hij er na een korte pauze aan toe. '...hebben een gezamenlijk onderzoek voor ogen. Het beste van twee werelden.'

'Maar de NOA in Stockholm neemt de beslissingen?'

'Ja, als je het zo wilt stellen. De NOA-man komt hiernaartoe en leidt het onderzoek hiervandaan. Of de NOA-vrouw, liever gezegd.'

John trok zijn wenkbrauwen op. 'Ze hebben dus al beslist wie het wordt?'

'Ja, ze zit op dit moment in de trein en er staat een surveillancewagen op het station die haar hiernaartoe brengt zodra ze uitgestapt is,' zei Ruben met een sluwe trek om zijn mond. 'Klinkt de naam Mona Ejdewik bekend?'

Dat was zo, en 'bekend' was nog zacht uitgedrukt. Mona Ejdewik was in opdracht van de FBI verantwoordelijk voor Johns getuigenbeschermingsprogramma in Zweden. Ze hadden samengewerkt tijdens het onderzoek dat met Billy's tragische dood was geëindigd. Die samenwerking werd gekenmerkt door wederzijds respect, tot het moment waarop John gedwongen was geweest tegen haar te liegen. Daarna was hun relatie professioneel koel geweest tijdens de paar keer dat ze elkaar hadden gesproken.

Mona liep tegen de zestig, maar werkte nog steeds harder dan de meeste politieagenten die John aan beide kanten van de Atlantische Oceaan was tegengekomen. De manier waarop ze haar analytische vaardigheden en intuïtie combineerde had indruk op hem gemaakt, en hij was niet iemand die gemakkelijk te imponeren was.

John zuchtte vanbinnen. Normaal gesproken waren dit eigenschappen die hij waardeerde bij een collega, maar deze keer niet. Voor Ruben en de andere onderzoekers van de regionale recherche kon hij misschien rookgordijnen optrekken, maar Mona zou een uitdaging worden. 'Wat wordt mijn rol?' vroeg John.

Ruben glimlachte. 'Jij houdt de draden vanaf onze kant vast en wordt haar naaste medewerker. Het dynamische duo is herenigd.'

Dezelfde avond om halftien opende Mona Ejdewik de deur van de vergaderkamer van de regionale recherche. Ze droeg een jas met een dubbele rij knopen, een zwarte skinny jeans en schoenen die zo lomp waren dat ze niet zouden misstaan in het busje van een arrestatieteam.

Ruben vloog uit zijn stoel en leek bijna in de houding te springen. John werd zich opnieuw bewust van de vanzelfsprekende autoriteit die Mona uitstraalde in alles wat ze deed, van de handdruk die ze Ruben gaf tot de manier waarop ze haar schoudertas op de korte kant van de tafel neerzette. De plek van de leider, de stoel voor degene die het bevel voerde.

John stond op en begroette haar eveneens. Als Mona aarzelde

om met hem samen te werken, liet ze dat niet merken. Ze glimlachte heel kort en zei dat het leuk was om hem weer te zien.

Toen de beleefdheden achter de rug waren en Ruben voor de tweede keer had gevraagd of ze echt geen koffie wilde, liep John naar het whiteboard. Hij had een groot deel van de middag besteed aan het orde scheppen in het web van waarheden, halve waarheden en flagrante leugens dat hij nu aan de twee luisteraars bij de tafel wilde presenteren. 'Als je het ermee eens bent, Mona, wil ik graag beginnen met de moord op Stella Bjelke. Die beschouw ik als het begin van de keten van gebeurtenissen die daarop volgt.'

Hij hing een foto van de dode vrouw op het whiteboard. 'Volgens de patholoog-anatoom is ze meerdere keren met een beitel in haar hals gestoken en is ze vlak daarna overleden aan haar verwondingen. Ze is vrijdagochtend vroeg door een paar bouwvakkers in koffiebranderij Löfbergs gevonden, bijna vier dagen geleden dus.'

John haalde een nieuwe foto uit zijn map. 'We hebben de omgeving onderzocht en hebben een bewakingscamera gevonden. Op de film is te zien hoe Stella Bjelke donderdagavond laat het gebouw betreedt. Een halfuur later arriveert deze man. Hij gaat via dezelfde deur naar binnen.'

Hij hing de wazige foto van een gestalte op de trap voor de koffiebranderij op. 'Op weg naar beneden legt hij zijn hand op deze leuning.' John wees naar de foto. 'We hebben die onderzocht en hebben een bloederige handafdruk gevonden. Het bloed is afkomstig van het slachtoffer en de afdruk is van Birger Falk, die geboren is in 1965 en in Kronoparken woont, een achterstandswijk in Karlstad.'

'Is hij degene die vandaag dood in zijn eigen auto is aangetroffen?' vroeg Mona.

John knikte. 'Daar kom ik op terug, maar eerst wil ik vertellen over de tweede moord, de schietpartij op het dak van het winkelcentrum.'

Mona bladerde in de papieren die ze uit haar tas had gehaald en voor zich op de tafel had gelegd. 'Ruben heeft me het onderzoek gemaild, maar helaas heb ik niet alles kunnen lezen. Ik word altijd verschrikkelijk misselijk in de X2000.'

'De X2000?' herhaalde John.

'Ja, zo wordt de trein genoemd.'

'Ik begrijp het,' zei hij, waarna hij verderging. 'Het alarm van Bergvik, zoals het winkelcentrum heet, is gisteravond om tien uur afgegaan. De bewakers die als eerste ter plaatse waren dachten dat het om een inbraak ging, maar toen ze het gebouw betraden, vonden ze een man op de vloer van de begane grond. Hij was twee keer beschoten en via een glazen dakkoepel op de begane grond van het winkelcentrum terechtgekomen.'

Mona keek weer in haar papieren. 'Stanislaw Panufnik. De Poolse huurmoordenaar die voor een Nigeriaans drugskartel gewerkt heeft.'

'Inderdaad,' zei John. Hij hing een foto van de man op het bord. 'Of Duits, afhankelijk van de manier waarop je naar de zaak wilt kijken. Hij heeft jarenlang in Hamburg gewoond.'

Mona wist dat John opgenomen was in het getuigenbeschermingsprogramma omdat hij als FBI-agent had gewerkt. Daarentegen kende ze de details rond de operatie in Baltimore niet, zoals het feit dat er een Nigeriaanse drugshandelaar door hem in de gevangenis was beland. John was daar nu dankbaar voor, anders had ze een rechte lijn tussen de gebeurtenis op het dak van Bergvik en haar voormalige, onbetrouwbare partner getrokken.

'Zijn we volkomen zeker van de identiteit?' vroeg ze.

'Ja, dat zijn we,' beaamde Ruben. 'Ik heb contact met de Duitsers gehad. De vingerafdrukken van de man staan in de database van Europol en de pasfoto klopt.'

'Het NFC heeft een analyse gemaakt van de kogels die in het winkelcentrum afgevuurd zijn,' ging John verder. 'Ze zijn afkomstig van een Sig Sauer P226.'

'Het dienstwapen van de politie,' zei Mona.

'Precies,' zei Ruben. 'Dat voelde niet goed. Maar nadat we het pistool in Birger Falks auto gevonden hadden, nam het onderzoek een nieuwe wending.'

'Hoe is dat precies gegaan?' vroeg Mona.

'Het voertuig, een witte Volvo 240, werd sinds een paar dagen gezocht en vanochtend belde er een man naar de centrale. Hij had zo'n model auto in een bosgedeelte op Hammarö gezien.'

'Stella Bjelke was mijn onderzoek, dus ben ik daarnaartoe gegaan,' legde John uit. 'Toen ik het lijk in de kofferbak ontdekte, heb ik een volledig onderzoek van de plaats delict gelast. De technisch rechercheurs hebben het wapen in het dashboardkastje gevonden en het onmiddellijk naar het NFC laten sturen om geanalyseerd en getest te worden.'

'Ik heb het verslag gelezen. Een gedegen stuk werk in zo'n korte tijd,' zei Mona. 'Maar Birger Falks lichaam is een witte vlek op de kaart. Wat weten we over hem?'

John voelde een rilling over zijn rug lopen. Nu werd het terrein ruiger en moest hij opletten waar hij zijn voeten neerzette. 'Het autopsieverslag komt morgen pas, maar ik heb de patholoog-anatoom gesproken,' zei hij. 'Het lichaam was helaas bevroren en dan stopt het biologische afbraakproces. Hij zal niet kunnen vaststellen op welk tijdstip de man overleden is.'

Mona keek sceptisch naar John. 'Zelfs geen grove schatting?'

'Nee, voor zover ik begrepen heb niet. Het enige wat hij met zekerheid kan zeggen is dat het lichaam minstens twee uur in de ijzige kou gelegen heeft, die tussen de min twaalf en min achttien graden wordt geschat. Zo lang duurt het voordat het lichaam helemaal bevroren is.'

'Hoe ziet het tijdvenster er dan uit?' vroeg Mona.

'We weten dat Birger Falk gisteravond om tien uur nog leefde. Dat is het tijdstip waarop de schoten op het dak van het winkelcentrum afgevuurd zijn,' zei John. 'En we weten dat hij dood was toen ik de kofferbak vanochtend om elf uur opende.'

Mona trok de informatie niet in twijfel, maar schreef alles op een blocnote die naast een stapel documenten op de tafel lag.

'Als we een minimum van tien uur bevriezen aan de vergelijking toevoegen, betekent het dat hij op zijn laatst om één uur vannacht in de kofferbak gestopt is,' zei ze. 'Daarmee hebben we ons tijdvenster dus. Hij is gisteravond tussen tien en één uur overleden.'

John was tevreden omdat Mona en niet hijzelf die conclusie had getrokken. Zo moest hij te werk gaan om het onderzoek in de richting te sturen die hij wilde. Gedachtezaadjes planten en die wortel laten schieten, maar de bloei niet forceren.

Hij dacht aan het weer van de afgelopen weken. Meer dan eens had hij de kou in Zweden vervloekt, maar nu was hij blij met deze barre winter. De waarheid was immers dat John niet wist wanneer Birger Falk was vermoord, maar het risico bestond dat het vóór de schietpartij op het dak van Bergvik was gebeurd.

De overvloedige sneeuw die 's nachts en 's ochtends was gevallen, speelde hem eveneens in de kaart. De sneeuwval had de bandensporen van de Volvo begraven en het zou moeilijk worden om precies te bepalen wanneer de auto tussen de struiken was beland.

'Wat zegt de patholoog-anatoom over de doodsoorzaak?' vroeg Mona terwijl ze opkeek van haar aantekeningen.

'Het lichaam moet ontdooien voordat hij een definitieve uitspraak kan doen, maar waarschijnlijk gaat het om steekwonden in de hals die een flinke bloeding veroorzaakt hebben.'

Dezelfde modus operandi die hij heeft gebruikt om Stella Bjelke te vermoorden dus,' zei Mona.

'Ja, maar volgens de patholoog-anatoom waren de wondranden scherper.'

'Geen beitel dus?'

'Nee, eerder een scherp mes of iets dergelijks.'

Mona maakte een nieuwe aantekening op haar blocnote en leunde naar achteren op haar stoel. Ze keek naar de drie foto's op het whiteboard, daarna naar John en vervolgens weer naar de slachtoffers. 'Waar gaat dit eigenlijk om? Ik heb moeite om de rode draad te zien.'

John sloeg zijn armen over elkaar. 'Het technische bewijsmateriaal –'

'Ik weet wat het technische bewijsmateriaal zegt,' onderbrak Mona hem. 'Ik bedoel al het andere. Het motief. De mensen. Die moeten op de een of andere manier verband met elkaar houden.' Ze liep naar John toe, die nog steeds bij het whiteboard stond, en maakte een weids gebaar naar de gezichten die daar hingen. 'We hebben een vrouw die een succesvolle datingsite leidt, een man die in een achterstandswijk woont en een huurmoordenaar die voor de Nigeriaanse maffia werkt. Wat is hun overeenkomst?'

'Waarschijnlijk datgene wat mensen uit verschillende sociale klassen verbindt,' zei John. 'Drugs.'

'Verklaar je nader,' zei Mona.

John schraapte zijn keel. Dit zou precies zo moeilijk worden als hij had vermoed. 'Birger Falk heeft twee veroordelingen voor het bezit en de verkoop van narcotica op zijn naam staan. Een mogelijk scenario is dat hij drugs aan Stella Bjelke verkocht heeft.'

'Heb je een reden om te denken dat ze drugs gebruikte of is het alleen een gok?'

'In de huidige situatie is het een hypothese,' zei hij met een blik naar Ruben.

John had gehoopt dat zijn chef hem zou steunen, maar tot nu toe leek hij er tevreden mee te zijn om het duel vanaf de tribune te volgen.

'Oké,' zei Mona. 'Laten we zeggen dat ik meega in je redenatie.

Waarom vermoordt hij Stella Bjelke dan laat op de avond met een beitel op een bouwplaats?'

'Ik denk dat de plek en het tijdstip de drugshypothese ondersteunen,' zei John. 'Misschien heeft ze narcotica van een andere dealer gekocht of heeft Falk ermee gedreigd haar verslaving openbaar te maken. Stella Bjelke was bekend en verscheen vaak in de media.'

'En tijdens die ruzie verliest hij zijn zelfbeheersing en steekt hij haar in haar hals.'

'Ja, de beitel als wapen wijst erop dat het een impulsieve daad was.'

Mona wees naar de foto van Stella Bjelke, die was genomen toen ze op de betonnen vloer van de koffiebranderij lag. 'Maar als dat zo is, hoe verklaar je dit dan?' Ze wees naar de wonden in het gezicht van de vrouw. 'Mensen lopen tenslotte niet zomaar met zuur in hun zakken rond.'

John keek weer naar Ruben en probeerde hem door een pauze in te lassen aan te sporen om mee te doen aan de discussie.

'Ik ben het ermee eens dat het een beetje tegenstrijdig is,' zei zijn chef uiteindelijk.

'Absoluut. Er is veel in deze zaak wat we nog niet begrijpen' zei John. 'Zoals meestal het geval is aan het begin van een onderzoek.'

Mona knikte. Daar leken ze het in elk geval over eens te zijn. 'En dan deze man,' zei ze en ze wees naar Stanislaw Panufnik. 'Hoe past hij in het verhaal?'

'Bij hem is de drugskoppeling duidelijker,' zei John. 'Narcotica zijn de grootste inkomstenbron van de Nigeriaanse maffia, samen met financiële fraude.'

'Dat kan, maar wat doet een Pools-Duitse huurmoordenaar in Karlstad?'

'Volgens de politie in Hamburg wordt Panufnik ervan verdacht dat hij meerdere keren huurmoorden voor de Nigerianen uitgevoerd heeft. Misschien had hij hier een opdracht.'

'En wat zou die moeten zijn?'

'Birger Falk liquideren.'

Mona fronste haar voorhoofd. 'Een sjacheraar op straatniveau. Kan hij echt zo belangrijk zijn voor een internationaal drugskartel?'

'Misschien heeft hij iets gedaan wat tegen de regels is en is de huurmoordenaar hiernaartoe gestuurd om een voorbeeld te stellen,' opperde John.

'En daarna mislukte de opdracht, bedoel je? Want Birger Falk is niet degene die op het dak beschoten is.'

'Precies. Falk besefte blijkbaar dat hij een probleem had en heeft de Sig Sauer geregeld, als hij het wapen niet al in zijn bezit had.'

'Dus de sjacheraar uit Karlstad is de professionele huurmoordenaar te slim af geweest.'

'Daar lijkt het inderdaad op,' zei John. Hij voelde de vloer van de spreekkamer onder zijn voeten verdwijnen.

Mona's vragen maakten het scenario dat hij zo zorgvuldig had geconstrueerd meer dan toelaatbaar vergezocht. Tegelijkertijd, herinnerde hij zichzelf, moest hij in zijn verhaal geloven. Hij moest er alleen voor zorgen dat ze het technische bewijs niet in twijfel trok. Want als ze dat accepteerde, zou het onderzoek vastlopen en werd het vooronderzoek gesloten.

'Ik neem aan dat je ook een antwoord hebt op de vraag hoe Birger Falk in de kofferbak van zijn eigen auto beland is?' zei ze.

John negeerde het sarcasme. 'Stanislaw Panufnik werkte waarschijnlijk niet alleen. Hij kan een handlanger gehad hebben die de klus voor hem afgemaakt heeft. We hebben indicaties die daarop wijzen.'

'Waarom denk je dat?' vroeg Mona.

'De bewakingsfilm van het winkelcentrum toont dat er drie mensen het dak op geklommen zijn: Birger Falk, Stanislaw Panufnik en een onbekende man.'

'Ja, maar van dat trio is alleen het slachtoffer geïdentificeerd, als ik de schriftelijke samenvatting correct geïnterpreteerd heb.'

'Die is geschreven voordat we het wapen vonden dat Birger Falk aan de plaats delict koppelt,' zei John.

'Sorry, ik druk me vaag uit. Zijn de gezichten van de personen op een van de films te zien?'

'Nee, maar het is toch hoogst waarschijnlijk dat Falk een van de mannen op het dak is, of niet soms?'

'Het wapen wijst in die richting,' gaf Mona toe. 'Maar er is nog iets anders wat me opviel toen ik Panufniks autopsieverslag in de trein las.'

Zo misselijk voelde ze zich blijkbaar toch niet, dacht John. Mona had een indrukwekkende hoeveelheid informatie in zich opgenomen en verwerkt tijdens de treinreis vanuit Stockholm.

'Je bedoelt de huidfragmenten onder de nagels,' zei hij om haar voor te zijn. Johns mond werd droog als hij eraan dacht hoe weinig er nodig was om hem de hoofdverdachte in het onderzoek te maken. Een DNA-streng op een wattenstaafje in een plastic houder was voldoende.

'Inderdaad,' knikte ze. 'Als die overeen zouden komen met Birger Falks DNA, zou ik overtuigder zijn, maar de huidresten zijn van een onbekend iemand.'

'En wat voor conclusie trek je daaruit?' vroeg John. Hij probeerde de dynamiek van het gesprek, waarin hij als enige theorieën lanceerde die Mona onmiddellijk torpedeerde, te veranderen.

'Eigenlijk geen. Misschien heeft hij een goede vriend op zijn rug gekrabd.'

'Doen Duitse huurmoordenaars zoiets?' zei John in een poging de stemming wat lichter te maken.

'We kunnen ook zeggen dat hij betrokken is geweest bij een vechtpartij in een café, als jij dat beter vindt passen.' Voor het eerst sinds ze elkaar hadden begroet glimlachte Mona naar hem. John dwong zichzelf zijn schouders te ontspannen, die zich ter hoogte van zijn oren bevonden. Hij werd niet beschuldigd en moest zich niet gedragen alsof dat wel zo was.

Ruben nam eindelijk het woord weer. 'Vanaf vandaag leid jij de samengevoegde onderzoeken, Mona. Hoe denk je dat we verder moeten gaan?'

Ze zuchtte hardop en liep naar de stoel aan het hoofd van de tafel terug. 'Weet je, ik wil nu heel graag een kop koffie.'

Ruben schonk een kop voor haar in en gaf die aan haar. John ging eveneens aan de tafel zitten en vroeg zijn chef om zijn beker ook te vullen.

'Eerlijk gezegd begrijp ik niet waarom mijn chef me hiernaartoe gestuurd heeft,' zei Mona.

'Niet?' herhaalde Ruben. 'Het is een complexe zaak met een internationale link.'

'Daar ben ik het mee eens,' zei ze. 'Maar Stella Bjelkes moordenaar is dood, dus kan er geen aanklacht tegen hem ingediend worden. Dat geldt ook voor Stanislaw Panufnik. De enige persoon die terecht kan staan is degene die Birger Falk vermoord heeft, en als dat inderdaad een professionele huurmoordenaar is, acht ik de kans dat we hem vinden bijzonder klein. Waarschijnlijk heeft hij het land al verlaten.'

John verborg zijn opluchting achter zijn beker koffie. Dit klonk bijna te mooi om waar te zijn. Het was alsof Mona hardop voorlas uit een manuscript dat hij had geschreven.

'Weten jullie hoe mijn collega's en ik zo'n zaak noemen?' vroeg ze.

Ruben schudde zijn hoofd, volkomen overrompeld door Mona's oprechtheid.

'Een broodje stront. Jullie hebben ons hier alleen bij betrokken om iemand de schuld te kunnen geven als het onderzoek gesloten wordt. Dat snap ik, maar wat ik niet begrijp, is dat mijn chef zich zo laat misleiden.'

'Dat klopt niet,' protesteerde Ruben zonder echte overtuiging in zijn stem.

John besefte dat Mona heel goed gelijk kon hebben. De hoofdcommissaris had geëist dat de NOA erbij betrokken zou worden en na decennia in zijn functie kende die man het politieke spel beter dan de meeste anderen.

'We hoeven ons hier niet verder in te verdiepen,' zei ze en ze hief haar kopje in een verzoenend gebaar. 'Langzamerhand gaat er in Stockholm ook een lichtje branden en dan word ik met de eerste de beste trein naar huis gehaald. Tot die tijd kan ik me hier net zo goed nuttig maken. Hebben jullie de Duitsers gevraagd naar de mogelijke handlanger van Stanislaw Panufnik?'

Ruben knikte. 'Ja. We hebben een stuk of tien namen gekregen van beroepscriminelen die banden met de Nigerianen hebben. We hebben hun paspoorten in de systemen gecontroleerd en vergelijken de gegevens met de passagierslijsten van veerboot- en luchtvaartmaatschappijen.'

'Mooi,' zei Mona. 'Zoals jullie vast merken ben ik er niet helemaal van overtuigd dat drugs het motief voor deze drie moorden kan zijn. Ik wil dat we breder denken en dieper graven.'

'Wat bedoel je daar concreet mee?' informeerde John.

'Dat we ons op de eerste moord concentreren.'

'Ik kan je niet helemaal volgen. Je hebt zelf gezegd dat Birger Falk dood is en niet vervolgd kan worden.'

'Dat kan krom klinken,' gaf Mona toe. 'Maar om een verband tussen deze mensen te vinden moeten we beginnen met datgene waarmee de keten van gebeurtenissen begonnen is, de moord op Stella Bjelke dus. Dan wordt misschien ook duidelijk waarom Birger Falk op de huurmoordenaar geschoten heeft en wie hem vermoord heeft.'

John had meerdere tegenwerpingen op het puntje van zijn tong liggen, maar hield die voor zich. Hij wilde niet onwillig overkomen. 'Als de drugs het motief niet zijn, wat kan het dan zijn?' zei hij en hij deed zijn best om een open lichaamstaal tentoon te spreiden. Geen over elkaar geslagen armen of fronsende wenkbrauwen.

'Ik weet het niet, maar er is een interessante draad om te volgen,' zei Mona. 'Volgens het onderzoeksmateriaal heeft Stella Bjelkes zus Alicia verteld dat Stella op de avond dat ze vermoord is een afspraak met iemand had. Het is nooit duidelijk geworden wie dat was.'

'Dat klopt. Toen Birger Falk de dader bleek te zijn, heb ik ervoor gekozen om daar niet mee door te gaan. Ik ging ervan uit dat de date niets met de moord te maken had.'

'Dat begrijp ik,' zei Mona, hoewel dat niet zo leek te zijn. 'Maar ik wil toch dat we opnieuw met Alicia gaan praten, het liefst morgenochtend al. Dan kunnen we haar ook vragen of haar zus drugs gebruikte. Ik sluit niet uit dat narcotica het motief is, ik wil alleen niet dat we ons daarop vastpinnen.'

'Uiteraard,' zei John.

Mona dronk van haar koffie en zette het kopje op de tafel. 'Is Stella Bjelkes appartement eigenlijk al grondig doorzocht?' vroeg ze.

'Nee, we waren van mening dat dat niet nodig was,' zei John. Hij merkte dat hij weer een verdedigende houding begon aan te nemen.

'Dan wil ik dat we dat gaan doen,' riposteerde Mona.

'Geen probleem, ik neem contact op met de technische recherche,' zei Ruben. Hij gaapte.

John maakte van de gelegenheid gebruik om in zijn ogen te wrijven, hoewel hij klaarwakker was. Mona begreep de lichaamstaal van haar collega's en stond op. 'Dan stel ik voor dat we er voor vanavond een punt achter zetten,' zei ze en ze keek naar John. 'Haal jij me morgenochtend om acht uur op? Ik logeer in Elite bij het Stora torget.'

Hij knikte, en wenste dat in plaats van Mona iedere politieagent ter wereld voor het Stadshotellet op hem zou wachten.

28

Alicia liep rusteloos in Stella's appartement rond. Of was het een etage? Ze wist niet zeker wat een appartement nodig had om een trede in de hiërarchie te stijgen. Misschien waren de hoge ramen in de zitkamer en het uitzicht op de Klarälv voldoende. Het water was bevroren en ze zag door de dunne gordijnen hoe de verlichting van de brug bij het Musikteatern de laag sneeuw op het ijs verlichtte.

Alicia ging op de Howard-bank zitten. Ze wist dat die zo heette omdat Stella een keer tegen haar was uitgevaren toen ze ijs uit de keuken had gehaald om dat daar op te eten. 'Weet je wat die Howard-bank kost?' Ze had de nadruk op de naam gelegd – Howard in plaats van bank – en was weggerend om een handdoek te halen om op de bekleding te leggen.

Nu was de vriezer leeg, op een pakje macarons in pastelkleuren na, die Alicia zonder ze eerst te ontdooien naar binnen had geschrokt. Het was dat of de alcohol in de voorraadkast geweest.

Ze zat minutenlang op de bank in de duisternis voor zich uit te staren. Ze durfde het licht niet aan te doen om het risico niet te lopen dat de buren verbaasd zouden zijn als ze zagen dat er midden in de nacht licht in het appartement brandde.

Toen er een auto met hoge snelheid door de smalle straat reed, haastte ze zich naar een van de ramen. Het was ook deze keer geen politiewagen, maar iemand in een oude Amerikaanse auto met de vlag van de Geconfedereerde Staten op de motorkap geschilderd.

Ze trok de gordijnen dicht, liep naar de bank terug en zette de televisie aan. De nachtclub was net gesloten en Ratko zou waarschijnlijk snel hier zijn. Of móést snel hier zijn, corrigeerde ze zichzelf. Ze had hem nodig en hij had beloofd om er voor haar te zijn.

Na een tijdje zappen tussen de zenders gaf ze het op en richtte haar aandacht op haar telefoon. Tegen haar wil opende ze Instagram en scrolde langs de nieuwsstroom. Ratko had vreemd genoeg al uren niets gepost. De avonden waarop hij in Safir werkte, plaatste hij altijd foto's op zijn account van platinablonde vrouwen die zich aanstelden op de dansvloer en mannen met te ver opengeknoopte overhemden.

Alicia stuurde een sms: BEN JE ONDERWEG? IK BEN NOG WAKKER.

Ze legde haar telefoon weg, alleen om hem een minuut later weer te pakken. Ratko had niet geantwoord.

Ze bladerde tussen haar contacten en wilde hem net bellen toen ze voetstappen in het trappenhuis hoorde. Alicia vloog op van de bank en liep naar de hal. Ratko was blijkbaar het gebouw in gekomen zonder de intercom te gebruiken.

Het geluid van de voetstappen verstomde en Alicia zag de deurkruk oneindig langzaam naar beneden gaan, alsof iemand wilde controleren of de deur op slot was.

Ze besefte meteen dat er iets mis was. Als het Ratko was, zou hij gewoon aangebeld hebben. In de hal klonk een klik toen het slot openging. De inbreker had blijkbaar een loper of een sleutel gebruikt. Na de avond waarop ze Birger Falk had doodgestoken, was het uitgesloten dat ze vergat de deur op slot te doen.

Het kon niemand anders dan de politie zijn.

De technisch rechercheurs hadden de slaapkamer in haar woning beslist al doorzocht en hadden restjes bloed gevonden die ze hadden vergeleken met het lijk in de Volvo. Er was geen meesterdetective voor nodig om te bedenken dat Alicia zich in het appartement van haar zus verstopte.

Ze keek om zich heen naar een schuilplaats, kroop in de smalle ruimte tussen de muur en de bank en voelde in haar spijkerbroek naar haar telefoon.

Die was er niet.

Ze keek boven de rugleuning uit en zag haar telefoon op de salontafel liggen. De politieagenten bevonden zich nu in de keuken en zouden haar waarschijnlijk zien als ze probeerde hem te pakken.

Alicia liet zich weer achter de bank zakken en kon alleen tot de hogere machten bidden dat Ratko niet zou antwoorden op haar sms zodat het scherm niet als een kerstboom in het donker zou oplichten. Ze legde haar wang op het parket en keek door de ruimte onder de bank. Al snel zag ze een paar mannenschoenen de zitkamer in komen. De lichtkegel, die van een zaklamp afkomstig moest zijn, gleed heen en weer over de geboende vloer.

Afgezien van wat ze in films had gezien wist Alicia niets over de werkwijze van de politie, maar hadden ze niet minstens twee mensen moeten sturen om haar te arresteren? En waarom deed de man het licht niet aan en riep hij niet dat ze met haar handen boven haar hoofd tevoorschijn moest komen? In plaats daarvan sloop hij als een inbreker in het donkere appartement rond.

Alicia schrok toen de schoenen van richting veranderden en naar de bank kwamen. Ze hield haar adem in en probeerde haar hart te laten stoppen met bonken. Elke slag leek net zo hard als de klap van een voorhamer tegen een aambeeld en ze was ervan overtuigd dat de vibraties haar schuilplaats zouden verraden.

De man bleef vlak voor de bank staan en Alicia hoorde dat hij de rits van een van de bankkussens opentrok. Het was alsof hij naar iets zocht wat hij niet kon vinden.

Vlak daarna verdween de lichtbundel naar een ander deel van de kamer. Alicia begreep dat hij met zijn rug naar haar toe stond en keek weer boven de rand van de bank uit. Hoewel ze alleen een glimp van de man zag, herkende ze hem meteen.

Het kostuum.

De brede schouders.

De geschoren schedel.

De politie brak in.

Of liever gezegd, een politieagent. Het was de man die haar had verteld dat Stella dood was en die ze bij de Volvo op Hammarö had gezien.

Alicia begreep er niets van. Wat deed hij bij Stella's grote vitrinekast? De zaklamp lag op een van de planken en hij gebruikte beide handen om iets te doen.

Ze dook weer weg en wilde dat hij snel klaar zou zijn met wat hij hier van plan was. Haar telefoon lag nog steeds op de salontafel en kon elk moment oplichten. Of nog erger, gaan trillen omdat Ratko bij Safir was vertrokken en haar belde.

Eindelijk bewogen de schoenen weer in de richting van de keuken en verdwenen uit het zicht. Vlak daarna klonk het geluid van de voordeur die open- en dichtging en vervolgens op slot werd gedaan.

Alicia ademde opgelucht uit. Ze was weer alleen. Toch duurde het een hele tijd voordat ze haar schuilplaats achter de bank durfde te verlaten. Haar lichaam had tijd nodig om te beseffen dat het gevaar was geweken. De voorhamer sloeg nog steeds tegen het aambeeld in haar borstkas.

Na een tijdje kreeg haar nieuwsgierigheid echter de overhand. Ze pakte haar telefoon van de tafel, activeerde de zaklamp en liep naar de vitrinekast. De telefoon wierp een bleek lichtschijnsel over de meubels, maar onthulde geen geheimen. De champagneglazen stonden in keurige rijen achter de glazen deuren en op de buffetkast lag een stapel opschepperige boeken over moderne beeldende kunst.

Alicia streek met haar hand over het omslag van het bovenste boek. Een dun laagje stof bleef aan haar vingers kleven. Ze deed hetzelfde met de witte speaker die zo discreet met de plank versmolt dat ze hem bijna niet zag. Deze keer kwamen er geen deeltjes op haar huid.

Had de man hem afgeveegd?

Dat was in elk geval een mogelijke conclusie.

Ze draaide de speaker om en zag de schroeven aan de achterkant. Naast een ervan was een inkeping in het plastic te zien, alsof iemand was weggegleden met een schroevendraaier.

Alicia liep naar de keuken en zocht in de laden. In een bestekvak vond ze een Zwitsers zakmes, waarmee ze naar de vitrinekast terugliep. Voorzichtig schroefde ze het deksel van de speaker en haalde het weg. In de ruimte voor het basmembraan lag een zakje met wit poeder.

Alicia vouwde het plastic open, doopte haar pink in het poeder, likte eraan en proefde de bittere, chemische smaak die ze op een paar uitzonderingen na heel haar leven had geweigerd.

Het was cocaïne.

De kamer draaide, hoewel ze niet dronken of high was.

Waar was die politieagent in vredesnaam mee bezig?

Waarom had hij drugs in Stella's appartement verstopt?

29

John lag in bed in zijn appartement in Bryggudden. De bewakingscamera's waren weg. De achtervolgers hadden opgeruimd nadat ze hem hadden ontvoerd om geen sporen achter te laten voor als de politie onderzoek naar zijn verdwijning zou doen. Toch voelde hij zich bekeken. Het moest het dakraam zijn, dacht hij, de opening boven het bed die het mogelijk maakte om naar de oneindigheid te kijken – terwijl de oneindigheid terugstaarde.

Zijn moeder zou de associatie geweldig gevonden hebben. Er was een tijd geweest waarin ze minder alcoholist en meer kunstenaar was. Zijn vader daarentegen zou hem gevraagd hebben om te stoppen met die onzin. Als John zich bekeken voelde, kwam dat niet door het dakraam maar omdat hij iets te verbergen had. Iets waarvoor hij zich schaamde en waarvan hij niet wilde dat andere mensen het zouden zien.

De lijst met geheimen begon lang te worden: de achtervolger op het dak van Bergvik op wie hij had geschoten, het wapen dat hij in het dashboardkastje van de Volvo had gelegd en de drugs die hij vannacht in Stella Bjelkes appartement had verstopt.

Het was in Karlstad net zo gemakkelijk geweest om aan cocaïne te komen als in New York. Een adres op het darkweb en voldoende cryptovaluta was alles wat nodig was geweest om de code te krijgen van de kluis waarin zijn bestelling had gelegen. Als de technisch rechercheurs het zakje met het witte poeder morgen vonden, zou dat eraan bijdragen dat Mona de zaak op dezelfde manier bekeek als hij.

Zijn telefoon plingde om aan te geven dat hij een sms had gekregen. John pakte hem van het nachtkastje om te zien wie er op dit tijdstip contact met hem zocht. Het was zijn nichtje Nicole.

BEN JE WAKKER? IK KAN NIET SLAPEN.

De sms eindigde met drie eenhoorns in regenboogkleuren en een gapende emoji.

Dat geldt voor ons allebei, dacht John en hij ging met zijn rug tegen het smeedijzeren hoofdeinde van het bed zitten. Hij keek weer naar het dakraam en dacht aan Trevors dood. Het meest beschamende op de lijst met geheimen.

De argumenten waarmee hij zijn geweten probeerde te sussen leken overdag redelijk. Als hij zijn vriend de juiste code had gegeven, waren ze nu allebei dood geweest en dat was niet bepaald een beter resultaat. Maar 's nachts overviel de twijfel hem. Dan was het niet belangrijk hoe diep de gracht was die John had gegraven. De schuldgevoelens kwamen altijd met droge voeten aan de overkant van het water en dwongen het verstand tot onvoorwaardelijke overgave.

Het was zijn schuld dat Trevor dood was.

Geen als, geen maar.

Zíjn schuld.

Punt uit.

John liet zijn hoofd weer op het kussen zakken en antwoordde op de sms. HALLO, NICOLE. HET IS LAAT. PROBEER TE SLAPEN.

Het meisje moest de volgende dag naar school.

Hij kreeg meteen antwoord.

DAT LUKT NIET. X

Daarna een nieuwe pling.

MAG IK JE BELLEN? X

John was absoluut niet in de stemming om een achtjarige van een afstand naar bed te brengen. Toch stuurde hij een opgestoken duim en wachtte tot zijn telefoon over zou gaan, wat onmiddellijk gebeurde.

'Ben je niet moe, Nicole?' zei hij en hij gaapte. 'Ik wel.'

'Jawel, maar ik kan toch niet slapen.'

'Waarom niet?'

'Overal in dit huis klinkt getik en soms hoor ik 's nachts vreemde geluiden in de muren. Leif zegt dat het muizen zijn en dat ik me er niet druk om moet maken.'

'Je vader heeft volkomen gelijk. Zo is dat nu eenmaal op het platteland.'

'Hij is mijn vader niet en ik wil hier niet zijn.' Haar stem veranderde in een fluistering en John besefte dat ze haar pleegouders niet wakker wilde maken.

'Ik snap dat het zo kan voelen,' zei hij. 'Maar ik beloof je dat het went.'

Het werd stil en John probeerde haar aan iets anders te laten denken. 'Gaat het goed met de dieren?' vroeg hij.

'Het schaap heeft lammetjes gekregen. Een van hen kan niet drinken bij zijn moeder, dus geef ik het melk uit een flesje.'

'Dat klinkt leuk.'

Het meisje gaf geen antwoord.

'Is dat niet zo?' probeerde John haar te paaien. 'Het is toch leuk om op de boerderij te helpen?'

'Jawel,' zei ze aarzelend.

'Weet je, Nicole. Je valt vast razendsnel in slaap als je aan dat schattige lammetje denkt.'

'Misschien wel.'

'Probeer het gewoon. Je zult zien dat het werkt.'

'Oké.'

'Mooi, welterusten dan maar en slaap lekker.'

Hij verbrak de verbinding, maar Nicoles ongeruste stem bleef in zijn hoofd hangen. Zijn nichtje had veel meegemaakt en het zou tijd kosten voordat ze haar draai had gevonden. John stond op uit bed. Hij wist dat hij niet in slaap zou vallen en dan was het beter om iets te doen.

Het navigatieapparaat dat hij uit Birger Falks auto had meegenomen, lag op het aanrecht in de keuken aan de lader. Hij drukte op de aanknop en zette zijn gedachten op een rijtje terwijl het verouderde ding tot leven kwam.

Toen de patholoog-anatoom beweerde dat het onmogelijk was om het tijdstip van Birger Falks dood vast te stellen, was dat niet helemaal waar geweest. Eén persoon wist tenslotte met zekerheid wanneer de moord had plaatsgevonden: degene die het mes in hem had gestoken. Het navigatieapparaat kon een leidraad zijn om hem of haar te identificeren.

De kwaliteit van het scherm was slecht en de animatieauto die de positie uit het voertuig toonde leek afkomstig uit een televisiespel uit de jaren tachtig. John klikte door het menu en koos ACTUELE BESTEMMINGEN. Een lijst met de laatst ingevoerde adressen verscheen. Bovenaan stond Gröna gatan 14.

De naam klonk bekend, maar om zichzelf te overtuigen zocht hij op zijn telefoon, die bevestigde wat hij eigenlijk al wist: het was de woning van Alicia Bjelke. Hij was tenslotte zelf in de woning in Norrstrand geweest om haar te vertellen dat haar zus dood was.

John keek weer naar het navigatieapparaat. Onder het adres stond het tijdstip waarop het was ingevoerd. Dat was vrijdag om zeven uur 's avonds geweest.

Hij ging op een fruitkist bij de keukentafel zitten. Dat was maar een paar uur nadat hij er zelf was geweest. Had Falk Alicia ook vermoord? De gedachte kwam niet helemaal uit de lucht vallen. Als het motief met Raw te maken had, dan koesterde de moordenaar misschien haatgevoelens tegen beide zussen.

John pakte zijn telefoon en zocht op internet naar een levensteken van Alicia Bjelke. Haar accounts op Facebook en Instagram waren helaas privé en Google kon hem evenmin helpen. Hij vond verbazingwekkend weinig artikelen, en de stukken die hij vond waren al maanden oud.

Hij had haar contactgegevens en voelde een krachtige impuls om haar te bellen. Het was weliswaar vier uur 's nachts, maar hij moest weten of ze nog leefde. Als hij een nieuwe simkaart in zijn prepaidtelefoon stopte, kon het gesprek niet opgespoord worden.

John trof de noodzakelijke voorbereidingen en toetste het nummer in. Haar telefoon ging vijf keer over voordat iemand opnam.

'Hallo, met wie spreek ik?' hoorde hij een vertrouwde, hese stem zeggen.

Hij verbrak de verbinding en bleef met de telefoon in zijn hand zitten. Als Birger Falk echt bij Alicia Bjelke in de Gröna gatan op bezoek was geweest, wilde dat zeggen dat ze elkaar vlak voor de dood van de man hadden ontmoet. John probeerde zich Alicia als dader en Falk als slachtoffer voor te stellen.

Was het zo gegaan?

Hij kon het niet uitsluiten.

Het tijdstip was in elk geval belastend. Als ze elkaar op vrijdagavond hadden ontmoet, had de moord vermoedelijk eveneens op dat moment plaatsgevonden. Dat betekende dat Birger Falk al dood in de kofferbak had gelegen toen John beweerde dat hij de schoten in Bergvik had afgevuurd. Alicia Bjelke kon met andere woorden zijn gefingeerde scenario ontkrachten.

Dat zou op zijn beurt leiden tot de vanzelfsprekende conclusie dat de echte dader het pistool in Birger Falks auto had neergelegd. Johns naam zou vanaf dat moment rood oplichten in het onderzoek. Hij was als enige politieagent ter plaatse geweest en zou onmiddellijk de opdracht krijgen om zijn dienstwapen in te leveren voor inspectie. Als hij dat niet kon, was de volgende stap een DNA-test die zou worden vergeleken met de huidresten onder de nagels van de huurmoordenaar. Op dat moment zou John gedwongen worden te kiezen tussen vluchten en in de gevangenis belanden.

Beide alternatieven waren niet aantrekkelijk.

Aan de andere kant was het twijfelachtig dat Alicia Bjelke haar getuigenis zou intrekken als dat tegelijkertijd betekende dat ze de schuld van Birger Falks dood op zich nam. Ze zou het beslist net zo belangrijk vinden als John dat het onderzoek werd beschouwd als een afrekening in het drugsmilieu en werd gesloten.

John zette een kop koffie en vroeg zich af wat er in de Gröna gatan was gebeurd. Hij zag twee mogelijke scenario's voor zich. In het ene was Birger Falk van plan om beide zussen Bjelke te vermoorden. Daarin was Alicia na Stella aan de beurt. Hij reed naar Norrstrand om haar te grazen te nemen, maar er was iets misgegaan. Ze bood weerstand en het eindigde ermee dat hij degene was die stierf.

In het tweede scenario was Alicia een doortrapte dader die wraak wilde nemen op haar zus. In dat geval had ze Birger Falk naar haar huis gelokt om hem daar dood te steken.

Zolang Alicia niet werd verdacht van de moord – als ze die op haar geweten had – was John er relatief zeker van dat ze haar mond zou houden over wat ze wist. Maar als Mona begon te twijfelen aan Stanislaw Panufniks onbekende handlanger als dader en een objectief onderzoek naar Birger Falks dood wilde, veranderde de situatie. De technisch rechercheurs hadden vingerafdrukken en DNA van meerdere personen in de witte Volvo gevonden en die waren nog niet gecontroleerd. Als Alicia Bjelke de auto had gebruikt om Birger Falks lichaam af te voeren, bevonden haar biologische sporen zich waarschijnlijk in de auto.

John haalde zijn laptop uit de tas in de hal en logde via een veilige VPN-verbinding in het politiesysteem in. Nadat hij even had gezocht, was hij gerustgesteld. Alicia kwam niet voor in de database met vingerafdrukken of in een van de drie DNA-registers.

Hij dronk zijn koffie en herhaalde een mantra in zijn hoofd: Alicia

Bjelke mocht onder geen beding verdacht worden van moord. Met technisch bewijs als ondersteuning zou het Mona niet veel tijd kosten om haar een bekentenis af te dwingen.

John keek op zijn horloge. Over een paar uur moest hij de supersmeris uit Stockholm voor het Stadshotellet ophalen. Hij zag Mona's intelligente blik voor zich en hoorde het rampenkoor hem opnieuw aansporen om het op te geven.

John weigerde echter naar de stemmen in zijn hoofd te luisteren. In plaats daarvan zou hij doen wat Mona tijdens de bespreking had voorgesteld: diep graven. Het juiste verband tussen Stella Bjelke en Birger Falk vinden. Of tussen béíde zussen en de dode man, als dat het geval was. Daarna zou hij de connectie zo diep begraven dat niemand – zelfs Mona Ejdewik niet – die zou kunnen vinden.

DINSDAG

30

Na de inbraak van de politieagent durfde Alicia niet in Stella's appartement te blijven. Ze was de trappen af gerend en had Ratko vanuit de auto gebeld. Toen hij niet opnam, was ze naar zijn huis gereden en had aan één stuk door aangebeld bij de intercom. Uiteindelijk had een geïrriteerde buur tegen haar geroepen dat ze moest stoppen en dat had ze gedaan. Ze had nog één keer naar de zwarte rij ramen op de tweede verdieping gekeken en was weggereden.

De rest van de nacht had ze op het parkeerterrein van een jachthaven buiten de stad doorgebracht, op een besneeuwd grindterrein waar de boten onder dekkleden stonden en niemand een auto zou zien die in de schaduwen tussen de rompen stond. Als ze niet wakker was geworden doordat iemand haar had gebeld, had ze waarschijnlijk tot de volgende ochtend geslapen.

Toen Ratko eindelijk contact met haar opnam, was dat om halfacht via een sms. SORRY, HET IS GISTEREN LAAT GEWORDEN EN IK MOEST SLAPEN.

Ze belde hem zodra ze het bericht had gelezen, maar werd toch doorgeschakeld naar zijn voicemail. Vervolgens begon ze in plaats daarvan een sms te schrijven. Halverwege wiste ze die echter. Alicia wilde niet blootgesteld worden aan dezelfde radiostilte als de vorige avond. Het was beter om bij hem langs te gaan. Ze wist tenslotte waar hij de ochtenden doorbracht. Ratko bezat een koffiebar niet ver van Palermo waar hij meestal ontbeet.

Toen ze daar arriveerde, was er maar één vrije plek in de straat van de koffiebar. Alicia parkeerde en haastte zich naar binnen.

Hoewel het lokaal net open was, waren de meeste stoelen al in beslag genomen door de gebruikelijke clientièle: moeders met ouderschapsverlof die de halve kinderbijslag uitgaven aan vegan lattes en hipstermannen die op retrofietsen naar hun werk reden.

Ze zocht Ratko's geschoren kin tussen de baarden, maar hij was er niet. Niet achter de toonbank en niet bij een van de tafeltjes. Alicia ging naar de Land Rover terug en wilde het portier aan de bestuurderskant net openen toen ze een stem haar naam hoorde roepen. Ze draaide zich om en liet haar autosleutel bijna in een put vallen.

Het was de politieagent met de donkere huid.

Deze keer was hij echter niet alleen. Hij had een vrouw bij zich. Ze droegen beiden burgerkleding en Alicia keek om zich heen of ze geüniformeerde agenten zag. Als ze haar wilden oppakken, zou er toch een surveillancewagen in de buurt moeten zijn?

'Wat een toeval,' zei de man met het lichte Amerikaanse accent dat ze zich van de vorige keer herinnerde. 'We waren onderweg naar je toe.'

Alicia probeerde te bepalen of hij de waarheid sprak – ze woonde inderdaad in de buurt – of dat ze haar vannacht en vanochtend hadden geschaduwd. Maar waarom pakten ze haar dan niet op? Daar kon ze geen logische verklaring voor bedenken.

De vrouw stak haar hand uit zonder naar haar te staren of weg te kijken, de twee gebruikelijkste reacties waar Alicia mee te maken kreeg als ze nieuwe mensen ontmoette. Haar collega had haar blijkbaar gewaarschuwd voor de littekens in haar gezicht. 'Mona Ejdewik,' zei ze. 'Van de Nationale Operatieve Afdeling van de Politie Stockholm.'

Alicia schrok. 'Stockholm?'

'Ja, we helpen de plaatselijke politiekorpsen bij bijzondere gebeurtenissen en sinds gisteren leid ik het onderzoek naar de moord op je zus. Zie je kans om even met ons te praten?'

Daar had ze geen tijd voor. Ze moest Ratko te pakken zien te krijgen. 'Natuurlijk,' zei ze. 'Hier?'

'Nee, ik denk dat we beter naar jouw huis kunnen gaan, als je daar niets op tegen hebt.'

De vrouw glimlachte vriendelijk naar haar en Alicia probeerde terug te glimlachen terwijl de gedachten door haar hoofd tolden. Hoe moest ze de tekst die Linda in haar slaapkamer op de muur had geschreven uitleggen? En het bloed dat misschien – of misschien niet – in de naden van de linoleumvloer was gesijpeld? Was dat met het blote oog te zien?

'Als je voor ons uit rijdt, dan volgen wij,' zei de vrouw voordat Alicia kon protesteren.

De politieagenten stapten in een zwarte sedan die aan de overkant van de straat stond, dezelfde auto die ze in het bos op de top van de heuvel had gezien. Ze wachtten tot ze weg zou rijden en hen naar het huis zou leiden waar ze het mes in de hals van Stella's moordenaar had gestoken.

Alicia reed zo langzaam mogelijk naar de Gröna gatan. Ze had tijd nodig om na te denken over de vragen die de bezoekers konden stellen en hoe ze die moest beantwoorden, maar dat lukte niet. Haar hersenen, die volkomen gewend waren aan het oplossen van ingewikkelde problemen in strikte logica, kookten over.

Ze zou samen met Stella op weg moeten zijn naar de kliniek in Kopenhagen.

Maar haar zus was dood en Ratko nam zijn telefoon niet op.

Alicia stuurde hem een sms. BEL ME ALSJEBLIEFT METEEN!

Even later waren ze bij haar woning.

Alicia wist dat ze koffie moest aanbieden, maar deed het niet omdat ze bang was dat haar handen zouden trillen als ze de kopjes neerzette. De politieagenten hingen hun jassen over de rugleuningen van de stoelen en gingen aan de keukentafel zitten.

'Ik neem aan dat je weet dat we een man in afwezigheid gearresteerd hebben voor de moord op je zus,' begon de vrouw.

Zij was degene die het woord voerde. Stockholm stak Karlstad de loef af, of het nu binnen de politie of op welk ander terrein ook was.

'Birger Falk, dat weet ik,' zei Alicia.

'Dan kan ik je meedelen dat we hem dood aangetroffen hebben. Hij lag in de kofferbak van zijn eigen auto. Het is nog niet officieel, dus ik ben je dankbaar als je het voor jezelf wilt houden.'

Alicia probeerde verbaasd te kijken met de beperkte mimiek die de littekens in haar gezicht toestonden.

'Dood?' herhaalde ze.

'Ja, we weten nog niet hoe het gebeurd is,' ging de vrouw verder. 'Maar alles wijst erop dat het om een misdrijf gaat.'

De stilte die volgde was ondraaglijk. Alicia verwachtte dat een van de politieagenten een wattenstaafje tevoorschijn zou halen en haar zou vragen haar mond open te doen. Of met een vel papier van het Openbaar Ministerie zou zwaaien en de deur voor een groep technisch rechercheurs in witte overalls zou openen.

'We moeten je een aantal vragen stellen die je als misplaatst zou kunnen opvatten, maar ik hoop dat je begrijpt dat we elke steen moeten omdraaien.'

De man was nu degene die praatte en Alicia knikte naar hem. 'Natuurlijk, dat begrijp ik,' zei ze.

'Mooi. We hebben reden om te denken dat de moorden op je zus en Birger Falk drugsgerelateerd zijn. Weet je of Stella drugs gebruikte?'

Alicia wist niet wat ze moest antwoorden. Nog maar een paar uur geleden had ze gezien dat de politieagent in Stella's appartement had ingebroken om er een zakje cocaïne te verbergen en nu vroeg hij haar of haar zus drugs gebruikte. 'Ik weet het niet,' zei ze. 'Daar praatten we niet over.'

'Heb je haar ooit drugs zien gebruiken? Het is belangrijk dat je eerlijk bent. We moeten dit weten om te begrijpen waarom je zus dood is.'

De gedreven klank in de stem van de man verjoeg Alicia's twijfel. Hij wilde dat ze bevestigend antwoordde en dat het zakje in de speaker ontdekt zou worden. Waarom zou hij het daar anders in gestopt hebben? Om de een of andere ondoorgrondelijke reden probeerde hij het onderzoek te saboteren.

'Ja, toen ze studeerde,' zei ze.

'Wat gebruikte ze?'

'Alles wat ze te pakken kon krijgen. Wiet natuurlijk, maar ook ecstasy en cocaïne.'

Het was een halve waarheid die aan een leugen grensde. Natuurlijk had Stella, en zij trouwens ook, drugs geprobeerd op de universiteit. Dat was een paar keer gebeurd en altijd als ze het van anderen kregen. Maar als de politieagent bewijs had achtergelaten, kon ze op haar beurt het drugsgebruik van haar zus overdrijven. Alle sporen die in de verkeerde richting wezen waren het waard om te benadrukken.

'Is ze daar na haar studie mee doorgegaan?'

'Zoals ik al zei weet ik het niet, maar...'

Ze liet een stilte vallen en de politieagent hielp haar op weg.

'We moeten hier in het belang van iedereen duidelijkheid over hebben,' zei hij.

'Stella stond onder grote druk. Het zou niet vreemd zijn als ze soms stoom af wilde blazen, en ze heeft het altijd heerlijk gevonden om te feesten.'

Hoe langer het gesprek duurde, hoe gemakkelijker Alicia het vond om de juiste woorden te vinden. Ze balanceerde niet langer op de rand van een paniekaanval en had zelfs een paar geruststellende meters afstand kunnen nemen van de afgrond.

Ze keek naar de politievrouw, die af en toe een aantekening op een blocnote maakte. Alicia vroeg zich af wat ze opschreef. Naar haar gezichtsuitdrukking te oordelen was ze minder overtuigd van het drugsmotief dan haar collega.

De vrouw haalde een map uit haar tas en schoof een foto naar Alicia toe. 'Herken je hem?' vroeg ze.

Alicia bestudeerde de man op de foto. Hij had grove poriën en een neus die zo groot was als een aardappel en enigszins scheef stond. Ze vermoedde dat hij er gedurende de jaren meerdere klappen op had gehad. 'Nee, ik heb hem nog nooit gezien.'

'Hij werkte als huurmoordenaar voor een Nigeriaans drugskartel en is doodgeschoten bij een winkelcentrum in Karlstad. Misschien heb je daar iets over gehoord of gelezen?'

Alicia knikte. Ze had de gebeurtenis in Bergvik in de nieuwsstroom voorbij zien komen, maar had er niet veel aandacht aan geschonken. Ze had het de afgelopen dagen immers druk gehad met andere dingen.

'We hebben indicaties dat Birger Falk degene is die hem gedood heeft,' ging de vrouw verder.

Alicia keek weer naar de foto. Ze moest haar blik tenslotte ergens op richten om haar verbazing te verbergen. 'Wanneer heeft die schietpartij plaatsgevonden?' vroeg ze.

'Zondagavond om tien uur.'

Alicia bleef doen alsof het haar niet raakte terwijl ze probeerde te begrijpen hoe de politie het zo mis kon hebben. Op dat moment lag Birger Falk al dood in de kofferbak van de vieze oude Volvo.

De politieman keek een hele tijd aandachtig naar haar, alsof hij een proefpersoon tijdens een psychologisch experiment bestudeerde.

'Wat voor indicaties zijn dat?' vroeg Alicia, zich ervan bewust dat ze misschien naar meer details vroeg dan de agenten haar wilden geven.

'Later vandaag geven we een persconferentie,' zei de vrouw. 'We hebben een wapen in Birger Falks auto gevonden dat aan de schietpartij in het winkelcentrum gelinkt kan worden.'

Haar collega bleef naar Alicia kijken. Het was alsof hij op de kleinste verandering in haar mimiek lette. Op de een of andere manier was hij hierbij betrokken. De stap van het verstoppen van drugs naar het manipuleren van technisch bewijs was niet bijzonder groot.

'Denken jullie dat de moord op mijn zus met de schietpartij op het dak van Bergvik te maken heeft?' vroeg Alicia. Ze schoof de foto terug.

'We vermoeden dat de drie sterfgevallen met elkaar te maken hebben,' zei de politieman.

'Hoewel het onderzoek zich natuurlijk nog in een vroeg stadium bevindt,' voegde de vrouw eraan toe. 'We blijven objectief en sluiten niets uit.'

Daar was de kloof tussen hen weer, dacht Alicia. Hij rende vastbesloten in één richting en zij hield hem tegen.

'Je hebt eerder verteld dat Stella tijdens de avond waarop ze vermoord is een afspraak met iemand had,' ging de vrouw verder.

'Ja, daar heb ik al met je collega over gepraat,' zei ze en ze knikte naar de politieman. 'Hij heeft de namen gekregen van de gebruikers van onze datingsite met wie ze contact gehad heeft.'

'Kende je iemand van die personen?'

'Nee, helaas niet, maar haar date hoeft niet een van hen geweest te zijn. Stella ontmoette veel mensen. Niet alleen via Raw, maar ook op andere datingsites en in het echte leven.'

'Ik begrijp het. Nu er wat tijd versteken is, herinner je je misschien of Stella nog iets anders gezegd heeft over de persoon met wie ze een afspraak had. Het kleinste detail kan belangrijk zijn.'

'Nee, niets anders dan wat ik al verteld heb.'

De politievrouw maakte een paar aantekeningen en sloeg de blocnote dicht. 'Oké, dan zullen we je niet langer storen. Hartelijk bedankt, je hebt ons enorm geholpen.'

Pas toen de zwarte auto uit het zicht was verdwenen, ging Alicia weer aan de keukentafel zitten. Haar benen trilden, net als haar armen. In plaats van haar te arresteren hadden de onderzoekers, of in elk geval een van hen, een krankzinnige theorie gelanceerd over drugshandel en conflicten met de Nigeriaanse maffia.

Hoewel ze dankbaar was dat de politieman het onderzoek saboteerde, wilde ze weten waarom dat was. Wat zou hij ermee winnen als de verkeerde persoon schuldig werd bevonden aan Birger Falks dood?

Alicia had niets meer gegeten na de macarons uit Stella's vriezer. Ze stopte brood in de rooster. Vier boterhammen later had ze voldoende gegeten om weer na te kunnen denken over de situatie. Deze keer deed ze dat echter vanuit een andere richting en met een ander uitgangspunt.

Voor haar was de moord op Birger Falk het centrale thema, maar voor de politieman was dat misschien anders. Stel dat de schietpartij de zon was en al het andere daaromheen cirkelde. Door een wapen in de Volvo te leggen creëerde hij een zondebok voor de moord in Bergvik. Birger Falk was bovendien dood en kon de valse beschuldigingen niet bestrijden.

Maar zij kon dat wel, dacht Alicia. Ze wist dat Birger de schoten op het dak, die de dood van de huurmoordenaar hadden veroorzaakt, niet had afgevuurd.

Een zweem van ongerustheid stroomde door haar lichaam en zette zich vast in haar borstkas. Ze moest meer over de politieman weten.

Alicia haalde haar telefoon uit de zak van haar jas, die in de hal hing. Ze zag dat Ratko had geprobeerd haar te bereiken terwijl de politie bij haar was. Hij had niets op haar voicemail ingesproken, maar wel een sms gestuurd: PROBEER HET STRAKS NOG EEN KEER.

Ze belde hem, maar werd ook deze keer meteen naar zijn voicemail doorgeschakeld. Haar teleurstelling was nu minder groot, omdat hij in elk geval contact had opgenomen en beloofde om opnieuw te bellen. Alicia zette het geluid van haar telefoon zo hard mogelijk. De volgende keer zou ze het gesprek niet mislopen.

Ze probeerde zich de volledige naam van de politieman te herinneren. Hij had zijn visitekaartje tijdens zijn eerste bezoek achtergelaten en dat zou ergens in de keuken moeten liggen. Alicia vond het in een lade bij het fornuis en voerde FREDRIK ADAMSSON POLITIE KARLSTAD in de browser van haar telefoon in.

De lijst met resultaten was teleurstellend. Niet één ervan had iets te maken met de man voor wie ze belangstelling had. Het was alsof hij niet bestond in de digitale wereld.

In plaats daarvan toetste ze STELLA BJELKE MOORD in om hem op die manier eventueel te vinden. Ze kreeg meer dan honderd hits en Alicia sorteerde ze in chronologische volgorde. Het artikel dat bovenaan belandde was nog maar een halfuur geleden gepubliceerd:

GROTE FOUTEN POLITIE IN ZAAK-STELLA BJELKE

Ze klikte op de link en werd doorgestuurd naar polisläckan.se, een blog waarvan Alicia nog nooit had gehoord en waarin de Politie Värmland hard werd aangepakt.

De kop maakte zijn belofte waar. In de tekst onder een meegestuurde video beweerde de anonieme blogger dat hij uniek materiaal van het onderzoek in handen had gekregen. Het ging om een film van een bewakingscamera bij de plaats delict die de politie niet volledig had bekeken.

Alicia drukte op play en de film begon. In het begin bevatte die niets nieuws voor haar. Hoewel polisläckan.se het fragment waarop Birger Falk de koffiebranderij verliet als eerste had gepubliceerd, hadden de avondkranten de film onder een breder publiek verspreid. Ze had de grofkorrelige opname op de nieuwssite van *Aftonbladet* gezien en had gedacht dat de journalisten van de krant het hadden opgediept. De film stopte nadat Birger Falk zijn hand op de trapleuning voor Löfbergs had gelegd en een kader met een tekst vulde het beeld:

HIER VERLAAT DE MAN DIE IS GEÏDENTIFICEERD ALS STELLA BJELKES MOORDENAAR DE PLAATS DELICT. OP DAT MOMENT IS HET 22.39 UUR. HELAAS HEEFT DE POLITIE DE BEWAKINGSFILM NOOIT AFGEKEKEN, WAT EEN ENORME VERGISSING BLIJKT TE ZIJN.

Het kader verdween en de film spoelde snel verder, om daarna weer te bevriezen en plaats te maken voor een nieuwe mededeling van de blogger:

HET IS NU 23.04 UUR, DEZELFDE AVOND EN DEZELFDE PLEK.

De film draaide op normale snelheid verder. Na zo'n tien seconden ging de deur van de koffiebranderij open. Alicia's hart begon twee keer zo snel te slaan toen een onscherpe gestalte de trap af liep.

Het beeld pauzeerde weer en een nieuw kader verscheen:

WIE IS DIT? EEN BEOOGD SLACHTOFFER DAT ONTKOMEN IS? EEN HANDLANGER? OF IS DIT STELLA BJELKES ECHTE MOORDENAAR? DE POLITIE VÄRMLAND HEEFT GEEN IDEE. TOT NU TOE WISTEN ZE NIET EENS DAT DEZE PERSOON BESTOND.

31

John had de hoofdcommissaris nog maar één keer ontmoet. Met zijn dikke lichaam en de uitstekende baardharen rond zijn mond deed de man aan een walrus denken. Het enige wat ontbrak waren de twee slagtanden, en die zou hij vandaag ongetwijfeld gebruikt hebben omdat hij woedend was. 'Hoe hebben jullie dat verdomme over het hoofd kunnen zien?!' riep hij, waarna hij zo hard met zijn vuist op het whiteboard sloeg dat het losschoot van een van de haken en scheef kwam te hangen.

'Ik weet het niet,' probeerde Ruben terwijl hij naar de tafel staarde. 'Het was een vergissing. We dachten dat we de moordenaar hadden omdat –'

'Dachten, ja! En daarom vonden jullie het niet nodig om de film helemaal te bekijken. Begrijp ik dat goed?' De stem van de hoofdcommissaris echode tussen de muren van de spreekkamer. Zelfs Mona leek onder de indruk, hoewel de uitbrander niet tegen haar was gericht. John en zij waren op weg geweest naar het politiebureau om de persconferentie voor te bereiden toen ze samen met Ruben naar de bespreking waren geroepen.

'Weten jullie wie deze blogger is?' vroeg de Walrus terwijl hij de zweetdruppels van zijn voorhoofd veegde.

Ruben schraapte zijn keel. 'De IT-groep werkt eraan, maar tot nu toe zijn ze er niet in geslaagd om degenen die de site runnen te identificeren.'

'Hoe hebben ze die bewakingsfilm verdomme in handen gekregen?'

'Dat weten we niet. Een hypothese is dat iemand van Löfbergs het materiaal had en het doorverkocht heeft.'

'Wie zegt dat het lek zich niet in dit gebouw bevindt?'

'Ik heb moeite om dat te geloven, maar die mogelijkheid is er natuurlijk,' antwoordde Ruben aarzelend.

De Walrus schudde zijn hoofd zo hevig dat de huid onder zijn kin heen en weer bewoog, en begon door de kamer te ijsberen. Zijn overhemd was uit zijn broekriem gegleden en een stukje van zijn enorme buik was zichtbaar.

John was net zo verrast geweest als alle anderen toen hij het nieuwe fragment van Löfbergs' bewakingscamera had gezien. Het was natuurlijk een enorme blunder dat ze de film niet afgekeken hadden. Tegelijkertijd kon hij begrijpen hoe de vergissing had kunnen plaatsvinden. Ze hadden de moordenaar op beeld toen hij de plaats delict verliet en zijn hand op de trapleuning legde. Birger Falk had het bloed van zijn slachtoffer letterlijk aan zijn handen gehad.

De hoofdcommissaris keek naar het beeld van de onbekende gestalte die de stalen trap af liep. 'Dit is volkomen absurd,' zei hij, waarna hij een flesje mineraalwater op kamertemperatuur van de tafel pakte. 'Elke nieuwssite verspreidt deze verdomde film. Ik had Stockholm meteen moeten inschakelen, dan waren we nu misschien niet overgekomen als een stel idioten.' Hij haalde een doosje pruimtabak uit zijn broekzak, gebruikte dat om de dop van het flesje water te halen en dronk het achter elkaar leeg. John had nog nooit iemand zo snel zien drinken. Het was alsof de man zijn keel gewoon uitzette, waardoor hij niet hoefde te slikken. 'Ik wil dat jullie heel snel uitzoeken wie die persoon is,' zei de Walrus terwijl hij naar het scherm wees. 'Intussen ga ik proberen te bedenken wat ik tegen de journalisten moet zeggen om ook maar een kléín beetje van onze betrouwbaarheid over te houden.'

Nadat de hoofdcommissaris de kamer uit was gestormd, bleven de anderen zitten. De sfeer rond de tafel deed John denken aan de keer bij afdeling Moordzaken in New York, op de dag nadat de Rangers tijdens de NHL-play-offs waren verslagen. De blikken waren op de koffiebekers gericht terwijl de bittere smaak van verlies tastbaar was.

Hij schudde het gevoel van zich af en keek opnieuw naar het scherm. De wazige gestalte die Löfbergs uit liep droeg een dik donzen jack met een capuchon die het haar en grote delen van het gezicht verborg. De persoon droeg een gereedschapskist.

De gedachte die de eerste keer dat John het fragment had gezien door zijn hoofd was geschoten, was nog niet verdwenen.

Alicia Bjelke.

Kon zij degene zijn die de deur achter zich dichtdeed en zich de trap af haastte?

Hij herinnerde zich de tekst die polisläckan.se aan het eind van de clip had toegevoegd. De blogger was irritant en onoordeelkundig, maar ook geen stommeling. De alternatieven die hij presenteerde waren allemaal volkomen mogelijk:

Een beoogd slachtoffer dat was ontsnapt: in dit scenario was Alicia Bjelke getuige geweest van de moord op haar zus, maar wilde ze om de een of andere reden geen contact opnemen met de politie.

Een handlanger: deze hypothese haalde alles overhoop en ging uit van een bondgenootschap tussen Alicia en Birger Falk, waarin beiden Stella Bjelke dood wilden hebben. Naderhand hadden ze ruzie gekregen en had Alicia hem doodgestoken.

De echte moordenaar: in de meest drastische interpretatie van het filmfragment was Alicia schuldig aan de dood van haar zus. Birger Falk veranderde daardoor in een handlanger of iemand die had geprobeerd de moord tegen te houden, en was daardoor een getuige geworden die uit de weg geruimd moest worden.

John zuchtte zachtjes. Er waren te veel alternatieven die alleen op een levendige fantasie waren gebaseerd. Bovendien was het verre van zeker dat de diffuse gestalte op de trap echt Alicia Bjelke was.

John keek naar Mona en vroeg zich af wat er in haar hoofd omging. Tot nu toe had ze niet uitgestraald dat de zus op haar lijst met verdachten stond. Het was uiterst belangrijk dat dat zo bleef.

'Zo,' zei Mona. Ze stond op van de stoel alsof ze zijn blik voelde, hing het whiteboard recht en opende een van de ramen. John vermoedde dat ze de geur van het bezoek van de hoofdcommissaris weg wilde krijgen. In verontwaardigde toestand leek de man te zweten als een otter – of liever gezegd als een walrus. 'Ik neem aan dat ik niet nóg eens hoef te herhalen dat we idioten zijn omdat we dit over het hoofd gezien hebben, dus stel ik voor dat we een streep onder de kwestie zetten en aan het werk gaan.' Ze liep naar het bevroren beeld dat nog steeds op het scherm werd geprojecteerd. 'Dus... wie is dit?'

Ruben maakte zich lang op de stoel waarop hij ineengedoken had gezeten tijdens de verbale beschieting van de hoofdcommissaris. 'Het lijkt een vrouw,' zei hij. 'Ze is klein.'

'Er bestaan kleine mannen,' wierp Mona tegen.

'Ja, dat klopt natuurlijk, maar toch was dat mijn eerste gedachte.'

Mona keek naar John. 'Ben jij het daarmee eens?'

'Ik vind dat we voorzichtig moeten zijn met het trekken van conclusies,' zei hij. 'Het enige wat we uit de film kunnen opmaken is de lengte van de persoon. Dan is het puur statistisch gezien waarschijnlijker dat het om een vrouw gaat, maar daar kunnen we niet zeker van zijn.' John besefte dat hij onzin uitkraamde, maar wat kon hij anders zeggen? Wat hij echt dacht moest hij voor zich houden.

'Kunnen we de film terugspoelen naar het moment waarop Birger Falk het gebouw verlaat?' vroeg Mona.

Ruben boog zich naar de laptop op de tafel en bracht de cursor naar het moment waarop de overleden man op de trap stond.

'Als we naar de afstand tussen de schedel en de bovenkant van de deur kijken, hoeveel verschilt die dan met de niet-geïdentificeerde persoon?' vroeg ze.

‘Falk is bijna een kop groter,’ zei Ruben.

Mona liep naar de tafel terug en bladerde door haar papieren. ‘Volgens het autopsieverslag was Birger Falk één meter vijfentachtig. Dat zou betekenen dat de lengte van onze onbekende ongeveer tussen de één meter vijfenvijftig en één meter vijfenzestig moet liggen.’

‘Dat klinkt aannemelijk,’ zei Ruben en hij verplaatste de cursor weer, zodat de gestalte met de capuchon op het hoofd opnieuw op het bordes verscheen.

John dacht aan zijn bezoek aan de woning van Alicia Bjelke en probeerde de vrouw voor zich te zien. Hoe lang was ze eigenlijk? Hij wist het niet zeker.

‘Volgens de zus had Stella Bjelke een date op de avond dat ze vermoord werd,’ zei Mona. ‘Kan dat de persoon zijn die we op de film zien?’

‘Alles is natuurlijk mogelijk,’ zei John. ‘Maar als de date getuige geweest is van de moord of zelf ook aangevallen is en het overleefd heeft, had hij of zij waarschijnlijk contact met de politie opgenomen.’

‘Misschien is ze zwaargewond geraakt en ligt ze ergens dood in een greppel,’ voegde Ruben eraan toe. Hij bleef de onbekende persoon koppig een vrouw noemen.

‘Daar lijkt het niet op,’ zei Mona. ‘De persoon op de film beweegt normaal, maar Falk kan natuurlijk gedreigd hebben hen te vermoorden als hen contact met ons opnam. Misschien hebben we daarom niets gehoord.’

John fronste zijn voorhoofd. Hen? Het was opnieuw een woord dat hij niet kende. Maar misschien gebruikte Mona dat persoonlijke voornaamwoord om duidelijk te maken dat het geslacht van de persoon onbekend was.

‘Kan de date een handlanger van Birger Falk geweest zijn?’ ging ze verder. ‘Hen heeft misschien online contact met Stella Bjelke opgenomen onder het voorwendsel dat het om een opwindende Black Tantra-ontmoeting ging.’

‘En als ze daar arriveert, staat Falk met een beitel in zijn hand op haar te wachten,’ voegde Ruben eraan toe.

Mona haalde haar schouders op. ‘Het is in elk geval een theorie.’

‘Maar die klopt niet,’ zei John. ‘De receptioniste van Raw met wie ik gepraat heb zei dat Birger Falk gestrest was toen hij hoorde dat Stella via de achteruitgang was vertrokken en een taxi had genomen. Volgens haar vroeg Falk meerdere keren waar Stella naartoe was gegaan. Dat had hij moeten weten als hij onder één hoedje speelde met de date.’

Mona knikte om het argument goed te keuren. ‘Waarom denk je dan dat die persoon daar was?’

‘Voor mij is een misgelopen drugsdeal nog steeds de meest aannemelijke verklaring. De onbekende figuur op de film was daar vermoedelijk bij betrokken en was getuige van de moord. Dat verklaart waarom die persoon geen contact met ons opgenomen heeft.’

Mona leek na te denken. ‘Oké, maar toch wil ik dat we gaan praten met de mogelijke dates met wie Stella contact gehad heeft via Raw,’ zei ze vervolgens. ‘Heb je ze al gebeld?’

‘Nee,’ bekende John. ‘Maar dat ga ik nu doen.’

‘Dat had je allang moeten doen,’ zei Mona. ‘Dit onderzoek kan niet nog meer fouten gebruiken.’ De scherpe klank in haar stem was onmiskenbaar en John wilde zich verdedigen, maar de echte reden – dat Ganiru’s mannen hem hadden belet zijn werk te doen – kon hij onmogelijk als verklaring gebruiken. Hij kon zijn ergernis alleen inslikken en zijn excuses maken voor het oponthoud.

‘Ik denk ergens over na,’ zei Ruben en hij leunde naar achteren op zijn stoel. ‘We zien alleen dat de vrouw – sorry, de onbekende persoon – uit de koffiebranderij komt, maar hoe is ze eigenlijk binnengekomen?’

Het werd stil rond de tafel. John nam aan dat Mona tot dezelfde conclusie als hij was gekomen, namelijk dat het een belangrijke vraag was die al gesteld had moeten worden. Ruben was heel duidelijk een betere onderzoeker dan een chef, en het was een verlies voor het hele korps dat hij promotie had gemaakt.

Tegelijkertijd werd er een nieuwe ongerustheid in John gewekt. Als de gestalte op de trap Alicia Bjelke was, dan was ze misschien naar Löfbergs gekomen in een auto die niet op de film te zien was.

'Dat is een goede vraag, Ruben, ik controleer het,' zei Mona. Ze liep naar haar plek aan de tafel terug om haar laptop en blocnote te halen.

Er borrelde een nieuwe energie in haar stem en de manier waarop ze bewoog. Ze praatte niet meer over de zaak als een 'broodje stront'. Als Mona eerder mentaal onderweg naar Stockholm was geweest, dan stond ze nu stevig op twee benen in Karlstad.

Dat was slecht nieuws voor John.

Heel slecht nieuws zelfs.

Nadat John naar zijn kantoor was teruggekeerd, pakte hij de A4'tjes die Alicia Bjelke voor hem had geprint toen hij haar over de dood van haar zus had verteld. Daarop stonden de namen en foto's van de drie mannen en twee vrouwen met wie Stella via Raw contact had gehad.

Na bijna een uur had hij vier van de vijf gebruikers aan de telefoon gehad. Ze bevestigden allemaal dat ze actief waren op de datingsite en dat hun profielen waren gematcht met die van Stella Bjelke. Ze hadden allemaal met haar gepraat via de stemfunctie, maar geen van hen had een afspraak met haar gehad. Geen van allen kenden ze het begrip Black Tantra.

John dronk de laatste koffie uit zijn beker en wreef in zijn gezicht. Vervolgens belde hij het laatste nummer op de lijst.

'Met Pernilla Cederholm.' De vrouw nam al na de eerste keer overgaan op en had een schelle stem. Volgens het bevolkingsregister woonde ze in Karlstad en was ze tweeëndertig, maar ze klonk eerder als vijftig.

John stelde zich voor als Fredrik Adamsson en herhaalde de vraag die hij aan de andere gebruikers had gesteld.

'Wacht, wat bedoel je?' zei de vrouw.

'Ik wil weten of je via datingsite Raw contact gehad hebt met Stella Bjelke. Volgens onze gegevens ben je een gebruiker van die site.'

'Nee, dat ben ik niet.'

'Niet?'

'Nee. Ik heb Stella Bjelke in verband met mijn werk een paar keer ontmoet, maar ik ken haar niet en heb absoluut geen date met haar gehad.'

'Mag ik vragen wat voor werk je doet?' vroeg John.

'Ik ben influencer. Voornamelijk op het gebied van mode, maar af en toe houd ik me ook met inrichting en reizen bezig.'

'Ik begrijp het,' zei John. Hij probeerde zijn vooringenomenheid niet te laten merken. 'En je weet heel zeker dat je nooit lid van Raw bent geweest?'

'Inderdaad. Ik heb nooit dates via internet.'

Hoewel de vrouw oprecht verbaasd klonk, was Johns eerste gedachte dat ze loog. Misschien vond ze het pijnlijk om over haar liefdesleven te vertellen, vooral als het om ontmoetingen in donkere fabriekshallen ging. 'Dat klinkt een beetje vreemd, omdat je bank-ID gebruikt is om juist op die datingsite een account aan te maken. Heb je daar een verklaring voor?'

Het bleef even stil, waarna Pernilla Cederholms schelle stem weer klonk. 'Dat is heel vreemd,' zei ze. 'Als mijn bank-ID gebruikt is, dan kan ik je verzekeren dat ik dat niet was.'

'Woon je samen met iemand die jouw telefoon of laptop gebruikt kan hebben?'

'Nee, ik woon alleen.'

'En kent iemand je wachtwoorden?'

'Nee, absoluut niet,' zei ze, maar ze klonk enigszins aarzelend.

John duwde zijn telefoon steviger tegen zijn oor.

'Wacht even...' ging ze verder. 'Het heeft vast niets met de datingsite te maken, maar afgelopen herfst is er iets gebeurd.'

'Wat dan?'

'Mijn creditcard was door iemand anders gebruikt en de bank belde me om me dat te vertellen.'

'De bank belde jou,' herhaalde John. Hij vermoedde waar het verhaal naartoe ging.

'Inderdaad. De vrouw aan de telefoon wilde dat ik me met mijn bank-ID identificeerde. Ik opende de app en toetste de code in. Daarna vond ik het stom van mezelf. Ik weet hoe vaak dat soort bedrog voorkomt, maar toen ik al mijn bankrekeningen nakeek, was er niets vreemds mee gebeurd.'

'Je hebt het dus niet bij de bank gecontroleerd en hebt het ook niet bij de politie gemeld?'

'Nee, want er was geen geld van mijn rekeningen verdwenen.'

'Een laatste vraag,' zei John. Hij wilde het gesprek graag beëindigen. 'Ben je er heel zeker van dat de persoon met wie je praatte een vrouw was?'

'Ja, het was een vrouw. Moet ik aangifte doen?' vroeg ze angstig.

'Nee, op dit moment niet. Ik controleer je verhaal en neem weer contact met je op.'

'Oké, bedankt.'

John legde zijn telefoon op het bureau en zocht meteen op zijn laptop naar het volgende telefoonnummer om te bellen. Het bedrijf dat achter de elektronische identificatiedienst zat was een gezamenlijk bezit van de grote banken. Nadat hij naar de afdeling technische ondersteuning was doorverbonden, werd er opgenomen door een trage man met een onmiskenbaar Stockholms dialect. John wilde niet alleen weten waarop de bank-ID was geïnstalleerd, maar ook welke telefoons of laptops met die gegevens hadden ingelogd op de datingsite.

De man wilde terugbellen, niet één maar zelfs twee keer. Pas toen hij er volkomen zeker van was dat hij inderdaad een politieagent aan de lijn had, schreef hij Johns vragen op en beloofde hem terug te bellen.

'Het gaat om een moordonderzoek, niet om een gewone supportkwestie,' benadrukte John voordat hij de verbinding verbrak.

Terwijl hij wachtte tot de molens van de technicus klaar waren met malen, keek hij naar de geprinte foto van Pernilla Cederholm. Als iemand een match met Stella Bjelkes profiel wilde, was de vrouw op de foto een geschikte identiteit om te stelen. Een succesvolle mode-influencer van dezelfde leeftijd en uit dezelfde stad, met een uiterlijk dat net zo mooi was als dat van Stella. De waarschijnlijkheid dat het liefdesalgoritme hen vroeg of laat zou koppelen was groot.

John besefte hoe slecht de theorie over het stelen van een ID bij de theorie van Birger Falk als eenzame dader paste, of zelfs als de drijvende kracht achter de moord in Löfbergs. Het leek niet waarschijnlijk dat een voormalige verslaafde zo'n geavanceerd plan zou kunnen bedenken.

Voor Alicia Bjelke zou het echter geen probleem zijn. Zij had de datingsite vanaf de grond opgebouwd en had van binnenuit toegang tot het systeem. Als ze wilde dat twee profielen zouden matchen, was het waarschijnlijk voldoende om op een paar toetsen te drukken.

John trok de bovenste lade in het blok onder het bureau open. Hij legde het schetsboek met het onderzoeksbord op zijn schoot en koos een potlood uit het blikken etui. Het vrouwenlichaam dat hij tekende had twee hoofden: het ene was van Pernilla Cederholm en het andere van Alicia Bjelke. Als zijn moeder hem nu kon zien, zou ze trots zijn op zijn vaardigheid als tekenaar. De volkomen verschillende gezichten van de vrouwen leken bijna zwart-witfoto's.

Misschien was het idee van Alicia Bjelke als brein achter de moord ondanks alles niet zo vergezocht. Het zou niet de eerste keer zijn dat conflicten tussen zussen of broers met dodelijk geweld eindigden. Stella en Alicia hadden bovendien samen een bedrijf met een grote waarde opgebouwd.

John zag het voor zich: Alicia die onder een valse identiteit een date regelde en Birger Falk die de beitel in zijn hand hield. Maar wat was in dat geval de connectie tussen hen, als die er al was? Misschien had Alicia op internet gezocht naar een geschikte Stella Bjelke-hater die ze kon gebruiken en had ze hem toevallig gevonden.

Toch klopte het niet. Tijdens de bespreking had John tenslotte zelf bezwaar gehad tegen de theorie van Birger Falk als handlanger van de date omdat hij niet had geweten waar Stella Bjelke in de taxi naartoe was gegaan.

Toen er op de deur werd geklopt, stopte hij het onderzoeksbord in de lade en riep dat de deur open was. Mona kwam binnen met een doorzichtige plastic beker in haar hand die tot de helft was gevuld met een groene brij.

'Ben je in de videokamer geweest?' vroeg hij.

'Ja, hoe weet je dat?'

Hij haalde zijn schouders op en gaf geen antwoord.

'Je moet meekomen om iets te bekijken,' zei Mona. 'We weten hoe de niet-geïdentificeerde persoon op de plaats delict gekomen is.'

Het was een uitdaging om zich niet te laten afleiden door het dubbele geslurp bij de schermen in de videokamer. John wilde niets liever dan de smoothiebekers uit de handen van Mona en de jonge technicus op de stoel naast haar rukken.

Tegelijkertijd voelde hij zich redelijk kalm. Mona had 'de niet-geïdentificeerde persoon' gezegd toen ze hem had opgehaald. De bewakingsfilm had, met andere woorden, niet onthuld wie de persoon was.

Ruben was er ook. Net als John was hij aangewezen op een staplaats achter in de kleine kamer.

'Hier is het net voor acht uur 's avonds en de bouwvakkers zijn bezig hun spullen op te bergen,' zei de technicus terwijl de film van Löfbergs draaide. 'Dat is bijna twee uur voordat Stella Bjelke in de taxi arriveert.'

John zag hoe de mannen met helmen op en werkkleding aan gereedschap en bouwmateriaal in drie bestelwagens op het trottoir inlaadden. De voertuigen belemmerden het zicht op een deel van de trap, maar de ingang was volledig zichtbaar. De bouwvakkers passeerden de deur keer op keer naar binnen en naar buiten.

'Let nu op,' zei Mona.

De bouwvakkers bleven heen en weer lopen. De deur uit, de trap af, naar de bestelwagens en weer terug naar de bouwplaats.

'Daar,' zei ze.

De technicus pauzeerde de film.

John keek naar de gestalte die met een gereedschapskist in de hand uit een andere richting in beeld kwam en eenzelfde donzen jack droeg als de persoon die de koffiebranderij na de moord op Stella had verlaten. Het enige verschil was de veiligheidshelm op het hoofd.

'Krijg nou wat,' zei Ruben.

De technicus startte de film weer en ze zagen dat de persoon het gebouw binnenliep.

'De lengte klopt,' zei Mona en ze wees naar de ruimte tussen de helm en het bovenste deel van het deurkozijn.

Een paar minuten later deed een van de bouwvakkers de deur van het gebouw op slot en reden de auto's weg zonder dat de persoon in het donzen jack naar buiten was gekomen.

'Heel soepel, kun je wel zeggen,' zei de technicus, die onder de indruk leek van de handelswijze.

Hij verschoof de cursor naar een later moment op de tijdlijn. De taxi waarin Stella Bjelke zat arriveerde bij Löfbergs. Ze zagen haar de straat oversteken, de trap op lopen en de deur binnengaan.

'Zien jullie dat de deur nu open is? De persoon in het donzen jack heeft die blijkbaar van binnenuit geopend,' zei Mona. Ze gooide de lege smoothiebeker eindelijk in de prullenmand.

'Ze wist dus dat Stella zou komen en is een handlanger in plaats van een getuige,' zei Ruben.

Mona schudde haar hoofd. 'Daar kunnen we niet zeker van zijn. Hén...' Ze benadrukte het woord en John nam aan dat het een hint naar Ruben was om er niet zomaar van uit te gaan dat het om een vrouw ging. '...kan nog steeds een onschuldige date zijn die hier niet bij betrokken is. In dat geval heeft hen alleen de deur geopend voor de persoon die volgens hen een potentiële partner was.'

Ruben krabde aan zijn kin. Niet helemaal zonder frustratie, als John zijn lichaamstaal juist interpreteerde. 'Als het om Black Tantra zou gaan, hadden ze ook iets anders kunnen regelen, zoals het huren van een garage of een opslagruimte of iets anders wat verduisterd kan worden,' zei hij. 'Waarom dan het risico nemen om bij Löfbergs in te breken?'

'Misschien was dat een deel van de kick,' zei Mona. 'Maar je hebt absoluut een punt.'

John vertelde niet wat hij wist over het stelen van de ID-gegevens bij Raw. Hij wilde eerst weten waar het spoor naartoe leidde voordat hij besliste of hij zijn collega's die informatie zou doorspelen. In zijn hoofd herhaalde hij de mantra van de afgelopen nacht: Alicia Bjelke mocht onder geen beding verdacht worden van de moord.

Zijn telefoon trilde en hij haalde hem uit zijn zak. Er stond ANONIEM op het scherm en hij had een vermoeden wie hem probeerde te bereiken. 'Ik moet dit gesprek aannemen,' verontschuldigde hij zich en hij liep de gang in.

'Spreek ik met Fredrik Adamsson?' De man met het Stockholmse dialect klonk deze keer minder traag.

'Ja, dat ben ik,' zei John en hij liep haastig naar zijn kantoor om ongestoord te kunnen praten.

'Sorry dat het even duurde, maar ik heb het antwoord op je vragen.'

'Oké, ik luister,' zei John. Hij deed de deur achter zich dicht.

'Op 6 november vorig jaar is op de site van Raw ingelogd met de bank-app van Pernilla Cederholm.'

John schreef de naam op en zette er een streep onder. Na het telefoongesprek met de mode-influencer was het bericht nauwelijks een verrassing. De tweede vraag was interessanter. Die ging over wie de eigenaar van de laptop of de telefoon was waarmee Pernilla Cederholm was ingelogd op de Raw-site.

'Het ging om een Acer Aspire TC-886. Het apparaat heeft maar één keer ingelogd met deze bank-ID, wat de waarschijnlijkheid vergroot dat het om bedrog gaat.'

Eén keer, dacht John. Dat kon toch niet kloppen? Het vervalste profiel moest meerdere keren contact met Stella Bjelke gehad hebben voordat ze ermee instemde om een afspraak te maken. Ineens herinnerde hij zich echter wat Alicia Bjelke hem had verteld. De bank-ID was alleen nodig als je een account aanmaakte en ermee instemde dat Raw alle denkbare gegevens mocht gebruiken om je met een toekomstige partner te matchen. Daarna was het mogelijk om een ander wachtwoord te kiezen. 'Wie is de eigenaar van de laptop?' vroeg hij.

John hoorde de man tussen zijn aantekeningen bladeren. Even later was hij terug. 'Ik heb het gecontroleerd en volgens het IP-adres is het netwerk gekoppeld aan een adres in Värmland, om precies te zijn in Skattkärr buiten Karlstad.'

'En wie woont daar?'

'Dat weet ik niet,' zei de man, waarna hij lachte. 'Jij mag ook een beetje werk doen.'

John vroeg om het adres en verbrak de verbinding. Zijn handen trilden toen hij de gegevens invoerde in het zoekveld van de site van het bevolkingsregister. Toen hij het antwoord had, trilde niet alleen zijn lichaam. De hele kamer vibreerde door de naam op het scherm.

De persoon die de valse account op de datingsite had aangemaakt was bekend. John had haar een paar dagen geleden zelfs aan de telefoon gehad.

Het was Elin Falk, Birger Falks dochter.

32

Alicia had haar poging om de technische kwaliteit van de film te verbeteren opgegeven, maar het maakte niet uit dat de gestalte op de trap voor Löfbergs een pixelige schaduw bleef. Ze wist toch wel wie het was en dat besef zorgde ervoor dat haar maag samentrok.

Elin.

Het kon niemand anders zijn.

Alicia liep naar het keukenraam in haar woning in de Gröna gatan en keek naar de winterse tuin. De angst was terug. Dezelfde bedwelmende ongerustheid die ze had gevoeld toen de politieagent de foto van Birger Falk had laten zien. Op dat moment had ze gedacht dat er maar één persoon jacht op haar maakte, maar nu besefte ze dat het er twee waren.

De gedachte dat Elin betrokken kon zijn bij de moord op Stella was nooit bij Alicia opgekomen. De vrouw die ze na het auto-ongeluk in een bed in het ziekenhuis had zien liggen was geen schim van degene die ze vroeger was geweest. Alicia had zich aan haar belofte aan zichzelf gehouden en was niet meer bij haar op bezoek geweest, maar ze herinnerde zich de geruchten die de ronde deden op de universiteit. Haar studiegenoten fluisterden erover dat Stella's vriendin zo'n ernstige hersenbeschadiging had opgelopen dat ze bij bijna alles hulp nodig had.

Na een tijdje slaagde Alicia erin om de gebeurtenis te verdringen en had ze geen last meer van schuldgevoelens in haar dagelijkse leven. Tot een avond twee jaar geleden, toen Stella had verteld dat Elin contact met haar had opgenomen.

Haar ex-vriendin woonde in een servicewoning en belde haar dag en nacht op alle mogelijke tijdstippen. Stella had keer op keer uitgelegd dat ze geen contact meer wilde en had het nummer uiteindelijk geblokkeerd.

Maar Elin gaf niet op.

Niet lang daarna werden er lange brieven bij het kantoor van Raw bezorgd. In de enveloppen zaten ook foto's uit de tijd waarin ze nog een stel waren. Elin schreef hoeveel ze van Stella hield en dat ze wist dat ze op een dag weer samen zouden zijn.

Toen ze via een nieuw telefoonnummer de ene na de andere liefdesverklaring kreeg, stuurde Stella's advocaat een brief naar Elins vader waarin met een aangifte werd gedreigd. Birger Falk belde vervolgens naar Stella en legde uit dat zijn dochter soms slordig was met het innemen van haar medicijnen, maar dat hij ervoor zou zorgen dat het stalken ophield. En dat gebeurde ook.

Stella had verteld dat Elins vader bijna had gehuild terwijl hij zich excuseerde voor Elins gedrag, maar dat was toen. Daarna had hij de waarheid over het ongeluk blijkbaar ontdekt en had hij samen met zijn dochter besloten dat de zusjes Bjelke het niet verdienden om in leven te blijven.

Acht jaar eerder

Het was kwart over vijf 's ochtends. Alicia zat op de steen naast de grindweg en staarde in de duisternis. 'Heb je een ambulance gebeld?' vroeg ze, zich ervan bewust dat ze dat lang geleden al hadden moeten doen.

'Dat ga ik doen, maar eerst moeten we praten,' zei Stella.

Alicia keek verbaasd naar haar zus. 'Er is haast bij. Daarna kunnen we praten.'

'Nee. Het telefoongesprek naar de alarmcentrale wordt opgenomen, dus moeten we ervoor zorgen dat ons verhaal vanaf het begin goed is.'

'Wat bedoel je? Welk verhaal?'

Alicia was geschokt en Stella had haar arm stevig rond haar schouders geslagen. Nog maar een halfuur eerder had Stella op Madonna gedanst, high van de ecstasy, en nu vertoonde ze een bijna onmenselijke kalmte.

'Als de politie bloedmonsters neemt, kom je in de gevangenis voor doodslag of dood door schuld. Ik kan het bedrijf niet alleen leiden terwijl jij achter de tralies zit. Raw zit in de lift en ik heb je nodig.'

Alicia's hoofd was plotseling net zo helder als dat van haar zus. Ze had het nog nooit onder woorden gebracht, maar Stella was zonder enige twijfel een psychopaat. Niet op de nonchalante manier waarop mensen de term gebruikten, maar in de klinische betekenis van het woord. Stella's vriendin lag gewond in de auto die naast de weg stond en toch was haar zus op een heel andere plek. In een fantastische toekomst waarin hun datingsite miljarden waard was en Stella Bjelkes naam op ieders lippen lag.

'Wat moeten we volgens jou dan doen?' vroeg Alicia. 'Gewoon verdwijnen?' De vraag was bedoeld als een sarcastisch grapje, maar haar zus vatte de woorden letterlijk op. 'Dat zou misschien het beste zijn, maar de auto zit vast in de greppel en staat op mijn naam.'

'Alsjeblieft, Stella, kunnen we niet gewoon...'

'Stil, ik moet nadenken.' Stella keek om zich heen. 'Ga mee,' zei ze en ze stond op.

Alicia pakte de uitgestoken hand vast en liet zich meenemen naar de Honda in de greppel. Stella leidde en zij volgde, zoals het altijd was geweest. Het was de enige dans die ze kende.

Haar zus opende het bestuurdersportier en gebaarde naar Alicia dat ze naar de andere kant van de auto moest lopen. Elin lag nog steeds bewusteloos op de vloer. Eén been lag in een onnatuurlijk hoek en de bloedvlekken op haar jurk waren groter geworden.

'Help me haar te verplaatsen,' zei Stella en ze schoof haar handen onder de oksels van haar vriendin.

Alicia pakte haar kuiten vast en op drie tilden ze het lichaam op zodat het op de bestuurdersstoel belandde. Stella trok Elins handen naar voren. Alicia begreep eerst niet waarom, maar toen haar zus Elins vingers voorzichtig rond het stuur klemde, viel het kwartje. Ze liet vingerafdrukken achter die de technisch rechercheurs zouden vinden als de auto onderzocht zou worden.

Alicia was gefascineerd door de kille daadkracht van haar zus. Het was angstaanjagend en indrukwekkend tegelijkertijd.

'Ga achterin zitten en doe de veiligheidsgordel om,' beval Stella terwijl ze zelf op de passagiersstoel ging zitten. 'Heb je mijn handtas gezien?'

Alicia schudde haar hoofd.

'Heb je je telefoon?'

Ze haalde haar telefoon uit haar zak en gaf hem aan haar zus.

Dit was de Stella-show en Alicia was van plan haar te laten doen wat ze wilde.

Alicia liep bij het keukenraam weg en begon heen en weer te lopen. De behoefte aan alcohol was sterker dan ooit en ze kon de smaak bijna in haar mond proeven. Bier, wijn, wodka, gin of zelfs de smerige whisky, het maakte niet uit. Alles was welkom zolang het ethanol bevatte.

Alicia liep naar het aanrecht, depte haar gezicht met koud water en droogde zich af met de theedoek. Ze dwong zichzelf om een tijdlang stil te staan en na te denken in plaats van er als een geest bij te lopen.

Elin Falk zat niet langer in de gevangenis. Ze was zonder enige twijfel betrokken bij de moord op Stella. Ze had het zelf gedaan of ze had haar vader geholpen. Wat Alicia niet snapte, was waarom ze zo lang op de plaats delict was gebleven, en ook niet waarom Birger

Falk alleen naar de Gröna gatan was gekomen. Als ze de moord op Stella samen hadden uitgevoerd, hadden ze haar waarschijnlijk ook samen willen vermoorden.

Alicia hoorde het geluid van een naderende auto en liep haastig naar het raam. Een minibus stopte aan de overkant van de straat en liet de oprijplaat zakken. Gehandicaptenvervoer, dacht ze. De oude vrouw die tegenover haar woonde, wilde waarschijnlijk bingo spelen of bij haar kleinkinderen op bezoek.

Haar hartslag zou moeten kalmeren, maar dat gebeurde niet. Inmiddels wist Alicia hoe haar hersenen functioneerden. De ongerustheid zou leiden tot het ontdekken van nieuwe gevaren – ingebeelde of echte – waardoor de waakzaamheid van haar lichaam nog verder toenam. Het was een vicieuze cirkel, en als ze niets deed, zou het eindigen met een inzinking.

Alcohol was de enige remedie die in staat was haar alarmsysteem te kalmeren, maar dat mocht ze niet nemen. Ze had op de harde manier geleerd dat het middel erger was dan de kwaal.

Alicia rende naar de slaapkamer om zich om te kleden en wat kleren in een tas te pakken. Op dat moment werd ze aan de tekst boven het bed herinnerd. WAT HEB JE MET HEM GEDAAN, BITCH?

De zin kreeg een nieuwe lading. Niet Linda de Freak, maar Elin Falk had de spuitbus in haar hand gehad. Nadat haar vader was verdwenen, was ze hiernaartoe gekomen om hem te zoeken en had ze de mededeling op de muur achtergelaten.

Alicia's handen trilden terwijl ze een paar schone onderbroekjes in de zak van haar spijkerbroek stopte. Ze had geen tijd om nog iets anders in te pakken. Daarna rende ze de trap af, de deur uit en naar de Land Rover die op straat geparkeerd stond.

Vanaf de bestuurdersstoel belde ze Ratko. Toen ze naar zijn voicemail werd doorgeschakeld, begon ze hard en ongecontroleerd te huilen. Ze stuurde een sms terwijl de tranen over haar wangen stroomden en op het scherm vielen.

PANIEK! BEL ME! NU!

Daarna startte ze de auto en reed naar Palermo om hem te zoeken. Het begon een gewoonte te worden, maar zoals de situatie nu was, had ze geen alternatief.

33

John staarde naar het scherm. Elin Falk, Birger Falks dochter, was degene die het account op Raw had aangemaakt. Hij had alleen haar rug gezien in de gang van het politiebureau nadat Ruben haar had verteld dat haar vader dood was, maar toch was hij er zeker van dat de vrouw tussen de één meter vijfenvijftig en één meter vijfenzestig was. Zij moest degene zijn die op de bewakingsfilm van Löfbergs te zien was, en niet Alicia Bjelke zoals hij eerst had gedacht.

John probeerde zijn brein te resetten om te begrijpen wat dit voor het onderzoek betekende. Hoogstwaarschijnlijk hadden Birger Falk en zijn dochter Stella Bjelke samen vermoord. Daarna had de vader geprobeerd Stella's zus te doden, maar dat was mislukt, waarna hij zelf was overleden.

Waarom?

Het leek onlogisch dat ze het alleen uit haat tegen de datingsite en de oprichters ervan hadden gedaan, vooral met het oog op het zuur dat Stella in haar gezicht had gekregen. Er moest iets anders achter zitten, iets persoonlijkers.

John had eerder geprobeerd een connectie tussen Birger Falk en de zusjes Bjelke te vinden, maar was daar niet in geslaagd. Nu deed hij een nieuwe poging met Birgers dochter Elin. Zij was tenslotte van dezelfde leeftijd als Alicia en Stella, dus was de kans om een link te vinden groter.

John begon waar hij altijd begon: in het strafregister. Hij toetste het identiteitsnummer in het zoekveld in en had meteen beet. Op tweeëntwintigjarige leeftijd was Elin Ingegärd Falk door de rechtbank van Värmland veroordeeld voor dood door schuld en had ze achttien maanden gevangenisstraf gekregen. Het vonnis was op 19 april 2012 uitgesproken en er was geen hoger beroep aangetekend.

Hij klikte op de link naar een document waarin het volledige vonnis stond. In de dagvaarding las hij dat de verdachte op een vroege ochtend in augustus op een weg in de buurt van Kristinehamn een auto had bestuurd. Elin Ingegärd Falk was op dat moment onder invloed van alcohol en drugs geweest. De rit eindigde ermee dat de gedaagde de controle over het voertuig verloor en een vrouw op een fiets aanreed, die ter plekke overleed.

De rechtbank constateerde dat de verdachte zich niets van de gebeurtenis herinnerde. Elin Ingegärd Falk raakte zwaargewond bij het ongeluk en was bewusteloos toen het ambulancepersoneel arriveerde. Ze was naar de spoedeisende hulp van het Centralsjukhuset in Karlstad gebracht om daar behandeld te worden.

Het telefoontje naar de alarmcentrale was afkomstig van de vriendin van de verdachte, die samen met haar zus eveneens in de auto had gezeten.

Stella Bjelke.

John schrok. Daar was de link waarnaar hij had gezocht. De zusjes Bjelke waren samen met Elin Falk op een feest geweest, waren in dezelfde auto naar huis gereden en hadden een fietster doodgereden.

John schoof de laptop weg en strekte zijn benen onder het bureau. De moord op Stella Bjelke en de veronderstelde moordpoging op haar zus hadden waarschijnlijk met het ongeluk te maken. Toch klopte het niet. De zusjes Bjelke hadden weliswaar in de auto gezeten, maar Elin Falk was degene die onder invloed achter het stuur had gezeten en het dodelijke ongeluk had veroorzaakt. De passagiers zouden eerder een reden hebben om boos op de chauffeur te zijn, in plaats van andersom.

De politieagent in John wilde Mona vertellen over de doorbraak en Elin Falk ophalen voor een formeel verhoor. Tegelijkertijd besefte hij wat voor problemen dat kon veroorzaken. Elin Falk wist vermoedelijk dat haar vader in zijn auto naar Alicia Bjelke was gereden om haar eveneens te vermoorden. Misschien was Elin daar zelfs geweest en had ze gezien dat Birger Falk met het mes in zijn hals was gestoken. Als ze haar oppakten, bestond het risico dat ze zou vertellen op welk tijdstip haar vader was overleden, waardoor hij niet meer verdacht zou worden van de schoten op het dak van winkelcentrum Bergvik.

John deed zijn ogen dicht toen hij besefte dat er misschien zelfs twee personen waren die hem met hun getuigenverklaring als leugenaar konden ontmaskeren. Het was echter helemaal niet zeker dat het zo was gegaan. Birger Falk kon heel goed naar Alicia Bjelkes woning in de Gröna gatan gereden zijn zonder dat zijn dochter dat wist. In dat geval tastte ze net zo in het duister over de dood van haar vader als zijn collega's op het politiebureau.

John opende zijn ogen en besefte wat hij moest doen.

Hij moest met Elin Falk praten.

Onder vier ogen.

John haalde zijn jas van het haakje in zijn kantoor en zette de deur op een kier. In de kantine aan de andere kant van de gang praatte Ruben bij een van de hoge tafels in zijn telefoon. Hij passeerde zijn chef haastig in de hoop het politiebureau ongemerkt te kunnen verlaten. Dat lukte niet. Op het moment dat John de deuropening van de kantine passeerde, hoorde hij iemand achter zich roepen.

'Wacht!'

Hij draaide zich om.

'Kom eens hier,' zei Ruben terwijl hij hem naar zich toe wenkte. Zijn gezicht was vuurrood en John begreep dat zijn chef zo verontwaardigd was door het telefoongesprek. 'Dit is de derde keer binnen een uur dat hij belt. Hoe moet ik iets voor elkaar krijgen als hij de hele tijd in mijn nek hijgt?'

'De hoofdcommissaris?' vroeg John.

'Ja, wie anders? Hij heeft de persconferentie naar vier uur verplaatst zodat we iets nieuws te vertellen hebben, maar we hebben verdomme geen nieuws. Wat verbeeldt hij zich wel niet? Dat we die ellende in een middagje kunnen oplossen?'

Rubens telefoon ging weer over.

'En dan die stomme journalisten,' snauwde hij terwijl hij het gesprek wegdrukte. 'Het lijkt erop dat ze het recht denken te hebben om ons neer te sabelen na de blunder met de bewakingsfilm.'

Hij dronk een paar flinke slokken water uit een glas en zag daarom niet dat Ulf 'Vackup' Törner naar hen toe kwam. Hun collega had een beker koffie in zijn hand en een slecht verborgen glimlach rond zijn lippen.

'Het was dus toch een vrouw,' zei hij. 'Ik wil niet zeggen "wat heb ik nou gezegd", maar misschien zit er toch iets in de theorie van professor Kaplan. De taal kan ons in bepaalde situaties verblinden.'

Ruben slikte en keek naar Vackups zelfingenomen gezichtsuitdrukking. John zag dat hij zijn uiterste best moest doen om zijn frustratie in toom te houden.

'Als je naar Kaplan luistert, begrijp je hoe belangrijk het is om dit probleem aan de orde te stellen. Als we er meteen meer voor open hadden gestaan om –'

'Ulf, dit is niet het juiste moment,' onderbrak Ruben hem.

'Natuurlijk, dat begrijp ik. Het risico bestaat alleen dat het nooit het juiste moment is. Als het werken aan deze fundamentele waarden geen prioriteit krijgt en op de agenda komt, zullen er altijd belangrijkere kwesties zijn.'

Ruben zette het lege glas op de tafel. De aderen in zijn slapen klopten zo hevig dat ze elk moment leken te kunnen knappen.

'Ik bedoel, het is niet alleen het Löfbergs-onderzoek dat erdoor geraakt wordt,' ging Ulf verder. 'Dit soort fouten ondermijnen op den duur het vertrouwen in het volledige politiekorps en dat is triest. Het gaat er natuurlijk niet alleen om in hoeverre we "dader" of "daderpersoon" zeggen, maar misschien hadden we ons in een andere situatie bevonden als we verder hadden gekeken dan onze neus lang is en –'

Verder kwam Vackup niet. Ruben gooide zijn lege waterglas zo hard tegen de muur dat het brak. 'Kun je gewoon je kop houden en opdonderen?' brulde hij. 'Anders noem ik voortaan iedere fucking misdadiger, ongeacht het geslacht, een misdadigerslul!'

Gedurende een aantal lange seconden stonden ze alle drie zwijgend en roerloos in de kantine, waarna Ulf één hand theatraal in de lucht stak. 'Absoluut, ik geef me gewonnen. Dit is duidelijk een gevoeliger onderwerp dan ik dacht. Ik probeer alleen om het korps te verbeteren, maar ik begrijp nu dat –'

Ruben onderbrak hem opnieuw, berustend deze keer, terwijl hij zijn neuswortel met zijn vingers masseerde. 'Het spijt me, Ulf. Er is niets mis met wat je zegt. Ik ben gewoon –'

'Natuurlijk, we praten er een andere keer over,' zei Vackup en hij liep de gang in.

Toen hij weg was, begon John de glasscherven die verspreid over de vloer lagen op te pakken. Ruben bukte zich om hem te helpen. Ulfs provocatie was de druppel die de emmer – die tot de rand was gevuld met leiderschapstrainingen en het werken aan fundamentele waarden – uiteindelijk had doen overlopen. Ruben had nooit chef moeten worden en hoe sneller hij dat besefte, hoe beter.

'Wat is hier gebeurd?'

John keek op en zag dat Mona met een nieuwsgierige blik in haar ogen naar de chaos keek.

'Ik heb een glas laten vallen,' zei Ruben. Hij pakte een plastic zak waar hij de scherven voorzichtig in stopte.

‘Pas op dat je je niet snijdt,’ ze zei terwijl ze een geprint A4’tje omhooghield. ‘De technisch rechercheurs zijn klaar met Stella Bjelkes appartement.’

Ruben ging rechtop staan en pakte het vel papier aan. ‘Hebben ze iets interessants gevonden?’ vroeg hij. Hij legde het verslag op de hoge tafel zodat John en hij het samen konden lezen.

‘Dat hebben ze inderdaad.’ Meer zei Mona niet. In plaats daarvan wachtte ze tot haar collega’s zelf zouden ontdekken wat er in het appartement was aangetroffen.

‘Creatief,’ zei Ruben. ‘In een speaker.’

‘Ja, vijf gram.’

Ruben gaf haar het vel papier terug. ‘Dan hebben we dus een connectie tussen Stella Bjelke en Birger Falk. Hij verkocht drugs en zij kocht die.’

‘Een mogelijke connectie,’ benadrukte Mona. ‘We kunnen er niet zeker van zijn dat de narcotica van hem afkomstig is.’

‘Waarom zouden ze anders in Löfbergs afgesproken hebben?’ zei Ruben.

‘Áls ze dat gedaan hebben,’ zei John. ‘Denk eraan wat de receptioniste van Raw gezegd heeft. Birger Falk wist niet dat Stella naar Löfbergs onderweg was.’

Mona boog zich over de tafel en keek zwijgend naar John. De stilte duurde zo lang dat hij zich een beetje ongemakkelijk begon te voelen.

‘Hoe luidt je theorie nu?’ vroeg ze uiteindelijk.

‘Ik denk dat de derde, niet-geïdentificeerde persoon de sleutel is. Hen…’ John probeerde het woord te gebruiken, ook al voelde het ongewoon in zijn mond. ‘…was degene die de ontmoetingsplaats afgesproken heeft en Stella daarnaartoe heeft laten komen om de drugs aan haar te verkopen. Toen Birger Falk erachter kwam dat zijn beste klant hem had laten vallen, werd hij boos en is hij haar naar de koffiebranderij gevolgd.’

'Een ontspoorde drugsdeal dus,' zei Mona. 'Soms klink je als een grammofoonplaat met een kras in het vinyl.'

John haalde zijn schouders op. 'Het spijt me, maar in mijn ogen is dat precies waar deze zaak om draait.'

'Hoe gaat het met de Raw-dates?'

John was zich ervan bewust dat Mona de vraag deels stelde omdat ze het wilde weten, en deels om hem onder druk te zetten. 'Ik heb met vier dates gepraat. De vijfde – een van de vrouwen – heb ik nog niet kunnen bereiken.'

'Wat zeggen ze?'

'Ze hebben allemaal via de stemfunctie van de datingsite contact met Stella gehad, maar geen van hen heeft haar ontmoet. De kwaliteit van hun respectievelijke alibi's voor donderdagavond varieert. We moeten die aanvullen met de locaties van hun telefoons, als dat nodig blijkt te zijn.'

Rubens telefoon ging weer over. 'Jezus,' zei hij terwijl hij hem uit de zak van zijn colbert haalde. Na een verontschuldigend gebaar richting zijn collega's liep hij naar zijn kantoor om op te nemen.

'Ga je ergens naartoe?' vroeg Mona. Ze knikte naar de jas die over Johns arm hing.

Hij deed hard zijn best om niet opnieuw tegen haar te liegen. 'Ik ga proberen de laatste vrouw te pakken te krijgen.'

'Goed zo,' zei Mona. 'Maar als je terug bent, wil ik met je praten, alleen jij en ik.'

'Prima.'

Terwijl John de kantine uit liep, voelde hij Mona's ogen in zijn rug. Wat bedoelde ze daarmee? Waarom wilde ze hem onder vier ogen spreken? De vraag achtervolgde hem in de gang en in de lift naar beneden tot hij bij zijn auto op het parkeerterrein was.

34

'Hallo, ben je er alweer?' De jonge vrouw werkte vandaag ook en leek zich voor de verandering een beetje nuttig te maken. Ze droogde glazen af en hing die aan het rek boven de bar van Palermo. 'En voordat je het vraagt...' ging ze verder. 'Ratko is hier niet.' De serveerster had een geamuseerde glimlach rond haar mond waardoor Alicia haar een klap in haar gezicht wilde geven en op haar tanden moest bijten.

'Weet je waar hij is?' vroeg ze.

'Nee, maar ik denk dat hij het druk heeft.'

'In Safir of een van de koffietentjes?'

'Hij heeft het druk, heel erg druk.'

Alicia wachtte op een vervolg dat niet kwam. Het enige wat ze kreeg was die verdomde grijns.

'Geef me maar een cola,' zei ze en ze ging aan een van de tafeltjes zitten.

De vrouw achter de toonbank mocht in elk geval de frisdrank naar haar toe brengen.

Alicia haalde haar telefoon tevoorschijn. Ratko had haar geen sms gestuurd tijdens de dertig seconden die waren verstreken sinds ze voor het laatst had gekeken. Ze opende haar mail in de ijdele hoop dat hij misschien op die manier contact met haar had gezocht, hoewel Ratko haar mailadres waarschijnlijk niet eens wist.

Haar postvak zat vol met berichten van collega's en anderen die haar wilden condoleren, naast de tactvolle vraag van de bestuursvoorzitter van Raw of Alicia zich sterk genoeg voelde om een afspraak met hem te maken. De boodschap was duidelijk. De investeerders maakten zich zorgen en wilden weten hoe het verder moest.

Ze beantwoordde de mail niet en pakte de cola van de serveerster aan. Wat bedoelde die domme gans er eigenlijk mee dat Ratko het zo druk had?

Alicia opende Instagram om te zien of hij iets had geplaatst. De normaal gesproken volkomen bijgewerkte stroom bevatte geen nieuwe berichten. Ineens zag ze een opmerking bij een van de oudere bijdragen. Die was maar een paar uur geleden geplaatst en bestond uit een hartje van gebruiker Madeleine_model.

Alicia wilde niet op de naam klikken, maar deed het toch. De Ree lachte naar haar vanaf de profielfoto. Haar laatste post was een foto waarop ze samen met Ratko in het station poseerde.

VERLAAT MILANO EN GA WEER IN KARLSTAD WONEN. DEZE MOOIE MAN HEEFT ME VAN HET STATION OPGEHAALD.

Het bericht was de vorige avond geplaatst, toen hij in de club moest 'werken' en daarna 'te moe' was geweest om naar Stella's appartement te komen.

Alicia voelde dat er iets stukging binnen in haar. De belevenis was fysiek. Iets was kapot, was losgekomen van zijn plek of was simpelweg gestopt met functioneren. Wat het ook was, ze wist dat het nooit meer zou genezen.

Ze sloeg het glas cola achterover en liep naar de toonbank.

'Nog een?' vroeg de serveerster.

'Nee, ik wil een wodka.'

De vrouw draaide zich om en keek naar de klok.

'Het is elf uur geweest,' zei Alicia.

'Mooi, want we willen de tapvergunning niet kwijtraken.'

'Dat begrijp ik, maar schenk maar gewoon een glas in. Of beter nog, geef me de fles en een glas.'

De serveerster keek met een sceptische blik naar haar.

'Je werkt soms toch ook in Safir en daar verkopen jullie flessen sterk, of niet soms?'

Ze knikte.

'Mooi, dan weet je hoe het werkt. Je mag de cola trouwens houden. Ik drink het puur.'

De vrouw bukte zich en pakte een fles Absolut, die ze op de toonbank zette. 'Ik heb geen ongeopende fles die gekoeld is.'

'Boeit niet. Zet de fles maar op de rekening.'

'Ik wil liever dat je nu betaalt. Voordat je begint te drinken.'

Alicia grijnsde naar haar. Als de serveerster dat kon, dan kon zij het ook. Terwijl ze naar de vrouw bleef kijken, haalde ze haar zwarte Amex-kaart tevoorschijn. 'Ik snap dat het veel geld voor je is,' zei ze, waarna ze de pincode intoetste.

Alicia wachtte terwijl de betaling geregeld werd. Daarna nam ze de fles en het glas mee naar haar tafeltje en schonk een flinke hoeveelheid wodka in. De eerste slok stond haar tegen, de tweede ook, maar daarna ging het gemakkelijker. Het glas was al snel leeg, waarna ze in staat was om weer op haar telefoon te kijken.

Ze las de tekst onder de foto van het station nog een keer. De Ree had in het Engels geschreven. De vrouw was bijna een jaar in Italië geweest en beschouwde zichzelf al als een internationale ster. Zielig was blijkbaar haar tweede naam.

Alicia verplaatste haar blik naar de foto. Ratko zag er gelukkig uit terwijl hij naast zijn model stond en zijn arm om haar heen had geslagen. Niet over haar schouders zoals vrienden doen, maar rond haar middel, als een stel.

Onder de foto stonden puntjes, die toonden dat er meer foto's waren om te bekijken. Alicia veegde met haar vinger over het scherm en bekeek de volgende. De omgeving was bekend. De bar in de lobby van een hotel in de stad. De Ree gaf Ratko een kus op zijn wang terwijl ze een sleutelkaart voor de camera omhooghield.

Ergens anders slapen was waarschijnlijk zijn idee geweest. Alicia kon horen hoe hij het als iets romantisch voorstelde, terwijl het in werkelijkheid een veiligheidsmaatregel was om te ontsnappen aan een ongewenst nachtelijk bezoek van een psychisch instabiele vrouw met een mismaakt gezicht. En Ratko's ongerustheid was gegrond geweest. Alicia had zo lang aangebeld dat de buren haar hadden gevraagd ermee te stoppen.

De laatste foto deed het meeste pijn. De deurkruk van de hotelkamer met daaraan een plastic bordje met de tekst NIET STOREN. Alicia had het gevoel dat de boodschap alleen voor haar was bedoeld. Alsof Ratko de woorden zelf uitsprak.

Ze voelde de tranen weer in haar ogen springen, maar was niet van plan om hem te huilen. En trouwens ook niet om iemand anders. De alcohol brandde niet langer in haar keel, maar voelde nu juist soepel en maakte haar heel kalm. Ze wist dat het bedrieglijk was. Toch was ze niet van plan te stoppen met drinken voordat de fles leeg was. Ze wachtte gewoon af wat er gebeurde. Het kon haar niet schelen als ze weer benzine over zichzelf heen goot. Of als Elin Falk in haar woning binnendrong en afmaakte wat haar vader niet was gelukt. Het was een opluchting om op die manier te denken, het gaf haar een gevoel van vrijheid dat alleen bereikbaar was voor degenen die niet bang waren om dood te gaan.

Alicia legde haar telefoon neer en keek om zich heen. De gasten stroomden naar binnen en kozen plekken op een veilige afstand van het gedrocht dat lunchte met wodka. De blikken stoorden haar niet langer. Als ze wilden staren, mochten ze dat doen.

Een groepje hongerige werklui kwam binnen en belemmerde het zicht op de vrouw die achter hen naar binnen kwam, maar Alicia herkende haar toch. Linda de Freak liep naar haar toe met een vanzelfsprekendheid alsof Palermo haar eigen keuken was. En dat was waarschijnlijk ook bijna zo, als je bedacht hoe vaak ze hier was.

'Hallo, zit je hier?' zei ze.

Dat zie je verdomme toch, dacht Alicia, maar ze hield de hatelijke opmerking binnen. Tot nu toe was ze nuchter genoeg om zich hun laatste gesprek te herinneren en te beseffen dat ze haar excuses aan de Freak moest aanbieden. 'Ga zitten,' zei Alicia.

Linda deed haar sjaal af, hing die over de rugleuning van de stoel en keek naar de fles wodka. 'Ik denk heel veel aan je en vraag me af hoe het met je is,' zei ze.

Alicia zuchtte. De Freak was echt irritant als ze op de bezorgde-beste-vriendin-toer ging. 'Ik heb spijt van wat ik vorige keer gezegd heb. Jij bent niet degene die op de muur in mijn slaapkamer geschreven heeft.'

De zelfbenoemde vriendin ging zitten en keek met een gekwetste gezichtsuitdrukking naar haar. 'Ik ben daar heel verdrietig over geweest.'

'Ik weet het, en daarom zeg ik dat het me spijt,' zei Alicia in de hoop dat Linda zou stoppen met het hengelen naar meer sympathie.

Linda boog zich over de tafel en ging zachter praten. 'Wie heeft er dan op de muur geschreven?'

Alicia nam nog een slok van de wodka op kamertemperatuur. 'Daar heb je niets mee te maken.'

'Je hoeft niet boos te worden. Het is toch niet zo vreemd dat ik daarnaar vraag, of wel soms?'

'Ik wil er niet over praten. Snap je dat niet?'

'Gisteren dacht je dat ik het gedaan had, maar nu ben je van mening veranderd. Waarom?'

'Stop met zeuren en doe niet zo vervelend.'

Te oordelen naar de sprakeloze gezichten van de andere gasten had Alicia harder gepraat dan ze zich realiseerde. De serveerster stond het volgende moment bij haar tafel, alsof ze erop had gewacht dat de stamgasten weer ruzie zouden krijgen. 'Nog één woord en je vliegt eruit,' zei ze terwijl ze Alicia strak aankeek.

Alicia was inmiddels dronken genoeg om in de aanval te gaan, maar Linda legde een hand op haar arm, wat vreemd genoeg een kalmerend effect had.

'Sorry,' zei Alicia met een dubbele tong. De tranen schoten weer in haar ogen en deze keer had ze geen verdediging. Ze besefte dat ze sorry tegen iedereen zei, behalve tegen degene die er het meeste recht op had om dat te horen.

Elin Falk.

Haar verwondingen door het ongeluk en het trauma van de gevangenisstraf waren natuurlijk erg, maar het allerergst was waarschijnlijk het schuldgevoel. De vrouw had al die jaren gedacht dat ze iemand had doodgereden en Alicia wist uit eigen ervaring dat dat een zware last was om mee te torsen.

Op een bepaalde manier waren ze allebei slachtoffers. Van Stella, de psychopaat die de levens van anderen bepaalde en alleen om zichzelf gaf. Alicia herinnerde zich hoe meegaand Elin was geweest toen ze een relatie met haar zus had. Ze was doodsbang geweest om iets verkeerds te zeggen en deed er alles aan om Stella niet te ergeren.

Hun relatie verschilde niet zoveel van de relatie tussen Stella en haar. Alicia had er nooit op die manier over nagedacht, maar hoe meer ze dat deed, des te duidelijker werd het patroon. Haar zus had dezelfde methode gebruikt om hen te manipuleren. Bemoedigende woorden voor het 'juiste' gedrag, straf voor het 'verkeerde' gedrag, de hele tijd met een subtiele onderliggende boodschap: zonder mij ben je niets.

Alicia dronk het glas leeg en schonk het weer vol. Ze had meer dan de helft van de fles leeggedronken en ineens wist ze wat ze moest doen, wat ze lang geleden al had moeten doen. Ze moest naar Elin

Falk toe gaan, haar verontschuldigingen aanbieden en uitleggen dat zij ook gemanipuleerd was door Stella. Als de vrouw haar daarna nog steeds met een mes wilde steken, dan was het niet anders.

Alicia wachtte tot de serveerster in de keuken was verdwenen, nam afscheid van Linda en liep haastig met de fles in haar hand Palermo uit. Toen ze in de auto zat, zag ze in de zijspiegel dat de Freak haar achterna was gerend. Linda rukte het chauffeursportier van de Land Rover open en riep dat ze niet mocht rijden.

'Daar heb je niets mee te maken,' zei Alicia en ze probeerde het portier weer te sluiten.

De Freak hield vol en weigerde los te laten. 'Je bent hartstikke dronken, stel dat je een kind aanrijdt.'

'Maar ik moet weg.'

'Als je zegt waar je naartoe wilt, dan breng ik je.'

Alicia gaf het op en schoof naar de passagiersstoel, zodat Linda achter het stuur kon gaan zitten.

'Waar gaan we naartoe?' vroeg ze.

Alicia haalde haar telefoon tevoorschijn, zocht het adres van Elin Falk in Karlstad en liet dat aan de Freak zien, die meteen begon te zeuren. 'Kun je dit niet een andere keer doen?' vroeg ze.

'Nee, breng me gewoon.'

'Wie is Elin Falk? En waarom wil je juist nu naar haar toe?'

Alicia stopte haar telefoon in haar zak en keek Linda strak aan. 'Doe alsof dit een taxi is en ik je klant ben. Je rijdt naar de plek die ik je opgeef en stelt geen vragen, oké?'

De Freak knikte onwillig, startte de motor en reed weg.

Elin Falk woonde in Skattkärr, een dorp ruim tien kilometer ten oosten van Karlstad. Het oude huis met de afbladderende houten gevel bood geen mooie aanblik. Een opknappertje met potentie, noemden makelaars dit soort huizen in hun advertenties.

Alicia gebaarde dat Linda langs het trottoir moest parkeren.

Toen ze uit de auto stapte, kwam de angst terug. Die riep door de alcoholnevel naar haar dat dit een slecht idee was. Elin Falk had Stella vermoord, of had daar in elk geval een aandeel in gehad, en nu had ze het op Alicia voorzien.

'Ga mee, we doen het niet,' zei Linda. 'Je bent te dronken.' De Freak pakte haar arm vast en probeerde haar naar de auto terug te brengen. De poging om haar over te halen had het tegenovergestelde effect. Alicia had genoeg van mensen die haar vertelden wat ze wel en wat ze niet moest doen. Elin en zij waren allebei slachtoffers van Stella en als ze de kans kreeg om dat uit te leggen, zou die arme vrouw het beslist begrijpen.

Alicia rukte zich los, opende het hek en liep naar de voordeur. Linda liep achter haar aan door de sneeuw terwijl ze de omgeving in de gaten hield. Het was alsof ze twee dieven waren die van plan waren in te breken en nieuwsgierige buren moesten ontwijken.

Alicia liep met wankele passen de trap op en belde aan. Ze hoorde de zoemer in de hal, maar er werd niet opengedaan. Ze drukte weer op de bel en hield hem een hele tijd ingedrukt.

'Er is niemand thuis,' zei Linda.

Alicia deed alsof ze haar niet hoorde. Ze kwam de trap weer af en liep langs de gevel.

'Wat doe je?' vroeg de Freak, die als een angstig dier achter haar aan rende.

'Ik wil aan de achterkant kijken.'

'Je kunt toch niet zomaar iemands tuin in lopen?'

Alicia draaide zich om. 'Ben je vergeten wat ik gezegd heb?' snauwde ze. 'Jij rijdt de taxi en houdt je kop. Ga naar de auto terug als je te schijterig bent.'

Ze baggerde verder door de sneeuw en aan de zware ademhaling vlak achter haar te horen was Linda niet van plan het op te geven. Alicia voelde dat de alcohol invloed op haar evenwicht had.

Ze moest haar blik op een van de fruitbomen gericht houden om een enigszins rechte koers door de tuin te kunnen aanhouden.

Aan de achterkant van het huis was een terras waarop een vergeten parasol uit de sneeuw stak. Alicia liep de gladde houten trap op en liep naar de terrasdeur. Ze hield haar gezicht bij het raam en beschermde haar ogen met haar handen om het bleke winterlicht buiten te sluiten.

Hoewel het huis er vanbuiten haveloos uitzag, was het binnen verrassend netjes. Een witte leren bank met bijpassende tafel stond voor een moderne televisie die aan de muur hing.

Alicia deed een paar stappen naar achteren en zag een klein luik onder in de terrasdeur. Erboven hing een geplastificeerde foto van een grijs gestreepte kat. Ze bukte zich om de foto te bestuderen. Rond de nek had het dier een felrode band met twee kleine rinkelbelletjes.

'Alsjeblieft, Alicia. Ik zeg toch dat er niemand thuis is.' Linda stond naast het terras met haar voeten te stampen en leek het bevel hoe ze zich moest gedragen vergeten te zijn. Of het kon haar gewoon niet schelen. De Freak wilde heel graag weg en Alicia was te moe om nog langer met haar te ruziën. 'Goed, laten we maar naar de auto gaan.'

35

De woning in Skattkärr bleek in een van de kortste straten van de gemeente Karlstad te liggen. Er stonden maar een paar huizen en te oordelen naar de besneeuwde weg verwaarloosde de gemeente het sneeuwruimen hier.

John parkeerde zijn auto en overwoog hoe hij het gesprek met Elin Falk moest beginnen. Zijn excuus voor het bezoek was dat hij meer over de drugsdeals van haar vader wilde weten. Hij was van plan de dochter een tijdje te laten praten en haar vervolgens – als het juiste moment was aangebroken – te confronteren met de ID-diefstal.

Verder dan dat ging zijn plan niet. Wat hij moest doen als ze inderdaad bekende medeplichtig te zijn geweest aan de moord op Stella Bjelke, en bovendien wist hoe haar vader was gestorven, wist hij eerlijk gezegd niet.

John stapte uit de auto en probeerde door de sneeuw te lopen zonder zijn Loake-schoenen te ruïneren. Hij stopte bij het zelf getimmerde hek en keek naar de donkere ramen. De woning leek verlaten, maar hij zag verse sporen in de sneeuw die naar de voordeur leidden. Misschien was er toch iemand thuis.

John opende het hek, liep de voortuin in en belde aan. Toen er niemand opendeed, trok hij zijn zwarte leren handschoenen aan en voelde aan de klink. De deur was op slot. Hij draaide zich om en wilde naar de auto teruggaan, maar zag dat de voetstappen in de sneeuw langs de gevel en om het huis heen liepen. Het waren trouwens sporen van twee mensen.

John gaf de hoop om zijn schoenen niet te ruïneren op en liep door de sneeuw langs de gevel. De sporen leidden om het huis en via een houten terras aan de achterkant naar een terrasdeur met een kattenluik onderin. Hij liep het trappetje op en voelde aan de klink. Die bewoog niet.

Hij stopte zijn hand in de jaszak waar zijn mobiel in zat en vroeg zich af of hij Elin Falk zou bellen. Hij moest haar echt spreken. Aan de andere kant zou hij daar het verrassingsmoment mee verpesten. Als ze vermoedde dat de politie haar zocht, zou ze misschien onderduiken. Of nog erger, op het idee komen om naar het politiebureau te gaan en alles te bekennen.

John keek weer naar de deurklink. Het slot was eenvoudig en werd door zijn voormalige collega's in New York NKN genoemd.

No Key Needed.

Het was een aantrekkelijk idee om in de woning rond te kijken. Een huis vertelde altijd veel over de bewoner of bewoners. John liep naar zijn auto terug en vond in het dashboardkastje wat hij zocht, een paperclip die verschillende papieren bij elkaar hield van de dealer die de Chrysler afgelopen herfst aan hem had verkocht.

Toen hij bij de terrasdeur terug was, boog hij het stuk metaal recht en duwde het in het slot. Vlak daarna hoorde hij een klik en kon hij de klink draaien.

Elin Falks zitkamer leek afkomstig uit een meubelcatalogus voor Amerikaanse huisvrouwen in Florida. De sierkussens op de witte leren bank waren zorgvuldig uitgekozen en op de opzettelijk aan de randen beschadigde tafel stond een roestige metalen pot met gedroogde rode rozen.

John liep naar de keuken. Het gevoel van een woning die voor de bezichtiging door een makelaar netjes was gemaakt werd steeds sterker. De buitenkant van het huis was haveloos, maar het interieur was nieuw. De stoelen en tafel in de keuken leken niet gebruikt en aan de muren hingen posters met spreuken in sierlijke letters.

In de slaapkamer bleef John bij een witgeschilderde houten kast staan. Hij trok een van de laden open, zag een fotoalbum liggen en kon de verleiding niet weerstaan om het te openen. Op de eerste pagina zag hij een foto van een bruidspaar die in een atelier was genomen. Een jongere en aanzienlijk verzorgdere versie van Birger Falk glimlachte naar de camera. Zijn haar was met water naar achteren gekamd en zijn bakkebaarden waren keurig onderhouden. De vrouw wier hand hij vasthield was opvallend mooi en droeg witte bloemen in het opgestoken haar. John las de tekst onder de foto: ANETTE EN IK, 3 AUGUSTUS 1983.

Hij bladerde verder en bekeek het gezamenlijke leven van het stel. Cocktails op een strand in Spanje. Een diner op oudejaarsavond met vrienden. Op een skihelling met mutsen met wollen balletjes op en rugzakken om. Fragmenten uit een leven dat voor een toeschouwer rijk en zinvol leek.

Hij stopte bij een foto van de vrouw onder een bloeiende appelboom met een pasgeboren baby in haar armen. John keek door het raam en besefte dat die in deze tuin was gemaakt.

Op de pagina's daarna stond de dochter op bijna elke foto. Op schoot bij de Kerstman. Op een fiets voor de woning. Met vrienden en vriendinnen rond een kampvuur in het bos. Op de trap van het universiteitsgebouw.

Daarna stopte het.

Alsof het leven, of in elk geval de wil om dat te documenteren, was opgehouden.

John bladerde langs de lege bladzijden tot hij de volgende foto vond: een vrouw aan een tafel met twee koppen koffie en een taart met de tekst ELIN 25 JAAR – GEFELICITEERD voor zich.

John moest twee keer kijken om zichzelf ervan te overtuigen dat het de dochter was. Van de mooie, jonge Elin Falk waren alleen de ogen over. Hij herinnerde zich wat er in het vonnis van de rechtbank had gestaan. De gedaagde was ernstig gewond geraakt bij het auto-ongeluk. Waarschijnlijk had ze uitgebreide plastische chirurgie aan haar gezicht ondergaan waardoor haar uiterlijk zo grondig was veranderd.

Birger Falk had geen jaartal onder de foto geschreven. John rekende uit dat die genomen moest zijn vlak voordat hij voor de eerste keer was veroordeeld wegens het bezit van narcotica.

Op de laatste foto in het album zaten Birger en Elin samen op een bank voor een servicewoning. Hij had zijn arm om haar heen geslagen en had een treurige glimlach rond zijn mond.

Vader en dochter.

Maar geen moeder.

John herinnerde zich niet of de vrouw onder de appelboom met het kind in haar armen voor of na het ongeluk was overleden.

Hij stopte het album in de lade terug en liep naar de hal. Het daglicht begon te verdwijnen en hij deed de zaklamp op zijn telefoon aan om niet op de trap naar de bovenverdieping te struikelen.

Daar veranderde het huis weer van gedaante. Het donkergroene textielbehang op de muren in de gang was versleten en op de vloer lag vast tapijt dat van de onderlaag was losgekomen en in de hoeken omkrulde.

De deur die zich het dichtst bij de trap bevond stond op een kier en John duwde hem voorzichtig met zijn voet open. De kamer stond van vloer tot plafond vol met afgedankte meubels. Hij liep verder door de gang en probeerde de volgende deur. Die was op slot, wat meteen zijn belangstelling wekte voor wat zich erachter zou bevinden.

John haalde de paperclip weer tevoorschijn, ging op zijn hurken zitten en stak de metalen draad in het slot. Het kostte meer moeite dan het slot van de terrasdeur, maar uiteindelijk slaagde hij erin het slot open te krijgen. Hij duwde de deur open en zag een ruimte met de afmetingen van een grote kledingkast. Ramen ontbraken en aan het plafond hing een kale gloeilamp. Hij tastte naar de schakelaar en deed het licht aan.

De kamer was ingericht als een kantoor met een bureau en een computer. De muren hingen vol met foto's die met punaises aan het onbewerkte multiplex waren bevestigd. Op alle foto's stonden twee vrouwen van in de twintig. De vrouw met de mooie glimlach herkende hij van het fotoalbum in de slaapkamer. Dat was Elin vóór het ongeluk. De andere vrouw was Stella Bjelke. Ze kusten elkaar, zaten innig verstrengeld op een bank of waren met vrienden op een feest.

In één hoek van het kamertje stond een filmcamera op een statief. John liep ernaartoe en constateerde dat het apparaat, net als alle andere technologie in het hok, nieuw was en er duur uitzag.

Het was voldoende om de camera aan te raken om hem te activeren. De computer op het bureau lichtte op en toonde een menu met verschillende alternatieven. John trok zijn handschoenen uit, ging op de bureaustoel zitten en plaatste de cursor op de optie OPEN HET LAATSTE PROJECT.

Een filmkader verscheen, met daaronder de datum en het tijdstip waarop de film was gemaakt. De opname was vijf dagen oud en was om 21.49 uur begonnen, op dezelfde avond dat Stella Bjelke was vermoord.

John drukte op play en zag hoe de film begon te spelen.

De eerste seconden was het enige wat op het scherm zichtbaar was een grofkorrelige, flakkerende groene onscherpte. De opname was gemaakt met een camera die in de nachtmodus stond en de lens had tijd nodig om een geschikt focuspunt te vinden. Even later verschenen de contouren van een kamer zonder ramen waarin twee stoelen in het midden tegenover elkaar stonden. Langs de muren lag bouwmateriaal en op de achtergrond was een betonmolen te zien.

Koffiebranderij Löfbergs.

Minder dan een week geleden had John in dezelfde ruimte gestaan en had hij naar Stella Bjelkes dode lichaam op de vloer gekeken.

Een gestalte in een donzen jack verscheen onder in beeld. Het was zonder enige twijfel de persoon de verkleed als bouwvakker de koffiebranderij in geslopen was en de plaats delict later die avond had verlaten. De vrouw van wie hij nu wist dat het Elin Falk was.

John zag dat ze plaatsnam op de stoel die met de rugleuning naar de camera gedraaid stond, haar handen op haar schoot legde en roerloos bleef zitten. Het was alsof ze mediteerde of diep in gedachten was.

Toen de tijdcode aangaf dat de camera bijna tien minuten had opgenomen, klonk het geluid van een deur die open- en dichtging. Elin Falk stond haastig op en draaide haar hoofd naar de camera. John zag dat ze een dikke bril droeg waarmee het waarschijnlijk mogelijk was om in het donker te kunnen zien. 'Ik ben hier!' riep ze met een geforceerde schelheid in haar stem.

'Het is hier pikdonker,' zei een andere vrouw.

Elin Falk verdween uit beeld, maar was een paar seconden later terug, nu in gezelschap van Stella Bjelke.

John voelde het onbehagen binnen in hem toenemen. De jas, de jurk en de schoenen met hoge hakken kwamen overeen met de foto's van de plaats delict. Om haar zo te zien, levend en vol verwachting, was een surrealistische ervaring. Hij betrapte zichzelf erop dat hij naar haar wilde roepen dat ze moest vluchten.

'Jezus, dit is volkomen krankzinnig, Pernilla,' giechelde Stella terwijl ze naar haar stoel werd gebracht.

John knikte zwijgend. De naam kwam overeen. Elin Falk had Pernilla Cederholms identiteit op de datingsite overgenomen en Stella dacht dat ze met haar had afgesproken.

'Ga hier zitten,' hoorde hij de schelle stem zeggen. Elin Falk imiteerde de aparte manier van praten van de mode-influencer.

De vrouwen zaten een tijdje zwijgend tegenover elkaar. Raws charismatische oprichter met het ene been over het andere geslagen, Elin net zo roerloos als eerder, met haar handen op haar dijbenen.

'Ik moet bekennen dat ik hier eerst onzeker over was,' zei Stella. Ze gooide haar blonde haar in de duisternis naar achteren. 'Maar tegelijkertijd is het zó opwindend. Ik wilde Black Tantra een paar jaar geleden uitproberen, maar toen was dat met een man. Misschien heb ik het daarom uiteindelijk niet gedaan.'

'Bij mij ben je veilig.'

'Dat weet ik, anders was ik hier nooit naartoe gekomen. Het is alsof ik je ken, hoewel we elkaar nog nooit ontmoet hebben.'

'Ik begrijp precies wat je bedoelt.'

Stella lachte. 'Ik was verschrikkelijk zenuwachtig in de taxi onderweg hierheen,' zei ze en ze ging op haar handen zitten. 'Ik tril nog steeds.'

'Is het goed of slecht trillen?'

'Goed. Heel goed.'

'Ben je opgewonden?'

Stella zweeg een tijdje voordat ze antwoord gaf. 'Ja.'

Ondanks de beperkte omvang van het scherm voelde John de lading tussen hen.

'Zeg dat je me wilt,' zei Elin.

'Ik wil je.' Stella hijgde en begon zichzelf voorzichtig over haar jurk te strelen.

Elin stond langzaam op van haar stoel. 'Ik houd van je,' zei ze.

'Wat?'

'Ik houd van je. Zeg dat je ook van mij houdt.' De stem was nu donkerder en Elin leek niet langer haar best te doen om die te verdraaien. Ze liep naar Stella toe en bleef op een afstand van maar een paar decimeter staan. Met één hand streelde Elin haar wang en met de andere zocht ze in de zak van haar donzen jack. 'Eindelijk, Stella… eindelijk,' zei ze.

Seconden later zwaaide Elin met haar arm en Stella gilde zo hard dat John achteruitdeinsde. Hij begreep dat het salpeterzuur zich door de huid vrat.

Elin liep naar de rand van het beeld en meteen daarna veranderde het contrast. Ze had de bouwlampen in de ruimte blijkbaar aangedaan, want het scherm werd wit voordat de camera zich aan het licht aanpaste.

Stella lag in foetushouding op de betonnen vloer, hield haar handen tegen haar gezicht en kronkelde van de pijn. Elin zette de nachtzichtbril af en ging op haar hurken naast haar zitten.

'Rustig maar, het gaat voorbij,' troostte ze haar. 'Zo meteen doet het niet zoveel pijn meer.'

Na een tijdje ging het harde gegil over in langgerekt gejammer. Stella haalde hortend adem en haar lichaam schokte alsof ze krampen had.

'Begrijp je nu wie ik ben?' vroeg Elin. De stem was zacht en liefdevol, alsof ze tegen een kind praatte. 'Mijn god, Stella, ik heb zo naar deze dag verlangd. Er zijn momenten geweest waarop ik eraan twijfelde of-ie echt zou komen, maar ik ben altijd in ons blijven geloven. Wij horen bij elkaar. Zo is het gewoon.'

Stella tastte met haar handen naar de vrouw die zich over haar heen boog. 'Wie...' kermde ze.

'Stella, ik ben het... Elin. Elin Falk.'

John zag de paniek in het door het zuur aangevreten gezicht. Stella probeerde overeind te komen, maar werd tegen het beton gehouden door dezelfde hand die daarnet haar wang had gestreeld.

'Kalm maar,' suste Elin haar. 'Ik ben niet boos op je. Helemaal niet. Integendeel. Ik snap waarom je me in de steek gelaten hebt. Na het ongeluk kon ik nauwelijks in de spiegel kijken. Mijn uiterlijk stond onze relatie in de weg, maar nu wordt alles anders.'

'Laat me gaan.' Stella's stem was krachteloos en ze hapte na elk woord dat over haar lippen kwam naar adem.

'Natuurlijk laat ik je gaan,' zei Elin. 'Ik moet alleen zeker weten dat je begrijpt waarom ik gedwongen was om dit te doen. De vloeistof die je in je gezicht gekregen hebt is salpeterzuur. Dat vreet de huid aan en ruïneert het celweefsel. De wonden genezen binnen een paar maanden, maar je uiterlijk zal voor altijd veranderd zijn.' Elin klonk vrolijk en tegelijkertijd vol medelijden. Ze kwam overeind en ging op een van de stoelen zitten. 'Het kost natuurlijk tijd om dat te accepteren en ik snap hoe je je op dit moment voelt, maar op een dag zul je beseffen dat ik dit voor ons gedaan heb, zodat we weer samen kunnen zijn.' Haar stem stokte en ze draaide haar gezicht weg om de tranen van haar wangen te vegen.

Stella maakte van de gelegenheid gebruik om op handen en knieën naar de muur te kruipen. John zag hoe ze met haar handen over de vloer tastte. Tegelijkertijd draaide ze haar hoofd om te horen waar Elin Falk zich bevond. Toen ze de betonmolen had bereikt, trok ze zich omhoog en tastte naar de deur.

'Sorry dat ik huil,' snikte Elin. 'Maar het ontroert me zo als ik eraan denk hoeveel we samen meegemaakt hebben. En hoewel je nooit op bezoek bent gekomen in het ziekenhuis of de gevangenis, heb je toch altijd naast me gestaan.' Ze zweeg abrupt toen ze zag dat Stella de deur opende. 'Waar ga je naartoe?' vroeg ze terwijl ze zich naar de deur haastte om haar tegen te houden.

'Laat me gaan!'

John zag dat Stella een lang, smal voorwerp in haar hand had waarmee ze dreigend zwaaide. De beitel, dacht hij. Die had ze blijkbaar op de vloer gevonden.

'Je mag niet weggaan,' zei Elin. 'We moeten erover praten hoe...'

'Ga aan de kant, weerzinwekkende trut die je bent!' Stella stak met de beitel en Elin moest een stap opzij doen om niet geraakt te worden.

'Wat doe je? Stop daarmee.'

'Geef me mijn telefoon! Die zit in mijn jaszak.'

'Stella, alsjeblieft...'

'Geef hem aan me, anders vermoord ik je.'

'Je moet beseffen hoeveel ik voor ons heb doorstaan zodat we eindelijk weer bij elkaar kunnen zijn.'

'Wat is er verdomme mis met je?!' schreeuwde Stella. Ze stak weer met de beitel, maar miste Elin.

'Je weet niet wat je zegt, Stella, je bent jezelf niet. Maar dat gaat voorbij, het komt allemaal goed, dat beloof ik. Herinner je je wat je op dat feest tegen me gezegd hebt?'

'Welk feest, verdomme?'

'In het landhuis. Voordat we het ongeluk kregen. Die avond zei je dat we een onoverwinnelijk stel waren. Dat waren je exacte woorden en iedereen hoorde het. Herinner je je dat nog?'

'Nee! Het enige wat ik me herinner is dat ik me voor je schaamde.'

'Wat? Waarom?' Elin klonk onzeker, alsof ze zichzelf voor het eerst toestond om aan Stella's gevoelens voor haar te twijfelen.

'Je lag bewusteloos op een stoel en we hebben je naar de auto moeten slepen. Dat was gênant.'

'Zeg dat niet. Je houdt van me.'

John hoorde aan Elins stem dat ze tegen haar tranen vocht.

Stella merkte het ook en kreeg er duidelijk nieuwe kracht door. 'Mijn telefoon. Geef hem aan me en ga aan de kant zodat ik hier weg kan.'

Elin bleef met haar armen langs haar lichaam roerloos in de deuropening staan. Als John niet had geweten dat ze Stella had vermoord, had hij gedacht dat ze de vrouw met de chemische wonden in het gezicht zou laten gaan.

'Wat bedoel je ermee dat ik bewusteloos was?' zei Elin.

'Hoezo?'

'Je zei dat ik bewusteloos was en dat jullie me naar de auto gesleept hebben.'

John zag dat Stella schrok, alsof ze spijt had van wat ze had gezegd.

'Je was moe en dronken, maar toen we buiten waren, knapte je op en wilde je rijden. Het was stom van ons dat we je niet tegengehouden hebben.'

Elin liep bij de deur weg en begon rond te lopen.

'Hallo, waar ben je?' vroeg Stella met een trillende stem.

Toen ze geen antwoord kreeg, begon ze lukraak met de beitel te steken.

John zag dat Elin naar haar toe liep, haar arm vastpakte en het gereedschap uit haar hand wrong. 'Ik was niet degene die achter het stuur zat, of wel soms?' zei ze.

'Houd je mond. Houd gewoon je mond,' kreunde Stella.

Elin pakte het blonde haar vast, trok haar hoofd naar achteren en duwde het metalen blad tegen haar keel. 'Vertel! Wie zat er achter het stuur?'

John hoefde het antwoord niet te horen om te begrijpen dat wat hij in het vonnis had gelezen niet klopte.

'Alicia,' stamelde Stella.

'En daarna hebben jullie mij de schuld gegeven,' zei Elin. 'Is het zo gegaan?' Ze duwde de beitel steeds harder tegen Stella's keel, tot ze begon te kokhalzen en in paniek met haar handen begon te zwaaien.

'Het was Alicia's idee,' riep Stella huilend. 'Ze wilde niet naar de gevangenis en stelde voor om jou op de bestuurdersstoel neer te zetten.'

'Maar waarom heb je niets gezegd? Die fietster was dood en ik kwam in de gevangenis terecht.'

John voelde de woede van de vrouw. Het zat in haar stem, in haar ogen en in de hand die de beitel vasthad.

'Je hebt gelogen in de rechtszaal, en iedereen geloofde je! Ik ook!'

Toen Stella alleen gorgelde bij wijze van antwoord, verminderde Elin de druk op haar keel. 'Zeg iets! Hoe heb je me dat kunnen aandoen?'

'Alicia,' siste ze. 'Ik wilde niet, maar Alicia heeft me gedwongen.'

Elins arm trilde terwijl ze de beitel omhooghield. 'Je liegt!' schreeuwde ze, waarna ze de beitel in Stella's keel stak.

Het metalen blad was niet scherp, want ze moest meerdere keren steken voordat ze de pezen en het kraakbeen die de halsslagader beschermden had doorboord en de eerste golf bloed op het scherm verscheen. John wendde zijn blik af en toen hij weer keek, zat Elin schrijlings op Stella, die op de vloer lag. Hij telde elf steken met de beitel voordat ze stopte en boven op het levenloze lichaam viel.

Elin bleef zo een hele tijd liggen, als in een laatste omarming.

Na een tijdje begon haar bovenlichaam te trillen, eerst zachtjes en vervolgens steeds heviger. Toen ze overeind kwam om de camera uit te zetten, was haar gezicht zo dichtbij dat het hele scherm ermee werd gevuld. Haar ogen waren rood van het huilen en haar wangen waren nat van de tranen en het bloed.

John zat op de stoel bij het bureau en haalde snel adem. Nu wist hij hoe Elin Falk Stella Bjelke in de koffiebranderij had gedood. Wat voor rol haar vader in het verhaal speelde, was echter nog onduidelijk.

De camera was precies twaalf minuten voordat Birger Falk in de Volvo bij Löfbergs arriveerde uitgezet, mits de tijdcode van de bewakingscamera voor het gebouw correspondeerde met die van de film.

John overwoog wat hij nu moest doen. De zekerste manier om Elin Falk te vinden was waarschijnlijk om in zijn auto op haar te wachten. Vroeg of laat zou ze tenslotte thuiskomen. Als dat veel tijd kostte en Mona zich afvroeg waar hij was, moest hij achteraf een verklaring bedenken.

Hij rolde de stoel dichter naar het bureau toe en keek naar de stapel papieren die rechts van de muis lag. De meeste waren facturen van internetwinkels. John stond versteld van het bedrag dat

Elin Falk had uitgegeven. Tienduizenden kronen voor meubels en woninginrichting, alles op krediet. De waarheid over de benedenverdieping werd in al zijn triestheid duidelijk. Elin had de woning opgeknapt voor een toekomst samen met Stella Bjelke.

Hij legde de onbetaalde rekeningen opzij en bekeek een geprinte kwitantie van Airbnb. Eerst nam hij aan dat het de betalingsbevestiging van een vakantiewoning in Zweden of in het buitenland was, maar toen hij zag dat het om een adres in Karlstad ging en dat de reservering voor een volledige maand was, begon hij na te denken.

Waarom huurde Elin Falk een appartement in haar eigen stad? En zou ze daar op dit moment zijn?

John wist het niet, maar kon daar vrij gemakkelijk achter komen. Hij besloot zijn plan aan te passen. Volgens zijn telefoon bevond het appartement zich in Norrstrand en het kostte maar tien minuten om ernaartoe te rijden.

36

Alicia was op weg naar de schemerzone. Toch bleef ze wodka drinken. Linda had haar meegenomen naar haar flat, vlak bij de Gröna gatan en Palermo. Alicia wist het niet precies omdat de flatgebouwen in Norrstrand zo verdomd veel op elkaar leken. Eigenlijk wilde ze met rust worden gelaten, maar de Freak zeurde dat ze anders meeging naar Alicia's woning.

'Ik wil niet dat je alleen bent,' zei ze. 'Je bent niet in staat om voor jezelf te zorgen.'

Alicia gaf toe en beloofde mee te gaan als Linda haar meer drank gaf wanneer de wodka op was. Ze hield de fles bij het autoraam en schudde hem. Onderin klotste verontrustend weinig van de doorschijnende vloeistof.

De Freak hielp Alicia uitstappen, de straat oversteken en de trappen naar de eenkamerflat op de derde verdieping op lopen. Ze opende de voordeur en leidde haar naar een fauteuil in de gecombineerde zit-slaapkamer. Alicia liet zich eerder op de stoel vallen dan dat ze ging zitten, maar het lukte haar toch om de fles vast te houden zodat die niet stukviel. 'De stoel is lager dan ik dacht,' lalde ze.

Linda gaf geen antwoord. Ze was naar de keuken gegaan.

Alicia keek om zich heen naar de paar vierkante meters. Ze wist niet goed wat ze had verwacht van de flat van de Freak, maar in elk geval iets anders dan dit. Behalve de versleten stoel waarop ze zat, zag ze alleen een windsorstoel en een matras op de vloer. De muren waren kaal met boorgaten van eerdere huurders en in één hoek lag een gebroken bloempot die blijkbaar van de vensterbank was gevallen.

‘Minima... minimalistisch!’ riep ze terwijl ze bedacht dat het een moeilijk woord was om uit te spreken als je dronken was.

‘Ja, ik ben er nog niet echt aan toegekomen om het in te richten,’ antwoordde Linda vanuit de keuken.

Alicia knikte en deed wat ze zichzelf had beloofd om niet te doen: haar telefoon pakken en op Instagram kijken. De Ree had een nieuw bericht geplaatst. Nu van het ontbijt in het hotel waar Ratko en zij elkaar aardbeien voerden.

GOEDEMORGEN, ALLEMAAL, stond er in het Engels onder de foto. Alicia keek naar het perfecte gezicht van de vrouw, met de sproeten op de kleine neus, de mooie ronding van de jukbeenderen en de huid die zo jong was dat ernaar kijken voldoende was om te beseffen hoe zacht hij was als je hem streelde. Alicia deed haar ogen dicht en streek met haar vingertoppen over haar eigen gezicht. Elk litteken en elke oneffenheid voelde als een krater in het oppervlak van de maan.

Ze opende haar ogen en schreef een opmerking bij het bericht: IK HOOP DAT JULLIE ERIN STIKKEN EN DOODGAAN.

Daarna dutte ze in op de stoel tot ze een sms van Ratko kreeg: SORRY. HET WAS NIET DE BEDOELING DAT JE ER OP DEZE MANIER ACHTER ZOU KOMEN. IK WIST GISTEREN PAS DAT ZE NAAR HUIS ZOU KOMEN. SCHRIJF ALSJEBLIEFT NIETS MEER OP INSTA.

Alicia vroeg zich af wat hij had geantwoord toen de Ree vroeg wie er zo’n belachelijke opmerking had geplaatst. Had hij verteld dat hij haar kende?

Uit de keuken kwam de heerlijke geur van koffie. Alicia wilde die van haar met een flinke scheut wodka drinken. Ze dacht dat het koffie met een kick werd genoemd. Koffie zoals oude mannen vroeger in hun thermoskan meenamen.

Ze legde haar duimen op het scherm om op de sms te antwoorden. De dronkenschap maakte de contouren van de letters wazig en ze moest meerdere pogingen doen voordat het foutloos was. UITERAARD. SORRY VOOR DE OVERTROKKEN REACTIE.

Ze verstuurde het antwoord en opende Instagram weer. De opmerking die ze had achtergelaten was al gewist. Alicia probeerde de juiste letters te vinden en schreef een nieuwe opmerking onder de foto met de aardbeien: BESTE REE, TOEN JIJ IN MILAAN WAS, HEB IK SEKS GEHAD MET DE MAN OP DE FOTO EN NU BLIJK IK CHLAMYDIA TE HEBBEN. ALS IK JOU WAS, ZOU IK ME LATEN TESTEN.

Ze vertaalde de tekst ook in het Engels zodat haar vrienden in Italië het eveneens zouden begrijpen. Misschien niet dat ze haar Ree noemde, maar het deel over de geslachtsziekte wel.

Een minuut later nam Ratko weer contact met haar op. Deze keer belde hij en nadat ze het gesprek had weggedrukt, probeerde hij het opnieuw.

'Iemand wil je blijkbaar graag spreken,' zei Linda, die met twee porseleinen kopjes de kamer in kwam.

'Het is gewoon een idioot,' lalde Alicia.

De koffie was heet en ze brandde haar vingers toen ze er wodka bij schonk.

'Een mannelijke idioot?' vroeg Linda terwijl ze de windsorstoel dichter naar de fauteuil trok.

De Freak was altijd even meelevend, altijd even verlangend naar roddels. Als ze wist dat ze met Ratko naar bed was geweest, zou haar stomazak waarschijnlijk scheuren van opwinding.

'Ik had het idee dat hij hierdoorheen kon kijken,' zei Alicia en ze maakte een cirkelgebaar voor haar hoofd.

'Maar dat kon hij niet?'

'Nee, en dat wist ik eigenlijk wel. Hij heeft het me alleen laten geloven.' Alicia zuchtte, niet alleen om haar naïviteit, maar ook om het feit dat juist Linda degene was die ze in vertrouwen nam.

'Begon je daarom vandaag in Palermo te drinken?' De Freak hield haar hoofd enigszins schuin en nam een slok koffie. Ze was echt gek op deze vertrouwelijkheid tussen de ongelukszussen.

Alicia voelde dat ze in slaap begon te vallen, maar werd wakker door zacht gemiauw. Een kat kwam de kamer in sluipen. Hij liep naar Linda toe en streek langs haar been. Zijn vacht was grijs met zwarte strepen op de rug en om zijn nek zat een rode halsband met twee rinkelbelletjes.

Als ze niet zo dronken was geweest, had Alicia misschien sneller gereageerd, maar nu duurde het een paar seconden voordat ze het verband tussen de foto op Elin Falks terrasdeur en de kat in deze flat legde.

Als de kat dezelfde was, dan was zijn baasje dat ook.

Ze keek naar de vrouw op de windsorstoel. De plastische chirurgie had haar gezicht veranderd. Toch was er iets in haar ogen wat vertrouwd leek.

Jezus, hoe had ze dat kunnen missen?

De ogen léken niet alleen op die van Stella's vriendin tijdens hun studietijd, ze waren identiek.

Alicia probeerde op te staan, maar kreeg een harde duw tegen haar borstkas waardoor ze in de fauteuil terugviel. Linda, Elin – of hoe ze in vredesnaam ook heette – pakte de messing vaas die op de vensterbank stond. De klap zorgde ervoor dat Alicia's hoofd explodeerde van de pijn en ze op de grond viel.

Toen Alicia bijkwam, was haar mond droog en bonkte er een helse hoofdpijn achter haar voorhoofdsbeen. Ze probeerde te bewegen, maar haar enkels waren aan de fauteuil gebonden en haar handen zaten achter haar rug vast.

Langzamerhand werd haar zicht helderder. Op de vloer naast de wodkafles lag een rol ducttape en Elin Falk zat met een keukenmes in haar hand op de windsorstoel.

‘Ben je wakker, Alicia?’ De eerder nog zo meelevende stem klonk nu anders, schril en vijandig.

‘Ik denk het wel. Hoelang ben ik bewusteloos geweest?’

‘Hooguit vijf minuten.’

Alicia slikte om haar droge keel te bevochtigen met speeksel. In Elin Falks ogen lag een vastberadenheid die ze bij Linda nog nooit had gezien. De vrouw leek tot veel meer in staat dan haar onschuldige alter ego. ‘Waarom doe je dit?’ vroeg ze.

Elin gaf geen antwoord.

‘Kun je me losmaken?’ Alicia wilde dat ze niet zo lalde. Het was moeilijk om autoriteit uit te stralen nu ze als een alcoholist op een parkbank klonk. Ze probeerde haar handen en voeten te bevrijden, maar dat lukte niet. De klevende banden waren meerdere keren om haar enkels en handen gedraaid en gaven niet mee. ‘Zeg iets, verknipte trut!’

Eindelijk reageerde Elin. Ze sprong op van de stoel en begon met het mes te zwaaien. ‘Als er hier iemand een verknipte trut is, dan ben jij het, Alicia. Een vrouw is bij dat auto-ongeluk overleden en ik heb blijvend letsel opgelopen. Toch ben ik degene die in de gevangenis gezeten heeft. Ik heb alle ellende over me heen gekregen. Snap je hoe dat voelde?’

Alicia keek naar de vloer. De woede verdween en het schuldgevoel lag zo zwaar op haar schouders dat de ducttape niet langer nodig was om haar op de stoel te houden. ‘Ik heb spijt van wat we gedaan hebben,’ zei ze en ze slikte nog een keer.

‘Niet júllie,’ snauwde Elin. ‘Jij. Jij alleen. Stella heeft me in Löfbergs alles verteld. Het was jouw idee om me erin te luizen en je hebt haar gedwongen om tijdens de rechtszaak te liegen.’

‘En jij geloofde haar?’ zei Alicia.

‘In eerste instantie niet. Daarom was ik zo boos. Maar na afloop, toen ze op de vloer lag, begreep ik het. Natuurlijk sprak ze de waarheid. Stella zou me nooit zoiets aangedaan hebben.’

Alicia dacht dat ze misschien weer boos moest worden. Elin had zojuist de moord op haar zus bekend. Toch kon ze niets anders voelen dan verdriet. Overal waar Stella opdook, werden mensen kapotgemaakt. Elin en zij waren twee slachtoffers te midden van vele anderen.

'Je beseft nog steeds niet hoe Stella echt was,' zei Alicia. 'Het heeft mij jaren gekost voordat ik het besefte, en misschien lukt het me nog steeds niet helemaal.'

'Wat bedoel je?' vroeg Elin geïrriteerd. Ze liep naar het raam en deed het licht aan. Het schijnsel van de beige lampenkap vormde een zacht contrast met de schemering achter het raam.

Alicia haalde diep adem. Misschien was het zinloos, maar ze wilde in elk geval proberen de waarheid te vertellen. 'Luister, ik bestuurde die vervloekte auto omdat Stella me dwong. Zij was degene die tegen me zei dat we jou achter het stuur moesten zetten. Als ik in de gevangenis terechtkwam, zou Raw geen developer hebben. De rest kon haar niet schelen.'

'Je liegt,' zei Elin terwijl ze naar de fauteuil toe liep. 'Ze hield van me.'

Alicia schudde haar hoofd langzaam. 'Stella hield van niemand, dat kon ze niet.'

'Je bent gewoon jaloers. Je weet niet wat wij samen hadden.'

'Natuurlijk, houd jezelf voor de gek als je dat wilt, maar ik was erbij en heb het gezien. Jij en ik waren twee honden die streden om de aandacht van mijn zus. En hoe meer ze ons schopte, des te harder kwispelstaartten wij. Het is allemaal zo zielig.'

'Je moet je bek houden!' riep Elin en ze deed een uitval met het mes.

Alicia schrok. De ruimte tussen het lemmet en haar keel was maar een paar centimeter. Ze zag Elins arm trillen en hoorde haar snelle ademhaling. Alicia deed haar ogen dicht en wachtte op het koude staal, maar in plaats van bloed stroomde er iets anders over haar keel. Ze opende haar ogen weer. Aan haar kin hingen lange speekseldraden. Elin had in haar gezicht gespuugd. 'Ik lieg niet,' stamelde Alicia. 'Het is de waarheid.'

Elin ging op het puntje van de windsorstoel zitten, wiegde heen en weer en staarde met een lege blik voor zich uit. Na een tijdje begon ze zo hard te huilen dat de kamer ervan trilde.

Alicia ademde in een vierkant, zoals ze had geleerd, en slaagde erin haar hartslag te laten dalen. Ze keek opnieuw naar de kale muren van de flat. Woonde Elin hier ook? Ze had de woning in Skattkärr en nauwelijks geld om twee huizen te bekostigen. Het verhaal was moeilijk sluitend te krijgen. De ene ongelukkige gebeurtenis leek tot de andere geleid te hebben. 'Het was geen toeval dat we elkaar in de dermatologische kliniek ontmoet hebben, of wel soms?' zei Alicia.

'Nee,' fluisterde Elin.

'Maar waarom deed je alsof je iemand anders was als ik je niet herkende? Die hele toestand met "Linda". Ik begrijp het niet...'

'Omdat ik van Stella hield en een manier probeerde te vinden om weer met haar in contact te komen.'

Alicia zag de obsessie in het gezicht, dat zo veranderd was door de plastische chirurgie. Ze had zich ertegen verzet dat Linda haar haar ongelukszus had genoemd, maar misschien was dat precies wat ze was. Stella had hen allebei ontegenzeggelijk beschadigd.

Elin vertelde huilend verder. Na de servicewoning mocht ze bij haar vader in het huis in Skattkärr komen wonen. De voorwaarde daarvoor was dat ze haar medicijnen slikte en Stella met rust liet. Dat deed ze ook, en na een tijdje vond haar vader dat ze er klaar voor was om op eigen benen te staan. Hij zette het pand op haar naam en verhuisde zelf naar Kronoparken. Vlak daarna spoelde Elin de pillen door het toilet en begon al haar tijd te besteden aan het terugwinnen van Stella.

'Het ongeluk kwam tussen ons,' snikte ze. 'Maar diep vanbinnen wist ik dat je zus nog steeds van me hield. Ik hoefde haar dat alleen te laten begrijpen.'

'En daar moest ik je mee helpen?'

'Ja, want zonder jou was het me nooit gelukt om de juiste identiteit te stelen zodat ik op de Raw-site met Stella gematcht werd.'

Eindelijk begreep Alicia de reden van het rollenspel in Palermo. De vragen over de datingsite die zo tactvol tijdens de gesprekken waren gesteld, waren geen gewone nieuwsgierigheid geweest. Elin moest weten hoe het platform werkte om onder een andere naam in contact te komen met Stella.

'Je hebt dus met Stella in Löfbergs afgesproken om haar... te vermoorden?'

'Nee, je snapt er niets van. Het moest een mooie herinnering voor ons worden, bijna als een verloving. Daarom heb ik alles gefilmd, zodat we er naderhand samen naar konden kijken. Maar toen ze dat zei... werd het zwart voor mijn ogen.'

Alicia wilde dat Elin zou stoppen met huilen. Al het gesnotter en gesnik maakte het lastig om het verhaal te volgen. Ze combineerde wat Elin had gezegd met de brandwonden in Stella's gezicht en besefte plotseling wat haar macabere plan was geweest. Het uiterlijk van haar zus moest geruïneerd worden, zodat ze een gelijkwaardige partner werd. In de chaos na de zuuraanval had Elin blijkbaar de waarheid over het auto-ongeluk gehoord en was ze gewelddadig geworden.

'Kun je me wat drank geven?' vroeg Alicia met een knikje naar de fles die naast de ducttape op de vloer lag.

Elin veegde de tranen met haar mouw van haar gezicht. 'Ik denk dat je genoeg gehad hebt.' Ze boog zich dichter naar de fauteuil toe en Alicia zag dat de woede terug was. Elin Falks gevoelsleven was als een kompas naast een magneet. Het ging tegelijkertijd alle kanten op.

'Waarom heb je mijn vader van me afgenomen?'

De vraag kwam vanuit het niets en raakte Alicia in haar maag. Een golf van misselijkheid stroomde door haar heen. Hoe kon Elin dat in vredesnaam weten? Had de politie een opsporingsbericht verspreid? Stonden haar naam en foto op de nieuwssites? 'Wat bedoel je? Ik heb niets met zijn dood te maken,' zei ze.

Elin spuugde voor de tweede keer in haar gezicht. 'Houd je bek!'

Alicia verdrong de impuls om weer te liegen. Als ze niet met een doorgesneden keel wilde eindigen, was het waarschijnlijk beter om de waarheid te vertellen. 'Het was zelfverdediging. Hij was mijn huis binnengedrongen. De politie had me verteld dat hij Stella vermoord had en ik dacht dat hij het ook op mij voorzien had.'

'Mijn vader zou nooit iemand kunnen vermoorden. Hij was de liefste man ter wereld,' zei Elin.

'Maar hij is samen met jou bij Löfbergs geweest. Hij heeft je geholpen om –'

'Nee, mijn vader probeerde me tegen te houden, maar toen hij daar aankwam, was Stella al dood.'

Alicia slikte meer speeksel door haar droge keel. In haar theorieën over de moord op haar zus was Birger Falk het ene moment de dader en het volgende moment de handlanger geweest, maar nooit wat Elin nu beweerde: een bezorgde vader die probeerde voor zijn dochter te zorgen. 'Maar waarom is hij dan naar mij toe gekomen?' vroeg Alicia.

Het gevoelskompas draaide en Elin begon weer te huilen. 'Ik zou willen dat ik nooit iets tegen hem gezegd had.'

'Waarover heb je iets gezegd?'

'Dat Stella en ik weer een relatie zouden krijgen. Mijn vader wilde dat ik haar zou vergeten.'

'Hij wist dus niet dat jullie een afspraak hadden?'

'Jawel, maar niet waar dat was,' snikte Elin. 'Ik weet nog steeds niet hoe hij erachter gekomen is dat het de koffiebranderij was.'

'Löfbergs is een vreemde plek om af te spreken,' zei Alicia.

'Dat weet ik, maar het was de enige plek die ik kon bedenken die voldoende afgezonderd was. Ik heb daar stage gelopen als schoonmaakster en wist dat ze bezig waren met renoveren.' Elin begon steeds harder te huilen. 'Mijn vader heeft de beitel uit mijn hand gewrikt. Hij zei dat we naar de politie moesten gaan om te vertellen wat er gebeurd was.'

'Maar dat wilde je niet?'

'Nee... ik kon het niet,' zei Elin. 'Ik was helemaal kapot. Mijn vader vroeg me om in de koffiebranderij te blijven en is naar het politiebureau gereden. Ik weet niet goed wat er daarna gebeurd is, maar blijkbaar heeft hij zich bedacht.'

'Bedacht?' herhaalde Alicia.

'Ja, hij kwam weer terug en vond mij niet ver bij Löfbergs vandaan op een stoep. Ik herinner me dat hij me door elkaar schudde en zei dat we een plek moesten zoeken waar we ons konden verstoppen voor de politie.'

'Wist hij dat je deze flat huurde?'

Elin keek naar Alicia alsof ze niet goed bij haar hoofd was. 'Natuurlijk niet. Mijn vader had het nooit goed gevonden als ik mijn geld op die manier zou verspillen, maar ik had een plek in de stad nodig om te slapen. Het werkte niet om elke keer naar Skattkärr terug te gaan als ik in Palermo was geweest.'

Alicia knikte zwijgend. Als ze de situatie vanuit Elins verwrongen gezichtspunt bekeek, was het plan met de twee woonruimtes volkomen logisch. 'Dit is dus "Linda's" flat,' zei ze.

'Ja, zo zou je het kunnen noemen.' Er verscheen een zweem van een glimlach op Elins gezicht, dat rood van het huilen was. 'Ik vond het fijn om bier met je te drinken, Alicia. Het ging er niet alleen om dingen over Raw te weten te komen. Op de een of andere manier voelde ik me door jou ook dichter bij Stella.'

'Werd Birger boos toen hij over deze flat hoorde?'

'Een beetje, maar hij was ook opgelucht. We moesten tenslotte ergens naartoe.'

Alicia zag voor zich hoe vader en dochter 's avonds laat bebloed en uitgeput na de nachtmerrie in Löfbergs de trappen naar de flat op gelopen waren.

'We hebben de hele nacht gepraat,' zei Elin. 'Je had hem moeten zien toen ik over het auto-ongeluk vertelde. Hij heeft die bloempot...' Ze wees naar de scherven en het bergje aarde op de vloer bij het raam. '...tegen de muur gegooid. Ik heb hem nog nooit zo boos gezien. Uiteindelijk zijn we gaan slapen en werden we pas aan het eind van de middag wakker. Toen had mijn vader een beslissing genomen. Hij wilde naar jou toe gaan om geld van je te eisen zodat ik een prettig leven kon leiden terwijl hij in de gevangenis zat.'

'Terwijl híj in de gevangenis zat?' Alicia vroeg zich af of de dronkenschap haar gehoor had aangetast.

'Ja, mijn vader wilde naar de politie gaan om te vertellen dat hij Stella vermoord had.'

'Jezus, als ik dat geweten had –'

'Dat hád je geweten als je naar hem geluisterd had,' onderbrak Elin haar.

De kat, die een tijdje uit de buurt was gebleven, slenterde de kamer weer in. Hij bewoog zijn kop zodat de belletjes rinkelden en sprong in de armen van zijn baasje. Elin hield het mes weg en vertelde Alicia hoe bezorgd ze was geweest toen haar vader niet naar de flat terugkeerde. Uiteindelijk was ze hem gaan zoeken en had de Volvo bij Palermo gezien. 'Ik dacht dat je zijn auto geleend had om geld op te nemen en dat hij bij je thuis op je wachtte, dus ging ik naar huis om te slapen.'

'Maar de volgende ochtend werd je weer ongerust,' zei Alicia. 'En toen ben je in mijn woning geweest, hè?'

Elin knikte en gaf toe dat ze zodra ze wakker was geworden naar de Gröna gatan was gegaan. 'De kelderdeur stond open, dus ik kon gewoon naar binnen. Toen jullie er allebei niet waren, ben ik als een gek door het huis gerend. Ik vond de spuitbus en heb op de muur van de slaapkamer geschreven. Daarna ben ik op het bed gaan zitten en dat was het moment waarop ik...' Elin zweeg en perste haar met botox geïnjecteerde lippen op elkaar. De kat voelde de vibraties blijkbaar, want hij wurmde zich los, sprong op de vloer en verborg zich onder de radiator. '...het bloed op het behang zag,' ging ze verder. 'Een kleine spetter naast het nachtkastje, maar dat was voldoende om het te begrijpen. Ik voelde het zo duidelijk. Mijn vader was er niet meer.'

Alicia zag dat Elin het mes steviger vastpakte. Haar hand trilde en de knokkels werden wit.

'Het enige wat ik wilde was je vermoorden, maar toen je niet thuiskwam, had ik tijd om na te denken. Nog een keer naar de gevangenis... Ik zou het niet overleven. Dan was het beter om jou achter de tralies te krijgen voor wat je mijn vader aangedaan had.'

Elin haalde haar telefoon tevoorschijn en hield hem omhoog.

'Ik heb onze gesprekken opgenomen om bewijs te verzamelen. Vandaag in Palermo dacht ik eigenlijk dat je zou bekennen. Nu moeten we het in plaats daarvan op een andere manier doen. Jij belt de politie om jezelf aan te geven.'

Alicia voelde hoe de kleine kamer in een nog kleinere cel veranderde. De muren stonken naar urine, beton en te lang gekookte aardappelen. De gedachte om tien jaar of langer opgesloten te zitten zorgde ervoor dat haar luchtpijp dichtsnoerde en zo dun als een rietje werd. 'Het hoeft niet zo te eindigen,' zei ze. 'We zijn allebei slachtoffers van Stella, begrijp je dat niet? Ik net zozeer als jij.'

'Je mag niet slecht over haar praten. Je begrijpt niet –'

'Jawel, ik begrijp het precies,' onderbrak Alicia haar. 'Ik weet exact hoe het voelde als mijn zus naar me glimlachte en zei hoe fantastisch ik was. Ik zou bijna willen dat je haar eerder vermoord had. Het was de enige kans voor ons allebei om vrij te zijn.'

'Houd je kop!' schreeuwde Elin en ze stond snel op. 'Waar is die telefoon van je? Je gaat boeten voor wat je gedaan hebt, snap je dat?' Ze richtte de punt van het mes op haar keel.

Deze keer hield Alicia haar ogen open. 'Eerlijk gezegd kan het me geen fuck schelen of ik leef of sterf,' fluisterde ze. 'Maar ik ga niet naar de gevangenis.'

Seconden later zag Alicia een beweging vanuit haar ooghoeken. Eerst dacht ze dat het de kat was, die uit haar schuilplaats onder de radiator kwam, maar het geluid kwam niet overeen met zachte zoolkussentjes. Dit waren zware voetstappen van stevige zolen en ze kwamen uit een andere richting.

Uit de hal.

Ze draaide haar hoofd om en zag de politieagent met de donkere huid de kamer in rennen. Met een snelle beweging schoof hij de fauteuil weg en ging als een menselijk schild tussen Elin Falk en haar in staan.

'Laat het mes vallen,' zei hij.

37

John deed een stap in Elins richting en ze hief het mes. ‘Wie ben jij in vredesnaam?’

Hij stak zijn handen uit zodat ze kon zien dat hij ongewapend was. ‘Ik ben Fredrik Adamsson en ik ben politieagent.’ John voelde zich naakt zonder zijn dienstpistool. Hij had er meerdere keren onder zijn colbert naar getast terwijl hij in de hal stond en naar het gesprek van de vrouwen luisterde. De voordeur was niet op slot geweest en door de stemmen in de flat had hij ongemerkt naar binnen kunnen sluipen.

‘Een politieagent?’ herhaalde Elin.

John knikte. ‘Ja, we hebben elkaar aan de telefoon gesproken, als je je dat nog herinnert.’

‘Dan moet je háár arresteren,’ zei ze en ze wees naar Alicia Bjelke. ‘Zij heeft mijn vader vermoord.’

‘Dat weet ik,’ zei hij.

‘Hoe kun je dat weten?’ vroeg Elin.

‘Ik hoorde jullie praten.’

‘Je weet dus ook wat ik gedaan heb?’

John gaf geen antwoord. Het plan dat hij haastig had opgesteld was zwak. Voordat hij het te water liet, moest hij de hysterische vrouw kalmeren. Elin Falk wist hoe en wanneer haar vader was gedood en die informatie mocht deze kamer niet verlaten. ‘Luister naar me. Leg het mes neer en –’

‘Ik ga niet nog een keer naar de gevangenis!’ schreeuwde Elin. Haar stem was zo schel en hard dat Johns oren er pijn van deden.

'Misschien hoeft dat ook niet,' zei hij toen ze eindelijk zweeg. Hij begon voorzichtig naar de vrouw toe te lopen. Eerst één stap en daarna nog een. 'Ga zitten, Elin, zodat we kunnen praten.'

'Waarover? Ik wil niet meer praten.' Haar schouders zakten en ze was ineens centimeters kleiner. De woede in haar ogen was vervangen door een berustende somberheid waardoor de littekens in haar gezicht nog meer opvielen. 'Ik kan niet meer, snap je dat? Ik kan niet meer.' Ze draaide het mes om, zodat de punt naar haar eigen lichaam wees, en hief haar arm.

'Nee!' riep John, maar het was al te laat.

Elin had het mes in haar eigen keel gestoken. Het lemmet drong diep naar binnen en vernielde het strottenhoofd nadat het kraakbeen onder het staal was bezweken. Ze trok het mes uit de wond zodat het bloed eruit spoot, waarna ze op de grond viel.

John rende naar haar toe en zocht iets waarmee hij een drukverband kon aanleggen. Hij pakte het kussen van het matras in de hoek en wilde dat tegen haar keel duwen, maar bedacht zich.

De gedachte die door zijn hoofd schoot was net zo helder als onaangenaam. Op dit moment waren er twee mensen die wisten dat Birger Falk de schutter op het dak van Bergvik niet kon zijn en een van hen lag voor hem op de vloer met een bloedende wond in haar keel.

'Doe iets!' riep Alicia Bjelke vanaf de stoel naar hem. 'Snel, anders bloedt ze dood.'

Uit Elin Falks keel kwam een rochelend geluid en haar ogen werden steeds glaziger. De plas op de vloer werd snel groter en John ging een stuk opzij om niet in het bloed te gaan staan.

De vrouw zou waarschijnlijk ook sterven als het hem lukte het bloeden te stoppen, maar dan in een later stadium – wanneer ze een arts alles had verteld wat ze wist, en in het ergste geval ook Johns collega's. En wat zou hij dan bereikt hebben met zijn reddingsoperatie?

'Help haar, idioot!' riep Alicia met meer intensiteit in haar stem. John keek naar de kat, die ineengedoken onder de radiator lag. De in het donker glanzende ogen waren smal en vijandig, alsof het dier besefte dat er iets niet in orde was. 'Schiet op, maak me los!'

John hoorde Alicia achter zich aan de ducttape rukken. Misschien probeerde hij zichzelf alleen voor de gek te houden. Het zou niet de eerste keer zijn dat hij iemand anders opofferde om zelf te ontsnappen. Het plan dat hij had bedacht zou zoveel eenvoudiger uit te voeren zijn als Elin Falk nu stierf.

John dwong zichzelf om weer naar haar te kijken. Het bloed pompte niet langer uit de wond in haar keel. De druk was weg en het leven stroomde kalm uit haar. Toen de strijd voorbij was, leek haar gezicht bijna vredig.

Hij legde het kussen op het matras terug en draaide zich om. Zonder een woord te zeggen haalde hij een schaar uit de keuken en knipte de ducttape stuk. Alicia stond haastig op, wankelde en moest de rugleuning van de stoel vastpakken. Toen ze haar evenwicht terughad, liep ze naar Elin Falk toe, boog zich over het levenloze lichaam en zocht met haar vingers op haar hals naar haar hartslag.

'Dat heeft geen zin,' zei John.

'Geef me het kussen!'

'Heb je niet gehoord wat ik zei? Ze is dood.'

Alicia ging langzaam rechtop staan en draaide zich om. Haar handen zaten onder het bloed en ze rook naar alcohol. 'Ze wist te veel, of niet soms?' Ze praatte met een dubbele tong, maar de alcohol had haar scherpzinnigheid niet aangetast.

'Wat bedoel je?' vroeg John.

'Dat weet je heel goed! Je hebt niets gedaan en hebt haar gewoon dood laten gaan.'

'Het was een professioneel oordeel. De wond was zo diep dat ze toch doodgebloed zou zijn.'

Alicia zuchtte spottend. 'Ik dacht dat je een politieagent in plaats van een dokter was.' Ze pakte de wodkafles van de vloer. 'Wie bescherm je?' vroeg ze terwijl ze de dop eraf draaide. 'Wie is degene die niet in de gevangenis mag komen voor de moord in Bergvik?'

John schrok en Alicia merkte het. 'Ik snap niet wat je bedoelt,' probeerde hij.

'Het pistool in Birger Falks auto,' zei ze. 'Ik weet bijna zeker dat jij het daar neergelegd hebt.'

Verdomme, dacht John. Alicia was duidelijk verder gekomen met haar theorieën dan hij had gedacht. Als hij haar niet aan zijn kant zou krijgen, zou het slecht aflopen. Voor hen allebei, voegde hij er in stilte aan toe terwijl hij hoopte dat het zijn redding zou zijn. 'Misschien moet je een poosje iets anders drinken?' stelde hij voor.

Alicia nam demonstratief een slok wodka en veegde haar mond met haar handrug af. 'Vertel, wie was degene die op het dak van Bergvik geschoten heeft? We weten allebei dat het Birger Falk niet was.'

John haalde diep adem. Het uitstel was voorbij en het was tijd om de situatie onder controle te krijgen. Hij keek een hele tijd naar haar en liet de stilte de toch al geladen sfeer versterken. 'Ga zitten,' zei hij.

'Ga je me weer vastbinden?'

'Nee, ik wil met je praten.' Hij wachtte terwijl Alicia probeerde het zitkussen van de fauteuil met haar billen te raken. 'Geef die maar aan mij,' zei John en hij wees naar de fles.

Ze gaf hem de fles met tegenzin.

Hij liep naar de keuken, goot de alcohol in de gootsteen en kwam terug met een glas water. 'Drink,' zei hij terwijl hij Alicia het glas voorhield. 'Je moet nuchter worden.'

Ze dronk het glas in een paar slokken leeg, gaf het terug en sloeg haar armen over elkaar.

John trok de windsorstoel naar zich toe en ging zo dicht bij haar zitten dat hij haar alcoholadem kon ruiken. 'We hebben je verteld dat de man die in Bergvik neergeschoten is als huurmoordenaar voor de Nigeriaanse maffia werkte.'

Alicia knikte.

'We hebben daar een man die jarenlang in het drugssyndicaat geïnfiltreerd heeft. Het is een internationale operatie waarbij meerdere landen betrokken zijn. Europol coördineert alles vanuit Nederland.'

John keek naar haar en wachtte af hoe ze zou reageren.

'Je bent dus een soort geheime drugsagent,' zei ze.

'Ja, zo zou je het misschien kunnen noemen. Mijn collega's in deze stad weten niet dat ik als verbindingsman werk. Ik moest dichter bij mijn infiltrant zien te komen en daarom kwam de baan in Karlstad goed uit.' John bleef naar Alicia kijken. Tijdens zijn opleiding als FBI-agent had hij geleerd om lichaamstaal en gelaatsuitdrukkingen te interpreteren om te kunnen bepalen of een persoon zich positief, negatief of neutraal tegenover hem gedroeg. De littekens in haar gezicht maakten dat moeilijk, maar Alicia vertoonde andere tekenen dat ze ontdooide. Haar schouders waren gezakt en ze had haar armen niet langer over elkaar geslagen.

'Je beschermt je infiltrant dus?' vroeg ze.

'Ja,' antwoordde hij, waarna hij de ernst in de lucht liet hangen.

Hij geloofde zichzelf bijna. Dat was het voordeel van persoonlijke ervaringen in een verzonnen verhaal gebruiken. Het was gemakkelijker om de leugens daarin te verweven. John nam aan dat acteurs op dezelfde manier werkten als ze zich een rol eigen maakten. 'De huurmoordenaar zou hem ontmaskerd hebben. Het enige alternatief was hem neerschieten.' John streek met zijn hand over zijn geschoren schedel en boog zich naar voren op de windsorstoel. 'Toen mijn bron later die avond belde, was hij doodsbang om opgepakt te worden. Als uitkwam dat hij de huurmoordenaar had vermoord, zou het drugssyndicaat begrijpen wat er gebeurd was en wraak nemen. Ik heb gezworen dat ik een oplossing zou vinden.'

‘En dat werd Birger Falk,’ concludeerde Alicia.

‘Ja, ik had een alternatieve dader nodig en daar was hij bijzonder geschikt voor. Hij was tenslotte al een moordenaar. Dat dacht ik in elk geval,’ voegde hij eraan toe.

‘En waarom heb je de cocaïne in Stella’s appartement verstopt?’

Het verraste John opnieuw dat Alicia zoveel wist. Ze had zich blijkbaar schuilgehouden in het appartement van haar zus toen hij daar inbrak. ‘Het wapen in de auto was niet voldoende,’ zei hij. ‘Er was ook een motief nodig, een verhaal dat Stella, Birger Falk en de huurmoordenaar met elkaar verbond, en een drugsdeal lag voor de hand.’

Alicia keek naar haar handen en begon het restant van de ducttape met haar duimnagel van de huid te krabben. ‘Ben jij de enige die weet dat ik Birger Falk vermoord heb?’ vroeg ze nadat ze een tijdje had gezwegen.

Als John het had gekund, had hij zijn vuist gebald in een overwinningsgebaar. Nadat Alicia van het aas had gegeten, zat ze nu aan de haak vast. ‘Ja, dat heb ik voor mezelf gehouden,’ zei hij. ‘En jij? Heb jij iemand over je theorieën verteld?’

Alicia schudde haar hoofd.

John stond op en liep naar het raam toe. Hij keek naar de winterse duisternis en zag in het licht van de straatlantaarns sneeuwvlokken dwarrelen. ‘Kan ik je vertrouwen?’ vroeg hij.

‘Dat hangt af van wat je van plan bent te zeggen.’

John draaide zich om. ‘Ik heb een voorstel waar we allebei voordeel van hebben.’

‘Oké, ik luister,’ zei ze.

‘In mijn wereld is Birger Falk vermoord door een onbekende dader die door het drugssyndicaat gestuurd is om wraak te nemen omdat hij de huurmoordenaar op het dak van Bergvik heeft beschoten. De reden daarvoor was een ontspoorde drugsdeal waarbij je zus eveneens betrokken was.’

'We moeten dus zeggen dat Stella een drugshandelaar was?'

'Ja, we moeten haar op de een of andere manier in het verhaal zien te krijgen.'

Alicia leek ineens bijna nuchter. John zag hoe ze het plan analyseerde en naar zwakke punten zocht.

'Elin,' zei ze terwijl ze naar het levenloze lichaam wees. 'Wat doen we met haar?'

'Zij is geen probleem, eerder andersom. Elin Falk was degene die alles aan ons verteld heeft. Ze was zelf betrokken bij haar vaders drugshandel en bij de ruzie die ertoe leidde dat ze Stella samen in Löfbergs vermoord hebben.'

'En de zelfmoord dan? Plus het feit dat wij beiden hier zijn?'

'Elin wilde jou spreken om haar geweten te ontlasten voordat ze zelfmoord pleegde. Ik was haar op het spoor, maar arriveerde te laat.'

Alicia keek naar hem met een combinatie van verbazing en afschuw. 'Hoe kun je zo onaangedaan zijn? Je hebt Elin dood laten gaan omdat het jou en je plan goed uitkwam.'

'Ik heb het mes niet in haar keel gestoken, dat heeft ze zelf gedaan,' antwoordde John. 'Zodra ik de meldkamer gebeld heb, krioelt het hier van de politieagenten. Het enige waar jij je druk om hoeft te maken is wat je tijdens het verhoor zegt. Begrepen?'

Toen Alicia opstond, had hij spijt van de harde klank in zijn stem, maar in plaats van tegenwerpingen te maken pakte ze het kussen van het matras. Ze liet zich naast Elin Falk op de vloer zakken en duwde het zachte dons tegen de wond in haar keel. De stof kleurde rood door het nog niet opgedroogde bloed. Ze draaide haar hoofd om en keek naar John. 'Het moet er in elk geval op lijken dat we geprobeerd hebben haar te redden.'

38

Het was bijna tien uur 's avonds toen Mona op de toets drukte en het opnameapparaat in de verhoorkamer uitzette. 'Heb je er nog iets aan toe te voegen?' zei ze.

'Ik dacht dat we klaar waren,' zei John.

'Dat zijn we, maar ik vraag me af of er iets is wat je alleen tegen mij wilt zeggen.'

John dronk het laatste restje koffie uit de witte beker met het politielogo en keek in Mona's ogen, waarin een doordringende blik lag. 'Nee, ik denk dat ik alles verteld heb, maar ik kan natuurlijk bepaalde details vergeten zijn. Elin Falk heeft ons veel verteld.'

'Dat heeft ze inderdaad gedaan.'

John hoorde het sarcasme in haar stem en besefte dat Mona twijfelde aan het verhaal dat hij haar zojuist had verteld.

'Je hebt me een mooi geschenk gegeven,' zei ze terwijl ze koffie uit de thermoskan op de tafel in haar beker schonk. 'De oplossing van drie moorden, mooi verpakt in cadeaupapier. En alles berust op de getuigenverklaring van een vrouw die dood is en haar uitspraken niet kan bevestigen.'

'Vergeet het technische bewijs niet,' herinnerde hij haar.

'Nee, dat hebben we natuurlijk ook,' zei Mona zonder veel enthousiasme.

John probeerde te ontspannen en dacht aan Alicia Bjelke die in een andere kamer van het politiebureau door Ruben werd verhoord. Samen waren ze twee getuigen die Elin Falks bekentenis onafhankelijk van elkaar konden bevestigen. Hij had geweten dat

Alicia te vertrouwen was. John had haar in de flat in Norrstrand achtergelaten terwijl hij naar Elin Falks woning in Skattkärr was gereden om de foto's en de camera met de film van Löfbergs te verstoppen. Toen hij terug was, had ze nog steeds op de stoel gezeten en was ze bezig haar getuigenverklaring te repeteren.

Alicia was niet meer begonnen over Johns passieve optreden tijdens de zelfmoord en daar was hij dankbaar voor. Elin Falks bloedende keel zou hem waarschijnlijk de rest van zijn leven achtervolgen.

'Tja, als we klaar zijn...' zei hij en hij stond op.

Mona gebaarde dat hij weer moest gaan zitten. De blik in haar ogen was eerder verdrietig dan vijandig terwijl ze een paar blauwe latex handschoenen uit haar zak haalde en die aantrok. Ze boog zich over de tafel, pakte zijn koffiebeker en stopte die in een doorschijnende plastic zak. Daarna sloot ze hem en stopte de zak in de schoudertas die aan de rugleuning van de stoel hing.

'Wat doe je?' vroeg John verbijsterd.

'Die vraag moet je helaas waarschijnlijk aan jezelf stellen,' antwoordde ze ernstig.

'Wat bedoel je?'

'Je speeksel zit op de beker. Wat denk je dat er gebeurt als ik hem naar het NFC in Linköping stuur en het laboratorium vraag om je DNA met de huidresten onder de nagels van het lichaam in Bergvik te vergelijken?'

John legde zijn handen op zijn oren. Het rampenkoor was terug en brulde zo hard dat het in zijn hoofd dreunde.

'Dat zal ik je vertellen,' ging Mona verder. 'Het wordt een match van honderd procent, en dan hebben we een rechtstreekse koppeling tussen jou en Stanislaw Panufnik gevonden.'

'Ik snap niet waarom je denkt –'

'Houd je mond!' riep Mona. 'Ik weet dat de auto op de films van het winkelcentrum van jou is.'

Natuurlijk, dacht John. Hij voelde het zweet op zijn voorhoofd uitbreken. Mona had het bronnenmateriaal van de bewakingscamera's bekeken. Hij was een idioot omdat hij had gedacht dat ze tevreden zou zijn met zijn verslag.

'Eigenlijk was ik voornamelijk geïnteresseerd in de bewegingspatronen van de mensen, tot ik het kenteken zag. Dat kwam niet overeen met de gestolen kentekenplaten van de Peugeot, zoals in het onderzoek stond. Dus heb ik opnieuw in het kentekenregister gezocht en daar was hij. Jouw auto. Een Chrysler uit 2019.'

John slikte en staarde naar de tafel. 'Ik weet niet wat ik moet zeggen, Mona.'

'Je kunt vertellen wat er verdomme aan de hand is.'

Hij schudde zijn hoofd. 'Ik moet hier eerst over nadenken.'

'Prima. Slaap er een nachtje over, dan zorg ik ervoor dat de beker intussen naar Linköping gestuurd wordt.' Ze hing haar tas over haar schouder en stond op.

'Nee, wacht. Niet weggaan.'

Mona keek een hele tijd naar hem voordat ze langzaam weer ging zitten. 'Ik wacht,' zei ze toen de stilte haar te lang duurde.

Toen John bleef zwijgen, boog ze zich naar voren, zodat haar gezicht maar een paar decimeter van het zijne verwijderd was. 'Ik heb de lijst met dienstwapens die na de beslissing van de hoofdcommissaris om ze allemaal te testen werd aangeleverd ook bekeken. Jouw naam ontbrak daarop en daardoor heb ik nagedacht over het pistool in Birger Falks Volvo. Heb je misschien een idee hoe dat daar terechtgekomen is?'

John schudde zijn hoofd opnieuw.

'Oké, ik begrijp het,' zei ze. 'Dan zal ik je vertellen wat ik denk. Volgens mij hebben we jouw wapen in het dashboardkastje van Falks auto gevonden, maar ik kan het natuurlijk helemaal mis hebben. In dat geval hoef je me alleen maar je dienstwapen te laten zien.'

'Dat kan ik niet,' bekende John.

'Omdat...'

'Het ligt thuis in de wapenkast.'

Mona sloeg hard met haar vuist op de tafel. 'Dat is het verkeerde antwoord! Probeer het opnieuw.'

John zuchtte diep. 'Omdat het bij het NFC in Linköping ligt.'

'Precies,' zei Mona. Ze rechtte haar rug zonder hem uit het oog te verliezen.

'Je hebt gelijk met alles wat je zegt en ik weet dat het er slecht uitziet,' zei John. 'Als ik je mijn verhaal vertel, moet je beloven om objectief te luisteren en de situatie in zijn geheel te beoordelen.'

Mona knikte. 'Uiteraard, ik wil weten wat er aan de hand is voordat ik iets doe,' zei ze terwijl ze haar tas op de grond zette.

Ze leek klaar voor het echte verhaal en John besloot haar dat te vertellen. Niet dat hij veel keus had, maar toch.

Hij praatte tien minuten lang bijna aan één stuk door. Over het Nigeriaanse drugssyndicaat en de huurmoordenaars die hem achtervolgden. Over Trevor en de schoten op het dak van winkelcentrum Bergvik. Over de afspraak die hij na de dood van zijn vriend met Ganiru had gemaakt. En uiteindelijk over zijn pogingen om het onderzoek te manipuleren zodat hij geen gevangenisstraf zou krijgen.

Mona stelde af en toe een vraag, maar hield zich verder aan haar belofte en luisterde aandachtig. Toen John klaar was, schoof ze haar stoel naar achteren en strekte haar benen onder de tafel. 'Tja, en wat vind jij dat we nu moeten doen?' vroeg ze.

'Het is jouw beslissing,' zei John. 'Ik kan alleen een beroep op je doen. Als een officier van justitie een proces tegen me aanspant, zullen de journalisten zich op het verhaal storten. Als het nieuws dat ik leef Baltimore bereikt, breekt de hel los. Binnen een paar dagen zorgt Ganiru er dan voor dat ik vermoord word, ook al zit ik in de cel.'

'Hoe moet hij daarachter komen? Je staat tenslotte terecht als Fredrik Adamsson, onder je nieuwe identiteit.'

'Dat maakt niet uit. Ganiru weet hoe ik in Zweden heet en de rest van de groep zal me op de foto's herkennen. Bij de afspraak hoorde dat ik me gedeisd zou houden zodat niemand eraan zou twijfelen dat Ganiru me vermoord heeft. Om te worden beschuldigd van moord en in de kranten terecht te komen is daar precies het tegenovergestelde van.'

'En je verzekering dan?' zei Mona. 'Als jij dood bent, wordt de film verspreid en staat Ganiru terecht voor de moord op een politieagent.'

'Die beschermt me niet langer. Ganiru heeft gezichtsverlies geleden en dus moet degene die hem verraden heeft gestraft worden. Ik weet hoe het er in die kringen aan toegaat. Hij regelt zijn zaken liever vanuit de gevangenis dan het respect dat hij nu heeft kwijt te raken.'

Mona stond op en begon rond te lopen in de kleine kamer. Ze vloekte zachtjes en John kon zich alleen voorstellen wat er in haar hoofd omging. Hoe ze het morele dilemma, waarin hij haar had gedwongen een standpunt in te nemen, van alle kanten bekeek. Ze hield zich aan de regels en bracht hem daarmee in levensgevaar, of ze sloot het onderzoek en overtrad zowel de wet als de beroepscode van de politie.

John keek naar de schoudertas op de vloer, zich bewust van het feit dat zijn leven vanaf nu afhankelijk was van een koffiebeker.

'Als er iets met je gebeurt, neem ik aan dat je FBI-vrienden woedend worden,' zei Mona.

John gaf geen antwoord, maar was tevreden omdat ze in die richting dacht. Als een persoon in een getuigenbeschermingsprogramma werd vermoord, was dat een mislukking in de ogen van het bureau, ongeacht de omstandigheden. De NOA zou de schuld krijgen en Mona's bazen zouden de verantwoordelijkheid daarvoor natuurlijk naar beneden doorspelen.

'Je hoeft je geen seconde te verbeelden dat ik me iets van de Amerikanen aantrek,' ging ze verder. 'Ze mogen zeggen wat ze willen en de pennenlikkers in Stockholm ook. Ik word komend voorjaar zestig, als het ze niet zint, mogen ze me uitkopen.' Ze ging weer bij de tafel zitten. 'Vertel meer over de infiltratie. Hoelang heb je dat gedaan?'

'Bijna een jaar,' zei John. 'Dag en nacht. Na een tijd ga je je een beetje vreemd gedragen. Het wordt moeilijk om onderscheid te maken tussen de rol die je speelt en degene die je in werkelijkheid bent.'

'Vind je dat het het waard was?' vroeg Mona. 'Om zulke risico's te nemen, bedoel ik.'

'Achteraf gezien niet. Ganiru heeft maar zeven jaar gekregen en de opdracht heeft mijn leven verwoest.'

Mona stond op en begon weer door de verhoorkamer te lopen, telkens hetzelfde rondje. Van het raam via de tafel naar de deur en weer terug.

John deed zijn ogen dicht en probeerde het rampenkoor niet langer te verdringen. Dat was een deel van hem, een deel van degene die hij was geworden, van hoe het leven hem had gemaakt. Hij had geen andere keus dan dat te accepteren.

Toen hij zijn ogen weer opendeed, stond Mona met haar tas in haar hand tegenover hem. Ze opende hem en hield hem de zak met de aardewerken beker voor. 'Je krijgt deze op twee voorwaarden terug. Eén: als het onderzoek gesloten is, neem je ontslag bij de politie. E twee: je verlaat het land en komt nooit meer terug.'

'Dat beloof ik,' zei John.

Mona glimlachte verbitterd en schudde haar hoofd. 'Ik geloof je beloften helaas niet. Maar denk eraan dat de huidresten nog bij het NFC zijn. Als je je niet aan onze afspraak houdt, kan ik nieuw DNA van je verlangen voor een vergelijking.'

'Dat is goed.'

'Mooi, dan begrijpen we elkaar,' zei ze en ze gaf hem de beker. 'Alsjeblieft, je mag hem zelf afwassen.'

EEN MAAND LATER

39

John liep naar het panoramaraam in zijn appartement in Bryggudden en keek naar het Vänermeer. De winter had Karlstad nog steeds in een ijzeren greep. De kou was het enige waarover de mensen praatten. Op het politiebureau, in de sportschool en in de rij voor de kassa in de supermarkt. Zelfs in Rederiet werd hij niet met rust gelaten door zelfbenoemde meteorologen die hun eigen verklaring voor de permafrost hadden. Hij had overal genoeg van. Van Zweden, van de Zweedse burgers en van dit troosteloze appartement. Tweehonderd vierkante meter verdeeld in een kamer met een open keuken. Had de architect een hekel aan muren gehad?

John herinnerde zichzelf eraan dat hij moest genieten van alle ruimte in plaats van te zeuren. Als Mona ervoor had gekozen de koffiebeker naar het NFC te sturen, had hij nu in een gevangeniscel gezeten. Hij besefte dat het een moeilijke beslissing voor haar was geweest om hem te laten ontsnappen aan een veroordeling voor de schietpartij op het dak van Bergvik. Vooral omdat het in de doofpot stoppen betekende dat Alicia Bjelke daardoor ook niet veroordeeld kon worden voor het misdrijf dat ze had gepleegd. Maar het een kon niet zonder het ander en misschien vond Mona dat hij het verdiende om ondanks alles nog een tijdje te blijven leven.

Ze had de nasleep van het onderzoek voortreffelijk afgehandeld, ook al had het haar beslist tegengestaan. Ze had alle betrokkenen voorzichtig naar de conclusie geleid dat het vooronderzoek bij gebrek aan nieuwe feiten om tegen het licht te houden gesloten moest worden. Ruben had daar geen bezwaar tegen gehad, wat moest betekenen dat Alicia Bjelke haar rol tijdens het verhoor door het hoofd van de Dienst Regionale Recherche goed had gespeeld.

Of voormalig hoofd, corrigeerde John zichzelf. Na het incident in de kantine met Vackup had Ruben verzocht om te worden vrijgesteld van alle verantwoordelijkheden voor wat betreft het personeel en inmiddels werkte hij samen met de anderen van de groep als onderzoeker.

Naarmate de weken verstreken, hadden de media genoeg gekregen van de Löfbergs-moord en de schietpartij op het dak van Bergvik, en hadden ze ander nieuws gevonden om hun pagina's mee te vullen. Zelfs de anonieme blogger die achter polisläckan.se zat leek niet meer in de zaak te graven.

Op het politiebureau werd nog steeds gediscussieerd wie hij of zij was, zonder dat het raadsel dichter bij een oplossing kwam. De idioot die de bewakingsfilms van Löfbergs had gelekt werd echter ontmaskerd. Dat bleek de videotechnicus van de politie te zijn. Behalve van smerige smoothies hield de man er ook van om online te gokken, en hij had geld nodig gehad om zijn verliezen te dekken.

Voor John brak het moment aan om Karlstad en Zweden te verlaten. Hij had de mail met zijn opzegging al geschreven en zou die de volgende dag naar de hr-afdeling sturen. De leiding van de NOA zou er niets op tegen hebben dat hij naar Berlijn verhuisde, en de FBI ook niet, hoewel de Amerikaanse tak van het getuigenbeschermingsprogramma natuurlijk geïnformeerd moest worden. De bureaucraten van de FBI waren tenslotte vanaf het begin al tegen Karlstad als locatie geweest.

Hoewel de toekomst er lichter uitzag dan die lange tijd had geleken, was John niet blij en dat ergerde hem. Hij keek naar de boordlantaarns van een vrachtschip dat langzaam naar de haven voer. Misschien vervoerde die nieuwe koffiebonen voor de branderij in het achterste deel van de baai.

Zijn vader zou tegen hem gezegd hebben dat hij zich moest vermannen en moest stoppen met herkauwen wat er gebeurd was. Dat was echter gemakkelijker gezegd dan gedaan. Trevor kwam nog elke nacht bij hem op bezoek, en Minette en het kind ook. In zijn slaap werd hij gedwongen de nachtmerrie in de gesloten munitiefabriek opnieuw te beleven, altijd met de hoop dat die anders zou eindigen.

Dat gebeurde nooit.

John probeerde de weemoed van zich af te schudden, maar dat lukte niet.

Zijn moeder in het verpleeghuis.

Bij wijze van verwrongen afscheidsritueel had hij haar daar in alle discretie bezocht. Ze was kwaadaardig en verward geweest en had overal over geklaagd, van het smerige eten tot het gebrek aan Zweedssprekende personeelsleden.

In de auto naar huis had hij zich geschaamd voor de gedachte dat zijn moeder, als hij eerlijk was, eerder een reden was om Karlstad te verlaten dan er te blijven.

John keek op de klok. Het was bijna zeven uur en hij had een tafeltje in Rederiet gereserveerd. Vanavond zou hij alleen aan een van de tafeltjes zitten en zichzelf een goed glas wijn gunnen. Misschien zou hij zijn ogen zelfs een tijdje sluiten en doen alsof de gasten om hem heen Duits spraken.

Tien minuten later was hij omgekleed en stond hij voor de deur van het buurtrestaurant. Op het moment dat hij de deurklink wilde vastpakken, hoorde hij een ijle stem achter zich. 'Fredrik!'

Hij draaide zich om en zag onder een van de straatlantaarns een meisje staan. Ze droeg een donker jack dat tot haar dijbenen kwam, een rode sjaal en een muts waarop VALMET stond.

'Wat doe jij hier?' vroeg hij terwijl hij naar Nicole toe liep.

Zijn nichtje gaf geen antwoord en verschoof de sneeuw met haar schoenen.

'Is je vader of moeder hier?' vroeg hij.

‘Nee, Leif en Katarina zijn thuis,’ antwoordde ze.

John ging op zijn hurken zitten. ‘Hoe ben je hier dan naartoe gekomen?’

‘Met de bus.’

‘Helemaal vanaf Snaversrud?’

‘Ik moest twee keer overstappen.’ Ze haalde haar neus op en keek naar de grond.

‘Weten ze dat je hier bent?’

Het meisje schudde haar hoofd.

‘Heb je je telefoon bij je, zodat we ze kunnen bellen?’ vroeg John. ‘Ze zijn vast vreselijk ongerust.’

Ze schrok en deed een stap naar achteren. ‘Nee! Je mag niet bellen.’

De intensiteit in haar stem verontrustte hem. Hij dacht aan het telefoongesprek met Nicole tijdens de nacht waarop ze niet kon slapen. Had het meisje geprobeerd hem iets te vertellen waarnaar hij niet had willen luisteren?

‘Waarom niet?’ vroeg hij.

‘Omdat hij gemeen tegen me is.’

‘Leif?’

Ze knikte.

‘Op welke manier?’

Het meisje gaf geen antwoord.

‘Zegt hij gemene dingen tegen je?’

‘Soms.’

‘Doet hij meer dan dat?’

Nicole keek om zich heen alsof ze zich ervan wilde verzekeren dat niemand haar kon horen. ‘Tijdens de gymles vroeg de juf naar de blauwe plekken,’ fluisterde ze. ‘Ik heb gelogen en zei dat ik gevallen was met mijn fiets.’

John balde zijn hand tot een vuist in zijn jaszak. Als die boer zijn nichtje had geslagen, zou hij die klootzak met zijn eigen dorsmachine overrijden. ‘Mag ik het zien, Nicole?’

Ze trok haar jas omhoog en liet haar rug zien. Die was bedekt met blauwe plekken in verschillende stadia van genezing. De verwondingen getuigden van de mishandelingen, die regelmatig en gedurende een lange periode hadden plaatsgevonden.

Toen het meisje zich naar hem omdraaide, glansden haar ogen van de tranen. John stak zijn armen uit en trok haar in een omhelzing. 'Je hoeft daar nooit meer naartoe,' zei hij. 'Dat beloof ik.'

Hij voelde dat ze haar magere lichaam tegen hem aan duwde. Haar handen pakten zijn nek zo stevig beet dat hij dacht dat ze hem nooit meer los zou laten. Zo stonden ze tot John het melkzuur in zijn dijbenen voelde en overeind moest komen. 'Heb je honger?' vroeg hij. 'Ik wilde net het restaurant binnengaan.'

'Wat hebben ze daar voor eten?' vroeg ze.

'Wat vind je lekker?'

'Pannenkoeken.'

'Dan gaan we dat eten. Met jam en slagroom.'

Ze glimlachte en John opende de deur van Rederiet. Hij twijfelde of Eduardo pannenkoeken op het menu had staan, maar hij zou de bestelling toch opnemen. Deed hij dat niet, dan zou John vragen of hij naar de keuken mocht gaan en zou hij het beslag zelf maken. Ineens leek het de allerbelangrijkste zaak ter wereld dat Nicole vanavond haar lievelingseten zou krijgen.

40

Alicia zat op een krukje in de kleine keuken achter de feestzaal en luisterde naar het gelach van de mannen. Ze waren bijzonder luidruchtig.

'Drink, drink, drink,' scandeerde een koor van stemmen.

Daarna volgde gejuich en ze besefte dat de aanstaande echtgenoot zijn glas had leeggedronken. Alicia volgde zijn voorbeeld. Nadat Elin Falk voor haar ogen zelfmoord had gepleegd, had ze elke dag gedronken.

Zelfs toen de bestuursvoorzitter van Raw haar had uitgenodigd voor een vergadering over de toekomst van het bedrijf, was ze niet nuchter geweest. Het bedrag dat hij en de overige eigenaars voor de aandelen van Stella en haar wilden betalen was zo belachelijk laag dat de klootzakken niet eens in haar ogen durfden te kijken. Toch had ze het contract zonder te onderhandelen getekend. Er was al een nieuwe CEO aangenomen en Alicia's naaste medewerker was tot hoofddeveloper bevorderd.

Ze kleedde zich om in de kniehoge kousen en de jurk van witte latex met het rode kruis op één borst. Het kapje op haar hoofd was zo absurd dat Alicia begon te lachen toen ze zichzelf in de spiegel zag. Waarom vonden mannen verpleegkundigen zo sexy? De meeste die ze zelf had ontmoet, waren overwerkte vrouwen met piekerig haar en nagels die geel waren van de nicotine.

Ze tuitte haar lippen en nam een foto met haar telefoon, schuin van boven met haar arm als selfiestick. Ze sms'te de foto naar Ratko met de tekst: KLAAR VOOR MIJN OPTREDEN (ALS JE DAT NOG

WEET?). Hij zou natuurlijk niet antwoorden. Dat had hij al heel lang niet meer gedaan.

Alicia betrapte zichzelf erop dat ze zich afvroeg wat Stella over haar plannen voor vanavond gezegd zou hebben. Daarna stak ze haar middelvinger op naar haar zus in de spiegel. En ook naar zichzelf, trouwens, omdat ze zich nog steeds druk maakte over de mening van die heks.

'Ben je klaar?' De president van de motorclub stampte via de zwaaideur de keuken in en trommelde ongeduldig op zijn leren vest.

Alicia knikte.

Hij verdween weer naar buiten. De hardrock zweeg en 'Love To Love You Baby' klonk uit de speakers. Alicia streek met haar handen over haar gezicht terwijl Donna Summer zich door het intro van het klassieke nummer kreunde.

Daarna duwde ze de deur open om haar publiek te ontmoeten.

Het gejuich was oorverdovend.

Een paar afsluitende woorden

Bedankt dat je *De andere waarheid* hebt gelezen. We willen degenen die in Karlstad en omstreken wonen of gewoon belangstelling hebben voor John Adderleys wereld graag vertellen wat we vinden van de leefmilieus in dit boek.

We zoeken naar plekken die een extra dimensie kunnen toevoegen aan het verhaal en John in de Värmlandse aarde kunnen verankeren. Löfbergs is zo'n plek. De klassieke koffiebranderij verspreidt zijn heerlijke aroma's over heel Karlstad en het gebouw op zich – in de volksmond wordt het de koffiewolkenkrabber genoemd – is een baken. Daarom konden we het niet laten om Stella Bjelkes lijk daar te plaatsen. We hopen dat jullie als lezers in de toekomst ook kunnen genieten van een kopje Löfbergs-koffie zonder een bloedsmaak te proeven.

Alicia Bjelkes stamrestaurant speelt een prominente rol in *De andere waarheid*. In het boek heet de pizzeria Palermo, maar het restaurant heeft in werkelijkheid een andere naam. Welk restaurant precies heeft gefungeerd als voorbeeld willen we niet onthullen, maar de oplettende lezer slaagt er vast in om dat te ontdekken. Het enige wat nodig is, is kennis van de plaatselijke situatie – of een plattegrond van Karlstad – en het nauwkeurig bestuderen van de geografische leidraden in de tekst.

John Adderleys favoriete restaurant is gemakkelijker te vinden. In het boek heet het Rederiet, wat een rechtstreekse vertaling is van de Italiaanse naam van het restaurant. Het ligt bovendien vlak bij het Empire State in Bryggudden.

De auteurs van dit boek zijn geen Värmlanders maar twee Dalslanders die in Åmål zijn opgegroeid. Hoewel we veel tijd hebben doorgebracht in Karlstad en op Hammarö, zijn bepaalde delen van de stad en het eiland nog onbekend voor ons.

Toen we besloten dat er een man door een glazen koepel op het dak van winkelcentrum Bergvik moest vallen, was dat een uitdaging: we hadden een geschikte plek in de buurt nodig waar Trevor gemarteld kon worden door de huurmoordenaars van het drugssyndicaat. We reden in de omgeving rond en vonden Zakrisdal, een gesloten munitiefabriek die precies op de plek lag waar we hem nodig hadden. Hoe groot is die kans?

Tot slot willen we het onze lezers afraden om te proberen de exacte voorbeelden van alle plekken in het boek te vinden. Het landhuis in de buurt van Kristinehamn waar de zusjes Bjelke feestvieren is bijvoorbeeld verzonnen, ook al zijn er veel vergelijkbare panden in Värmland.

Hetzelfde geldt voor Alicia's woning. De Gröna gatan bestaat weliswaar inderdaad en bevindt zich in Norrstrand, maar de straat is zo klein dat er geen veertien woningen in passen. Het opgegeven adres – Gröna gatan 14 – is dus een product van onze fantasie.

Zoals jullie merken nemen we het niet altijd zo nauw met de werkelijkheid. We laten ons graag inspireren door Hammarö en Karlstad, maar willen er niet door worden beperkt. Hebben we een plek nodig die niet bestaat, dan bedenken we die.

Met het weer zijn we ook niet zorgvuldig geweest. *De andere waarheid* speelt zich af in het midden van januari 2020. Toen hadden we mild weer in Karlstad, maar in het boek is sprake van een strenge winter omdat die nodig was voor het verhaal. Birger Falks lichaam moest tenslotte bevriezen in de kofferbak van de witte Volvo.

Als auteurs nemen we het recht om vrijuit te fantaseren. Dat komt als het ware met het beroep, samen met een verslaving aan koffie en zitvlees.

Nogmaals bedankt dat jullie het boek hebben gelezen.

Peter Mohlin & Peter Nyström
februari 2021

Dankwoord van de schrijvers aan:

Onze uitgeefster Erika Degard, een creatieveling met wie rekening gehouden moet worden. Je dwingt ons om hard te werken, maar stelt net zulke hoge eisen aan jezelf. Dat waarderen we. Eveneens dank aan de rest van Norstedts Förlag. We noemen niemand en vergeten dus ook niemand.

Onze agent Judith Toth van Nordin Agency. Er is meer dan een pandemie voor nodig om haar tegen te houden bij het exporteren van John Adderley naar de rest van de wereld.

Ralf Lyxell, een advocaat met veel kennis over Värmland in het algemeen en Karlstad en Hammarö in het bijzonder. Hij heeft ons behoed voor het maken van meerdere pijnlijke geografische fouten. Staan die toch in het boek, dan is het onze schuld en niet die van hem.

Karin Jansson, arts in het Centralsjukhuset in Karlstad, die ons heeft geholpen met haar medische kennis en kennis van de omgeving.

Gustaf Carlsson, onze forensische expert. Hij is het gewend om vreemde sms'jes te krijgen met vragen zoals: hoelang duurt het voordat een lichaam helemaal bevroren is? Of: kun je aan een kogel zien door welk model wapen die afgevuurd is?

Onze proeflezers David Miles en Joen Windahl, die slimme ideeën en gedachten hebben. Door jullie visie is *De andere waarheid* een beter boek geworden.

Familie, vrienden en kennissen die allemaal op verschillende manieren hebben bijgedragen. Van bemoedigende woorden in het algemeen tot antwoorden op specifieke vragen zoals: wat voor straf krijgt een persoon die dronken achter het stuur zit en iemand doodrijdt?

Alle fantastische boekhandelaren, streamingdiensten en bibliothecarissen die de lezers helpen de juiste boeken te vinden. We zijn jullie veel dank verschuldigd.

Een bijzonder dankwoord van Mohlin aan:
Mijn vrouw Anna en mijn dochters Märta en Ellen. Omdat jullie er altijd voor me zijn en mijn leven zo oneindig veel rijker maken.

Nyström. Mijn partner in crime en beste vriend. Ik ben zo dankbaar dat we deze reis samen kunnen maken.

Een bijzonder dankwoord van Nyström aan:
Mijn kinderen Smilla en Nicolas. Omdat jullie me inspireren en me zoveel positieve energie geven dat de helft genoeg zou zijn. En bedankt voor de hulp met het eind, Smilla xx

Cristina Medina Espi. *Gracias por abrirme los ojos.*

Mohlin. Omdat je er altijd voor me bent en van onschatbare waarde voor me bent, als collega maar vooral als vriend.

Lees ook

Peter Mohlin & Peter Nyström

Het laatste leven

ISBN: 978 94 027 0548 5

Wanneer FBI-agent John Adderley na een mislukte infiltratie in een drugskartel met schotwonden in een ziekenhuis in Baltimore ontwaakt, weet hij dat hij zo snel mogelijk van de radar moet verdwijnen. Hij krijgt een nieuwe identiteit en vertrekt naar zijn geboorteland Zweden. Daar wordt hij onderdeel van het coldcaseteam van Karlstad dat zich bezighoudt met een tien jaar oude vermissingszaak.

De verdwijning van het tienermeisje Emelie Bjurwall is voor iedereen altijd een raadsel gebleven. De politie heeft destijds wel wat sporen op een hoge klif aangetroffen, maar het lichaam van de miljonairsdochter is nooit gevonden. Met zijn Amerikaanse mentaliteit kost het John moeite een plek te vinden tussen de Zweden, temeer omdat de zaak persoonlijk is: de hoofdverdachte is namelijk niemand minder dan zijn halfbroer.

John bijt zich in de zaak vast, maar moet tegelijkertijd op zijn hoede blijven, want als het drugskartel lucht krijgt van een onconventionele detective die zich ophoudt in een Zweeds provinciestadje is hij zijn leven niet meer zeker…

‘Zet de televisie maar uit, deze thriller wil je absoluut niet wegleggen!’ – *Algemeen Dagblad*

Voor meer informatie: **www.harpercollins.nl**